說妖

Legend Has It

卷三 有為涅槃（完）

臺北地方異聞工作室——著

Nofi——插畫

說妖

卷三 有為涅槃

目次

有為涅槃

涅槃乃無爲之境，遠離衆生滅相，倘若這樣的眞如實相，竟能人爲造作出來，便是不可能之矛盾，亦即，有爲涅槃。

插曲 一度抵達的終點

宇宙通元也到此為止了，高有成想。

看著空蕩蕩的禮堂，這位年輕幹部移動腳步，鞋底與地面磨擦出聲響，從這端傳到另一端。聲波回來得有多慢，這禮堂就有多大。

袁志杰要死了。就在今日執行死刑。即使不看新聞，高有成也知道痴迷於教主的信眾八成正在激情抗議，哭天喊地。不過無力者的悲痛根本無濟於事，真正在背後支持宇宙通元的財團、政黨、政治人物早已見風轉舵，在袁志杰被收押時抽走了資源。組織不是光靠熱情就能維持的，因此現在的宇宙通元就像這禮堂，內部空無一物，再也無人能撐起。

對幹部來說，這大概是相當於世界末日的悲劇吧？不過——

要是有人看著高有成現在的表情，大概很難想像他也是幹部的一員。

高有成走上講台。時近黃昏，灑進禮堂的光都暗沉沉的，彷彿時光被凝結。他張開雙手，露出聆聽末日般的沉醉之情，那副滿足、超然的模樣，就算有聖光灑在他身上都不奇怪……他像在寂靜中聆聽末日。

終點。結束。消解。破滅。實在快慰。那種半點不剩的清算感，讓高有成難以按捺，他臉上的神情並非哀悼，甚至要在空無一人的禮堂裡起舞。彷彿被這種高亢的情緒驚動，幾隻鳥從樹上飛走，但牠們振翅的聲音沒有穿越禮堂，這裡寂靜到像在宇宙盡頭。

終於結束了。

「那東西」最後的價值，總算被搾取乾淨了，高有成感慨。

對他來說，這不是最好的結局，但可以接受。即使這樣的結果又樸素又無聊，也算是他的願望；其實這麼多年來他非常清楚，他隨時能摧毀宇宙通元，這才不斷推遲這最終目的，以滿足復仇心。對他來說，宇宙通元無論是壯大或苟延殘喘，都帶給他控制的快感。

但這也走到盡頭了。真遺憾。

其實他有機會阻止這一切。早在此刻來臨前，他就知道有人搞鬼；有未知的敵人潛藏在「地底世界」，像蛀蟲般不斷破壞他的「構圖」！高有成也曾氣急敗壞，積極地想抓出那些蟲子，但到了最後，他發現那些人竟能做到連他都做不到的事——

他們能殺死那個神。

真不可思議。明明元通神也是高有成一手拱起的，為了他的目的、他的願望，他要元通神在他的指掌間起舞；然而，意識到「那個神」將跟著元通神一齊毀滅的瞬間，除了玩具被搶走的不快，他沒有其他遺憾。或許他等這天太久了。那不斷被推遲的終點總算到來，就算不是透過他的手，他也感到「童年的自己」被撫慰了。

沒錯。

那個至今仍活在他心中、徬徨失措的孩子，總算在「構圖」的破滅中滿足了。也不奇怪吧？就像聚沙成塔，不是完成時最滿足，而是推倒的時候；高有成苦苦守護在心中的少年正歡快地笑著。

因此高有成毫無留戀。

不如說，他正是為了感受末日才來的，因此此時此刻，他沒想到會在這裡遇見教徒……

還是他最看不起的人，林茗琴。

那個平庸的女人，就在他情緒最高漲的時刻走了進來。

□

「茗琴師姊，真沒想到會在這裡看到妳。」高有成居高臨下地看著她。

「我是覺得應該來看看……」

看林茗琴那畏縮、猶豫的樣子，高有成不禁心裡來氣。

「有必要嗎？宇宙通元已經結束了，來了也於事無補。」

聽了他的話，林茗琴臉上浮現些微惱怒。雖不是蓄意，但這正是高有成想看到的反應；他下意識想激怒她，想要她不痛快，光是這表情，高有成就有了復仇的快感。

林茗琴對宇宙通元的末日充滿不解、不甘，她質疑高有成為何不為宇宙通元盡心盡力——可笑至極。高有成漫不經心地回答她，甚至不是很在意自己說了什麼；那只是隨口應付，剛說出口就忘了，因為他對林茗琴已失去興趣，眼裡徹底沒了這個人。

既然沒興趣，為何這麼討厭林茗琴？

大概是因為長久以來，林茗琴自認為是個善人吧。

即使沒做壞事，高有成也知道林茗琴並非善人。她只是善於將事情解釋成對自己有利的角度罷了。自己不可能是壞人，做出來的不可能是壞事，即使做出了違反道德倫常的事，也會找藉口開脫，宣稱是不得已，甚至直接當成沒這回事。

但那又如何？這世上的「善人」百分之九十都是如此，林茗琴根本沒什麼特別的。

然而高有成就是看不過去。

他自己也非善類，或許正因如此，他才格外厭惡那些明明不是好東西，卻能活得心安理得的人。比起那些人，高有成更尊敬「覺得自己不是善人」的人，同時也戒備他們，戒備到甚至想將他們殺掉。

為何值得尊敬？原因很簡單，人哪可能一輩子沒幹過半點壞事啊！但只有深知自己「可能為惡」，並深深畏懼的人，才有動機行善。正因沒有絕對正確的自信，這種人往往小心翼翼，無法輕易欺騙。反過來說，那些篤定自己是好人的傢伙，多半沒有行善的戒慎，只是擅自認為自己所做的一切都是善事而已。對，就連欺騙搾取也能解釋為善，這讓高有成想吐，同時感到輕蔑。這種過分自信的人往往最好煽動、利用。

——不過，偏偏是這樣愚蠢的女人受到袁志杰信賴。

袁志杰的眼光到底是怎麼回事啊？高有成想。幸好他有自信，不管這女人再怎麼努力，都不可能成為袁志杰最信任的人——尤其不可能勝過自己；要是袁志杰信任林茗琴勝過自己，那宇宙通元也該完了。比起被這女人騎在頭上，高有成寧願親手毀滅宇宙通元。他做得到，他一直都做得到。

嗯，這是他唯一有些遺憾的地方。捅宇宙通元最後一刀的，居然不是他。

某種意義上，林茗琴來得正是時候。作為袁志杰最痴狂的信徒，見到她這麼無力的樣子，就像看到醫生簽了宇宙通元的死亡證明；總算結束了，高有成想，當他離開禮堂，嶄新的光從走廊前方照耀過來，他心中懷著與希望截然不同的光明情感，踏向空無一物、毫無束縛的人生。

□

「你是……未臻？」

然而過去的束縛悄然無聲地追上了他。

聽見久違的名字，青年瞬間像是被燙到，起了殺人滅口的衝動。這人是誰？怎麼會認出他？「沈未臻」是他的真名，也是隱藏多年的祕密，別說身邊知道這名字的人早都死了，即使不知道真名，光是打算追查他背景的人，他也全都送到了地獄。此時此刻，究竟是誰能在這裡叫出他的名字？

走廊盡頭的正門方向，有位美艷女子站在玻璃門外，她身邊跟了一名少女。雖然有些背光，但高有成——不，沈未臻立刻認出了對方，明明經過了十幾年，對方的外貌卻沒有太大改變，依然美麗地懾人心魄。

那是他的堂姊，沈未青。

未臻呆住，關於沈家的回憶一口氣甦醒；那是令他戰慄的記憶，他對家族的恨，對「那個神」的恨意，瞬間就像大量湧來的螞蟻啃咬著他，讓他差點無法控制表情，甚至吐出來。

這是當然的。因為對沈未青的不屑與憤怒，也隨著那怒濤般的情感襲來。

不。冷靜點，高有成。短短一秒不到，理性再度掌握一切，強迫他鎮定的話語從靈魂深處響起。別怕，高有成。你已經贏了，一切都結束了。輸的是那個老家，沒什麼好怕的。不如說，還有比這更好的事嗎？在「那個神」滅亡的這天，居然可以親眼目睹「被賜福者」喪失眷顧！

沈未臻的身體動了。他往前走，換上無害的輕鬆笑容，對著正門對面的堂姊打招呼：「未青堂姊？哈哈，十幾年不見了呢，想不到在這裡見到妳，妳看起來都沒變。」

好庸俗的開場。但沒關係，高有成就是個庸俗的人。沈未青像是被他嚇到，下意識說：「你看來也沒怎麼變……」

啊？

這女人在說什麼啊？自己怎麼可能沒變？沈未臻眼底閃過一絲厭惡。

原來如此。看她的樣子，這幾年八成靠男人過著什麼好日子吧？畢竟是被賜福的人嘛。那種力量有多強大，沈未臻再清楚不過，畢竟袁志杰也得到了那種力量，不然的話，那種資質平庸的傢伙怎麼可能成為教主？

不過從今天起，這些無需努力就能享受好處的人，再也無從享受了。沈未臻清爽地微笑。

「未臻，你為何在這？是那些人叫你來的嗎？」沈未青滿臉戒備。

「那些人？」沈未臻呆了呆，突然明白她的意思，啞然失笑，「妳是說家裡長輩？哈哈，他們已經無法再命令我了，堂姊妳逃家幾年後，我也從那個地方逃出來，為了不被找到，我還用假名生活呢。」

他輕描淡寫地將這幾年的事帶過，但沈未青似乎不相信他。

「那你為何在這個地方？」

「嗯——我有自己想做的事，不過也差不多結束了，反倒是未青姊怎麼會來這種地方？這可是新興宗教宇宙通元的總部，未青姊也知道這個宗教差不多要關門大吉了吧？」

這確實是個問題。

被那個神賜福的人，來到這個由其力量衍生的新興宗教基地，是巧合嗎？很難這麼想。那麼，堂姊知道元通神的真面目嗎？即使見到喪失力量的沈未青讓他快慰，他也不相信天底下有這麼好的事，對方來此必有原因。沈未青一怔，像是不知該從何說起，這時跟在她旁邊的少女開了口。

「未青姊，這位是？」

沈未臻看向少女。不知為何，她看來有些眼熟。沈未青像是這才想起她，連忙說：「啊……對了，江儀，這位是未臻，也是我們沈家的人，是妳母親的弟弟，算是妳舅舅。未臻，這位是江儀，是你——」

「姊姊有女兒？」

沈未臻的聲音不禁大了起來。未艾姊的面貌閃進他腦海。江儀像是被嚇到，躲到沈未青身後，但沈未臻不以為意，反而笑了出來。

「妳有些怕生，跟姊姊完全不像呢！哎呀，真想不到，我跟姊姊也太久沒見面，想不到都有女兒了，太難想像了。姊姊她還好嗎？我離開沈家時，家裡那些大人還沒找到她，也不知道後來怎麼樣了。」

「媽媽她很好，不需要老家也活得下去。我也沒聽她說過我有個舅舅。」

——是嗎。

姊姊沒提過自己也情有可原，畢竟她肯定是想跟老家斷絕關係。即使如此，青年心裡還是浮現一絲蚊蟲叮咬般的疼痛，令他煩躁。但與此同時，他表情不變，只是點了點頭。

「我想也是。我就想過，我們這一輩中，要是離開沈家，大概就是姊姊最有機會活下來吧？她是個堅強的人。反而是未青妳，在家裡備受寵愛的妳，在逃家後居然能活下來，我才有些意外。我本來還覺得不用特別找妳，放任妳自生自滅就夠了。」

沈未臻故意說出彷彿事不關己，卻意有所指的話。果然沈未青臉色微變。

「你說找我……是指那些大人曾經找過我？」

「當然啦，妳以為妳在沈家是什麼地位？嘿，雖然妳自己可能不知道就是了。我也被派去找過妳，不過那對我沒什麼好處，就沒認真找。在這點上，妳可要感謝我喔。」

「我在沈家是什麼地位……？未臻，你知道些什麼！」

堂姊像是真的不知道。

當然啦，她當然不知道。畢竟被賜福者只有留在沈家，才對沈家有意義，沈家怎麼可能讓她知道他們不會放她自由？不過——

一想到沈未青什麼都沒做，只憑被神選上這點，就在沈家備受寵愛優待，沈未臻心裡黑暗的情感便靜靜燃燒。或許不是她的錯，但對沈未臻來說，無知也是一種罪。他冷笑一聲。

「妳有何重要性，事到如今已經沒差了。未青姊，一切都已經結束了喔，無論是沈家還是元通神，或者說，我們家那殺千刀的神明，都結束了。今天妳會到這裡，多少是猜到元通神的真相了吧？被那個神明寵愛的妳，會察覺到這點也不奇怪，我只是好奇妳為何現在才發現……不，或許妳早就知道了，只是等教主被處刑才來。要是妳早點來，或許能改變那個神明的命運。不過，那神明現在就跟被消滅沒兩樣，未青姊對此是會感到慶幸，還是遺憾呢？其實答案是哪個都沒差。在事情的最後，能知道未青姊還活著，還能遇見妳，我是挺高興的。雖然再聯絡什麼的就不必了。我可是打算徹底斷絕跟沈家的關係。」

該死。

沒忍住這些話，讓沈未臻意識到自己的憤怒終究沒完全平復，但在討厭的未青堂姊面前暴露出來，實在太丟臉了！而且對她用這種態度有什麼用？果然，聽到這些話，沈未青露出白痴般的表情。責怪無知的人太沒意思了，連快感都沒有。

青年無趣地轉向江儀，微微彎下腰。少女的臉部輪廓確實有姊姊的影子，尤其眉毛與額頭的輪廓。沈未臻柔聲說：「妳叫江儀對不對？幫我跟妳母親問好。不好意思啊，我沒打算親自去見她，但她還活著我就放心了。」

少女的表情溫和了點。這樣就夠了，沈未臻想。

「未青姊，再見。」青年挺直身子，語氣冷淡，「妳就自由逛這個地方，逛到妳心滿意足為止吧。要是有人問妳怎麼進來的，妳就說是高有成讓你們進來的。我先走了——恭喜妳成為凡人。」

他說著便往前走。

「未臻，等等！」

堂姊叫住他，但他頭也不回，像是要逃離那裡似地。不，他是勝利者，怎麼可能逃呢？但他確實感到自己清爽的心情混入了一絲別的東西，與其說逃走，他加快腳步更像是甩開髒東西吧。

不得不說，這是極為可惜的瞬間——

因為，哪怕沈未臻擁有一絲半點的靈感體質，他就絕不會讓沈未青繼續前進。

如果有那種力量，他就會在沈未青的身上感到「賜福的殘留」，意識到不能讓她把那個神最後的力量帶進宇宙通元；畢竟他不知道袁志杰把元通神本尊藏在哪，誰知道本尊會不會收回賜福，憑藉反撲？雖然這不能怪他，不管他有沒有靈感體質，那個神要反撲，必須天時、地利、人和，各種偶然在極端條件下齊聚——可能性太低了，說不定比量子穿隧的機率還低。

因此他錯過了阻止這件事的最後機會。

這是曾經抵達過的結局。而且這樣的結局，不會再造訪第二次。

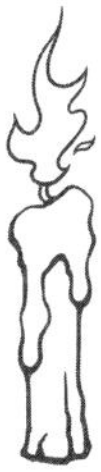

過去篇

第一章

關上門後，沈未艾用童稚的聲音，說著不符年紀的成熟話語。

「未臻，你知道中國法家有所謂的法、術、勢嗎？」她的聲音相當透明，有種乾淨、誠實的特質，「其實不只執政者，這種由權力推動的結構，可說方方面面滲透到所有團體，連家族都不例外。」

「妳想說什麼？」

「我想說的是，我們沈家最擅長的無疑就是『術』，而『術』這種東西說來好聽，其實就是精神虐待。懂了嗎？所以那些大人的話，還有他們做的事，你千萬不能認真，更不能擺在心裡，否則就會被他們控制。」

說這些話的未艾只不過十二歲。走進未臻房間時，她手上拿著書，不是因為她是書呆子，只是她知道將自己偽裝成乖巧文靜的文學少女能帶來什麼好處。才進房間，她立刻把書擺到未臻桌上，雖然這房間又小又潮濕，還能聞到廁所傳來的臭味，作為居住空間實在糟透了，但供小孩讀書寫作業的桌子，好歹還是有的。

她眼前的未臻坐在矮床邊緣，面無表情，像美麗的雕塑。但他雙眼紅腫，臉上淚痕未乾，往下一看，兩隻手都被打到烏青，一條條的杖痕觸目驚心，甚至有幾條打到手腕去。少年將被打的那側朝上，像捧著透明又沉重的事物，其實是碰到會疼痛。到底是多用力、多無情的責打，才能造成這樣的傷？

未艾卻像是習慣了。未臻也是。要說這個家族有什麼異常，從這裡就可以看出端倪。

為何未臻會受到責罰？原因微不足道，卻淵遠流長。打從未臻懂事開始，沈家就會分派一些低賤的工作給他，同輩的孩子裡，沒人的處境比他更惡劣，但大家習以為常。未臻出生時，有算命師說這孩子會剋母，沈家是文明人，不會為了算命師的一句話把孩子殺死，但為了抑制他有害家族的命格，沈家還是花了不少工夫來安置他。

譬如讓他從事低賤的工作，讓他在家裡的地位比應有的更低，這種做法能化解命格帶來的災殃，就連他的名字也反映這種思維——未臻，意思是未及、未到達，換言之就是「還不是人類」；沈家不把未臻當成人類看待。

所以像收拾老鼠這種污穢的工作，也被分派給他。

沈家很有錢，但他們的宅邸是日本時代跟著殖民者潮流建起的，那時沈家剛發跡，一下建了很大的房子，到現今因產權問題，沒人有心力想把這座老宅拆掉重蓋，當然，傳統房屋的缺點也無法根除。其中一個缺點，就是老鼠很容易從木造建築的隙縫間偷偷溜進。家裡的傭人苦心安置了捕鼠籠、黏鼠板，而未臻則奉命巡邏這些地方，將老鼠殺死，找地方埋葬。

「殺死？要怎麼殺死老鼠？」最初未臻這麼問，聽了這話，他四姨只是對姨丈使了個眼色。姨丈會意，一腳把黏鼠板上的老鼠踩死。老鼠死前的尖叫讓未臻戰慄，而四姨則擺出教育的面孔。

「懂了嗎？老鼠這種東西，踩就能踩死了。不過你是小孩，得大力一點。黏鼠板就這樣處理，捕鼠籠裡的你自己想辦法，學不會就有你好看的。」四姨說，她看未臻就像看著髒東西，甚至不想多花心思教他，反而是後來姨丈找機會告訴他——捕鼠籠裡的老鼠可以用水淹死。

這些老鼠的屍體都埋在離宅邸不遠的草地，有時骸骨會被不知哪來的野生動物挖出來，但總歸來說還是越積越多，已是老鼠墓園。前幾天早上，拿著捕鼠籠的未臻照例要去處理老鼠，身後卻傳來聲音。

「老鼠耶！爸爸，未臻要把老鼠帶去哪裡啊？」

這開朗的語氣，不必回頭就知道是堂姊未青。未臻轉身，果然是姨丈與堂姊。未青是沈家備受寵愛的女孩，幾乎集所有關懷於一身，無論多無理取鬧的願望，長輩都會傾全力滿足她。對未臻來說，她雖是同輩，卻是遙遠的存在，宛如高高在上的明星。

他正要回答，姨丈已搶著開口。

「未臻是帶小老鼠去其他地方玩喔，畢竟我們家裡不方便嘛。」

姨丈笑著，同時對未臻使了眼色。未臻明白他的意思。那時他已能分辨潔淨與骯髒，知道那些大人肯定是不想讓骯髒的東西進了未青的眼，因此溫順地點頭離開。不過——

為何他後來會那麼做？就連他自己也不明白。

今天下午他再度遇到未青，便帶未青到老鼠墓園，將老鼠屍體挖出來給她看，讓她知道家裡老鼠真正的下場。未青嚇呆了，但他堅持詳細說明殺死老鼠的過程。不是為了嚇人，因此未臻的語氣平和，就像母親在傳授女兒如何料理，然而未青的哭聲很快驚動大人，大人來把未青帶走，隨即吵了起來。

吵誰該為這件事負責。

——負責?未臻感到一絲可笑，這又不是什麼大事。

討論沒結論，最後是向神明請示，由未臻的母親沈花海親自教育他。花海跟未臻並不親密，倒是父親對未臻比較照顧，花海平常不打他，都是由父親代勞，因此未臻知道她要親自動手時，不禁有些意外。

大廳裡，在長輩們的眾目睽睽下，花海空揮藤條，聽來就像刃物劃破空氣。面對這麼多視線，未臻根本不懂為何勞師動眾，還是大家是來看戲的?

「你知道哪裡做錯了嗎?」

一開始未臻還很倔，說不知道，他否認一次就換來一次抽痛。花海語氣冷淡，同樣的話重複了好幾次。

「不知道?那你再想想。」

「再想想。」

「再想想。」

「再想想。」

後來實在受不了，他終於說：「我不該帶堂姊去看老鼠……」

啪!藤條抽過皮膚的聲音再度響起。

「不對。你做錯了什麼?你再想想。」

不是?那不是他的錯?未臻慌了，如果不是這點，他到底是哪裡錯了?他搜腸刮肚地想，想找出自己到底哪裡犯錯，但無論回答什麼，回應他的都是藤條抽出的錐心劇痛，還有「你再想想」這個要求。就這樣，他被逼問出了三十幾個答案，整整花了一多小時。

「你還是不知道自己為何錯了，未臻。」花海兩頰泛紅，額頭都是汗，但她語氣平淡，毫無情緒，「沒關係，你在房裡好好反省。我會再去跟阿姨談。如果阿姨願意原諒你，明天我就不繼續打你，要是她不原諒，我就繼續，明白了嗎？」

這讓未臻顫抖，所以他接下來會不會受懲罰，生殺大權完全掌握在未青堂姊的母親手裡？被趕回房裡後，他恍恍惚惚，還在思索自己到底做了什麼不該做的事。

或許正是反覆思考過，他馬上就理解未艾的意思。

精神虐待——

是的。母親責罰他，不是要找出錯在哪，而是無論回答什麼都會被說錯，用這種方式逼迫未臻規訓自己。也對，如果明確知道哪裡錯了，以後不做那件事就成了。但要是無論做什麼都錯，那才會在行動前反覆思索怎麼做才不會被打，這是要把他培養成揣摩上意的人。

就像未艾姊說的。要是認真看待大人的話，真的覺得錯在自己身上，那就是落入陷阱。原來如此，這就是「術」嗎？不過這只是風涼話，半點幫助也沒有，因為就算知道這點，明天照樣會被打啊！除非阿姨原諒自己……不，不對，難道這就是媽媽的目的？為了施恩，讓自己感謝阿姨——

明明就是她讓自己被打的？

「真好呢。」未臻喃喃自語，「姊姊就不會被打。」

「我——」未艾睜大眼，像要辯解，但隨即戴上面具，壓抑自己的真心，「嗯，就像你說的。不過我至少懂得偽裝。要是不偽裝，連我也有危險。」

「少來了，姊姊是女生，才不會有事呢。」

「或許吧，但我越來越不安。」未艾搖搖頭，走到少年身邊坐下，讓自己的視線與他齊平，「我不是來談我的事，未臻。或許你覺得我的建議根本沒用，因為那些大人還是想打你就打你，但你可以不受控制。你可以裝傻，可以明哲保身，但你的心要自由，明白嗎？我也會努力的。總有一天，我們要一起離開，只要我們能破壞這個家的根基……」

罕見地，未艾的眼底浮現恐懼。

原來如此，未臻心裡有個清明的聲音說，難怪身爲女性的姊姊要善待自己，原來是尋求盟友。不，眞的是盟友嗎？還是出事時能頂罪的代罪羔羊？這是她的眞心，還是說，這也是一種「術」？

未臻看著姊姊的臉龐，心裡一直有個疑問。身為女性，姊姊到底在怕什麼？為何她會害怕到需要自己這樣的盟友？難道說——

是姊姊嗎？

兩年前，造成整個家族陷入混亂、風聲鶴唳，最後卻沒有被找出來的犯人，其實就是未艾姊嗎？

□

沈家有「怪異」。

在沈家長大的未臻並不覺得異常，但隨著年紀增長，他也開始意識到不協調；首先，是家長們反覆提醒小孩不要提到家裡的事，不要妄議他人家，也不要跟別人做比較。不妄議當然很好，但未臻隱約有種感覺，不妄議只是為了避免更多關於家庭內部資訊的交流——沈家不希望孩子意識到自己的家族與別人家不同。

認真說來，他們也不是真的很認真在隱瞞這件事。只要類似的疑問浮現，家長們總是說「還不是時候，等你長大就知道了」；雖是同一句話，說的人不同，語氣也不同，有的沉穩保持神祕，有的帶著陰鬱，有的志得意滿。

或許他們也知道那種怪異是難以掩蓋的。最明顯的是家族稱謂，在學校時，老師說「堂兄弟姊妹」是同輩父系親屬的稱呼，「表兄弟姊妹」是同輩母系親屬的稱呼，但在沈家，「堂」是屬於母系的；三代同堂，全都是以女性為中心。當然也不是不能解釋，畢竟這個家，女性的伴侶都是入贅，要是伴侶不願入贅，女性又堅持結婚，就必須離開家族，捨棄家族的一切——目前還有沒女性成員這麼做。至於是基於理智還是畏懼，未臻就不清楚了。

但這終究不尋常。未臻意識到家族跟外界有不同的「規矩」。

另一個「怪異」——或說是「怪異」的核心——則是沈家所祭祀的神。

那個神沒有名字，在沈家裡，大家都用「神明」來稱呼，彷彿那是全宇宙唯一的神。雖然是日式建築，但只有神明廳的擺設充滿濃厚的華人文化感，精緻的木造桌椅、神桌、金屬燭台、香爐，終年不間斷地燒著香，四季盛產的水果總是堆滿在桌上，那些水果都有同樣的特徵：豐滿、透亮、香氣誘人，剛剝開就汁液橫流，即使是大家早已熟悉的水果，只要擺到神桌上，都會令人吞口水，彷彿被勾起最根本的慾望。

難以解釋。但從小浸淫在這一切之中的未臻，還以為那是原本就該發生在神桌上的自然現象。

沈家對神明極為著迷，有一系列嚴謹、充滿禁忌的儀式。之所以著迷，是因為那尊神明確實能為沈家帶來巨大的財富，擲筊問事的指示絕不出錯，甚至還能趨吉避凶；七〇年代，有個長輩要到香港談生意，在候機室候機時，她突然昏迷不醒，被送去急救，由於那次會議很重要，她丈夫還是依約到香港，決定等她醒來後再遠端給予指示。

然而幾十分鐘後，飛機在澎湖上空爆炸、解體，最後墜毀。墜機的瞬間，那位長輩從急診室醒來，時間拿捏得剛剛好。事後問她，她說她在候機室裡突然聞到香氣，就是在家裡神明廳裡會聞到的那種，接著神明在她面前現身，讓她暈了過去，最後才沒搭上飛機，逃過一劫。該說讓人毛骨悚然嗎？她的丈夫在空難中去世，喪禮推遲了會議，但跟沈家談生意的財團表示哀悼，這成了突破口，最後談判的結果對家族企業十分有利。

這種不可思議的事陸續不絕。雖然未臻從未見過沈家神明，但這類的傳說從小聽到大，對他來說接近世間常識。事實上，這種力量不完全是祕密，沈家會延攬信任的人，讓他們到家裡談事，至於那些人是誰，也是神明選的，他們都是有錢有勢，會為沈家帶來莫大利益的人……

雖然沈家未在舞台的明面活躍，但暗地已掌握重大權力，如果把經濟比喻成血流，那沈家就是握著心臟的存在——不是心臟本身，但要怎麼玩弄心臟，就看沈家的意志，或說那神明的意志了。

因此未臻從小就知道沈家是不可動搖的，即使他不以沈家為榮，連一秒都沒有。不只他，未艾姊也對沈家的「怪異」不以為然，她不只一次跟未臻說沈家有問題，還說總有一天要帶未臻離開這恐怖的地方。

「即使沒有我，你也要逃出去，知道了嗎？」

其實未臻不抱希望，但他覺得決意要脫離家族的未艾姊很美麗。

不過，就算沈家的根基深厚、不動如山，兩年前也曾陷入混亂，甚至差點自相殘殺；那是個晴朗無雲的夜晚，未臻的父母帶他去電影院，看的是美國電影《聖戰奇兵》，考古學家印第安納．瓊斯的冒險故事。對未臻來說，其實看電影的機會不少，但那是沈家對外面家庭的「模仿」，只是為了弭平兩個不同世界的落差；沈家有沈家的規矩，但他們會追隨潮流，讓家裡孩子跟同學有共同語言。看電影也是，比起孩子喜歡什麼，他們優先考慮的是流行什麼。

未艾沒去，是因為她從前一晚開始就高燒不退，無法出門。原本花海跟丈夫說改天好了，但未艾搖頭，說她對《聖戰奇兵》沒興趣。事實上，花海夫妻都是大忙人，那天本就是好不容易擠出來的，因此最後照原計畫進行。

這讓未臻避開了不必要的嫌疑。

看完《聖戰奇兵》後，其實未臻沒看懂。當時他只是個孩子，對歷史一無所知，更不明白電影裡的性暗示；但看懂的部分，他倒是有個疑問——為何那位聖杯騎士要犧牲幾百年的光陰來守護聖杯？那不是很無聊嗎？為何聖杯被帶走後，他寧願被埋葬在深谷？他沒有自己的意志嗎？

他是個囚徒。是神的奴隸。所以才會被困在那裡，未臻心想。他憐憫那位聖杯騎士，因為他知道自己也是個囚徒——雖然他不是自願的。

晚上十點多，剛回到家就風聲鶴唳，一切都不對勁。人們來來去去，聲音也比平常高很多。花海問怎麼回事，這時四姨看到她，立刻衝過來在她耳邊低語。花海臉色大變。

「老公，你帶未臻回房間等，沒叫你們就不准出來。」

未臻第一次聽到母親的聲音如此顫抖、脆弱。

「怎麼了？」父親擔憂地靠近妻子。

「你先別問，但很嚴重。」花海壓住丈夫的手，低聲說，「要你們別出來是為了你們的安全。幸好今晚我們不在家，不會被找麻煩。但要是你們到處亂走，就會染上多餘的嫌疑。別這麼做。」

花海什麼重要的事都沒說，但光聽她的語氣，未臻已能感到前所未有的動盪。

後來未臻才知道是家裡祭祀的神明不見了。嚴格來說，是神像不見了。但神像就是神明在凡間的化身，說是神明不見也沒錯——可是，怎麼會？誰有道理偷走神像？那天根本沒有外人進出沈家，難道是有內賊？

但是，這對沈家的任何人都沒好處。

沈家數十年來累積的根基，是常識難以想像的。那些深入土壤的根，在看不見的地方盤根錯節，金流像呼吸一樣，時間過去就會自動湧入，這全都是神明那超越常識的力量所致。因此對沈家的所有人來說，失去神明絕無好處，甚至可說是自殺。

除非——

有誰想獨占這股力量。

於是，一場無聲的腥風血雨展開了。是誰想獨占神明？這場大戲比推理小說的遺產繼承戰更精彩恐怖。所有人疑心生暗鬼，彼此私下調查。當然，不可能是傭人偷的，因為神明有太多祕密，不是家族的核心人物根本不可能知道，未成年的孩子也可以排除。在這場大戲中，孩子們與傭人反而暗中結盟，或至少努力置身事外，那些長輩跟伴侶們則彼此看不順眼。

除了花江阿姨。

花江阿姨身體虛弱，終年躺在病床上，即使下床走動也不離開宅邸。未臻覺得她跟其他長輩不同，不是說她比較和善，她刻薄起來也很驚人，但未臻敏銳地意識到她相當無知——其他長輩有祕密瞞著她。知道神像被偷後，只有花江阿姨覺得那沒什麼，她說：「我們家這麼有錢，再雕刻一個不就好了？大驚小怪。」

未臻實在忘不掉其他長輩聽見這句話的表情。那是揉合著錯愕、憤怒、想要辯解卻無從說起的表情。

神像消失一段時間後，花江阿姨的病情惡化了。原本她身體就不好，從那時開始卻越來越糟。雖然安置了更多傭人照顧，但家人顯然沒有提供任何情感上的支持。老實說，這讓未臻相當意外，因為花江即使無知，在沈家也很有影響力；每當家族遇到難纏的對手，都會邀請對方來沈家，由花江與對方談判。雖然未臻不明白，但花江似乎是極有魅力的人，來訪的男人只要見過花江，幾乎都會迷上她，接受她提出的一切要求。明明是這樣重要的人，卻沒人在乎她即將走向生命的終點。

或許是真的沒那個心神。那時家裡所有人都相信神像在另一個人手中，所有精力都花在明爭暗鬥上。

直到幾個月前。

就在花江阿姨喪禮後不久的某個晚上，未青堂姊抱著神像回來了。那時長輩們看著她的樣子，像看著救世主；不過神像到底在哪？被丟在橋下？怎麼會？之前大家都找過了，怎麼會沒找到？而且為何在橋下？不是在某個人家裡嗎？沈家人是不會這樣對待神明的！

長輩們歡天喜地，就像總算解決了重大隱患，再也沒人關心花江阿姨的死。這麼多人之中，只有未艾姊露出不同的表情，絲毫沒有為神明的回歸所喜。

也就是那時，未臻察覺了。

當年未艾姊被排除在犯人清單外，是因為小孩子不知道神明的祕密，沒有理由獨占，但如果帶走神像的動機並非獨占呢？畢竟，最後神像是被丟棄了。這樣的話，原本沒有嫌疑的人，就都有了嫌疑。

除了當天正好去看電影的未臻一家。

毫無疑問，未艾生病不是偽裝的。高燒是裝不出來的。但是——

為何偏偏是那天？

為何偏偏是可以讓未臻完全遠離嫌疑的那天？

如果未艾姊早就有這樣的計畫，並做好種種準備，難道她是拚著高燒，也要在未臻不在的那天把神明給帶出去？為什麼？為何她這麼憎恨神明？

……這還用說。

因為沈家的扭曲與異常，無疑都是因神明而起的啊！這麼想著，未臻不禁怨恨起帶回神明的未青堂姊。當然，那不是她的錯，她什麼都不知道，不過無知難道不是一種罪嗎？

在那之後——在未艾向未臻表達需要他這個盟友的幾年後——她沒有等到未臻。未臻來不及成為可靠的盟友。某天晚上，未艾突地失蹤了，長輩說是逃家，但未臻不信。

被當成傭人對待的未臻，敏銳地感覺到了長輩們對姊姊存有某種殘虐的念頭。他們已經知道當年是誰偷走神像了。

第二章

沈未青備受寵愛，是她帶回神像之後的事。

當然，在帶回神像前，她就很得人疼。但帶回神像這份「功績」，讓長輩的疼愛變本加厲，如漲潮般，將她浸泡在黏糊糊的巧克力糖漿裡。或許未臻就是對此感到不舒服，才會帶她去看老鼠墓園，最後落得被狠狠折磨的下場吧。

但為何不舒服？難道寵愛不好嗎？

那很難形容。勉強要說的話，就是未臻看到了相似的「構圖」。某種曾經出現在花江阿姨身邊的徵兆，開始出現在未青堂姊身邊。作為生於憂患的孩子，未臻不會小看這種直覺。

後來想想，未臻其實不小心聽到過「關鍵字」，那時未艾還沒逃家。

「吶，你說，未青是不是被選上了？」他曾聽花海這麼問未青的母親花河。那時她們在會客間，才剛送完客人，將家裡男人趕走後，花海像是露出匕首般問了這麼一句。後者的應答聲曖昧而猶豫。

「這……不好說吧，還沒出現徵兆。」

「未青能把神明找回來，不就是徵兆了？」

未臻偷看她們，花海的神情十分淡漠，那是她談生意時常有的表情。花河背對著她與未臻，從那個角度正好無法窺見她的表情。

「徵兆也是有規矩的。而且急什麼？她們都還是孩子。」

「急的不是我，是我們的神吧？花江都過世了。」

「那也要有徵兆。說到徵兆，未艾不是有嗎？」

「那只是重感冒，後來就沒有了——神明回來後也沒有。」花海嘆了口氣，「花河，我沒有在催任何人，只是這幾年來不安穩，神明找回來了很好，但或許是花江過世，你不覺得神明的庇佑哪裡不對勁嗎？我擔心……沈家已經不會像過去那樣一帆風順。」

「我懂妳在擔心什麼。」花河回過頭，語氣輕柔，「但作主的是神明，我們急也沒用。我只能說，無論神明選上誰的孩子，誰都不能有怨言，其他的孩子則要知道真相，好守護這個家。」

未艾曾有徵兆——

聽到這段話的未臻震驚到渾身發麻，後來的話也沒仔細聽，不如說，他害怕繼續待在那。某種不祥的預感爬上他頸背。他安靜地躺到木地板上，用衣服降低摩擦力，用滑的離開當地，到比較遠的地方才起身。那畢竟是有年份的日式建築，全身的重量壓下去就會發出聲響。

幸虧他還是孩子。要是年紀更大，就會發出聲音了。

但徵兆是怎麼回事？未臻想起神像被偷的那天，未艾突然發燒，難道是那件事？被選上又是怎麼回事？不，不如說，被選上會怎樣？為何是告訴其他孩子真相，而不是告訴被選上的人？

未艾那恐懼的神情閃過未臻腦海。如果神像真的是被未艾丟棄，難道這跟「被選上的徵兆」有關？未臻不禁這麼想。

□

沈未艾失蹤後，某種暗流在長輩間流竄。該如何處理這件事，長輩們的意見不同，但那些針鋒相對並未尖銳化，因為就算是不同意見，也隱約導向某個共識。

「既然找不回未艾，就只剩未青了吧？」

他反覆聽見這樣的耳語。

有些長輩堅持把未艾找回來，讓未臻亦喜亦憂。既然還在找，就表示未艾姊還活著，沒有被家族偷偷處理掉。但要是真被找到怎麼辦？他很難想像未艾會遭受怎樣的待遇。在那之後，未臻就時不時偷聽長輩談話，想知道有沒有未艾的線索，最初他做得很好，但夜路走多了，總會碰到鬼，某次他被四姨抓個正著。

「哎喲，你們看，這不是那個抓小老鼠的嗎？」身手矯健的四姨拎著未臻，高聲將他拖進長輩們會談的居間，「我讓你抓老鼠，你倒是自己當起老鼠了啊？」

四姨氣焰高張，未臻則嚇到渾身發抖。十幾名長輩以嚴厲的眼神看著他。

「未臻！你在這幹嘛？」父親厲聲說。他先是關心兒子，隨即意識到自己的立場也有危險，提高的聲音竟有些發顫。

「我、我只是剛好經過……」

「少來，你以為我觀察你多久了？」四姨叉著手，居高臨下。

「我以為你們在談姊姊的事。」未臻迅速承認。不如說，他警醒到說真話還能為自己留餘地。果然父母對望一眼，神色猶豫起來，四姨卻瞪著他，聲音低沉，像盯著獵物的猛獸。

「是嗎？喂，小老鼠，你該不會知道未艾在哪吧？」

「什麼？我、我不知道……」

「未艾怎麼可能讓他知道？」花海冷冷地介入，「我女兒可沒有笨到留下把柄。況且，要是未臻跟未艾真的有在沈家外見面，我們會不知道？」

什麼意思？未臻心中一驚，難道沈家特別花工夫監視自己？

「那倒是。」四姨哼了一聲，接著她環顧現場，突然微微一笑，「花海姊，這小老鼠給我怎麼樣？未艾原本是有用的，既然她沒了，讓弟弟來彌補也沒什麼不對吧？況且這隻小老鼠會自己跑，難道不把他關在籠子裡嗎？」

她的語氣輕鬆自然，背後卻有著厚重的真實。這話沒有絲毫造作，既非挑釁，也不是威脅，她是真心這麼想，沒有半點算計。這讓未臻心寒，他無法想像自己落到四姨手上會如何。

「——妳打算怎麼做？」花海問。

「我這裡缺勞力，缺資源，缺好用的人頭，我會好好使喚他的。比起外人，沈家自己人也比較好用吧？」

「未臻這麼笨，能幫上忙嗎？」

這是有生以來，未臻第一次聽到母親有維護自己的意思。

「這跟笨與聰明無關，他只是照我的意思做，我不笨就行了。花海姊，別忘了沈家是如何興盛的。物盡其用，我們每個人都是，不是嗎？不然為何花江姐會那樣死去？」

就像緊繃著的線被扯斷，花海的表情迅速冷靜下來，沒再說話。父親當然也不敢接話。這也是當然的。在這個家，男人沒有發言權。

□

男人沒有發言權，那就是世間常態——未臻從小便這麼認為。每當學校老師說什麼男女平等，未臻都覺得心裡不踏實；太天真了，根本痴人說夢。在沈家，一切都圍繞那尊神明，女性握有優先祭祀權，男性必須獲得女性同意才能祭祀，甚至不能在女性不在場的時候單獨祭祀。那是禁忌，會被神明懲罰。

由誰來祭祀看似小事，但神明是奇蹟與力量的化身，職權的劃分當然就成了權力與位階的劃分。像四姨花水，能指揮著沈家上上下下的眾多男人，就是因為她能直接向神明問事。這麼多年來，她早已磨練出一種技巧，知道哪些事該問，哪些事不必問。其他長輩知道她能處理好，自然就不過問，全都交給她。當然，家裡還有輩份之分——祖母才是真正的裁決者——然而祖母不管事已久，花水就是長輩中握有最多權力的人，除了自身能力，更重要的是未婚；已婚女性的祭祀順位是排在未婚女性後的。

對未臻來說，接受花水的「管理」是禍也是福，他這才知道沈家光鮮亮麗的表面下還有骯髒污穢的一面。譬如走私。那時兩岸連小三通都沒開放，沈家開發了自己的走私管道，從中國取得中藥材、古董、高價工藝品，並將臺灣的電子商品、日用品輸出到中國。

未臻被派到第一線。有時負責把風，有時以最不會引起懷疑的孩童身分接頭。這還算好的，沈家有比殺死老鼠更可怕的事業。有時未臻不知道自己被派去做什麼，只依照片面零星的交代行事，但事後拼湊全貌，才知道有些人可能因自己受折磨，甚至死亡。

「有必要讓未臻涉險嗎？」父親聽說這些事後，憂心忡忡地問花水，「他是沈家的人，被抓到不是會連累我們？」

「沒有第一線的經驗，以後怎麼派他怎麼做事？他可是在做你們沒必要做的事，別計較了！至於會不會牽連到我們……到時就說他不是沈未臻，是跟我們無關的其他人，再找別人來假冒未臻就好。反正義務教育結束後不必繼續升學，到時也沒有老師、同學能證明他的身分。」

同樣，這番話沒有絲毫威脅的意思，全都是真心誠意。

孫悟空被壓在五指山下，說不定都還沒這麼絕望。花水連一點希望與可能性都沒留給他。她每條指示都比鋼鐵還硬，因為根本沒有失敗的空間；如果失敗，沈家不會給予任何援助，他只是不斷回收利用的好用棄子罷了。不是作為人，未臻是被當成工具，從勞力、外貌到社會身分都徹底利用，這固然是莫大的災禍，不過——

禍與福相依。

在花水的管理下，他得知了更多沈家的祕密、人脈、資源。

譬如「國師」，那位曾一度將他引導至地獄的男人。

□

「你就是那個有『九五之命』的人？」

在國師的辦公室前，有個跟未臻差不多年紀的少年叫住他。

國師是在政商界非常有名的算命師，雖然對一般人來說沒沒無聞，因為他沒上電視——他沒必要靠那種東西維持名氣。國師的價格是一句一句，一句千金；即使如此昂貴，想找他算命的人還是可以排到幾個月後。

但就算是這種地位的算命師，在沈家的人到來時，也會把所有人趕走，恭迎沈家人。花水第一次帶未臻來，未臻可是被嚇呆了，那時在會客室裡等待的人，光看就知道大有來頭，然而花水進了會客室，只對接待員說「沈家的人來了」，接待員就立刻將其他人請出去。不可思議的是，那些人還真的乖乖走了。

「有什麼好奇怪的？給國師面子，對他們只有好處。」花水得意地笑。她把未臻介紹給國師，這是讓他露個臉，知道不是假冒的。後來未臻奉命來找國師幾次，有一次，他終於忍不住問國師為何如此優待沈家，國師只是笑了笑：「家家都有神，但能像你們沈家一樣讓神茁壯到這種程度，我不抱持敬意就太蠢了。」

這是國師庸俗的一面，未臻也是後來才知道這是一種庸俗。

遇見那個說他有「九五之命」的少年，是未臻第五次去的時候。雖然會客室裡已經沒人，但國師還在幫前一位客人算命，因此未臻獨自在會客室等。在此之前，未臻沒見過少年。那少年站在幾步外，神情揉合了好奇與不在乎，就像神遊物外的仙人瞥見一件異事，那件事確實引起他注意，但不管也無妨。要是未臻不回答，少年恐怕馬上就會離開。

「無論你說的是什麼，我從來沒聽過。」未臻說。

「喔？是真的沒聽過，還是假裝沒聽過呢？畢竟對你來說，有這個命格並非好事吧！」

如果他的話挑起未臻的興趣，未臻沒表現出來。

「你跟國師是什麼關係？」

「他是我師父。」少年朝未臻多走了幾步。「從上個月開始，我在他這裡學習。不過我不會只向他學，太蠢了。」

國師有弟子？未臻瞬間有些難以置信，他直覺國師是會將所有資源捏在手裡，絕不外傳的人。明知該追問這點，他卻忍不住問了另一個問題：「為什麼太蠢？」

「如果你的碗很大，會想要只裝一點點水嗎？」少年聳了聳肩。

好大的口氣！

但未臻不討厭。不如說，他對這位少年起了難以言喻的好感。

後來未臻才知道少年沒說謊。少年叫洪行舟，在拜進國師門下前，已是正一派的道士；他的經歷聽來很扯，要不是出自國師之口，未臻是不會信的。

洪行舟的父母是某個宮廟的信徒，某天神明託夢，要求洪行舟學道術，說他能感應到陰陽兩界的邊界，要是不學道術，很容易被鬼纏上。最後幾經波折，他拜入一位道士門下。如果只是這樣，那洪行舟也只是因特殊體質進了特殊世界的人；但很快地，他師父發現洪行舟有著常人難以度量的才能，無論何種知識、儀式，他一學就會，還能夠舉一反三，發明連師父都不曉得的符籙。就像天啟一樣，他師父想。不然凡人怎麼可能超脫傳統，創造出前所未有的事物？

要說那種才能是珍寶也可以。但握有自己無法控制力量的武器，也算是不祥之物吧！短短幾年內，洪行舟已不只是不怕鬼魂纏上，甚至能自由地號令鬼怪。他師父對此感到畏懼，甚至想要排擠他。

就在此時，洪行舟提出了「投入他人門下，學習更多東西」的請求。

一般來說，這就算不是欺師滅祖，也是給師門蒙羞。這麼說好像太戲劇性，像武俠片，但所謂「江湖」本就是待人接物的規矩。既然洪行舟投入某個派系，學習到該派系不外傳的祕密，就得生是他們的人，死是他們的鬼，才合倫理。但對洪行舟的師父來說，這少年像燙手山芋，恨不得推給別人；因此在命令洪行舟發誓不洩露師門祕密後，就把他拱手讓人。

接下來幾年，洪行舟幾乎沒能在哪個派系內久留。這人太過異質了。也不是惡意，而是那種彷彿對什麼都沒興趣的淡然，能輕易實現別人費時費力才能完成的事，也給他一種「超脫凡俗」的印象，讓人不敢接近他。

最後他來到了國師門下。

其實國師並不需要弟子。但接收誰都無法容忍的洪行舟，能證明自己的氣量——國師曾當著洪行舟的面這麼說，他補充：「而且算命這種事，知識面的事很快就學完了，真正難的是解讀；要是沒有足夠的人生經驗，不瞭解這個世界，譬如，不瞭解股票，那就算排了命盤也看不懂。」

換言之，他真正要傳授給洪行舟，洪行舟也確實缺乏的東西相當明顯：庸俗。那就是讓師徒關係成立的專業能力。

未臻曾問行舟，他們第一次見面時提到的「九五之命」是什麼意思？少年說：「那是師父說的。你的命格，是他成為算命師以來所見過最強悍的。如果不是出生在沈家，將來肯定是一方之主；但既然你生在沈家，就只是剋母之命。」

——剋母之命。原來如此，原來那個左右他命運的命格，就是國師跟沈家說的啊？未臻雖面無表情，但他內心被某種漆黑的東西攪動著。正因國師據實以答，才讓自己在沈家過著「連人類都不算」的生活，要是沒有他的話……

然而，這能怪他嗎？國師也只是做好自己的工作罷了。

雖然燃起接近憎恨的火焰，但未臻的心能好好地把這些分開，進行合理的歸咎，這是他經歷過種種殘忍切割才換得的能耐。況且憎恨有什麼用？他又拿國師沒辦法。憎恨這種事，要是報復的對象不能理解自己的痛苦，那一點意義都沒有。

「我對你命盤的解釋似乎帶給你不小的麻煩。」國師聽到他們的對話，不動聲色地說，「但我不會道歉，因為我沒說錯。」

「雖然我不是那麼認同師父的解讀。在我看來，沈家要興要衰，都是看未臻。我覺得沈家根本大材小用，這樣利用未臻實在是太浪費了。」

「這就是你要學的了，行舟。命盤當然有多種解讀，但我瞭解沈家，知道事情會怎樣發展；對沈家來說，你朋友就只是劬母之命，除此之外沒有值得一提之事。以後你就知道我是對的了。」

洪行舟沒反駁。對於「以後就知道的事」，他向來不堅持。他就像獵人般靜待獵物從自己面前經過，直到證明一切如自己所料，才露出滿足的笑。他的獵物就是命運。

未臻就是喜歡他這點。

即使沈家從未期待他，從未要求他跟誰當朋友，但光憑逆境中培養出來的野性直覺，未臻立刻就知道找誰當朋友對自己有利。

□

洪行舟確實成了未臻的朋友。不如說，前者相當主動，甚至希望未臻常來找國師。對沈家來說，其實不怎麼需要國師，彼此往來是有個保險，希望對方在關鍵時刻能派上用場，更像是交陪，因此未臻沒理由常去找國師。

但洪行舟說「希望能常常見到未臻」，就不一樣了。

沈家的規矩與「神明」密不可分。他們深知神祕力量的存在，知道世上確實有超自然的支配者；因此他們絕不會拒絕跟靈異的世界保持良好關係，這也是明明對國師的需求不多，沈家還是定期派人交陪的緣故。

因此他們當然聽過洪行舟這位天才道士，知道這號人物對沈家的將來有利無弊。為了將來，即使沈花水心有疑慮，還是給了未臻點空間，讓他與洪行舟保持聯絡。未臻甚至第一次得到手機，好讓他能跟行舟往來。即使行舟沒有施捨的意思，這無疑是未臻第一次「賺到」自由。

不過，未臻沒有積極配合對方的意思。

他很清楚那個天才真正感興趣的不是他，而是他的命運或命格；他確實對未臻感到好奇，但僅此而已，如果未臻誤把對方當好友，天真獻出自己的一切，洪行舟只會在挖空內部後失去興趣。因此，未臻也像是個獵人。他與行舟若即若離，透過那微妙的距離，爭取自己最大的自由。

他知道對方也很享受這種「手腕」。就像進行某種遊戲，沈未臻不能讓對方得逞，又得順對方的意；他們對彼此心知肚明，也因此沉默，那份不戳破對方目的的默契，帶來密謀般的愉快。

在這樣充滿算計的應對進退中，未臻過上了接近普通國中生的生活。某次他到國師那，國師在辦公室裡算帳，行舟則在會客室看一疊紙，全是影印的，未臻問他在看什麼。

「看天空。」行舟頭也不抬地說。

「天空？」

「中國的星表與傳統星圖。」行舟將幾張影印紙抽出來，「這是師父給我的功課，待會要問。雖然算命不見得能用上這種東西，但這些知識能理解古人怎麼看待這個世界，很有趣喔！你看，這是本世紀初發現的敦煌星圖。」

行舟將那幾張紙遞給未臻。他雖這麼說，但影印紙上的圖案頗為破碎，真不曉得怎麼能讀懂。星圖上有好幾組圖案，絕大部分是幾個圓圈以線連成的形狀，只有幾個是單一圓圈——真是不可思議的「構圖」。但這種「構圖」相當迷人，彷彿藏著祕密。未臻喃喃說：「跟星座有點像。」

「就是星座啊！不過是中國版的。」

「中國也有星座？」未臻看向行舟，後者燦爛地笑了出來。

「當然有！我的天，你不看武俠小說嗎？」

對未臻來說，這屬於專業知識，不足為恥。他聳肩：「學校同學都只聊希臘神話的星座，像雙魚、水瓶之類的。」

「嗯，未臻只能學到這種程度的東西，實在太可惜了。不過你說的是占星術用的星座，那不完全源於希臘，更多是古巴比倫；不過沒差。以你的命格，沒必要花時間學這些，只要身邊有人懂就好了。」

像是你嗎？未臻心裡瞬間閃過這個念頭，但沒開口。

「這就不對了，學問這種東西，就是不知何時會用到。如果只學有必要學的東西，那就是畫地自限，限制自己將來的可能性。」國師正好走出辦公室，聽到行舟的話，便擺出指導者的姿態。

行舟聳聳肩，沒說什麼。未臻舉手問：「國師，那希臘或古巴比倫的星座，跟中國星座用的是同樣的星星嗎？」

他會問，與其說有興趣，不如說是為了回應國師——為了證明自己不是畫地自限。這並非逞強，而是被迫磨練出來的求生之道，他必須證明自己有「價值」。

這時他還不知道自己問了多重要的問題。國師笑了笑。

「當然。畢竟無論是哪個文明，都生活在同一片星空下啊。」

「那為何會有星座？」未臻繼續問，「每個人看的都是同一片星空，所以每個人都能選擇將天上的星星連成某種形狀，不是嗎？既然如此，為何大家要接受同樣的連接方式？是誰規定星座必須長這個樣子，甚至幫星座跟星星命名的？」

仔細一想，這確實很不可思議。

肯定有人率先給那些在空中發光的東西名字。或許是從最亮的星體開始。或是那顆不會移動位置的星。但就算命名，為何別人要接受？就算接受了，頂多就是家族，或住附近的人接受吧，為何會發展成數千、數萬人都接受的詞彙？

一旦起疑，相關的問題就像洪水般湧出來。國師沉默片刻：「這問題很難回答。不過真要解釋，大概是因為命名者有『權力』。」

「權力？」

「對。過去知識是一種稀缺資源，只被掌握在少數人手中——那些有權力的人。人們向他們求教，要是他們說『那顆星叫北極星』，來問的人當然不會質疑。」

「但這只能教導一部分人而已，譬如中國這麼大，難道全中國的人都來找同一個人，問他那顆星星的名字？」

「這是更難的問題，老實說可能要專門研究這個的學者才能回答你，但問我的話，答案是戰爭與征服。」國師坐在沙發上。「被征服的人淪落為奴隸，自然會失去命名事物的權力，只能接受征服者的稱呼；就算之後復仇了，從奴隸身分解放，也沒理由放棄已經用了幾十年的詞彙。就算沒戰爭，強大的部落也能透過貿易等方式發揮影響力，讓其他部落不得不採用他們的稱呼。總之，是戰爭、權力、暴力主宰了星座的形狀。」

原來如此，未臻想。古中國、古巴比倫會有不同的星座體系，就是因為暴力與權力也有邊界，那時它們還沒能力吞併彼此吧！希臘能繼承古巴比倫的系統，是因為就算古巴比倫滅亡，知識仍透過權力階層保留下來。就像國師說的，沒理由放棄那些大家都已經習慣的東西……

這瞬間，未臻理解了世界的真相。

不只星圖，所有看似理所當然，大家早已習慣的「構圖」，其實全都是「權力」的成果；這世界並非空無的荒原，是遍布某種構造，原來那種構造的真面目就是「死去的掌權者的殘骸」嗎……？

對這個問題，未臻雖然沒深思下去，但他無疑已觸及某種真理。而這一度接觸真理的戰慄，將永遠改變他的人生，成為在場三人無法逃避的夢魘。

第三章

神明不太對勁——這樣的耳語越來越常聽見了。

其實離神明很遠的未臻毫無感覺，他能參與的祭祀少之又少，但沈家的女性長輩似乎都感到某種異質，就像有誰在身後，已近到都能感到對方氣息，回過頭卻誰都不在，就是那樣的不快。

這些話題是未青堂姊找回神像後才出現的。

是不是神像失蹤時發生了什麼事？沈家的人似乎對此不安。但就算不安，這事也絕不會被拿到檯面上討論。或許是討論了也無法解決吧，即使祀奉已久，那個神明也存在太多謎團。有人怪罪未青，說「誰知道她把神像拿回來前做了什麼」，也有人說「既然把神像拿回來了，真希望她負起責任」。但即使整個沈家都在議論她，這些話語也沒打算給她知道。未青對此一無所知。

眞可憐。

有時未臻心中會閃過同情。但老實說，更多是煩躁。即使不是未青的錯，未臻也對她的無知感到反胃；他厭惡未青將沈家的溺愛當成某種自然真理，卻絲毫不覺背後的邪惡企圖，那種從內而外對環境缺乏反思的遲鈍，簡直像被豢養的動物。

但整個沈家都企圖染指未青的「什麼」，還是讓未臻感到戰慄與憐憫。

不過，那與未臻無關。至少花水從未在未臻面前提起。在沈家內部暗潮洶湧時，未臻的重要性倒是與日俱增，因為他屢次在危險中倖存。既然在與死相鄰的風波裡露過臉，人們再度看到他，自然會懷著敬重。從義務教育畢業的未臻，慢慢成長為精壯、冷酷無情的少年，黑暗世界的人們開始知道沈家有這麼一號人物存在。

不過這份重要性是有上限的。沈家有個透明的天花板，天花板還很低，無論未臻多努力都無法攀上去。

□

差不多在這時，花水讓家裡的男性長輩帶未臻出去與人交陪。

最初只是陪著敬酒，什麼都不必說，但沒幾次就開始讓未臻喝酒、擋酒，絲毫不顧他還未成年。有幾次未臻喝到吐，卻也逐漸學會了交陪的規矩，知道何時該喝，何時可以拒絕，更重要的是何時可以說話，該說什麼。

也是在這樣的場合，他察覺到「不對勁」。

最初只是微不足道的不協調感，但要說哪裡不對勁，他也說不出來。就像穿不合身的衣服，就算每個動作都不舒服，還是能活動。直到某天，那份怪異感總算得到了解答。

那是個談生意的場合。父親帶著他，跟談判對象約在某間高級日式料理的包廂。

原本他就有些疑惑，像談生意這樣重要的場合，為何是由比較不重要的男性長輩出馬？當然，或許是掌權的女性派他們跑腿，但這樣談判的結果有代表性嗎？而且不只沈家，其他人也是。那天未臻的父親跟對方划酒拳，越喝越多，喝到後來，兩人居然講起貶低女性的黃色笑話，未臻的父親哈哈大笑：「沒錯，女人這種生物就是欠幹！」

未臻毛骨悚然，不知所措，甚至想吐。他有些混亂，無法理解自己為何湧現這種情緒。等談完上車，未臻才問：「爸，你剛剛那樣說，難道不怕被殺掉？」

「啊？我說了什麼？」父親嘿嘿笑著，醉醺醺地回應。

「就是，你說女人這種生物——」

「啊，那個啊。」父親沒看未臻，但顯然被澆了頭冷水，喝完酒的興奮已蕩然無存。他臉上掛著呆滯愚蠢的笑容。「跟你媽告狀也沒用，她可以理解的。」

看似輕鬆，但顯然是裝出來的。未臻說：「我沒打算告狀，但這種話很危險吧？就算我不說，要是被誰知道……」

「被誰知道？知道又怎樣？未臻，你還不明白嗎？我還以為誰都看得出來！」父親打斷他的話，態度突然凶惡起來，像是對這一切厭惡透頂。沉默片刻後，他眼底閃過雜揉恐懼與興奮的光輝，看向未臻。「好吧，既然這裡只有我們，我就明講吧——聽好了，沈家的規矩跟外面是不一樣的。」

「什麼意思？」未臻心底浮現某種預感，讓他不太舒服。

「沈家以外的世界，是男尊女卑的。你懂了吧？所以我才講那些貶低、歧視女人的黃色笑話！那能拉近男人間的距離，不那樣說就不能談生意；你媽當然也知道，她能諒解的。」

未臻腦中轟然一聲，難以置信，不過——

在內心深處，也沒有真的很意外。

就像父親說的，其實誰都看得出來，未臻只是想都不敢想。如果這世界真的是男尊女卑，那未臻心裡的眾多疑惑就可以得到解答。為何到處都能聽到針對女性的性騷擾玩笑？為何理所當然覺得女人該守貞操？為何面對女性的男人，無論在何種場合，都表現出某種優越感，彷彿他們是指導者？為何出現在國師會客室的政商高層多半是男人？為何——

原來沈家的「規矩」並非真理。

這瞬間，未臻心裡的「構圖」出現裂痕，讓他天旋地轉。苦澀的情緒與新的疑問從裂痕中冒出。

「……那麼，為何爸爸要嫁進沈家？」他忍不住顫聲問，「你是男的，在外面的世界不是很好？」

明明是男人，為何要進入沈家受苦？未臻沒問出這句話，因為會讓他意識到自己的悲慘。父親露出苦笑。

「還會有什麼？當然為了錢，為了權力！沈家的神是貨真價實的，能帶來無限的奇蹟。你還小，大概不明白吧？進入沈家讓我少奮鬥了二十年——不，如果在外面，就算奮鬥一輩子都不見得能認識這麼多有權有勢的人，得到這麼大的影響力！在家裡做牛做馬又怎樣？沒跟你媽結婚的我，肯定比現在的我悲慘多了！」

就為了這種原因？這男人讓自己出生在沈家，對面這麼多的屁事，就為了這個……？憤怒從心底溢出，讓未臻頭皮發麻。

或許他說的是事實。

但那些權力不過是狐假虎威。未臻打從心底鄙視父親。未臻沒什麼權力，但正因如此，他透過出生入死換得的敬重，都以性命為依據；經歷過這一切的少年，認為自己有資格鄙視那些嫁進沈家，反過來利用沈家權力，在男尊社會裡呼風喚雨的男人。

他甚至鄙視沈家。因為，那不是完全相同的構造嗎？嫁進沈家的男人憑藉著沈家的權勢狐假虎威，沈家的女人則是憑藉著神明的威能狐假虎威。他總算明白了，就算是沈家的女人，也都在向神明獻媚……

獻媚？

未臻一怔，為何他會想到這個詞？突然間沈未青的臉閃現在他腦海，他豁然開朗。獻媚，或說是將某樣事物獻出去換取好處的意圖。未青是給神明的祭品，跟花江阿姨一樣！

之前未臻被困在沈家的「構圖」中，將各種怪事視為無從解釋的禁忌，但現在他擁有不同視角，原本難以理解的事瞬間有了解答；沈家為了從神明得到好處，顯然交易了「什麼」，現在看來，大概就是家族中的某個女性吧。為何他覺得是未青？除了長輩們顯然有所圖，他曾聽未青抱怨，睡覺時會有看不見的東西摸她身體，這麼嚴重的事，長輩卻置若罔聞，不，更像早知如此。對神明選出的人，他們大概是用無微不至的溺愛將她囚禁在家吧！看似什麼都為她實現，其實所有違背家族利益的願望都會被壓抑。

就像花江阿姨至死都沒結婚，她真的沒機會結婚嗎？未臻已能想像，沈家的人是如何表面上認同她、支持她，實際上卻暗中破壞，只為將花江阿姨綁在神明身邊！

毛骨悚然。那神明到底是什麼？未臻頭冒冷汗，離神明很遙遠的他，甚至想不起神明的模樣；然而此刻，他彷彿聞到了祭祀神明時的薰香，被帶往那芬芳厚重的謎團深處，彷彿神明就在極近的距離俯瞰著他，透視他的靈魂。

他嚇出一身冷汗。

但回過神時，他徹底清醒了——

父親開著車，往沈家的方向徐徐前進，一切看似依舊。但未臻已經不同了。他已從那個家族的「構圖」、那個奇形怪狀的惡夢裡醒來。

□

察覺沈家怪異的真相，不表示未臻會同情身為祭品的未青。雖然他也曾深陷沈家不尋常的規則，但他終究醒了；對他來說，活在夢裡的人，就算被夢溺死也是活該。與其說他冷酷，不如說時常活在生死邊緣的人，實在沒有多少「同情」他人的餘裕。

而且未青讓他相當不舒服。

沈未青剛上高中，已是美艷不可方物的美少女，從頭到腳都發出某種甜膩過頭的氣息。家裡男性傭人看她的眼神變了，有的甚至會刻意討好她，那些人虎視眈眈，彼此監視，不敢動作，只有眼底的情慾像洩洪水庫，氾濫到讓人生厭。

未臻這才想起當年花江阿姨也是如此。小時候不懂，但花江阿姨被沈家當成談判的終極王牌，就是基於那讓人難以抵禦的性魅力吧！想通這點時，未臻毛骨悚然，而且反胃。或許那種魅力對沈家人無效，畢竟未臻不覺得未青哪裡特別，就只是端正而已，那又如何？正因如此，看到男人對她獻殷勤，未臻不禁為那份扭曲起雞皮疙瘩。

想來，那就是「被神明選上的徵兆」吧。那種性魅力不尋常，是超自然的。但要說恩賜嗎？只能說，未臻沒想到恩賜也能這麼下流。比起恩賜，或許更像束縛；事實上，未青大概會成為下一個花江阿姨，像花江阿姨那樣無知地被囚在宅邸裡，成為魅惑敵手的工具。未臻已預見這樣的未來。

然而——

就在未青最芬芳、最讓人垂涎欲滴的時刻，她消失了。根據眾多跡象，應該是逃家。

未臻難以置信。

那個被大家捧在手裡疼的堂姊，居然有勇氣逃家？為什麼？就算逃了，她要怎麼在外面生活？那個人知道怎麼用鈔票嗎？但驚訝之餘，少年見獵心喜，他知道會是齣好戲。

果然，沈家大為驚慌，動用所有資源搜索沈未青，陣仗比神明失蹤有過之而無不及；也難怪，這次沈家是上下團結，目標明確。未臻也被派了出去。

「聽好了，」花水姨的手緊箍著未臻，那隻手細瘦有如鳥爪，「要是找不到未青，有你好看的！這不是威脅，未青對沈家的重要性遠超過你的想像，少了她，你以為你還能過什麼好日子？」

好日子？陰鬱的少年幾乎要笑了，他在心裡哈哈大笑。

屢次面對死亡，被不認識的人折磨，連到高中求學都不行，這算什麼好日子？但未臻絕對不會在她面前挑戰她，因此他面無表情，將自己隱藏起來，順從地點頭。意外的是，不只是花水，連母親都難得地拉住未臻，與他談話。

「年輕人叛逆，這我很明白，我也不是不清楚你未青姊的心情。」花海溫柔地說，「不過未青還未成年，一個人在外，要是遇上危險怎麼辦？未臻，我聽花水說你已經成長為可以信賴的男人，你有辦法把未青找回來吧？我們沈家能不能團圓，就看你了。」

居然能將「一家團圓」講得這麼像髒話，未臻都有點敬佩了。

而且沈家要團圓，至少得有未艾姊不是嗎？母親卻像徹底忘了未艾。他差點回嘴，怎麼不想想為何未艾、未青連續逃家？難道不是這個家有問題？當然，未臻什麼都沒說。他像聽話的人偶般點點頭。

「我會找到未青姊，讓一家團圓的。但我跟未青姊不熟，您也知道，其他長輩不允許我跟她有過多接觸。請問她有留下什麼線索嗎？像是為何逃家的理由。還是我可以看看堂姊房間？說不定有留下線索。」

這其實逾越了。雖然沒明講，但他等於要長輩將過去隱藏的東西揭露給自己看。但這也是合理的要求，要是連未青為何逃家都不知道，就像在大海裡撈針，太沒效率，至少也得進過未青房間，摸清她留下來的所有祕密。

未臻在賭。他在賭自己的重要性能不能讓長輩亮底牌。他知道他們根本不懂第一線的做法，或是說，有些事光知道沒用，還得透過經驗來培養直覺。作為孤臣孽子，未臻擁有其他沈家人都缺乏的東西。

有這麼幾秒，某種情緒波動滑過花海的臉，但她很快隱藏起來。

「我會考慮。」她說。

但就結果來說，未臻賭贏了。花海不是不願，只是要跟其他長輩商討，一個小時後，未臻便獲得向她們提問的權力。於是在一間燈光昏暗的小小房間裡，幾位長輩坐在那，未臻旁敲側擊，將刺探的意圖藏在眾多乍看無關緊要的發問裡。不過短短幾個小時，他就印證了種種祕密。

不是開誠布公——沒人這麼傻——但一群人聚在一起，總會對什麼能說、什麼不能說有不同意見。什麼話題會被阻止，什麼話題會影響其他人的表情，光看那些忌憚、慌張、不以為然，就能約略推敲出真意。沈家的真相不是由於坦承，而是被隱晦拆穿的。加上未臻將自己徹底偽裝起來，就像羔羊般溫順、臣服，甚至還帶著對長輩的戀慕，這些都讓長輩們放下心防，露出破綻。

終於，他逼近沈家最深刻的祕密，就像站在那扇門前，聆聽裡面的低語。他還無法知悉一切，但至少未青與神明的關係跟他料想的差不多；雖然說到底，那本不算祕密。

原本未青被神明選上後，其他同輩的孩子就該知道真相。

被選上的人被蒙在鼓裡，因為那會讓她們想逃。告知同輩，則是讓大家成為共犯，一起控制「神明的新娘」；為了沈家的繁榮犧牲一個人，那有什麼好猶豫的？因此幾十年間，所有人都是共犯。

先前沒跟孩子說，是因為不確定孩子中的誰會被選上，反過來說，只要哪個孩子被選上，其他人就會被告知。被選上的一定是女性，所以女性在沈家的地位更高——那是個貪戀女色的神明，祂的慾望像深壑，將所有沈家女性吸入其中，就算沒掉進洞裡，也能感覺到。

但為何「新娘」會被賦予過度的性吸引力？對這問題，長輩們三緘其口，但從他們的態度可知，那並非禮物，或許更接近炫耀——就像獨占某個人人想要的寶物，讓神明感到滿足與欣慰。

噁心。低俗。幼稚。未臻忍著讓他反胃的憤怒。這樣的神明哪裡值得崇敬？讓他驚訝的是，那些長輩都接受了。這算什麼？平常擺出了不起的樣子，其實都自願當禁臠？

未青是感覺到了什麼，才不得不逃走嗎？未艾姊會丟棄神像，也是因為感應到神明？未臻慢慢消化那些祕密，將那蠢動的譏嘲之心壓到底，最後畢恭畢敬地說：「我明白了。既然沒有別的原因，堂姊恐怕是臨時起意才逃家的。那找起來不難，請給我兩個禮拜的時間。」

他退出房間，隨即拿出Nokia手機，打給自己信任的人。那些人敬重的是他，不是沈家。但他不是讓他們調查，而是要他們妨礙其他人；他太清楚沈家第一線的情況，深知怎樣才能妨礙別人。

他不打算讓任何人搶在自己之前找到沈未青。

——先找到她又如何？

其實未臻還沒決定。這只是他身為孤臣孽子的直覺。沈未青實在太珍貴，就算他沒有開價的資格，先找到她也肯定有好處。他靜下心，慢慢在心中推演沈未青可能的行動，並避開至今已被找過的路線……

在作出決定前，他的身體已採取行動。因為他知道他連一秒都不能浪費。找到沈未青，已經是兩天後的事。地點是臺北。那時她在二二八紀念公園——原本叫「新公園」的地方，前幾年改了名字——短短兩天就已經衣衫襤褸。

臺北幾乎無時無刻下著雨，未青在亭子裡避雨，未臻則變了裝，在另一個亭子裡監視。稀疏的雨聲中，沈未青縮著身子，細雨飄進亭子裡，讓她的服裝微濕，她瑟縮發抖，臉色白到嚇人。

看著曾被家族捧在手心的小公主淪落成這樣，未臻意外地平靜，甚至連嘲諷她的念頭都沒有。就像注入鐵壺的冷水，連溫度都沒變。陰冷潮濕的公園裡，在沈家最低賤的沈未臻，跟沈家最珍貴的沈未青，現在正平等地處在同一個地方。

某種情緒出現在未臻心裡，是同情嗎？

不，差多了。未臻對未青的想法並未改變，他還是看不起那位公主，打從心底鄙夷。籌碼已在手，如果是幾年前的未臻，現在已拿起手機聯絡沈家了吧？但現在，沈未臻知道了真理，世上有不同「構圖」，而那些「構圖」是彼此交疊的，因此他的選擇比原先知道的更廣、更多。

這改變了一切。

即使是那個討厭的小公主，在決定逃家的瞬間，也激起了未臻的一絲尊敬。對，尊敬。他能尊敬自己毫無好感的人。即使那份勇氣是招來自毀的無謀，他也尊敬。而且——

他想到一個可能。要是沈家失去「神的新娘」，會怎麼樣呢？

靜謐又小巧可愛的復仇念頭，在他的心裡開花。花水阿姨說未臻不能失去沈家，這已騙不了未臻，就算沈家毀了，他知道自己也能活得很好。不過，他也沒天真到認為失去「新娘」會讓神明毀滅沈家，畢竟神明有無限的時間，祂可以等下一個新娘，但這個階段，誰能取代沈未青？當然，家裡還有少女，但她只是孩童，才剛讀小學，其他的更小。在這幾年間，長輩要怎麼應付失去新娘的神明的焦躁？

這只是「找麻煩」而已。為了找麻煩，有必要冒這個險，知情不報嗎？未臻在雨聲中思考，佇立良久，讓冷空氣包覆自己，最後拿出手機，撥給自己的友人。

「行舟，」接通後，未臻沉穩地說，「我想請你幫我占卜。我現在打算做某件事，別問我想做什麼，但請你告訴我這麼做對我好不好。」

「哈，真難得，你從不要求我占卜，怎麼這麼突然？不過，你以為有這種好事嗎？不告訴我要算什麼，怎麼可能算得準呢？」

「因為你是洪行舟，」他說，「我相信你做得到。」

未臻沒說的是，就算做不到也沒關係，反正他信了。要是行舟算錯，未臻也會認命。雖然這件事真是無聊透頂，未臻卻決定賭上一切；要不要將沈未青抓回去，這個抉擇將影響他的未來——他到底要不要跟沈家妥協，繼續當他們的狗。

洪行舟一時沒說話，片刻後才說：「好了。但這是多餘的，因為從結果看，你早就決定好了。漸變為坎——老實說，不算是聰明的決定，但不管怎麼選，你的前方都是危險重重，所以你只要相信自己的決定就好。」

未臻鬆了口氣，他就想聽到這個。

「謝謝，幫大忙了。」他低聲說。

「我才要謝謝你，讓我算出這麼刺激的結果。不過我也相信你，未臻。」少年道士的聲音從手機傳來，「『維心亭，行有尚』，只要你夠相信自己，就能度過難關——還請你一定要度過喔，不然我會覺得無聊的。」

「反正要是我出事，你會知道的。」

未臻結束通話，直直看向未青，他深深吸了口氣，這才用堂姊絕對聽不見的音量說：「妳運氣真好，堂姊。我賭了。我就賭妳不會回家。希望妳別背叛我的期待，要是妳回來，我絕對會殺了你。」

話聲留在亭內。在這連空氣都為之發麻的暴雨中，未臻消失了。

這或許是愚昧的決定，但未臻不後悔。光是隱瞞已經發現未青，那是遠遠不夠的，因為其他人還在查；要阻止沈家人找到未青，唯一的方法就是「殺死」她——

也就是捏造沈未青的死。

因為沒有搜索死人的必要。

開什麼玩笑，這可不簡單啊！在沒有屍體的情況下，要證明某人已死，需要強大的說服力。換言之，得弄到證據才行。雖然找個體型相近的屍體也行，殺個適當的人就行了，但那樣做不夠謹慎。因為在最糟的情況下，未青也可能回到老家，要是未臻來不及阻止她或殺了她，就有必要解釋那具屍體是怎麼回事。

為了給自己留下「誤會」、「弄錯」的空間，他判斷不能找個體型相似的屍體。因此，只能製造出更高難度的「證據」。

經過好幾天密集的準備，他總算帶回未青已死的證據。聽到這結果，花水立刻打了他一巴掌。真諷刺，雖然未臻自己也甘願承受這巴掌，但要是未青真的死了，那絕對不會是未臻的錯，因此這巴掌毫無道理。

但他甘願。因為看到家裡那些長輩陷入絕望的嘴臉，還真他媽值了。

「未青怎麼可能死？她被神選上了，被選上的人哪可能這麼簡單死去！」

「但未青逃跑了，或許神明放棄了她……」

「未青……」花河流著淚，「早知她會死，就多生幾個女兒了……」

哇，還真是沒血沒淚，嘆為觀止。

這已經超越悲劇，變成鬧劇了。雖然未臻找了個藉口離開那裡，但他內心笑得好開心，就像個孩子。不過，就連那時的未臻也沒想到，沈家的悲劇居然尚未結束——

那是四年後的事。老實說，都已經不像悲劇，像是荒謬劇了。

第四章

未臻二十一歲那年，沈家發生了件大事。那幾年沈家的景況大不如前，雖然幾十年的根基還是難以動搖，但神明的恩賜似乎淡薄了，至少沒之前靈驗，未臻小時候聽過的那些神蹟，長大後幾乎不再聽聞。

而且少了「神明的新娘」這張王牌，沈家的事業也不再無往不利。

未臻鄙夷地想，也差不多到了不靠神明，正正當當憑實力的時候了吧？成天攀附著神明的威能，碰到點挫折就呼天搶地，這樣的長輩實在是不忍卒睹。

雖說如此，他還是不敢對神明不敬。以女性長輩為中心的祭祀從未止歇，不如說正是浮現衰敗之象，祭祀便更頻繁懇切了，神明廳裡終年香煙環繞，就像巨大的無形團塊在那囤積膨脹。儀式時，長輩們臉色陰沉，她們的臉頰被燭光照紅，兩眼被熏出血絲，離開神明廳，那些香煙跟著出來，尾隨其後，讓整個家布滿燒香的味道，她們認為這才吉利。

但這沒給沈家帶來多少好處。到了秋天，沈家的主人——未臻祖母過世。以她的年紀算是安享天年，但對沈家還是一個打擊，尤其花水跟母親關係很好，更是哭到呼天搶地。

在沒人注意的陰暗處，未臻冷冷注視這一切。

他跟祖母間當然沒什麼感情，畢竟他是男性。不過，即使是男性，未臻這段期間的地位也已跟過去不同。即使沒救回未青，未臻也沒喪失本來的地位，因為他太好用了，有時他甚至至陰謀爭功，來提升自己的重要性。因此在祖母的喪禮上，他也獲准出席——他不再是介於家族與傭人間的存在，真正被當成家人了。

但誰也沒想到，喪禮過後還沒多久，沈家長輩尚未走出傷痛，真正重創沈家根基的事發生了。就像大樹被砍倒，事情來得極其突然，毫無預兆；不，說不定有預兆，只是未臻沒感覺到，他終究被排除在這個家族的祕密之外——

那年年底，神明被偷了。

十五年前發生過的事，現在居然再度發生。

□

嚴格說來跟當年不同，這次被偷的不是神像，而是原本比著某種手印的「手」消失了。以整個神像的比例而言，這損失微不足道，說不定還可以請技術高超的工匠來修復，但整件事還是非常奇怪，譬如脫落的面非常圓滑，不是暴力拆下的，用刀、鋸也切不出這種切面，如果沒見過原貌，說不定會覺得神像原本就長這樣，沒有手。

當然並非如此，未臻看過神像原本的樣子。

「怎麼會？神明已經不在這了……」花水阿姨像是發瘋般，聲音顫抖，在神明廳裡步履蹣跚地到處尋索，像是要從牆與地板挖出她要找的東西，「不在，不在了！我能感覺到，你們也是吧？怎麼會這樣？明明只有手不見了，但神明也不在，神像裡什麼都沒有，祂肯定是跟著那隻手一起被帶走了！誰？是誰！」

那歇斯底里的樣子，讓未臻差點笑出來，但他也有些心驚，畢竟他從未見過花水阿姨如此。其他長輩彷彿知道花水在激動什麼，同樣臉色鐵青。真奇怪，難道他們真能感覺到神明在不在了？

最奇怪的是神像之手消失的過程。因為竊賊不是偷偷摸摸，而是光明正大進來的。

這天下午，有個畫家帶著自己的畫作到沈家借廁所。他是來附近寫生，那幅畫顯然還未完成，沒理由懷疑他。家裡的傭人請示過家裡長輩，才讓畫家進門。然後──

然後就無法解釋了。原本應該被傭人監視的畫家，不知何時失去了蹤影；等發現時，神明廳大門敞開，神像的手也不見，只有他的畫還留在會客室。畫家沒從正門離開，但沈家戒備森嚴，他到底是怎麼離開的？不，或許該這麼問：他到底是誰？為何要偷走神像的手？

沈家的神是「真貨」，這不算絕對機密，卻也沒公諸於世，只流傳在少數人間。而且就算知道，真有人會對神出手？未臻不以為然。就連他都摸不清神的真面目，其他人根本沒理由相信把神偷走就會得到神的協助，要是反過來被懲罰怎麼辦？

但這世上笨蛋很多，或許真有人蠢到對沈家出手。

沈家當然有所防範，畢竟十五年前，神像就失蹤過。沈家的傭人經嚴格挑選過，忠誠方面絕無問題，宅裡也有完善的保全措施，嚴苛程度跟電影《將計就計》差不多。這麼多年來，這些措施從未被挑戰，沒人敢打沈家的主意。

所以，那畫家是誰派來的？誰這麼大膽？他怎麼知道神明的力量，甚至知道怎麼偷走神明？如果無法找到畫家，這些問題就無法解答。但最難解的是，即使宅裡四處都有監視器，調出影像後，發現畫家確實進了神明廳，也從神明廳走出，但明明往前門走了，卻在監視器與監視器間的某處消失無蹤。

不可能。他怎麼知道隱藏監視器在哪？就算偶然避開好了，最後還是不可能離開宅邸。但那個畫家就像空氣般消失了。又不是魔法師，怎麼可能？

雖然大家都這麼想，但又無法否認眼前的事實。這對沈家來說是墜落地獄般的惡夢。十五年前，還能懷疑是家裡有誰私藏神明，現在卻顯然是被外人偷走了。冷靜下來後，花水立刻指揮眾人搜查畫家的下落，當然未臻也出動了，由於攝影機的影像不清楚，他拿著畫的相片到處問，但大部分畫廊說那樣的水準不足以開畫展，既不生動，有沒有個人特色，他們不認識這樣的畫家。

所以畫家身分也只是偽裝？

沈家長輩倒有不同想法。某天，花水說「該不會是未艾吧」——讓竊聽此事的未臻背上發毛。

「想太多了，那孩子是不是還活著都不知道。」花海說。

「十五年前，應該是未艾偷走神明的吧？或許她想再做一次！別忘了她也是沈家人，當然知道沈家的祕密！」

花水彷彿已失去理智。但這也難怪，幾十年間握有充分資源的人，第一次感到如此匱乏；沈家雖然表面光鮮，這幾年來已在吃老本，別說自己人，比較敏銳的外人都發現了，因此也有些人開始跟沈家保持距離。花水已不能像過去那樣毫無顧忌地做事。

「別傻了。監視器是未艾出走後才裝的。而且都多久的事了？未艾哪可能這麼清楚現在家裡的情況？更別說我們沒跟她說神明的事，那時她還小。」

「姊，妳怎麼能這麼冷靜？」花水像在發問，聲音卻咬牙切齒，「妳是不是知道些什麼？還是妳在袒護誰！」

「花水，我很瞭解妳，知道妳多厲害，多會辦事。但要是妳急了，妳身邊總有人要保持冷靜。我只是保持冷靜而已。」她嘆了口氣。

「天啊。」花水顫聲自語，「為何是我？為何這種事發生在我身上？為何在媽死後？」

花海安慰她，眞是姊妹情深，未臻尖酸地想。

不過，會是未艾姊嗎？

理智告訴他不可能。然而，那位畫家做的事，也無限接近不可能。既然後者可能，那前者不也有可能嗎？

其實他內心深處知道這不理智。但他太想知道姊姊的近況。雖然他不打算見面，見面也不知道要說什麼，雖然他已下定決心終有一日要脫離沈家禁錮，但現在終究還是戴著項圈，被家族豢養，他自覺沒臉面對姊姊。

不過，他想知道姊姊過得怎樣。

如果那畫家跟姊姊有關——那無論如何都要把他找出來。

□

未臻找到那畫家是兩個月後的事。老實說，能找到他根本是奇蹟；如果找人有黃金時刻，那未臻與沈家早就錯失，但未臻竟意外在對的地方問到對的人，還發生好幾次，這份好運實在讓他毛骨悚然。沈家長輩認為畫家是政敵或商業對手派來的，淨是從相關的人脈找，結果迷失在人脈的迷霧之中——對未臻來說，這是他的運氣，如果畫家真的跟姊姊有關，他可不希望沈家捷足先登。

接下來短短幾天，未臻已將那畫家的身家摸清楚。畫家叫袁志杰，雖不算出生望族，但家境也算富裕，父親名下有幾個房產，袁志杰就住在其中一處，並將那裡當成他的畫室，也開班教附近的小朋友畫圖。

——真不可思議，那傢伙還真是個畫家。

袁志杰在美國讀小學，之後就一直在美國接受教育，中間雖一度回臺灣服兵役，服役完繼續在美國完成學業，之後回臺灣當個畫家。雖不算ＡＢＣ，對臺灣人來說也沒差多少，他的國語有種奇妙的口音，像在唸詩一樣，而且在臺灣沒什麼人脈——這很重要，表示他跟沈家的政敵無關。

說來奇妙，不管未臻怎麼調查，都找不到袁家跟沈家有何瓜葛。當然，從六度分隔的角度看，還是能找出關聯，但那種關聯在商場、政治上毫無意義，是不足以產生動機的距離。明明如此，為何袁志杰要偷走神明的手？

難道這個人真的跟未艾姊有關？或許，未艾姊現在就在美國？

這些想法毫無根據，與妄想無異，但未臻一邊想著這些，一邊監視畫家。他指派手下，讓他們製造自己在認真調查的假象，同時像是跟蹤狂般，坐在車子裡二十四小時盯著畫室，他吃飯、睡覺都在車裡，隔三天才洗一次澡，唯恐袁志杰從他眼中消失，從此再也找不到。

三個禮拜後，未臻覺得自己彷彿跟袁志杰共同生活一樣。他清楚袁志杰臉上鬍子有沒有剃，頭髮生長又剪短，光看他的臉就知道精神好不好，而且袁志杰的作息就像機器人，每天固定十一點出門散步，十二點回家，四點出門採買，五點回家，未臻知道他會去哪些店，甚至知道他採買時的癖好，知道這位畫家就像有強迫症，非得照某種儀式性的順序完成自己的任務。之所以如此，是因為未臻期待透過他看到某種祕密，他背後肯定有不尋常的東西，才會做出偷走神明這種怪異之事。

然而沒有。

沒有祕密。袁志杰這人尋常至極，甚至可說是無聊。這人甚至沒有朋友，沒有社交生活，未臻從未見過這麼規律、低調、宛如植物般生活的人。這男人有種怪物般的氣質，並不是令人畏懼，只是單純偏離「人類」的印象。

真的是他偷走神明嗎？未臻終於產生了懷疑。

單從監視器影像看，只可能是他。但不可思議的事太多了，真能光憑監視器影像得出結論嗎？未臻感到不安，難道袁志杰並未偷走神明，也跟未艾姊無關，這一切都是他們弄錯，他只是白白浪費時間？

——要裝作無關人士，悄悄接近他嗎？還是直接逼問他，要他交代那天發生了什麼事？就在未臻還沒下定決心時，袁志杰的「作息」改變了。

這不尋常。

雖然只是直覺，但能改變袁志杰的作息，肯定是有什麼強大的東西撼動他了。這畫家無聊透頂，卻也是不會變化的龐然大物，就像化作山嶺的一部分、既遲鈍又頑固的沉睡之龜。如今，究竟是什麼將這個生物驚醒了？

如此微小的變化，讓未臻再度將自己隱藏起來。他悄悄潛伏在袁志杰的影子裡，知道對方變得匆忙，他離家的時間變長，採買的店家也變了，甚至他去買了一些不尋常的東西，如玻璃容器、金屬容器、化學材料、肥料，讓人懷疑他是不是要在畫室裡種些什麼。但不可能，因為他沒去買種子……

嗯？

不會吧。未臻心想。

從袁志杰採買的東西中，未臻聯想到某種令人戰慄的可能。但沒道理，這和這段期間袁志杰給他的印象差太多了。

那時，未臻心裡其實已有某種預感，如果他有意，或許能阻止接下來發生的事吧？但他沒有。他沒阻止的義務，更重要的是，就算確定袁志杰的目的，他也寧願旁觀，透過觀察袁志杰的惡行，推論其背後的動機。這就是他的生存之道。

因此兩週後的那個下午——袁志杰穿著臃腫風衣走進中央銀行大樓時——未臻只是在遠處看

著。雖然，即使已有預感，未臻也沒想到事情接下來竟會如此發展。

□

央行爆炸了。

那瞬間，未臻正坐在咖啡廳的靠窗位置，以攝影鏡頭監視央行，因此第一時間目擊。不像美國九一一那樣，是撞上去整個摧毀，但大樓內肯定發生爆炸了。咖啡廳的客人都停下來，看向窗外，但只有少部分人繼續觀看，其他人很快回到了日常生活，他們肯定覺得無論發生什麼事，政府都能解決。

果然，未臻想。那種沉悶的聲響，依稀可聞的痛苦哀嚎，都在在證明未臻的猜想——土製炸彈。這段期間，袁志杰買的東西就是材料。但為什麼？為了搶錢？為什麼是央行？

不，最難理解的是，為何袁志杰要搶錢？他家境寬裕，根本不缺錢，所以明明是個沒天分的畫家，卻還能生活。他沒有搶錢的必要。

這時未臻手機響起，是他的手下。

「大哥，我幫你把車子開到店門口了。剛剛有爆炸聲，你有聽到嗎？」

「有，別擔心，跟我們無關。」

未臻離開咖啡店，走到車旁，在窗邊跟手下說：「車子給我。你走遠一點叫計程車回家，計程車費報給我，之後給你。」

「大哥，不需要我陪你嗎？」

「不，我不想把你捲進來。這件事我能脫身，你不見得能。」

他的手下馬上相信他，點頭離開，未臻則坐進駕駛座，在臨停區繼續監視。

在爆炸發生前，未臻就知道會出大事，所以才叫手下開車來。畢竟袁志杰進入央行大樓半小時就有警車出現，沒多久還有警察指揮交通，封鎖附近。即使如此——未臻心中還是充滿疑惑，袁志杰到底打算做什麼？這絕對會是這幾年來最大的刑事案件，但為什麼？不如說，有必要嗎？如果只是為了錢，絕對有更不受矚目的方式。

犯人只有一人。或許是這樣，警方沒多久就衝了進去，開始攻堅，但隨之而起的就是巨大的爆炸聲。轉眼間，場面混亂異常，尖叫聲中，人們四處竄逃，剩下的警察則衝了進去，不過十幾秒的時間，救護車的笛聲自遠方響起。

未臻在車裡思考，還是覺得有太多不可解的謎。

袁志杰是帶著炸彈進去的。但為何是炸彈？要威脅的話，其他武器更有效。而且這並非計畫型犯罪，不然他大可事先進去，將炸彈藏在某處，那樣可操作的彈性更大，但他沒這麼做。在這種情況下，袁志杰真的有時間安裝炸彈，自己逃到安全的地方嗎？還是說——

未臻還沒想完，一個身影走出大樓。

由於剩下的警察闖進去，其餘的閒雜人等逃開了，而記者尚未趕到，這人居然在無人阻攔的情況下走出大門；怎麼會有這種事？就算再怎麼疏忽，也不可能完全沒人啊！然而，事情就是這樣發生了。

那人正是袁志杰。

雖然袁志杰神態自若，樣貌卻有些狼狽，他渾身灰撲撲的，頭上沾滿灰與石礫，衣服也像被烤過，甚至有一小部分還在燃燒。光看這樣，他像是從炸彈的衝擊波底下倖存，但如果他真的經歷了衝擊波，本人怎會連擦傷都沒有？

不，不只如此。他能大搖大擺走出來，這也是常理無法解釋的。如果不是無數的奇蹟累積在一起，根本不可能有這種事——不過，身為沈家的孩子，這種程度的奇蹟，未臻可是從小聽到大的。

神明絕對在袁志杰手裡，未臻確定了。只有如此，才能解釋奇蹟。

不過這傢伙是怎麼回事？他居然過馬路了，難道是要去搭捷運？未臻暗罵一聲，拜託，不要製造更多奇蹟了。繼續這種毫無防備的作法，要不被捕，到底要仰賴多少的奇蹟啊！

不過，未臻心動一念，要是自己也成為奇蹟呢？再怎麼說，搭捷運也太蠢了，就算是袁志杰也該知道。他需要一個人救他離開。

好不容易找到他，出現在他面前可能只是打草驚蛇，可是——未臻握緊方向盤，心跳加速，滿手是汗。沒時間了，他必須現在就下決定。

其實他已下定決心。好幾年前就下定決心了。所以他換檔，車子開了出去。這次他不會問洪行舟，因為洪行舟與國師終究跟沈家有關；這個決定會讓他永遠告別沈家，這樣好的機會，或許百年內不會出現第二次了。

「快上車！我等你好久了！」

未臻開車攔著銀行搶匪，對方露出驚訝之色。但那驚訝依然有些恍神，就像從夢裡醒來，發現自己躺在不熟悉的床上。只有這種程度。他說：「你是誰？」

這是袁志杰第一次跟沈未臻說話。

「有神明託夢，要我來幫你，快上車！」

畫家睜大眼，點點頭，緩緩將大概裝滿鈔票的皮箱放進後座，坐上副駕駛座。未臻沒說什麼，立刻駛離當地。他不怎麼急，畢竟有沈家的神明守護，他們不可能被捕。

救護車從遠方駛來，刺耳的笛聲經過他們身邊，但不過幾分鐘的時間，他們已回到日常壅塞的交通裡，彷彿搶銀行只是夢境罷了。這時，未臻聽到副駕駛座傳來啜泣聲。

「怎麼啦？」他心不在焉地問。

「我……我殺了人。」袁志杰哭哭啼啼地說，「好多好多人。那些炸藥……燒焦的……他們都有家人……是我做的，我殺了他們！」

他的聲音依舊像在唸詩，不過，天啊，未臻想。

這理由也太無聊了吧！

蠢透了。因此未臻沒有回答。他繼續行駛在臺北的道路上，心中對袁志杰感到些許不屑，甚至厭惡。

第五章

「你是說，神明就是這隻手？」

忍著顫抖的衝動，未臻裝出驚奇的表情。

其實，當袁志杰拿出神明手掌的瞬間，未臻便眼前一暗，就像有蟲從尾椎爬上來，直衝後頸。他跟家裡的女性長輩不同，感應不到神明，但面對這個長年把持、控制沈家的「存在」，未臻幾乎是本能地畏懼，難以呼吸。

但他不動聲色。他不想透露太多情報。還有太多事無法確定。他需要情報，判斷袁志杰的價值。

「對，神就在這。」畫家看來睡眠不足，聲音有氣無力，「你說神託夢給你，現在呢？你有感覺到嗎？還是什麼都沒聽到？」

他像在尋求共鳴，幾乎是在哀求，未臻差點就要同情他了，但青年忍住配合畫家的衝動——這時逞強就太蠢了。他搖搖頭：「神明在夢裡說過，祂只會對我下這一次命令，此後我就再也聽不到了。但我知道那是神明，事實上，你確實出現在那裡了，神明要我來幫你，神明果然是存在的！」

「是嗎。」袁志杰有些沮喪，接著搖搖頭，像在喃喃自語，「原來你聽不到。我到現在都還能聽到喔，神的話語。那些聲音到底何時會停下來？為何不放過我……」

袁志杰喃語片刻，開始講述他為何偷走這隻手——

不。

從他的角度，更像是受到感召，非帶走這隻手不可。

□

袁志杰到沈家那天，確實只是去借廁所的。

沈家確實有錢，但宅邸位於郊外，雖不是荒山野嶺，也遠離人煙。畢竟沒有追求生活機能的必要，他們不缺使喚的人，也不缺物資。那是個風景優美，風水良好之處，正因如此，袁志杰才會到附近寫生。

當袁志杰尿意上來時，他原本打算隨便找個地方解決，但看到附近有房子，覺得在別人家附近便溺很失禮，於是揹著畫上前敲門——在接下來幾年，未臻會發現這是袁志杰的天性，他有種近乎強迫症的固執。就算覺得在別人家附近便溺不好，不會走遠一點嗎？就算還是感到不妥，大部分的人也不會真的去按那戶人家的門鈴借廁所吧！

但袁志杰並非如此。他既然動了「不妥」的念頭，就會將其貫徹到底。他是個不會背叛自己的心的男人。

總之，袁志杰會出現在沈家只是巧合，難怪無法從敵營的人脈中找到，因為這名畫家本就不知道沈家的地位，也對沈家沒有惡意。原本沈家不會隨便讓外人進來，但那天不知為何，或許是還沒從失去家長的傷痛中走出，以致判斷失常，總之，袁志杰進了門，先被帶往會客室，接著由傭人帶至廁所。途中經過神明廳，畫家突然聞到某種味道——

是焚香。

這對他來說很陌生。袁志杰的父親是外省人，祖父輩舉家逃離中國時，只帶了神主牌，沒帶神像，從此與所謂「傳統信仰」無緣；別說他，連他父親都沒進過廟宇。對他來說，傳統宗教不過是迷信，除了過年，他幾乎沒聞過線香的味道，更別說焚香。

是拜祖先的地方嗎？香氣太濃郁了吧，他心想。連漢人會在家裡設置「神明廳」這種常識都不知道的袁志杰，當然無從判斷那宛如爛透果實般的香氣是否異常。借完廁所，袁志杰走出來，發現帶他來的傭人不見了……

這與傭人的說法不同。

據傭人所說，是袁志杰從廁所裡消失無蹤。但未臻不打算提出此事，畢竟他已裝成跟沈家無關。袁志杰那時也不覺異常，只感到困擾，因為他不熟悉宅邸，沒人帶路，要怎麼回到會客室拿畫？就算可以大聲喊人，他的行事準則也不允許他做出這等冒犯失禮之事。正當不知所措，他再度聞到焚香的氣息。

那不只是爛透果實，還隱約有少女的魅惑體香，以及雞蛋腐敗般的硫磺臭氣。那種隱藏在味道間的味道並未彼此融合，而是油與水般互相舔舐、交纏，發出無人能聽見的顫慄聲響。沉鬱的氣味分子如菌絲般爬進袁志杰的嗅覺器官，直通大腦，宛如有隻手正在輕撫他的腦神經，讓他恍神。迷糊間，他想，對了，來的路上有經過神明廳，說不定找到那就能想起回到會客室的路。袁志杰跟著神明廳的香氣，沒發現那股香氣極不自然地引誘他，為他指明方向。

當他來到大門緊閉的神明廳時，已忘了自己的目標是會客室。

古老的門後有某種聲音。

那聲音並非語言，卻叫喚著他。袁志杰感到自己的靈魂像被老鼠啃咬、拉扯，拖向那扇門。明明越接近越殘破，他卻沒有抵抗，連害怕也沒有，像開悟一樣。當畫家孱羸的手指觸碰門板，門不像是被推開，而是某種力量從內部拉扯，猛然揭露裡面的景色。

囤積著的香煙冒出，宛如襲來的夜霧。

神明桌上，香燭發出月暈般的光映照著神像，木雕被香燻黑到發亮，像濃郁陳舊的血。這時，本應同樣漆黑的眼睛張了開來，瞪向袁志杰。

不，不只一雙眼睛。

是無數的眼睛。

袁志杰像被電到。

那是黑暗。是被強光壓倒的黑暗。是被過度炫目奪走的光明。宛如嗑藥的幻象，針般的刺激戳進袁志杰柔軟纖細的大腦隙縫，輕聲低喃，吹拂他靈魂的纖毛。某種無聲，或衝擊波，或靜電般的東西掠過他，輕吻他，讓他跪倒，渾身顫抖。他發出被凍壞、舌頭僵直的結巴聲。

——[redacted]

語言被破壞了。

但他因此聽見嶄新的聲音。那聲音讓他痛哭流涕，就像海嘯吞噬他，他在洪流中身不由己，因此體會到所有自由都被奪走的開放感以及迷幻的幸福。等從神靈的大海探出頭，他已不在沈家大宅內。

他不知道自己是怎麼離開的，也想不起來。

掌心好痛。因為他正握著某種燙到能在他掌心烙下聖印的東西；雖然那東西並不燙，只是錯覺，然而畫家內心有個願望，希望那東西狠狠地傷害他、弄痛他，透過痛苦與他相連。即使那東西本就再也無法與他分開。

那東西——

他知道那是什麼。是賦予他新使命的詛咒，是召喚他的神。

就像摩西。畫家在寒風中發抖，*原來這就是成爲先知的感覺*，他想。

□

「為什麼？」聽著這些，未臻還是不明白，忍不住問，「為何要把神明帶走？」

「因為那些聲音叫我帶走。」

「那些聲音？」

未臻感到怪異。那些？神不是只有一尊嗎？

「對。神的聲音好多，好多，我能聽見不同的聲音，有男有女，還有好多不同的情緒，那是神的無數面向，所有面向一起向我說話，都在要求我、命令我，要我將神帶走。」

……神明想離開沈家？未臻難以置信。對他來說，神明跟沈家幾乎是同等的存在，不可能分離！然而——

這能解釋一些事。

譬如，不過失去了手，為何整個神明都不見了？神明沒道理將自己全都灌注在手掌上。但如果神明是自願離開，就有理由這樣做；因為袁志杰不可能揹走整個神像，祂只是將自己調整成方便攜帶的型態。

但……怎麼會？沈家祭祀神明這麼久，祂為何要離開？難道是未青堂姊逃家，祂要去追她？不會吧！沈家還有這麼多女性可供挑選，堂堂神明，難道會在乎這短短幾年沒祭品？未臻有些賭氣，他拒絕相信沈未青當真如此重要，因此忍不住問：「為什麼？我是說，這不是那個家族的神嗎？為何他想離開？」

「為什麼……因為神有要透過我實現的願望，只要在那裡，神就辦不到，那個家族大概用某種邪惡的法術獨占了神，像女巫一樣，但神希望向全世界分享祂的祝福。」

這傢伙……到底在說什麼？

未臻感到雞皮疙瘩，努力控制自己的表情。袁志杰口中的神，跟他知道的也差太多了吧！他說：「你說分享祂的祝福，這就是神明要你幫祂實現的？那你為何要搶銀行？」

就像被燙到，袁志杰縮起身，露出悲慘的神情，看來跟在車上懺悔時一模一樣。他低下頭：「神有託夢給你，你應該懂吧？畢竟你都出現在那了。」

「神明沒跟我說原因，我只是遵從指示。」未臻最初聲音有些僵硬，但他知道不能嚇到對方，語氣便溫柔起來。「我也想知道更多關於神明的事，但神明選上的是你，只有你能告訴我。」

「因為需要錢。」

——廢話。

未臻在心裡暗罵。他試著不挑釁，不帶敵意地問：「神明會需要錢嗎？」

「為了達成神的指引，我需要錢。」袁志杰望向未臻，睜大濕潤的雙眼，「我要幫神明蓋神殿，宣揚祂的教義，讓更多人認識神，好發揮祂的力量，拯救所有人！你明白嗎？神一直想這樣做，祂等了好久好久，好不容易等到我，只有我能將神救出來，這是為了拯救世人！但我好害怕，怕這些都是我的幻覺，我的空想，如果神其實並不存在呢？所以我想，要是神真的存在，他一定會救我，救祂的先知，就算炸彈爆炸，我也能活下來——」

畫家越說越快，甚至發起抖。原來如此，袁志杰走進央行時，大概已喪失理智了吧？現在他證明了神明存在，反而清醒過來，並開始為殺人後悔……

不，不對。他真的清醒嗎？

即使是從沈未臻的角度看，袁志杰的言行都帶著難以言喻的異樣。未臻確信神明存在，無論怎樣的奇蹟都能接受，但連這樣的他，都無法理解袁志杰。明明如此，未臻卻擁抱這位脆弱到幾乎哭泣的畫家，聲音也異常溫柔。

「我懂，我懂，你沒有選擇。」

未臻的衣服被畫家的淚水沾濕，他能感到畫家近距離的悲鳴與溫熱的呼吸。未臻安慰著他，雖然事實上，未臻完全不懂。

要測試神明的力量，根本不需要炸彈吧，自殺看看不就好了？智障嗎？而且建神殿是怎樣？這詞也太突兀了。要從事宗教活動，只裝滿兩個皮箱的錢真的夠嗎？更別說根本沒必要搶央行，多的是更好的選擇，不過，如果問這個問題，未臻大概猜到袁志杰會怎麼回答——

央行不是臺灣錢最多的地方嗎？

他大概會這樣回答。

真是個大白痴。未臻已經知道這個畫家多缺乏常識了。央行不是錢最多的地方。它很重要，但重要的原因不在錢多。臺灣史上最大的銀行搶案發生在華南銀行大稻埕分行，被搶了九千萬，分裝在好幾個紙箱，那次搶的都比這次多！這場央行搶案確實會留名歷史，但不是因為金額有多高，而是炸藥與死傷人數。

不過，雖然是白痴，但這傢伙說的大概是眞話，未臻想。

——真話？

怎麼可能。他口中的神跟未臻知道的截然不同！沈家的那個混帳神明，怎麼可能是發願要救苦救難、救度眾生的大菩薩？除了有神力，祂不過是性變態、虐待狂而已！

但未臻也注意到了。這個常識與未臻不同的男人，顯然被囚禁在自己的構圖；不，不對，所有人都被囚禁在自己的構圖裡。袁志杰之所以講出這麼費解的話，是因為他對「神」的理解與想像跟未臻不同。

因為詮釋不同。

袁志杰對神的理解，大概更接近西方一神教信仰的神吧？會冒出「神殿」這麼脫離臺灣脈絡的用語也是這原因。無論沈家的神對袁志杰發出了什麼命令，現在袁志杰說出口的，都是經過他理解的版本，也就是說——

神是可以透過詮釋來「扭曲」，甚至「拆解」的。

未臻的心裡燃起某種火光，讓他的表情歪斜。但他沒讓袁志杰知道。

「啊，我終於知道我的任務是什麼了。」

未臻邊輕拍畫家的背，邊在他耳邊低喃，宛如蛇的誘惑。

「我是來協助你的……袁先生。那就是神明要我做的事。你要創建一個宗教，對吧？我會幫你達成，我知道該怎麼做！袁先生，讓我們一起在臺灣打造新的樂園，拯救世人吧！」

□

為何未臻要做這麼麻煩的事？因為他意識到這是脫離沈家控制的好機會。

沒錯，他可以逃家。他有自信不被找到。但這也表示他要活在恐懼中，一輩子潛沉，不斷思考怎樣才不會被沈家發現。沈家憑什麼？支配他的一生，就算逃離，也要繼續壓迫他？未臻死都不願。

然而——

現在「神明」在他手上。

不，其實在袁志杰手上。雖然原因不明，但神明選上了袁志杰；未臻就算奪走神的手掌也沒用，他感應不到神明，也無法活用神明之力，只有讓袁志杰留著神明，才能發揮神明最大的能力，趨吉避凶，帶來奇蹟。

但這表示，只要控制袁志杰，就等於控制神明！

協助袁志杰成立宗教，讓宗教壯大，跟政商打好關係，發展人脈，這樣就能扶植足以對抗沈家的勢力！用沈家的神打擊沈家，還有比這更有效、更愉快的作法嗎？所以未臻萬萬不能錯過這機會。要從沈家脫身，同時讓自己有尊嚴地活著，方法只有一個。

那就是消滅自己老家，把那腐朽的東西連根拔起——他沒察覺，但「剋母」的預言無疑應驗了。

此外，未臻也享受某種陰暗的慾望與快感。

他要成為袁志杰最親密、最信任的友人，影響袁志杰的想法，扭曲神明的意思；這就是他對神明的復仇，他要參與對神明的詮釋，進而控制神明。沒錯，這個新興宗教會因神明而壯大，會榮耀神明，但事情絕不會完全按照神明的預期發展！他沈未臻將在其中大動手腳，不斷介入神明的旨意傳達，上下其手。

「你叫什麼名字？」

在袁志杰冷靜下來後，他才終於問未臻是誰。這也是袁志杰的特質，他活在自己的世界，即使未臻幫了他，也沒想要問對方姓名，直到對方真正進入他的世界。

「我叫高有成。」青年靜靜地說。

他之前曾見過這名字，印象深刻。看來普通，但「高」與沉寂的「沈」不同，「有成」也像在跟意味著不足的「未臻」炫耀——多有意義的名字啊！那時他就很羨慕那位與自己年紀相近，名字卻完全相反的青年。因此在向袁志杰自報姓名後，未臻就去將那個高有成殺掉，竊據他的身分。從新的自己開始，這個青年終於有了「自由」的本錢。

□

接下來進展得很順利，至少比高有成預期的更好。他住進袁志杰的公寓，與他同居，跟他「討論」神諭，整理教義，並打造袁志杰的好形象。在他的引導下，袁志杰相信沈家的神明是「元通神」，而這個發揚元通神教義的宗教則是「宇宙通元」。至於袁志杰搶到的那筆錢，高有成拿來經營人脈，也是在這時，他發現袁志杰從神明那裡得到了某種「庇護」。

在高有成眼中，袁志杰是個白痴，但其他人似乎認為袁志杰是極有魅力的領袖人物。他知道是怎麼回事。就像神明選上沈未青，賜予她那異常、扭曲的性魅力，袁志杰也得到了魅惑的魔力。這與他原本就真誠的形象結合，更發揮十足的影響力。

只要站在那，人們就會心向著他。

透過袁志杰，高有成在沈家的敵對勢力中經營人脈，壯大勢力，同時也出手斬斷沈家的根部。他活躍於灰色地帶，毫不介意使用違法手段，他知道一定要在「宇宙通元」廣為人知前，將沈家打壓到體無完膚，沒有對「宇宙通元」出手的能力。

慢慢地，針對沈家的包圍網已經成型。但高有成還不放心。就算沈家衰弱到沒有能力摧毀宇宙通元，只要他們知道自己是沈未臻，還是可以用暗殺之類的手法幹掉自己。高有成見識過沈家的手段，無論如何都無法放心，他太清楚沈家是如何喪盡天良，畢竟他就做過不少喪盡天良之事。

不，不只如此。

身為沈家的晚輩，他身體還記得對沈家的恐懼。就像全身爬滿吸血蟲，那種恐懼是非理性的，根本無法控制。

在某次宇宙通元的布道大會上，他看到了熟面孔，雞皮疙瘩。

是「國師」。

他已經五、六年沒見過國師，怎麼也沒想到國師會參與宇宙通元的布道大會！高有成立刻環顧會場，想找出別的熟面孔。雖然國師不是沈家的手下，但無疑是沈家的重要人脈，要是他知道自己在這裡——

這麼想時，他跟國師對上了視線。

這位曾經照顧他的長者正用一種戒慎恐懼、讓人不安的表情看著他。

從這個眼神，高有成下了判斷。

只能殺了。

不能等到明天，今天就得殺了他。那種對沈家根源性的恐懼讓他下定決心。布道大會結束後，高有成堆起微笑，朝國師走去。他準備以敘舊的名義帶國師到別處——其實也沒錯，畢竟

「陰間」也算是別處。他張開口，準備說話，甚至已經抓好了歡心喜悅的音調。

這時，國師突然朝他下跪，磕頭為禮。不只是他，旁邊跟他一起來的道士也一同跪下磕頭。

「您、您做什麼？」

高有成大吃一驚。畢竟是曾經尊重的長輩，他再怎樣也沒料到對方會下跪，這讓他手足無措。旁邊那道士站起身，笑嘻嘻地說：「你還問？當然是因為我們占卜過，要是見到你後沒有立刻跪下，我們必死無疑啊！」

被說破心事，高有成毛骨悚然，但當他看向道士，卻不禁呆住。

「……行舟？」

剛見面時還沒認出，因為行舟比他年輕，但眼前的道士留了鬍子，看來有三十幾歲的氣質。洪行舟撚鬚微笑：「怎麼樣？也許你覺得不適合，但做我們這行的，有這鬍子，說服力可是加五十分喔！」

「這是怎麼回事？」高有成將國師扶起，「為何你們說必死無疑？」

「你自己明白，對不對？」國師低聲說，似乎有些羞恥。

「或許吧。」青年沒否認，在國師耳邊說，「但你們可以不來，再也不出現在我面前。」

「因為這場戰役，沈家輸定了。」老者苦笑，「要是我們現在不來，以後就沒機會，而下次見面——我們總會見面——你會把我們當敵人。雖然我是老頭子，可還想活久一點。」

「而且你突然不告而別，太不夠意思了！」行舟用手中拂塵掃了高有成一下，「雖然我早已算到。我算到你會離開老家，算到你會出現在這裡；老友，你以為我過去為何幫你？就是為了看你搞出這些花樣啊！我可受不了你在籌劃那些陰謀詭計的時候，我無法在搖滾區看戲。」

搞什麼，自己想盡辦法逃離家族的奮鬥，對這個天才來說只是看戲嗎？高有成正要抗議，洪行舟已接近他，悄聲說：「而且你需要我，老友。你在冒險，就算現在看來多順也一樣；你的船隨時可能翻，因為你不知道『那東西』是什麼，也不知道『祂』能耐的極限，但我知道。」

高有成一怔，知道他在說沈家的神明——不，那東西已經是元通神。

這傢伙到底知道多少事？

「——但我不相信你。」

高有成說了實話。

在這種時候，他不會相信任何人，就算那個人是洪行舟，是讓他免於沉進沈家深淵的第一根浮木。道士笑了笑：「沒關係，你隨時可以殺了我。就像你坐在一艘危險的船上，我也是。為了看你表演，無論是跟你一起沉船，還是我先一步沉下去，我都無妨。」

「為什麼？」

「因為有趣啊！天啊，沒想到你居然不懂。我不是從很久以前就一直在說了？別讓我感到無聊。我可是好不容易等到這天喔！」

不可思議地，即使這話毫無根據，高有成卻開始相信他了。或許是洪行舟真的從小就在嚷嚷討厭無聊吧。想起童年往事，高有成笑了。

「那請你做好你的船隨時會被我鑿穿的準備。」

「當然！我會拿出我全部的本事來輔佐你，我的素王——」

洪行舟對青年行禮。

素王。字面意義是沒有王位的王，像西方的無冕之王；高有成沒有反對這個稱呼。

這天，高有成得到了能俯瞰鬼神世界的「眼」。

他因此得知了「元通神」的真面目。

□

「沈家的神明，原本不是這樣的。」

某次，高有成將洪行舟介紹給袁志杰，一番客套後，高有成慫恿袁志杰給道士看元通神的「神體」，也就是那隻手。袁志杰沒理由拒絕，便將那隻手給他們看。之後，洪行舟對高有成說了前面那句話。

「怎麼說？」

高有成並不意外。不知為何，他早有預感。

「沈家原本的神，大概類似『五通神』吧，總之就是某種民間私祀的邪神，透過祭品來交換庇蔭。當然，這麼強大的力量極為罕見，或許有什麼因緣。不過現在的元通神不同，那隻手裡寄宿了不只一位神祇，更讓我意外的是，有許多甚至是『正神』。」

「正神？」高有成側頭，揚起眉，「你是說媽祖、關聖帝君之類的？」

「對。嚴格來說，是祂們的分靈。哎呀實在有趣，到底事情為何變這樣呢？雖然不曉得事情經緯，但這些神明曾遭到殘酷對待，祂們的傷口彼此融合，最後甚至不得不跟邪神合體，一起被關在神像裡。你們口中的元通神是某種恐怖平衡的結果，經過慘烈的內部鬥爭，那個神靈已沒半點正神、邪神原本的面貌，成了新的東西，只有那份實現信徒願望的衝動還留存。」

「實現願望的衝動……」高有成呆住，忍不住問，「這會是祂想要離開沈家的原因嗎？為了得到更多信徒，滿足信徒的願望？」

「這個嘛，確實有可能。」

洪行舟撚鬚。

但怎麼會變這樣？高有成想到沈家也曾感到神明不對勁，那大概是未青將神像帶回家後的事，難道未艾姊將神像偷走後曾發生什麼事，才引發了這重大變化，改變沈家的命運？未艾姊的抵抗並不是徒勞無功？

——即使如此，高有成也不打算原諒元通神。

就算現在的元通神，已不是小時候控制沈家、害年幼的他活在地獄中的神明，那個邪神也依然存在於元通神深處。高有成要控制祂、利用祂、榨取祂所有價值。

他露出微笑。

「實現願望的衝動，是嗎？既然如此，我們就利用元通神的這個特性，來好好幫宇宙通元賺錢吧。」

□

不過短短幾年，宇宙通元已成了全臺最大的新興宗教。它世俗主義的教義確實吸引人，更別說元通神真有神力，能幫信徒賺錢。那些加入教派的成員不乏政商名流，但與其說他們相信元通神，不如說他們把教團當成「能賺更多錢的地方」；大家表面上來聽道，實際上瞄準的是布道大會後的交流時間，這種場合消息流通快，封閉性也高，即使原本關係不好，來到這裡也會因「賺錢」這個共同目的而交流。

「哎，長官，您別搞我了，臺灣哪有這麼多人喜歡棒球？把棒球場變商場，那才是大家都喜歡的事啊！說成弊案也太離譜！」

「好啦好啦好啦，我也覺得棒球很無聊。那就像我說的，該怎麼做就怎麼做吧。」

像這樣的「交陪」，高有成可是聽到膩了。有些人是賣人情，有些人會交換實際利益；看著這些嘴臉，高有成不禁有些同情袁志杰，那個純真的畫家還是不要知道這些比較好。

但這些信徒賺錢，最後賺錢的還是宇宙通元——這多虧高有成設計的系統。他提議將元通神設定為開拓荒蕪死後世界的神祇，如果沒有元通神，死後世界是痛苦的，但信徒可以捐錢給宇宙通元，協助元通神經營死後世界；生前捐越多，死後就住越好。這樣的設計，要是袁志杰不認可也沒用，但作為袁志杰最信任的好友，高有成花言巧語，逐步讓袁志杰覺得有道理，後者聆聽神諭，判斷元通神確實是這樣的存在，最後這些主張就被記錄在普天普地普人的《三普經》裡。

對某些人來說，反正死後也用不到錢，不如拿來建造死後住所，覺得子孫不肖的更是如此。高有成甚至提供了線上工具，讓大家打造自己死後的居住環境，估價後三不五時打折，引誘信徒捐獻，因此大家賺的又就回到了宇宙通元。這些錢被拿去鞏固勢力、買通關係，還有最重要的——將沈家連根挖起。其他人不見得這麼想，但對高有成來說，這可是高度正向循環，效率還很高。

某天，洪行舟拜訪高有成，在他工作時咬了口蘋果說：「有成，我很好奇，你是有意改變世界構圖的嗎？」

「什麼？」

「或許你沒發現，元通神開拓死後世界的構想已經成立了。」

「如果你是說這個賺錢系統能有效運作，那當然是有意的啊。」高有成背對道士，坐在電腦椅上用筆電。

「不，」洪行舟放下蘋果，摸了摸鬍子的邊角，「我是說專屬於元通神的死後世界確實存在，或說已經存在了。不只基督教的天堂地獄，民間信仰的陰間，甚至身心靈的靈界，現在元通神的死後世界也是一個選擇——世界的構造改變了。」

「什麼意思？」高有成轉過椅子，神情有些嚴肅，「你在開玩笑嗎？還是說，你是指死後世界真的存在？我們死後會隨著我們的信仰，決定我們到哪個地獄、會不會被懲罰？」

「不，沒有死後世界。」洪行舟微微一笑，「但死後世界的『構圖』是存在的。」

這高有成可就不懂了。天才道士舉手在空中比劃：「請想像一張白紙，這張紙的表面流動著龐大的能量，但這些能量無法使用，因為沒有『方法』。因此，必須在紙上寫一些東西，像公式一樣，譬如我們道士會說『急急如律令』，就是公式。『急急如律令』是什麼意思？律令是司法制度，如果白紙上沒有記載相關律法，那『急急如律令』這個概念就不成立，這代表光有公式不行，還得寫上讓公式生效的規則，有點接近德語的Weltanschauung——世界觀。」

他頓了頓，繼續說。

「死後世界也是如此，是世界觀，也就是規則的一部分。你已成功在白紙寫下元通神的死後世界。但即使白紙承認這麼多死後世界的規則，也不表示死後真有天堂、地獄，或有孽鏡台的審判，或像你們說的可以住在豪華公寓。死了就是死了，頂多只是轉化成觸發公式或規則的能量。」

「什麼亂七八糟的東西啊。」高有成皺眉，「開拓死後世界不過是為了賺錢捏造出來的，這都能被寫到你口中的紙上？那種隨隨便便就能亂加東西上去的紙有什麼價值？」

「哈，你在說什麼？」洪行舟嗤笑出來，「當然不是隨便亂加上去的，你以為宇宙通元現在有多少信徒啊！不，不只信徒，那些政商名流的表態，也會改變人們的想法，畢竟人類非常容易被有聲望的人影響，這讓宇宙通元的世界觀有說服力。」

「你是認真的？即使是我們這樣的新興宗教，都會被納進去？但我們的世界觀被承認了又怎麼樣？」

「先糾正一件事，不是『納進去』，而是『改變』。就像沒人認為自己死後會去兩個不同的世界，世界觀是零和競爭。只要相信宇宙通元的人增加，相信其他世界的人就會減少；最後失去信仰基礎的觀念會被橡皮擦擦掉，好騰出空間寫上你的世界。你不是添加，而是擦掉再覆蓋上去。至於被承認又如何？你剛剛沒聽我說話嗎？我的符咒、道術能夠生效，就是因為紙上寫了讓它們生效的規則——現在，你已經成功讓宇宙通元有這樣的基礎。」

高有成啞口無言。如果這番話不是出自洪行舟之口，他肯定一笑置之。這是世界的真理嗎？透過錢與聲望，他擠下了別的觀念，塞進自己的觀念，改變了「構圖」？不，這真的是他第一次觸及世界的真理嗎？

「就像星圖，」高有成低下頭，喃喃自語，「天上的星體是相同的，但不同文化有不同的星座……」

而且，正因人類觀測的星體相同，不同文化的星座必然互斥，爭奪對星體的命名權。就像洪行舟說的，那是零和競爭。雖然天才道士的態度像是閒聊，高有成卻感到有遙遠的光在自己深淵般的心底閃耀，某個念頭在他心裡醞釀，發酵，化為纖細的氣泡浮上水面。

「如果這可行……那不只死後世界，我可以繼續透過袁志杰跟宇宙通元改寫那張紙，對吧？不只是世界觀，我甚至可以定義新的公式……開發改變這個世界的咒語。」

他看向洪行舟，道士點了點頭。

「嗯。你打算繼續嗎？我先警告你，這會害到我。」

「也是。」高有成點點頭，「理論上，如果我這麼做，無疑是在敗你的道行跟修為。」

戰爭與征服，他想到國師當年說過統一星座的方法。雖然他還不確定自己要做到什麼程度，但沒道理不做到極致；如果有天整張紙都被擦掉，寫滿宇宙通元的星座，那過去民間信仰、道教的術法就會失效，因為讓公式成立的世界觀不存在了，洪行舟將失去他這些年所學的東西。

「這也會害到你，你懂吧？」洪行舟瞇起眼，「我的占驗、卜筮、道法、符咒，全都是你的助力；要是你打算繼續改變這個世界的構圖，這些能幫助你的力量就會衰弱，最糟糕是，我無法算到你的未來，無法保證你能從這條危險萬分的路上全身而退。」

所以，洪行舟是來警告他別再這樣做的嗎？他看向青年道士，對方正居高臨下地瞪著自己，表情被一片陰影遮蓋。

——不。高有成微微一笑，他明白洪行舟的意思。

「你很懂我，行舟。」高有成輕聲說，「最近我確實常常在想，雖然還沒顛覆沈家，但他們已經拿宇宙通元沒辦法了。檯面上沒辦法，也沒有任何檯面下的手段。或許他們懷疑袁志杰就是偷走神明的人，但沒證據，而且把這件事鬧大既愚蠢又可笑。老實說，剷倒沈家指日可待。可是之後呢？我對新興宗教完全沒興趣，之後還能幹嘛？繼續當幹部，在袁志杰不知道的地方幫他除掉敵人，等源源不絕的錢流進我的口袋？」

「別的不說，最後這點可是很多人羨慕的。」

高有成嘴角掀起短促的笑，那表情實在太表面，甚至沒用到深層肌肉。

「無聊。太無聊了。行舟，我總算明白你的心情了。但多虧你，我知道自己還有事情可以做，而且有興趣去做——從現在開始，我要創造自己的天體圖，寫上自己的星座；我要在無人知曉、無人抵達的地方，改變世界的構圖。所以你也來吧，行舟，到我的世界裡來。」

洪行舟哈哈大笑，將咬了一口的蘋果丟給對方。

「你果然不會讓我失望！來吧，把我的道行敗光吧！那算什麼？在新的世界裡有東西可以學，還有比這更讓人興奮的嗎？高有成，你會成為真正的王，讓我們一起走向未知的世界！」

青年接過蘋果，轉了圈，在另一面咬了一口。清脆的聲音響起，彷彿動搖著世界的根基，果實的汁液噴濺出來，像玷污了什麼。高有成外表看來平凡無奇，他戴著眼鏡，劉海遮住視線，彷彿畏畏縮縮，毫無威脅性，但只有極少數的人知道——

這個人，已有成為「新世界的神」的資格。

插曲　新世界的神

所有的故事都有反派。

高有成自己也是許多人生命故事中的反派，這點他心知肚明。雖然他沒興趣一一記起自己的受害者，卻也沒蠢到認為自己是善人；因此，自己的生命故事也有反派，那是理所當然的。

他不明白的只有一點。為何即使掌握這麼多人脈，暗中擁有這麼大的權勢，他卻還是不知道自己的敵人是誰？

青年推開宇宙通元總部的大門，走進禮堂。這是個崇高的地方，高有成特別找了最擅長營造空間感的知名設計師來設計，雖然是挑高的空間，但光線卻能集中在講台上，不至於讓台上的講師顯得渺小，反而能匯聚在講師，帶來一種神聖感。

那是袁志杰的專屬位置。除了他，誰也沒資格走上講台。

但高有成走了上去。他邊走邊哼歌。

新的「構圖」正順利進行中。宇宙通元有自己的電視台、Youtube頻道，還有正要流行起來的Podcast，他們可以規劃自己的節目，影響輿論。高有成甚至成立經紀公司，培養自己的偶像團隊、歌手，其影響力甚至擴及文藝圈。

為了完成新構圖，最快的方法就是重新解釋傳統世界觀，網路時代的神祕學社群是最容易切入的，畢竟新世紀、身心靈、通靈之類的東西全都混在一起，早已開始瓦解傳統信仰。通過

《三普經》，高有成收束傳統靈異世界，將妖怪全都簡化為單一、無特色的「靈體」，與死者的靈差不多。透過建立世界觀，只屬於宇宙通元的「符咒」也逐漸成形。不意外的是，洪行舟對此比他更熱衷，那青年道士也對世界觀提了不少建議。

這段期間，元通神甚至想逃走，尋找新的媒介——高有成還真沒想到這招。他控制袁志杰，誘導後者曲解神諭，想必讓元通神很不快吧！不過，元通神居然想找新的「巫」或「乩身」，以脫離控制？如果不是洪行舟發現，元通神差點就得逞了。為了防止元通神再度逃走，洪行舟甚至透過類似觀落陰、觀元神宮之類的術法，在「他界」尋找元通神的本體。要是成功，元通神就能於被他們捏在手中，只要高有成活著，就別想得到自由。

但，事情果然不會這麼順風順水吧。

因為有「反派」存在。

說反派或許言過其實，畢竟連是誰都不知道。跟他作對的人真的存在嗎？或那些不順僅僅是命運的捉弄？宇宙通元擴張得太快，甚至成為一種流行，因此無論洪行舟或國師，都已喪失精準預知未來的力量。國師甚至提早退休——懷著對他們兩人的憎恨。

高有成的腳步聲迴盪在禮堂內，就像他親密無間的影子。

或許那是自己的極限，青年曾這麼想。

如果是命運的話，那就是真正的神在制止他。他熱衷於改寫世界的構圖，創造只有自己能理解的事物，但那也有極限；要是最終他無法成為新世界的神，那也沒什麼好怨恨的，他只是想走到自己能走的最遠之處。

然而——

「總算找到了。」高有成哼著歌，輕聲說。

光芒集中在他身上。他將頭髮往後撥，露出俊美的臉。這一刻，青年看來聖潔無比，充滿信心；他確實有信心，因為就在幾個小時前，他總算確認了。

「反派」真的存在。

而且他親眼見到了「反派」的臉。

沈未青，他的堂姊，就是他真正的敵人。真想不到，過了這麼久，沈家最受寵愛的祭品與最不受寵的孽子，居然會在這樣的場合見面，還必須一決勝負——

但既然「反派」現身，那就好辦了。

高有成看向講台底下。

禮堂裡站了二、三十人，都安靜無聲地看著他，他們全是他最信任的人，包括從沈家時期就追隨他的手下，洪行舟，連他一手培育出來的歌手都在；這些人裡有殺手、幫派成員、通靈者、控制輿論的專家、人脈比高有成還廣的盜版商。他們不見得都分享了高有成最大的祕密，但多半如同信徒般信奉他。

這些是他的「軍隊」。

「我最信任的朋友們！」高有成高聲說，「感謝你們願意支持我。除了在場的各位，我誰也不信，因此你們願意支持我的戰役，我衷心感到高興，也感謝自己的運氣。各位應該知道這幾年，我一直感到有未露臉的敵人纏著我，現在，那個敵人終於現身了。借助各位的力量，我一定能剷除敵人！因此，把你們的力量借給我吧，我也會回饋我所有的力量給你們，帶你們前往新的世界！」

講台下響起了掌聲、歡呼聲，雖然人數不多，但他們都是高手中的高手。看著他們，高有成露出符合他年齡的微笑，他黑暗的眼裡微微閃爍光輝，彷彿正看著滿天星空。

時候到了。這場延宕多年的最終決戰，終於開幕。

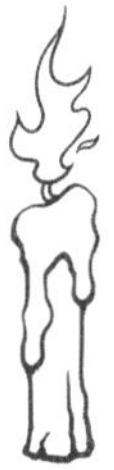

未來篇

第一章

林孟棋在公車上打了個盹。

但她很快從夢裡驚醒，像浮出水面，回到頑固不知變通的機械現實。公車內的燈很暗，還用肉眼難以察覺的頻率閃爍，慘白到讓她聯想到太平間。乘客都滿臉倦怠，缺乏生氣。他們也是剛下班嗎？不然為何這麼晚還在外面搭車？還是說，他們有那份餘裕與幸運，可以玩到晚上十點？

孟棋情緒很不好，因為這幾天排班實在太操。七十二小時過去，她的睡眠時間卻不到十二小時，還很零碎。雖然醫護人員就是這樣，他們付出時間、勞力與專業來延續某人的生命。在她上班的地方，任何環節出錯都可能致命，而人力不足就是原因之一；這讓孟棋很難說出「那天我沒時間」，最後不得不接受高強度排班。

雖然她憂鬱時也會想，怎麼不雇用更多人？人力不足會提高失誤率，高強度勞力也不遑多讓啊？說到底，不就是生命也沒這麼值錢？自己的努力真的有價值嗎？平時這些念頭不會冒出來，但疲憊時格外容易出現，連自己都厭惡。

但孟棋沒有冷靜的餘裕。不只工作，還有別的事讓她煩悶。姊姊已經連續兩天沒回家。由於工作繁忙，她跟姊姊也常碰不到面，但打手機都聯絡不上，就罕見了。

行蹤不明。這事或許很嚴重。但孟棋不確定該不該報警，因為不是第一次；之前姊姊也曾突然聯絡不上，最後報了警，姊姊卻輕描淡寫地出現，還覺得她小題大作。那時姊姊是在幫教團的忙，他們在山區有個布道會，那裡的手機訊號差到聯絡不上。

宇宙通元。

這就是那個教團的名稱。

光想到這四個字，孟棋就天旋地轉，反胃之極。宇宙通元是這幾年間快速發展的新興宗教，原本姊姊只是普通信徒，不知不覺間卻成了幹部，還把自己的人生全投注在裡面，甚至將寫著教義的《三普經》全部背下來，還強拉孟棋到教團幫忙。

那樣邪門的東西，要是毀滅就好了。

但毀滅了之後，姊姊怎麼辦？孟棋想。宇宙通元是姊姊生命的重心，現在要將姊姊拉出來已經遲了。比起她，姊姊更聽教主的話，只要為了教團，無論多辛苦的事都會去做；要是沒有宇宙通元，失去目標的姊姊會怎麼樣？

這次或許又是因為教團才失聯，孟棋煩悶地想。其實她還是擔憂到坐立難安。但就算再不安，她也沒馬上報警，因為——

雖然不願承認，但與姊姊一起生活已算是某種負擔。

不，也不盡然。她還是關心姊姊。她們是彼此唯一能依靠的家人。但要是問姊姊有沒有給她壓力？她無法坦然說沒有。生活方式不同，還對彼此懷著歧見，這讓她下意識拖延報警的時間，甚至不想打電話到教團確認。說不定根本沒事。說不定一回家就會看到姊姊。說不定……

但老實說，還有另一個讓孟棋不安的要素。

整理家裡時，孟棋在垃圾桶發現了一張被揉爛的紙。那是寫給自己的信，上面寫著莫名其妙的話：「想救妳姊姊嗎？請速來參加說妖儀式。」孟棋皺起眉，拯救姊姊是什麼意思？雖然她立刻想到毀滅宇宙通元，但那應該不是這封信的意思，畢竟那不是普通人能隨便辦到的。

而且說妖儀式是什麼？為何參加就能拯救姊姊？是誰寄信給自己？怎麼知道自己的？孟棋有種被人窺探的反胃感。更重要的是，既然這封信出現在垃圾桶，就只有一種可能——姊姊偷看過這封信，並把它丟了。這讓孟棋更加反胃。

信上有舉行「說妖儀式」的時間、地點。找到信時，她已錯過時間，但地點離工作的醫院不遠，因此孟棋抽了空去看看。不過那裡空無一物，什麼也沒有。

果然是惡作劇嗎？畢竟不可能有實現願望的儀式。但孟棋不禁懷疑姊姊失聯是否跟此事有關，畢竟信上寫了要「拯救姊姊」，她不可能不在意。雖然隔天什麼都沒有，但姊姊會不會趕在正確的時間去了？她會不會在那邊遇上了什麼事？可是能遇上什麼？總不會是綁架、謀殺吧？有誰原本想綁架孟棋，結果不小心被姊姊頂替……？

孟棋打了個寒顫。

這全是胡思亂想，還無根據，但孟棋就是忍不住。如果姊姊能跟她好好溝通，孟棋或許還能接受自己的擔憂，不加以否定。但平日的姊姊讓她產生一股煩悶，為了不讓姊姊心煩，她甚至得時時隱藏自己的不滿，這讓她很想把擔憂丟到一旁，反正姊姊很可能若無其事地回來。

……但她做不到。

公車到站後，林孟棋走下公車，被夜晚的冰冷侵襲，打了個寒顫。她看向被光害染到泛白的夜空，心想，這城市的光都在別處，看似溫暖，實則冷漠。像她這樣的小人物，是不值得在意，也不會有人在意的；如果姊姊當真出事，她就真的無依無靠，成為消失也無所謂的存在。

報警吧，她想。

明天早上就報警。就算姊姊沒事，被警察取笑也無所謂。失去家人這種事，她不想再經歷一次了。就這樣，孟棋回到公寓，拿出鑰匙，插進鎖孔，轉動。她打算立刻洗澡、睡覺，然後報警。她心中的規劃簡單至極，就連五歲的孩童都能做到，理應沒有任何無法實現的理由，但就在她推開門的瞬間——

她看到了妖怪。

□

那是個渾身長滿金色體毛的巨人。

就像是被硬生生擠進這個世界般，區區三公尺的樓層高度根本容納不下祂，讓祂必須彎下腰，肩膀與背緊貼著天花板，才能勉強被裝進這個現實。巨人兩眼帶著濃濁的黑暗，像要流淌出來，強大的壓迫感讓林孟棋退後一步，差點發出尖叫——

但她沒叫出來，只是舌頭打結，冒出冷汗。

不是因為她被嚇傻。正相反，她有這樣的經驗。她能辨識現實中不存在的事物，換言之，有陰陽眼。她知道要是當真尖叫出來，那就糟了，那會引起對方注意，進而招惹祂們；在不清楚對方真面目時，假裝看不到才是正確的。

不過，這巨人到底是什麼？即使是「能看見的人」，孟棋也從未看過這樣的妖怪——

不。

不對。

這是怎麼回事？孟棋頭皮發麻，為何她有種「既視感」？她總覺得有什麼在敲打自己記憶，像在吶喊自己知道那妖怪是什麼！她隱約記得這妖怪的眼睛不是黑色，而是藍色——但不可能，這麼特別的妖怪，要是她真看過，不可能沒印象！

「不好意思，打擾了。請問是林孟棋小姐嗎？」

沒聽過的聲音。年輕男子的聲音。孟棋渾身緊張起來，為了看到客廳，她不得不忽視巨人，穿過祂的靈體，來到玄關。只見客廳裡坐了七個人，他們家從來沒有這麼多人。

姊姊也在其中。

看到姊姊的瞬間，孟棋鬆了口氣，同時睡眠不足跟加班培養出來的怒氣猛然湧上。好啊，果然沒事，那爲何不接手機？但有些奇怪，除了姊姊，其他人她都不認識；他們有男有女，有相貌平凡的中年男性，穿紅夾克的中年女性，讓人驚艷的美貌女子，打領帶像是上班族的青年，原住民面孔的長髮青年，還有穿校服的少女。這組合也太雜。不是同事，不像網友，難道是宇宙通元的信徒？

但孟棋感到某種詭異、緊張的氣氛。看姊姊的表情，那些人不像朋友。

難道是壞人嗎？孟棋腦中的警報發出刺耳而尖銳的響鳴。她冷靜地站在玄關，確保自己能隨時逃走：「姊，怎麼這麼多人？這是……他們是妳朋友嗎？」

林茗琴看向她，想說些什麼，卻沒開口，最後搖搖頭。

「不是朋友的話，我報警囉？」

孟棋退後兩步，準備拔腿就跑，但意料之外地，阻止她的居然是林茗琴。後者站起身，尖聲說：「不要報警！妳怎麼這麼莽撞？報警幹嘛？妳快逃，不要回來，但千萬不能報警，知道嗎！」

這反而讓孟棋停下腳步，不要回來是什麼意思？這是自己的住所，不回來要去哪？茗琴見她僵住，怒道：「我叫妳走！聽不懂嗎？不可以報警，幾個禮拜後肯定有辦法……」

「我知道妳可能有些混亂，林孟棋小姐。」

相貌平凡的中年男子開口。他神情嚴肅，語氣卻溫和而自制，有種讓人放心的穩定感。他繼續說。

「請讓我解釋。令姊不希望妳報警，是因為我們手中已掌握所有宇宙通元的犯罪證據。如果警察來，我們就會將這些公開。在這個時間點，宇宙通元沒有任何湮滅證據的時間，這會給他們帶來重創。」

什麼？

孟棋一陣暈眩。什麼意思？這些人掌握了消滅宇宙通元的情報？怎麼可能！但看姊姊的反應，難道是真的？他們到底是誰？這時少女朝孟棋走來，神情誠懇。

「林姊姊，妳有沒有收到過一段訊息，是關於參與『說妖儀式』的？那個儀式……不，應該說聚會，讓我們得出應該毀滅宇宙通元的結論。如果妳收到過，應該也有同樣的想法吧！」

——林孟棋確實希望宇宙通元毀滅。

但她一直覺得是痴人說夢，不可能實現。所以即使發現那封被揉爛的信，她也沒認真。這些人怎麼知道那封信？他們也收到了那封信嗎？還是說，信是他們寄的？

「……你們到底是什麼人？」

孟棋腦中亂成一團，睡眠不足讓她難以思考。她不相信他們，更無法相信宇宙通元已在破滅的邊緣，但有件事她確實正確地理解了。那就是，眼前的事無法以常識揣測。這些人不是單純的入侵者，目的也不是尋常的錢、暴力、性。自己才是外人，她不小心闖進了即將結束的故事——

不，真的是不小心嗎？

「我們會跟妳解釋。」

穿著紅夾克的女性走向孟棋，像在與她商量。

「因為我們也需要妳幫忙。當然，不勉強妳，但妳想知道的事，我們都會告訴妳。」

「不要相信他們！快走！」

茗琴淒厲的聲音傳來，但孟棋怒從心中起。走？說得簡單，自己要睡哪？換洗衣物怎麼辦？姊姊根本沒想過吧！孟棋看著這些陌生人，疲憊的腦袋根本無法處理這樣為難的處境，最後她深深吸了口氣，聲音發顫。

「我不會進去……我要在這裡聽，門我也會開著，如果有任何人輕舉妄動，我立刻轉身報警。如果這樣也可以，請你們解釋，我會聽的。」

□

就這樣，林孟棋知曉了那場幾乎無人記憶的戰役。

知曉那反覆了十幾年，雙方不得不在疊加的記憶裡苟延殘喘的怨恨。不知不覺中，她關上了門，在客廳坐下。她甚至毫無睡意，因為那些故事刺激她的交感神經；雖然難以置信，但親眼見到不可思議的巨人靈體，還有他們從最新「說妖儀式」裡帶出的毒眼巴里，她不得不信。

而且這解釋了她的「既視感」。

阿里嘎該——那個讓時間逆轉的巨人——她確實有印象。如果她也在輪迴中見過阿里嘎該好幾次，就能解釋這種印象從何而來；在那些重複的時間裡，或許茗琴每次都將阿里嘎該帶回公寓，同時，孟棋每次都裝成看不到吧。可是為什麼？明明姊姊也知道自己有陰陽眼，為何自己要假裝？

事到如今，當然已沒人知道真相。但孟棋有種不好的預感，她隱約能猜到是怎麼回事；照這些人的說法，現在阿里嘎該的精神被某種力量污染，眼睛才變黑色，但在孟棋的「既視」裡，祂確實是藍眼，換言之，她跟精神正常的阿里嘎該溝通過。為什麼？

恐怕是因為，阿里嘎該曾向她求助吧。

從林茗琴跟阿里嘎該的角度看，他們不知道沈未青能「記住」輪迴，這表示無人能阻止林茗琴。要是阿里嘎該真能短暫恢復神智，肯定希望有人通風報信，警告其他人林茗琴正在不斷重來。但能委託誰？巨人之靈只能求助最接近茗琴，又看得到祂的人，也就是孟棋。

但在沈未青的記憶中，孟棋未跟他們聯繫。表示在所有輪迴中，她都做了同樣的選擇，中立——不，她選擇了姊姊。什麼都不做看似中立，其實已經是種選擇。自己肯定是無視了阿里嘎該無數次的求助，直到此時此刻。

問題是——

過去的自己，是否知道姊姊已走火入魔，甚至殺了人？

無論知不知道，林孟棋都羞愧到臉紅，甚至想吐。要是知道，她就與共犯無異。但不知道，就表示她漠視了姊姊的變化。她保持沉默，無所作為，是覺得做什麼都沒用嗎？為何不試著阻止？自己什麼都沒做，是不是將姊姊推到如此深淵的幫凶？念及此，孟棋流下了淚。

「妳別哭，」鐵木連忙拿了張面紙，慌張地說，「我們不是想嚇妳，也不打算讓妳難過……」

「謝謝，不過我不是因為……而是，姊姊，妳明明都知道宇宙通元做了壞事，為何還幫忙掩蓋？妳不是說那是很棒的宗教？」

孟棋幾乎是顫抖地問，但剛問出口就後悔了。她不想跟姊姊起爭執。但——

至今為止，她們姊妹漸行漸遠，不就是因為不想起爭執嗎？

林茗琴瞪向她，似乎覺得荒唐，臉上浮現一絲不屑：「現在問這個？妳是覺得現在妳占優勢，能逼我說出妳想聽的話？」

「優勢？」孟棋表情扭曲，難以置信。

「難道不是嗎？畢竟現在我連人身自由都沒有嘛，說不定我為了懇求各位大發慈悲，就會說出一些懺悔的話。」

這是事實，孟棋知道姊姊確實沒有人身自由。離開「說妖儀式」後，雖然有人主張立刻讓毒眼巴里殺死阿里嘎該，終止輪迴，但陳浩平與鐵木反對。因為該死的不是阿里嘎該，而是那個附身的東西；為了阻止其他人殺害妖怪，陳浩平似乎因此出賣了自己的什麼祕密作為交換，這點他們從剛剛開始就說得很含糊，孟棋也不知細節。

為了削弱阿里嘎該的力量，鐵木採了芒草，在上面打結，製作成阿美族祭儀用的驅魔之物——據說神話裡的阿里嘎該就是被這種東西打敗。總之，不殺害阿里嘎該的代價，就是他們必須徹底控制林茗琴。雖然孟棋對法律不熟，但這樣限制人身自由，或許會觸犯妨礙自由之類的罪名吧。但沒辦法，在這些人的覺悟前，妨礙自由只是小罪；林孟棋沒有這樣的覺悟，不過她也不覺得自己的心情只是小事。

「我沒要聽妳懺悔，而是要妳給我個說法！要是這宗教這麼好，事情怎麼會變這樣？姊，這宗教不值得妳犧牲這麼多，更不用說妳甚至還……宇宙通元有讓妳殺人的價值嗎？」

「夠了。」茗琴厭惡地舉起手制止她，「反正妳不會懂。」

「——是教主要姊姊殺人的嗎？」孟棋壓低聲音，「教主要姊姊做什麼，妳都會做，所以才殺人，對不對？」

這是她最後的希望，這才能解釋姊姊為何走向殺人之路……不，不對，她這麼問，多少是有點報復心態。她知道這是姊姊的痛腳。

果然茗琴的反應激烈起來。

「教主才不會殺人！」茗琴怒氣沖沖，但隨即冷靜下來，露出毫不在乎的表情，「我對妳很失望，孟棋。我不是叫妳走了？現在可好，妳也落進他們手裡了。他們是敵人，別被騙了，妳以為他們會善待妳？」

「不要轉移話題。」孟棋堅持下去，「所以不是教主下令的？那是誰下令的？不會是姊自己決定的吧？還是妳為了這個宗教，覺得殺人也沒關係？」

「不是沒關係。但反正你不會理解。」

「妳不打算解釋？」

「有什麼好解釋的？我以為很明顯。那不是殺人，只是實驗，我在嘗試那些人死了，事情會怎麼發展，我也在追尋一條不用死人的道路——」

「放你媽的屁！」施俐宸打斷她，「如果最後非得死人才能達成妳的目標，妳就會殺人吧！」

「那也是不得已的。」茗琴若無其事地聳肩。

「不得已？妳說不得已？」孟棋聲音發顫，無法相信這些話居然從姊姊口中說出，「憑什麼其他人要成為妳的實驗品？憑什麼別人要為妳的理想犧牲？你們有多高貴，覺得自己有傷害別人的權力？」

即使孟棋過去對姊姊的種種行為不以為然，她也以為姊姊是有底線的，至少知道什麼事絕不能做。但是，「不得已」？那十幾年的輪迴時光到底把姊姊變成了怎麼樣的人？還是說，林茗琴原本就是這種人？

「林小姐，請放心。」鐵木說，「在這個時間，令姊還什麼都沒做。」

「不對，鐵木。」程煌鈺嚴厲地說，「只要殺過人，就是殺人者。不能因為事情還沒發生就認為她無罪，罪惡應該要隨記憶跟著她，就算法律上清白，林茗琴也已經是個殺人魔。」

鐵木的嘴唇動了動，似乎想說什麼，卻沉默了。看他的神情，與其說他想抗辯，不如說是懊悔吧——懊悔於無法阻止事情走到這一步。茗琴冷冷地看向鐵木等人，再看向孟棋，搖搖頭，露出放棄般的扭曲笑容：「真有你們的呢。程先生也是，孟棋也是。你們都在利用對方，讓我說出我不想說的話。既然我說什麼都錯，那有什麼好說的？」

孟棋眼前一黑。這人就是這樣，絕不認錯，還是真心不認為自己有錯，所以孟棋不想吵。其實，孟棋不完全認同程煌鈺的說法，說護短也好，既然姊姊還沒殺人，那就還有救，但要是什麼都不做，就肯定沒救了。孟棋沉默片刻後，下定決心，轉向程煌鈺：「……你們要我幫忙吧。想要我做什麼？我先聽聽。」

「孟棋！」茗琴喝止，聲音有些刺耳，「不要上當。不要配合他們。我說了，他們是敵人，妳要背叛我嗎？」

「背叛？」

孟棋想不到姊姊會說出這話。她將憤怒藏在哭笑不得的表情下。

「妳好意思說背叛？把我賺來養家的錢捐給宗教，我有說什麼嗎？妳偷看我的日記、信件，我毫無隱私，有抱怨過嗎？」

「少來了。妳真有不滿，隨時可以說，我有不讓妳說嗎？別在外人面前說這些家務事！我不會上當——」

「妳以為我為什麼不說？」孟棋咬牙切齒，琺瑯質接面咀嚼著惡毒的話——至少她知道姊姊這次沒說錯，自己確實占了上風。她說，「因為我同情妳，姊。因為妳親眼看著爸媽死去，我知道那肯定很可怕。沒經歷過的我不敢說什麼，但我沒說話，只是因為憐憫妳。」

茗琴臉色瞬間雪白。

他們的父母死於臺灣解嚴後最嚴重的公共安全事故——衛爾康餐廳大火，林茗琴是當時少數倖存下來的人，還是在父母的保護下存活的。雖然同樣失去父母，但孟棋知道姊姊受到的衝擊肯定更大。茗琴瞪著她，情緒激動起來：「你胡說八道什麼——」

「夠了。住嘴。我不想聽！妳說我不懂你，妳又懂我什麼？妳說捐錢給宇宙通元是為了讓爸媽死後的幸福對吧？哈，那也是我爸媽耶。說的好像只有妳才懂！因為妳在場——妳運氣好在場——所以我閉嘴。我覺得需要安慰的是妳。但妳不斷說爸媽的靈魂怎麼樣，死後世界怎麼樣，應該要怎麼做才比較好……夠了，不要奪走他們！不要獨占他們！我也有自己跟爸媽的回憶！不要以為只有妳一個人才悲慘！我也……我也有想要發洩的情緒好嗎⁉」

孟棋越說越激動，最後再也忍不住淚水。羅雪芬到她身邊安慰她，林茗琴則瞠目結舌，臉色青一陣紅一陣。

「……我沒有奪走爸媽。但元通神真的存在。看看這些，我們不斷輪迴就是證據！既然元通神真的存在，死後世界就存在，我有什麼錯？是我在為爸媽的死後努力，錢也是我在捐！妳有什麼不滿？」

其實孟棋本來有些後悔說出心底話，但姊姊的回應將所有後悔掃空，幾乎讓她氣昏過去。

「妳真的無法溝通。姊，我告訴妳，我不是陷害宇宙通元！要是宇宙通元沒犯錯，不可能扳倒它吧？但讓宇宙通元為自己做的事付出代價，那是應該的，這只是讓事情回到正軌。」

「妳只是不喜歡我過著妳看不慣的人生，才說那不是正軌！妳是在摧毀我的人生！」

摧毀？

但妳的人生早就毀了，孟棋想，而且自己或許也有責任。她沒將這些話說出口，因為多說無益。她再度看向程煌鈺：「如果能消滅宇宙通元，我可以配合……但話說在前，我不見得能做些什麼。我沒辦法做自己不想做的事，而且老實說，我只是普通人，不像你們這麼厲害。」

程煌鈺眨了眨眼，輪流看著她跟茗琴，想著該怎麼開口。他似乎對姊妹爭執有些尷尬。

「其實我們只想請妳做一件很簡單的事，」他說，「替令姊向宇宙通元請假。」

「咦？」

「要逐步包圍宇宙通元，只要照計畫慢慢進行即可。但令姊是宇宙通元的幹部，長期失聯很可能會引起不必要的注意；最糟的情況，就是注意到我們。既然我們無法勉強令姊請假，至少也要取得她的家人配合，所以來找你。」

「是可以……不過，就這樣？」

孟棋啞然。這太簡單了，她原本以為自己會被捲進某個大計畫。

「我明白林小姐的心情。不過我們已不打算重來。」程煌鈺沉聲說，「最後的時間旅行已經結束。由於沈小姐的記憶，我們知道過去所有變數，只要照步驟進行，就能不犧牲任何人；

但林小姐，妳是新的變數，我們不能讓妳太活躍。要是有這麼一天，我們需要妳大展身手——那只有一種可能，就是事情已徹底失控，沒有新的變數就不足以挽回。」

第二章

林孟棋忐忑不安地站在宇宙通元總部大門前——她本以為不會再踏進此地。她曾配合姊姊來過幾次，最終因恐懼和厭惡而逃離。如今，僅僅是再次踏入這裡，都讓她想轉身逃跑。

但不能這麼做。

她不能再逃了。事實上，她就是為了結束一切而來。她必須面對。

「沒事的，孟棋姊。」江儀牽起她的手，若無其事地說，「馬上把事情辦完，我們就可以離開這個鬼地方。我知道這附近有間不錯的冰淇淋店喔！等一下要不要去吃個冰淇淋？」

這種日常對話，讓孟棋會心一笑。想不到竟被這麼年輕的孩子鼓勵。雖然孟棋還沒完全相信這些人，但不得不說，江儀給她很好的印象。

之所以親自跑一趟總部，是因為事情跟預想的不同。他們本以為「請假」很簡單，打個電話就好，誰知實際打過去，雖然對方表示理解，卻請求孟棋幫忙歸還茗琴手中的印鑑。

什麼印鑑？原來宇宙通元的「法人印鑑」是由茗琴保管的，為方便隨時處理教團事務，她居然將之帶到家裡；雖然姊姊是幹部，但讓她把如此重要的印鑑帶回家，真的合適嗎？雖然難以置信，這或許反映了茗琴在教團中的人望吧。

即使少了姊姊，教團的事務也不能停滯，歸還印鑑確實合理。向來很難拒絕他人請求的孟棋，只得翻遍姊姊的房間找出印鑑。但對去宇宙通元這點，她實在無法下定決心。就人情世故來說，當然該親手交還，而且她也答應了，但她對前往教團充滿抗拒，以致明知該去，卻在不知不覺中拖過一天；要克服對宇宙通元的厭惡，她所需要的心理建設，竟比原本預期的還多。

就是這時，江儀提議與她同行。

「我不是要監視孟棋姊的意思，只是想當個保險。」江儀說，「如果什麼事都沒發生最好，但要是遇到意外，可以有個照應，至少遇到危險我也能回報。在我們之中，我是最無害的，大人沒理由刁難我，所以我是最適合的人選。」

想不到江儀想得這麼遠，孟棋忍不住詫異。雖厭惡舊地重遊，但孟棋沒想過會「遇到意外」，反而是江儀想到了。

但真有意外的話，怎麼可以讓這麼小的孩子涉險？孟棋本想婉拒，意外的是，其他人只交換一個眼神就同意江儀的提議。她有些驚訝，為何其他人都不阻止？難道這孩子很厲害？

前往宇宙通元途中，孟棋與江儀聊天，她本想照顧江儀的心情，沒想到反而是江儀盡可能回答她的疑問。不知不覺中，孟棋似乎理解了那些人為何相信江儀，或者說，願意讓她冒險。

雖然看來有些尖銳，但江儀有顆體貼的心。而且她有種——該說是純真嗎？她有種無瑕的信念，相信這世界有其應有的樣貌，並無視旁人眼光，堅定地朝著那個方向前進。

這樣的執著，使她在提出要陪伴孟棋時，就已無人能阻止。對已經步入社會的孟棋來說，那有些天真，甚至愚蠢，但不可否認，江儀軟化了她的心防，讓她即使尚未信賴那些人，至少也能接受自己在計畫中的位置。

做好心理準備後，孟棋與江儀推開沉重的玻璃門，走進明亮寬敞的大廳。接待員看到她們，立即露出職業性的微笑。

「歡迎來到宇宙通元。請問有什麼可以幫到您的嗎？」

孟棋吸了口氣，盡力讓聲音平穩：「我……我是來歸還印鑑的。我姊姊是林茗琴，她住院了，教團希望我把印鑑送回來。」

接待員眼睛一亮。

「啊，您就是師姊的妹妹！我們已經得到通知了。非常感謝您親自送來。師姊現在怎麼樣了？」

雖然對方溫和親切，孟棋卻感到不適。這種表面的溫柔，讓她想起姊姊對待外人時的樣子；多年與姊姊相處的經歷，讓她無法相信這種表面的溫柔，反而因為過往的創傷而產生反感。

「她還好。」孟棋含糊其辭，「要是她好起來，就會打電話過來吧，畢竟她這麼熱心於教團。如果沒別的事，我們就先……」

「不好意思，請問您是哪位？您看起來不像是我們的人。」

一個男人的聲音突然在身後響起。

「噫！」孟棋嚇得發出細微的尖叫，猛地轉身，只見一名陌生男子站在那，可能是信徒吧。突如其來的質疑讓孟棋語塞，反而是接待員幫忙解釋：「啊，道長好。她是茗琴師姊的妹妹，來送印鑑的。」

道長？

孟棋打量著這個男人：他留著長髮，在腦後綁了個時尚的馬尾，臉上劍眉相當英俊，只是兩撇鬍子有些老氣，像從武俠電影中走出來的角色。除此之外，他穿著得體的休閒西裝，舉止俐落大方，完全不像什麼「道長」。

這是他的職業，還是外號？

「喔，茗琴師姊啊？為什麼她沒有親自來？」

那男人拉長音調，銳利的目光掃向孟棋，讓她不寒而慄。

「茗琴姊住院了。」

回答的不是孟棋，也不是旁邊的接待員，而是一直跟在孟棋身邊的江儀。她語氣十分惡劣。

「搞不懂耶，其實孟棋姊已經在電話裡說過了，剛才也跟接待員再解釋一次，現在是……什麼什麼道長。難道每個人問起，我們都要重複一遍？我可不知道現在請個假這麼麻煩！」

雖然語氣嚴厲，但孟棋知道她是在幫忙，心境立刻鎮定下來。真是的，身為成年人，怎麼能淨讓孩子幫忙？因此她轉向男子，客氣地說：「對不起，姊姊出了車禍……我聽說沒有印鑑，這段時間可能會很麻煩，所以幫忙送來。姊姊現在還在加護病房，等她轉到普通病房後，會再通知教團的。」

「原來如此。抱歉，失禮了。」

男子笑了笑，想拍拍江儀的頭，後者卻像躲開髒東西般閃開了。他的手僵在半空，但笑容不變，反而將手收回來聞了聞：「奇怪，我的手應該沒有臭味吧？來，妳聞聞看。」

他將手伸到接待員面前，接待員笑容滿面地湊上去聞了聞，溫順地說：「當然沒有啦，反而有點香味呢！道長，這是古龍水嗎？」

「哈哈哈，這麼說就太誇張了，這只是洗手香皂的味道啦！」

——眞噁心，孟棋心裡暗想。

為何不舒服？她也說不清楚。那名道士隨便讓別人聞他的手，就不像是尋常待人處世的態度，接待員居然還接受這種莫名其妙的要求，彷彿是機器人，給孟棋似人非人的恐怖。道長收回手，轉向孟棋，風度翩翩地說：「不好意思啦，林小姐，剛剛那麼問不是要刁難，只是作為教團同胞關心一下。師姊還好嗎？她意識清醒嗎？」

孟棋還沒回答，江儀就已翻了個白眼。

「如果清醒，茗琴姊就自己打電話了啊！就是因為還沒醒來，才讓孟棋姊找一個小小印鑑找這麼久。孟棋姊，我們快走好不好？我不喜歡這裡，除了這個叔叔，大家都穿一樣的衣服，看起來一點自我都沒有。」

江儀故意大聲說話，果然引起旁人側目；有些信眾似乎被刺激到，面面相覷，不知道該不該對小孩子發作。

眞聰明，孟棋想。不受歡迎正是最好的抽身理由。她連忙說：「哎呀，別這麼說。不好意思，不好意思，她年紀還小，不會說話。要是沒事，我們就先離開了。」

她牽著江儀的手走向門口，總算如釋重負。然而——

「請等一下。」

「道長」突然切到他們前方，擋住去路。他雖笑容可掬，卻因背對光源，讓表情帶著濃郁的陰影。他說：「抱歉，林小姐，有件事想跟妳談談，不曉得妳方不方便？是關於令姊的事。」

跟姊姊有關？孟棋怔住。

其實她沒興趣。不，比沒興趣更糟。她才不想和宇宙通元的人討論姊姊的事。江儀抬頭看她一眼，像是接收到她的意思，瞪著對方說：「孟棋姊還有事，可以不要擋路嗎？沒禮貌耶！」

「喔喔？真是奇也怪哉，」男子像是被逗樂了，「小妹妹，妳是什麼人啊？林小姐的經紀人嗎？警衛！」

沒等江儀回答，男子已彈了個響指，讓門口警衛看向他。

「等……你幹嘛？」孟棋心跳加速，忍不住抓緊江儀。

「有什麼事嗎？洪道長。」離他們比較近的警衛走了過來。

「喔！沒關係，先在那裡就好，我只是希望你們做好準備，畢竟待會兒可能需要各位警衛幫忙。」

「什麼意思？我只是幫姊姊還印鑑的，為什麼要叫警衛？」孟棋臉色發青。她在醫院時往往是呼叫警衛的那一方，從未面臨這種情況。道長看著她的表情似笑非笑。

「沒什麼意思啊？別誤會，我沒惡意的。我只是不想浪費時間——畢竟您表現得像是被這位小妹妹挾持了一樣啊。」

他笑著看向江儀，眼神卻冷若冰霜，像看著獵物的掠食者。

這瞬間，孟棋說不出話。某種程度上，他說中了，大概百分之三左右。很少，但不是沒有。所以她無法用難以置信的表情來反擊他。

「啊？」江儀倒是誇張地高聲質疑，「我？開什麼玩笑？孟棋姊，別理他，他們根本沒理由攔住我們。叔叔，如果你們真的動手，我就報警囉？」

她拿出手機。

「真是惡人先告狀，師姊的家人就是我們的家人，我只是在保護家人而已，不然妳為何不讓林小姐說話，老是搶著說？」男子笑容不減。明明剛剛他的視線一直放在孟棋身上，這下卻只看著江儀，彷彿孟棋是隱形人。

「先生，你誤會了。」孟棋鎮定下來，「說什麼被挾持，太荒謬了吧？我只是沒想到你會說這麼離譜的話。說到底，是你們託我幫忙，我才來的，要是誤會解開了，我們能走了嗎？」

洪道長將視線挪回她身上，但不像真的在看她——這人對她毫無興趣，只是將她當成前往某個方向的工具而已。這種冷酷讓孟棋毛骨悚然。

「哎呀，如果真的是誤會，我當然沒有攔住兩位的打算。不過林小姐，我不是隨便說說喔，確實有關於令姊的事想跟你說。」

「夠了沒有？」孟棋無法抑制自己的厭惡，「我對姊姊在貴教團的工作毫無興趣，也不知道她在做什麼，跟我說根本沒意……」

「妳是說，妳不關心令姊的違法行為嗎？」

「什麼？」孟棋愣住，瞬間起了雞皮疙瘩。

「胡說八道！茗琴姊人這麼好，怎麼可能犯法！」江儀厲聲說。

演技真好，孟棋忍不住苦笑，明明姊姊的違法事蹟就是他們說的。

「別誤會，我可不是想告發，而是想幫助自己的家人喔？」男人壓低聲音，笑容依舊，「只是這裡不好說話，我們換個地方如何？」

江儀握著孟琴的手用力捏了兩下。這是「不要」的意思，明顯至極。事實上孟棋也不想同意，誰知道「換個地方」後會發生什麼事？

「……在這裡說吧。在場的都是你們的人，不怕隔牆有耳吧？」

「就是怕隔牆有耳啊！還是林小姐完全不關心令姊？不會吧！現在師姊還在加護病房，難道妳希望師姊醒來就立刻面臨官司問題？我只是跟妳討論怎麼幫助師姊，如果妳堅持不肯，那就可疑了。我只好懷疑妳確實被誰給挾持——」

他看向江儀。

真想不到，江儀袒護自己，竟成了對方的口實。

但孟棋不笨，她知道這只是對方的藉口。畢竟太沒道理了，成年人怎麼可能被小孩挾持？這個男人只是隨便想個藉口留下自己，甚至根本沒認真想。

比起為達目的不擇手段，他更像是懶得想手段，畢竟這裡是他的地盤。只是孟棋不明白，事情到底為何會變這樣？江儀曾擔心會出意外，但自己究竟有什麼道理被盯上？

……不，原因並不重要。重要的只有此時已被盯上的事實。

「好吧。」孟棋深深吸了口氣，下定決心。她放開江儀的手。

「江儀，這位先生有事跟我商量，妳先回去吧。放心，離開時我會聯絡妳。」

「可是……」

「喔？看來您沒被控制，太好了呢！」道長笑著對江儀說，「小妹妹，妳知道怎麼離開嗎？要不要我請警衛帶妳離開？」

他在挑釁。

真不成熟。這男人簡直像個孩子。

另一邊，江儀雖憤怒到說不出話，態度卻異常沉穩。

要是跟洪道長離開，恐怕不會發生什麼好事，孟棋對此心知肚明。但沒關係，因為剛剛短短的時間內，她已盤算過，就算少了自己，對整個計畫也沒影響。

畢竟就像程煌裕說的，這計畫根本不需要她。

只要完成「請假」這種任務的人，就算在此脫隊也無妨。接下來只要江儀平安回去，跟他們說明情況即可。

這是自我犧牲嗎？

不。至少孟棋不這麼想。

只是消滅宇宙通元這種事，對她來說太過虛無飄渺了；即使那些人說他們曾經辦到過，孟棋也沒有實感。換言之，那不是她能辦到的事，少了她也沒差。

但他們能辦到。他們能實現孟棋的夢想。

既然如此，孟棋就不會讓自己成為絆腳石，因為她是真心想解放姊姊；說是不服也好，報復也好，姊妹之愛也好，孟棋對茗琴的愛恨之情遠不是這些概念能界定的。雖然沒打算為那些人犧牲的打算，但只要宇宙通元還在，自己的未來一定會跟著姊姊一起陪葬。

所以除了毀滅宇宙通元，沒有第二條路。

既然如此，就算在此失去未來又如何？

——真蠢。孟棋不禁想。

為何直到此刻才下定決心呢？為何自己總是慢半拍，總是缺乏覺悟？無論是不斷跟姊姊妥協的自己，或在那無數時空裡背棄阿里嘎該的自己。對「夢想」來說，自己恐怕既沒用又扯後腿，但她總算決定為「未來」做些什麼。

所以這是正確的。只要江儀平安離開，計畫就能回到正軌。

「不行！」

江儀反過來握住孟棋的手，瞪著道長。

「不可以，誰知道那些人會對孟棋姊做什麼？」

「沒、沒問題啦！畢竟是我姊姊，總不能不聞不問啊。」孟棋有些慌。怎麼回事？為何江儀放棄這麼好的撤退機會？洪道長聽了聳聳肩。

「就講講話，能做什麼？小妹妹莫不是把我們宇宙通元當成什麼怪胎組織了吧？」

「我聽說你們是新興宗教，所有新興宗教都是邪教，不是嗎？你們八成想勸誘孟棋姊入教！」

道長被這樣天真的想法逗笑了。

「怪了，茗琴師姊在妳面前，應該是講我們的好話才對吧？我們的宗旨是普天、普地、普人……算了，小孩子聽不懂。好啊，就讓妳看看我們多和善吧，林小姐不介意讓小孩聽大人間的複雜事情吧？」

孟棋有些為難，這時硬要趕江儀走，恐怕又會讓這個男人起疑，但她該怎麼暗示江儀此時撤退才是正確的？這時江儀靠近她，眼神誠懇。

「孟棋姊，相信我。如果這真的跟茗琴姊有關，我也有聽的資格吧？」

相信——

不知為何，孟棋知道這才是江儀要傳達的。

好奇怪。江儀明知有危險，為何還要奉陪？但疑惑歸疑惑，她也知道不可能繼續拒絕江儀；原因很簡單，這孩子太純粹了，正因如此，她會不顧一切地做自己認為正確的事。

就算在這裡分別，她也不可能乖乖回去。既然如此，也只能答應。為了不讓事情失控。

「……好吧。」孟棋咬牙點頭。這下她非努力不可了。身為大人，她得讓江儀平安回家。

她看向洪道長：「你說換個地方，要到哪裡去？不過我待會是真的有事，不能說太久。」

「放心，不會耽誤您太多時間的——那邊的接待員！」

洪道長打了個響指，服務台的接待員便走了過來。

「道長，什麼事？」

「請妳帶這兩位到會客室。」

「等一下。這位先生，你不自己帶嗎？」江儀瞪著她。

「放心，我馬上到。接待員，要好好招待兩位貴賓喔。」洪道長笑著說，眼神卻意味深長地掃過接待員，似乎交換了什麼意見。接待員微微點頭，臉上依舊掛著專業的笑容。

「當然，我會的。兩位，請跟我來。」

她轉身朝走廊走去，不時回頭確認孟棋和江儀有跟上。兩人交換了一個不安的眼神，卻也只能跟上。宇宙通元的大廳雖然光明敞亮，但隨著她們深入內部，周圍的光線漸漸變得昏暗。

看著三人的背影消失在走廊盡頭，洪道長的笑容慢慢褪去。他不動聲色地掏出手機，撥了一個號碼。

電話很快就被接通了。洪道長態度輕鬆：「喂，老友啊，跟你說件事。還記得林茗琴嗎？對，就是那個曠職了好幾天的女人。」

對方說了些什麼，讓洪道長失笑。

「是啊，當然。不過我提到她，是因為剛剛她的妹妹來幫她請假，你猜怎麼了？她身上有元通神的氣息喔，而且很濃，肯定是幾小時內，在非常接近的地方接觸了元通神……」

對方沉默了。

洪道長也沉默。這時，外面的太陽正好被雲遮住，消去了原本從落地窗照進室內的光線，洪道長雖仍帶著笑，神情卻隨著天色陰暗起來。

通話另一頭說了幾句話。

「託你的福，我的占卜已經沒這麼準了喔，還記得嗎？不過，這件事大概不難推敲吧。我想你應該記得，元通神曾想逃走，要是祂這次打算利用林茗琴或她妹妹……」

洪道長邊說邊走向剛剛接待員走進的通道，皮鞋的腳步聲相當清亮。

「對，她妹妹已落到我手中。這裡畢竟是宇宙通元嘛，是新術法最有效的地方，連手機訊號都能屏蔽，她逃不掉的；不過老友，你該採取行動了吧？要是通往新世界的道路因為這麼無聊的理由被推遲，我可受不了。」

到了最後一句話，道長的笑容終於完全消失。對無聊的厭惡，讓他露出了真正的表情——那是張飢渴又厭煩，彷彿整個世界毫無價值的虛無臉孔。

□

接待員帶著孟棋和江儀穿過一條幽暗的走廊。牆上展示著幾張畫作，看來似乎是素人畫家的作品，雖然不難看，卻也沒什麼特色，而且用色單調，擺在這略顯陰森的走廊，竟有些詭異之感。

走廊邊有一扇厚重的木門，接待員用力推開。

「請進。」她的聲音輕柔，卻讓人感到一絲不寒而慄。

孟棋和江儀步入會客室，房間裡只有一張長桌和幾把椅子，牆上掛著宇宙通元的標誌和幾幅抽象畫作。沒有窗戶，只有頭頂的日光燈管發出蒼白的光芒。

江儀猶豫著要不要坐下，她總覺得房間裡籠罩著無形的壓力。她偷偷觀察孟棋，發現對方雖已坐下，卻臉色蒼白，雙手緊握成拳放在膝上，指節因用力而發白。她對上江儀的視線，勉強自己露出微笑，顯然是想要讓江儀心安。

此地不宜久留，江儀想，她轉向接待員：「那個道長什麼時候來啊？」

「很快，請不用擔心。」接待員依舊掛著微笑。

那才需要擔心好嗎？江儀聳聳肩，忍不住在心裡吐槽。她裝作無聊的樣子，拿出手機，接著心中一沉。

沒有信號。

連一格也沒有。怎麼會？是因為在大樓裡面嗎？江儀不安起來，原本她打算確認情況後立刻回報，誰知現在居然回報不了。怎麼辦？要是繼續待在會客室，肯定是沒辦法通風報信的，但難道要等洪道長來？

不行。他來了之後肯定沒好事。江儀握緊雙手，突然轉頭說：「不好意思，我可以去洗手間嗎？我沒想到會留下來，已經忍很久了。」

「啊，那快去吧。小姐，這裡的洗手間在哪？」孟棋連忙說。

接待員愣住，似乎有些猶豫。

「要不要等洪道長來了再說？他應該很快就到了。」

「不行，我真的很急！」江儀佯裝著急的樣子，「我是真的忍很久了，進來這裡前就想去洗手間了，我又不知道會花這麼多時間！」

看到江儀像是快要哭出來，接待員終於點頭同意，告訴她洗手間位置。江儀一溜煙跑出會客室，立刻往走廊盡頭的女廁走去，並尋找哪裡有信號。走進廁所後，手機總算有了兩格，她這才鬆了口氣，打開群組。

「不好了，孟棋姊跟我被攔下來，對方像是不打算就這樣讓我們離開。」

她走進隔間，快速打字。

「怎麼會？有什麼讓他們起疑的嗎？」鐵木回訊息。

「沒有。在我看來一切正常。很可能是我們不知道的原因。」

——或是說，只有那個男人知道的原因，江儀想。

要是那男人不出面，她們原本應該能順利離開。

「有脫身的方法嗎？」程煌裕問。

「目前沒有，我會見機行事。」

江儀回應。她雖然束手無策，也因此害怕，但她早有遇上危險的覺悟。

或是說，即使遇上危險，她也不能放著孟棋不管。

原因很簡單，雖然孟棋跟他們有同樣目標，但沒參與說妖儀式的人，終究沒這麼接近事件中心；隨隨便便將孟棋捲進來，再隨隨便便捨棄她，這不合道理。因此就算這個計畫不需要孟棋，她也必須設法幫助對方。

群組沉默一段時間，或許在討論吧？江儀捏著手機，手心隱隱出汗，她知道自己差不多該回去了。離開太久不只可疑，也讓孟棋孤立無援。

「我們這邊也會想辦法的，妳們一定要平安喔！」沈未青的訊息傳來。她的關心肯定比這些文字多出更多吧？江儀明白，但她回應：「沒關係，我們會靠自己，大家照原計畫行事。」

這多少有點逞強。

不過她的覺悟，終究是屬於她自己的。江儀也沒打算把其他人捲進來。要是因為自己的任性而耽誤計畫，她也無法接受。

「那麼祝妳好運。我們會轉移據點，決定新的空間再聯絡你們。」程煌裕說。

轉移據點？

江儀略加沉吟，推測出對方的意思。現階段，她很難想像宇宙通元已知道他們的目的。既然那位洪道長是基於「不知道的原因」攔阻他們離開，那理由很可能與茗琴——或宇宙通元內部的鬥爭有關。換言之，現在的據點已不安全，因為根據前幾天的規劃，是將林茗琴與林孟棋的住處當成據點。

這是孟棋自己提出的。

那時他們在討論要怎麼監視林茗琴、控制阿里嘎該，避免時間再度回溯。孟棋說不如就在她家吧，這麼一來，姊姊也可以在熟悉的空間裡生活。聽到這些話，林茗琴勃然大怒，講了些難聽話；但在既有選項中，這其實是不錯的選項。

雖然沈未青住所夠大，但她不願讓爭鬥多年的死敵林茗琴住進她的私人領域，反過來說，孟棋與茗琴的住處足以容納一個小家庭，對姊妹兩人來說還有多餘空間；雖然一口氣住進這麼多人還是有點小，但羅雪芬為了爭取告發宇宙通元的證人，已前往東部，其他人則是輪流出門搜集對付宇宙通元的線索，比起羅雪芬、施俐宸等人的住處，已經是最適合的了。

但這事也反映出孟棋的性格——她太慣於配合他人。對他們這樣的陌生人，明明漠視就好。但孟棋考慮了姊姊居住的方便性，還犧牲了自己的方便，老實說，這是讓人無法放著不管的性格。

這也是江儀不願背棄她的原因。

「收到。請儘速離開據點，越快越好。」

江儀送出訊息，將手機收起。她在隔間整理好心情，這才意思意思地沖個水，走了出去。

在廁所裡的時間不超過十分鐘，那位洪道長很可能已到會客室；光想到要面對那個男人，江儀就感到沉重的壓力。

但這也是孟棋感到的壓力。念及於此，江儀加快腳步，然而——

推開會客室的門，門內竟只有洪道長一人，孟棋與接待員都不見人影。

她愣住了。

「喔？小妹妹，妳怎麼還在？我還以為妳已經回家了呢！」

道長靠在真皮沙發上，態度頗為輕挑。

「孟棋姊呢？」江儀站在門口，握緊雙拳，心跳加速。

「什麼？妳說誰？」

「別開玩笑了，」江儀壓下怒氣，「跟我一起來的人啊！」

「我不知道妳在說什麼，妳不是自己來幫林茗琴還印鑑的嗎？」

「那是孟棋姊找到的，我哪知道印鑑放在哪！」

「喔！原來如此，也就說妳口中的孟棋把印鑑給妳，讓妳帶過來了吧？」

——江儀咬著下唇，沒想到對方會來這招。

太蠢了。為何自己會短暫離開孟棋呢？如果事情變這樣，還不如一開始就不要跟！但她本以為對方將孟棋留下只是要審問，誰知道是直接綁架？還撒這種顯而易見的謊！
沒錯。男人大可說「孟棋已經回家了」。那更不容易拆穿，而且合理。他故意說出這種荒誕不經的話，就是為了玩弄她。他把她當成了笨蛋。
「你是說，」江儀氣到聲音發顫，「我，是自己一個人來幫茗琴姊還印鑑的？」
「是啊，妳想起來了？」
「那關你屁事？」
「什麼？」洪道長怔住，不懂她的意思。
「我還印鑑，到服務台就好了，關你屁事？你根本沒道理見過我。而且大人跟我說過不要理會可疑的變態大叔，所以我也不可能告訴你。喔，對了，不要說是櫃檯的接待員告訴你的喔，特別問女孩子來這裡做什麼，只是坐實你變態的嫌疑而已。」
洪道長揚起眉。直到此刻，他才第一次覺得這女孩子有意思。他露出微笑。
「哼哼哼，原來如此，妳是說，一定有其他人跟妳一起來，而且是另一個人回答我的問題，我才可能知道妳來幹嘛。哈哈，有意思，那我倒想請問，那個人是誰？現在在哪？」
「這種事，調監視器不就知道了？」江儀拿出手機，冷冷地說，「我現在報警，警方就會調監視器了吧？對了，我們是搭計程車來，我有把司機的資料拍照存證，傳給家人，之後可以找到這位司機，證明我確實跟孟棋姊一起來。這會造成宇宙通元麻煩，但我想你應該不介意吧？」
司機的事是江儀信口胡謅的，因此這是步險棋。但要是就此撤退，給宇宙通元準備的機會，要救回孟棋就更加渺茫；所以她不能等，一定要在這裡就逼對方承認。

洪道長看著江儀，像在欣賞什麼藝術品般微笑。接著他慢慢開口。

「妳叫什麼名字？」

「為什麼要讓可疑的變態大叔知道我的名字？我報警囉？」

「哎呀呀，反應別這麼大，只是一直叫妳小妹妹好像有點失禮。好吧，小妹妹，妳知道一個都市傳說嗎？據說巴黎博覽會的時候，有對母女住進旅館，由於母親生病，那個女兒離開房間去買藥，誰知回到旅館後，卻發現母親消失了，她們入住的房間也變成裝潢完全不同的房間，更重要的是，服務人員說根本沒見過女兒，整個旅館都找不到她們曾經入住的痕跡——妳聽過嗎？」

江儀握住手機的手微微發抖。是恐懼，還是因為憤怒呢？

「……你想說什麼？」她冷冷地問。

「我的意思是，『串供』是很可怕的事情喔。那個都市傳說，據說真相是母親病死在旅館，但旅館想掩蓋這件事，就大手筆改造了房間。這裡發生的事也一樣，就算警方來，也不會從監視器裡發現什麼有意義的證據。這個教團裡，所有人都只見過妳，不會有人見過那位孟棋。至於妳說的那位司機，他一開始可能會記憶不清，但我保證給我一點時間，他會改變他的證詞，說只有妳進入這個總部。」

「『串供』？所以你承認了？」

「承認什麼？我只是說接下來事情會怎麼發展而已啊。」

江儀氣到說不出話。他等於已經攤牌，但她能怎麼辦？這裡是宇宙通元，他們大可假裝監視器壞掉，不提供錄像。而且她很清楚宇宙通元的勢力有多大，警方甚至可能不會認真辦案。

只是她沒想到這男人竟敢光明正大承認，彷彿不在意世間規範。

「你真噁心。」江儀忍不住說，滿臉厭惡。

「居然這樣說！瞧我把妳氣得……這也表示我很成功吧？謝謝妳囉。」

洪道長像是謝幕的演員般行禮。

「所以呢？」江儀收起手機，「你也打算對我做一樣的事？綁架我，然後假裝成我們都沒有來過？」

「怎麼會，那就真的是可疑的變態大叔了吧！放心，我不會拿妳怎麼樣，因為我還要妳當信差呢。妳回去跟林茗琴說，如果她擔心妹妹，可以來找我洪行舟。」

「你是白痴嗎？」江儀咬牙切齒，「茗琴姊出車禍，都已經昏過去了，我是要怎麼告訴她！」

「呵，就當成是這樣吧。」

洪行舟一派輕鬆。

「等林茗琴醒來再說也行啊，放心，只要她乖乖來找我，我就會把林孟棋好好還給她——我說到做到。」

第三章

自從林茗琴被關在房間裡，就一直躺在床上，背對門口。大概是裝睡吧？未青想，因為監視她的自己就坐在門口。其他人要監視她，也多半坐在這個位置。

除了她們以外，房裡還有靈異的存在。

蜷曲在牆角的巨大陰影是阿里嘎該。祂身為靈體，能穿透書架等障礙物，不至容納不下；祂周圍擺著鐵木編好的驅邪用芒草，用來使之弱化。不知道是不是芒草真有神效，阿里嘎該就像木雕般定在那，一動也不動，只有黑色眼睛像流動的石油，閃爍著令人毛骨悚然的光輝。

光在阿里嘎該身邊，未青就微微想吐。因為祂身上的氣息很像她小時候感覺到的沈家神祇；這麼說來，阿里嘎該會變得如此異常，應該跟沈家神明——也就是後來的元通神有關吧。她還記得在宇宙通元總部時，某種黑色的能量入侵阿里嘎該的身體，那是附身嗎？阿里嘎該被元通神侵占了？

關於那件事，還有不少謎團尚未解開。譬如為何自己能記得輪迴中的事？是因為自己跟沈家的神有某種聯繫嗎？

雖然有些不舒服，但這似乎是唯一的解釋。

毒眼巴里在另一個牆角，雖然沉默不語，但未青知道祂會聽從監視者的命令；只要阿里嘎該或林茗琴有不尋常的動靜，就立刻露出眼睛，以毒眼殺害阿里嘎該。祂的存在讓未青感到心安。

要是情況允許，未青不想監視茗琴。

不是不該監視，而是，她不想獨自監視那個人。經過漫長的戰鬥，她對林茗琴的反感與厭惡已升到極點；說來奇怪，那種感覺並非仇恨，她不是想殺了茗琴，也不想看她痛苦，甚至沒興趣讓她付出代價。但她希望跟茗琴再也不要見。如果能確保兩人再也不相見，沒有有任何瓜葛，自己的努力不會再遭到對方糟蹋，那她很樂意現在就立刻釋放茗琴。

然而做不到。

只要茗琴活著，就會糟蹋他們的努力。因此再怎麼不舒服，在羅雪芬、江儀、林孟棋等人都出門辦事的現在，也只能靠未青監視了。因此她坐在門口，盯著背對她的茗琴，指甲微微嵌進皮膚，忍著心裡的千頭萬緒。

說到孟棋——前幾天第一次見到她時，未青嚇了一跳。

她認得那張臉。

那是他們還以為林茗琴是「林孟棋」的時候。為了阻止時間回溯帶給未青的痛苦，江儀準備了一個殺人計畫，然而成功殺死對方，阿里嘎該回溯前，卻出現了一個神祕女人，當時她說的話，未青至今印象深刻。

沒時間了！雖然我也不知道能不能原諒妳們，但我也只能拜託妳們了！

拜託妳們，拜託妳們救救她！救救林——

那張泫然欲泣的臉，正是林孟棋的臉。

想起這件事，未青心跳漏了一拍。所以那時孟棋就已知道時間回溯，至少不是一無所知？

雖然因為回溯，現在確是一無所知了，但原本她是知道些什麼，甚至能做些什麼的嗎？念及於此，未青就難以相信她。

救救姓林的某人——是希望她們救林茗琴吧？但她們有什麼義務拯救林茗琴？未青有些反胃，她才想請林茗琴放過她們呢！跟孟棋解釋整件事時，雖然孟棋大受打擊，還跟茗琴吵了一架，站在她們這邊，但誰知隨著事態不同，孟棋會不會反悔，背叛他們？

未青不願這樣想。孟棋也是說妖儀式的受邀者，主辦方這麼神通廣大，應該不會邀請立場相反的人。但說到底，她就是對孟棋一無所知，這點程度的疑心是該有的吧？畢竟他們已經沒有退路，不會再回溯了。

來到這裡後，未青不禁有些後悔。

要是知道「林孟棋」就是那個神祕女子，未青或許就不會同意與她合作。現在她把這些話藏在心裡，是因為程煌裕說孟棋的任務只有請假；這種程度，還稱不上真正的「合作」，因此未青還不打算講出那件事。

但要是大家進一步接納林孟棋，希望她成為「戰友」——

或許未青會不得不說出那件被埋葬在消逝時空的過往。

思考到一半，身後傳來敲門聲。

「是我。介意我坐這裡嗎？」

是施俐宸的聲音。門其實沒關，但施俐宸想引起她的注意。

「當然可以。」未青說，稍微往旁邊坐，施俐宸則拿了張椅子進來。老實說，未青對見到他有些意外。

因為根據計畫，眾人會依照沈未青的記憶蒐集證據，有駭客技術的施俐宸也不例外，從昨天開始就不見人影。原本她以為會花好幾天，想不到今天就回來了。她本想問任務進度如何？還有很多事要做吧？但不知為何，她不想提到那些，話到嘴邊就忍住。

施俐宸坐下，卻沒說話，甚至沒看向她，有些彆扭。

這讓沈未青笑了出來。她想起自己搭他的車時，他也曾露出這樣的表情。

「怎麼了嗎？」

施俐宸似乎不明白她為何在笑。

「沒什麼，只是想到了一些往事。之前我也曾見過你露出這樣的表情，那時我坐在副駕駛座，你看著前方，我還在想，你是在專心開車，還是不想讓我看懂你的表情？現在看來跟車子無關了。」

施俐宸聽了看向她，揚起眉，像是感到不可思議，又不想透露情緒。雖然表情沒變，但他的臉頰浮起幾不可見的粉紅色：「我跟妳……曾經是像那樣無話不說的關係嗎？」

那樣。顯然對施俐宸來說，這樣的關係還有些遙遠。未青心裡有些刺痛，但她已經經歷過無數次這種痛了。

「看施先生怎麼想吧？畢竟那些過去已不存在……比起曾經如何，我寧願展望未來。」未青輕聲說。

「話是這麼說，但妳好像知道很多我的事，我卻不知道妳的事，這好像不怎麼公平。」

聽了這話，未青一時無語。這種隱約帶著刺的話，確實是施俐宸會說的。她知道對方沒惡意，卻不知道該怎麼回答。見她沒回應，施俐宸連忙說：「我不是怪……抱歉，是我的錯。我只是感到不可思議。」

「不可思議？」

「對。」施俐宸撇開視線，「妳說的那些事——關於我們的事，老實說我難以置信。明明如此，我卻想相信。這太不合理了。但如果妳說的是真的，這樣的不合理就有了理由。所以我有點不甘心，只有妳知道發生了什麼事，我卻像是得了阿茲海默症……要是我知道更多就好了。」

未青笑了出來。在某個輪迴中，這男人也說過自己像得了阿茲海默症；他還真是沒有變。其實，豈止他不甘心，未青也是啊！那徒勞無功的十年，居然讓她比最初更加喜歡他，這是她始料未及的。

「等塵埃落定，我就將知道的一切告訴你。」

「不能現在說嗎？既然已經不會再度輪迴——」

「不行。」未青搖頭，心海情緒翻騰，「只要阿里嘎該還在，可能性就不是零。將來我要跟你說的那些事，我希望是第一次看到你的反應；因為我想跟你有共同的感受，共同的記憶，而不總是重溫過去。」

彷彿懸在空中的某物落下，帶來某種踏實感。施俐宸轉向她，臉紅了起來，但他這次沒有逃避自己的感情，而是認真地看著未青，片刻後才說：「真不可思議，我覺得這確實是妳會說的話，即使我對妳根本沒多少印象……」

「好了，夠了！別在我面前放閃，有像你們這樣監視的嗎？」

林茗琴忍不住從床上起身，開口阻止。

「你們是這樣的關係？什麼時候？」

但她還是忍不住八卦。

「不關妳的事。」

未青突然意識到自己是在茗琴面前說這些，不由得有些惱羞。

「真的跟我無關？」茗琴像是抓到對方把柄，得意地說，「這些事肯定發生在我製造的輪迴裡吧？既然妳能記得輪迴裡發生的事，難道不是妳用這種方法不斷測知男人的喜好，作為釣凱子的籌碼？」

未青睜大眼，不敢相信這人竟敢這樣說。

「胡說八道！妳以為我想被困在那個無法離開的輪迴裡？」

「跟喜不喜歡無關，但妳敢說妳沒有利用輪迴的優勢？上次這麼說效果不好，下次就換種說法，難道妳沒有？」茗琴冷笑，「那沒什麼，善用力量不是理所當然的嗎？我只是希望妳好好感謝我呢，沈小姐。」

未青氣到說不出話。但她無法反駁，因為——

她確實利用了那樣的「優勢」。

不，這麼說不完全正確。未青向來清楚自己的魅力所在，也懂得善用；對仰賴男人供養的她，要討取好感是非常容易的。因此，這不完全是輪迴的功勞。但不能否認，施俐宸跟以前包養她的男人截然不同，有時她確實不知該如何是好。

因此她「試誤」過。她確實從失敗的經驗中學到了什麼。但那真的是「優勢」嗎？

這時施俐宸說話了，他的語氣意外平靜。

「不用理她，沈小姐。這件事妳知我知就好。雖然沒記憶，我也很清楚自己的感情。即使她洋洋自得，但輪迴對我們來說只有損失，沒半點好處。」

未青驚訝地看著他，想不到施俐宸會袒護她。但這有什麼好意外的？施俐宸本就是該出手時就會出手的人。而且他說的再正確不過，即使會分離，戀人也有度過共同時間的權利；只有一方記得，那不是贈與，是剝奪。

「你說的對。」未青冷靜下來，反抗般地迎向茗琴的視線，「林小姐奪走了發生在我們間的事。不只我們，她還奪走了無數的未來。看來林小姐似乎沒打算為那些未來負責呢。」

林茗琴討了個沒趣，輪流看他們一眼。

「原來如此。想不到你們已經發展到這種地步了！哎，難怪施先生會為了妳殺人。」

什麼？未青愣住。她看向施俐宸，顯然青年也在狀況外；在未青的記憶中，施俐宸從未殺人啊！她正想追問，手機卻跟施俐宸的手機同時響起，顯然是群組通知。

「我來看，妳繼續監視。」施俐宸說。

未青點頭。這也是當然的，他們中至少得有一個人在監視。或許不是重要的事吧，未青想，畢竟任何重要進展都會回報給群組，或許是誰取得誰的信任，或取得重要證據了。

然而事情跟她想的不同。

「我幫妳監視，妳看一下。」幾秒後，施俐宸說了這句話，將手機遞到未青前方。他的語氣沒有多大變化，但未青看了群組裡的訊息卻大吃一驚。

「不好了，孟棋姊跟我被攔下來，對方像是不打算就這樣讓我們離開。」

是江儀。然而被誰攔下？宇宙通元？為什麼？她們不是去還印鑑而已嗎？

「怎麼會？有什麼讓他們起疑的嗎？」

鐵木問出了未青的疑問。十幾秒後，江儀的回答彈了出來。

「沒有。在我看來一切正常。很可能是我們不知道的原因。」

「妳繼續監視。」施俐宸說，「我到客廳跟程先生討論。不用擔心，我會讓妳知道最新情況。」

他說完便走出房間。

沒錯，要是他繼續待在這，很可能讓林茗琴注意到事情不對；然而未青竟無法冷靜下來，表情也變得僵硬。在輪迴中，她確實在茗琴面前保持若即若離的冷漠，但習慣非自願的輪迴後，她猛然發現如今任何人出事都將無可挽回。

如此理所當然的事，此刻卻令她恐懼。

「怎麼啦？」林茗琴似乎也發現她神色怪異。

「沒事。」

「發生什麼意外了嗎？要不要用阿里嘎該救回來？」茗琴擺出幸災樂禍的態度。未青一咬牙，差點說「妳妹也出意外了」。不，讓她知道比較好嗎？看她前幾天跟孟棋吵架，很難想像她跟妹妹真正的關係如何。或許她毫不在意妹妹，甚至上演一齣戲，拿妹妹來跟他們談判。

——先忍一忍吧，未青想。她冷靜下來，又回到那抽離般的態度。茗琴見到這表情，不耐地翻了白眼，失去挑釁的興致。沒多久，施俐宸走回房間：「沈小姐，妳看一下手機吧，換我監視。」

「謝謝。」

未青禮貌地點頭，刻意不疾不徐地拿出手機，結果群組只多了兩行，江儀不清楚具體情況，旁人也只追問了一句。她壓抑著情緒輸入：

「我們這邊也會想辦法的，妳們一定要平安喔！」

無論如何，現在江儀還沒事。

既然她說會想辦法，那也只能相信她了。事到如今，未青也不認為江儀是那種事事需要他人照顧的女孩子。未青收好手機，不再看群組，以免動搖自己心志。

不過，接下來該怎麼辦？

無論扣留他們的人是誰，他們很可能知道林孟棋是誰，雖然不確定動機，但就算那些人相信林茗琴住院的事，會不會想要搜查這裡？無論如何，這裡已不是完全安全之地，難道真的要到自己的住處嗎？

「林小姐。」施俐宸對茗琴說，「妳在宇宙通元裡人望不好，對吧？」

「什麼意思？」茗琴突然被挑釁，神情僵硬起來，「教裡的信眾這麼多，我當然不可能跟每個人都好，但要不是受人信賴，我會擔任要職嗎？」

「那妳要怎麼解釋令妹到了宇宙通元就被人抓起來？除了針對妳，我們想不到別的解釋。」

要說出來嗎？未青有些詫異。但施俐宸這麼說，很可能是剛才跟程煌裕討論的結果。只見林茗琴臉上大變：「孟棋被抓了？怎麼可能？他們沒道理這麼做啊！」

「所以我才問林小姐是不是心裡有底啊？妳在宇宙通元是不是被人討厭，討厭到會抓林孟棋來威脅妳，甚至不相信妳住院的事。」

「不相信我住院很聰明，因為那是事實啊。但沒理由針對我妹，更沒理由針對我！至少宇宙通元裡沒有……」

話說到這，茗琴臉色突然有了變化，彷彿想到某個人。

「妳心中有底，對嗎？」施俐宸追問。

「不……沒有……」林茗琴搖頭，眼神卻帶著驚恐，「不可能，沒道理，現在說妖儀式才剛結束，我跟那個人根本還沒瓜葛……」

是誰？林茗琴到底想到了什麼人？就連能回溯時間的她都如此戒備！未青忍不住說：「就算沒瓜葛，妳也知道誰最有嫌疑吧？說出他的名字，說不定我們還可以救回妳的妹妹……」

「搞什麼，妳怎麼會在這裡啊？堂姊。」

這瞬間，三個人都靜了下來。

因為那是不該出現在此的聲音。三人同時望向窗戶，只見一名男子打開了窗戶，坐在窗框上。怎麼可能？這裡不是低樓層，不可能有人爬到窗外！但對未青來說，最不可思議的不是這點。

「未、未臻？你怎麼在這？」

她站起身，沒想到會在這裡遇到堂弟。

但這絕對不是什麼久別重逢的感人場景，因為未臻正露出她從未見過的表情。堂弟的眼神有種邪惡的魄力，在他眼中，現場的人彷彿都不是人類，而是實驗用的小白鼠，隨時可以解剖。

上次見到未臻，還是在進入輪迴前的宇宙通元總部。這人跟宇宙通元有關。跟袁志杰的崛起有關。但那時的未臻有種大悟大徹之感。現在的他完全不同，就像執念、惡意的化身，即使是見過大風大浪的未青，這輩子都沒見過這麼像惡魔的人。

——惡魔？她居然這樣說自己的堂弟？

有如惡魔化身的沈未臻看著她，接著環顧四周，在阿里嘎該上停了下來。

「喔。這樣。明白了。元通神在那個妖怪體內，是嗎？所以堂姊妳跟妖怪聯手了。原來如此，原來如此……真想不到，原來是妳啊！」

未臻露出孩子般的笑容，就像發現最棒的寶藏。

但未青無法共鳴。她只感到絕對的不祥，甚至無法發問或回應。

「有成師兄！」茗琴突然尖叫，「就是他們！他們是宇宙通元的敵人！快殺了他們！」

未臻緩緩看向林茗琴，就像現在才發現她。

「為何師姊會跟他們在一起？」未臻緩緩問，語氣甜膩無比。

「我所做的一切都是為了宇宙通元！我想阻止他們，卻被抓到了。但你能辦到吧？教主說過你能做到，你快救我，把他們殺了！」茗琴越喊越激動，甚至從床上站了起來。

這混蛋，未青暗罵。

但他們能怎麼做？他們手上沒有武器，連威脅未臻都做不到。說起來，未臻又能拿他們怎麼辦？雖然乍看是二對二，但程煌裕就在客廳，他說不定已經察覺動靜，打算伏擊了。局勢應該對他們有利。

有利？真的嗎？不知為何，看著未臻，未青不禁覺得他一個人就可以殺死現場所有人。那怎麼可能？

「原來如此。」未臻微微一笑，「感謝師姊對宇宙通元這麼忠心，但我什麼都沒帶，要殺人太難了，還請師姊幫我再支撐一下子喔。」

說完，未臻放開手，整個身子往窗外跌出去。

「未臻！不要！」

未青驚恐地衝到窗邊。這裡不是低樓層，摔下去非死即傷！但未青在窗邊一看，下面居然什麼都沒有，別說屍體，未臻整個人都消失了。這怎麼可能？她衝到窗邊也不過兩、三秒，就算未臻是躲進樓下的窗戶，也不可能這麼快。

一個大男人怎麼可能憑空消失？

「他……他不見了。」未青回頭，目瞪口呆地說。

「妳——」施俐宸瞪著林茗琴，怒吼道，「就光顧著表忠，不顧妹妹的安危了嗎！」

「不，那是正確的。」

程煌裕的聲音響起，走進房間。果然他聽到了動靜。

「江儀跟林孟棋剛被抓，那個人就出現在這，怎麼想也不是偶然。既然如此，只有表忠才能暫時保住她們。」

是這樣嗎？未青看向茗琴，後者一言不發，但她緊張地靠在牆邊，灰頭土臉，絲毫沒因未臻宣言要救她而得意。未青突然明白什麼，她說：「妳剛剛口中的『那個人』，就是他？」

茗琴愣住，緩緩點了點頭：「妳叫他『未臻』？那是有成師兄的本名？你們是什麼關係？」

「好了。」程煌裕拍手說，「現在不是說這個的時候，我們要立刻撤退。林小姐，妳會跟我們走吧？還是妳很信任那個人？妳覺得他會來救妳，並放過令妹？」

茗琴沉默。她在想什麼呢？未青暗忖。無論茗琴說什麼，她都不打算相信，但此時的茗琴與那個能自由回到過去，充滿自信的她不同，未青是第一次看到她露出這麼明顯的掙扎與猶豫，彷彿被人擊中破綻。

「那個人……有成師兄大概是真的有能力把你們全部殺死。」林茗琴咬牙切齒的聲音響起，「雖然我無法想像他是怎麼做的，但他做得到。在宇宙通元裡，他一直都是做那種見不得人的事。正因如此，我不覺得他殺了你們後，真的會放過我跟妹妹。」

她恨恨地看著眾人。

「原本只有我就算了，是你們把我妹妹捲了進來。」

「喔。林小姐真的很擅長怪罪別人，覺得都是別人的錯耶。嘖嘖，真是高手。」

施俐宸的話讓未青差點笑出來，但她知道現在不是笑的時候。不知為何，她認為茗琴說的沒錯，剛剛的未臻確實表現出能輕鬆殺人的自信。

「我們不會對令妹撒手不管，能做的保證只有如此。老實說，就算妳不願跟，我們也會強迫妳走，為了這一刻，我們已準備了麻醉性藥物。」

「為何要逃？把芒草拿開，用阿里嘎該的力量，我能回到過去阻止孟棋跟江儀被抓！」

「林小姐。」程煌裕瞪著她，罕見地動了情緒，「從現在開始，請妳習慣沒有時間回溯的生活方式。人生只有一次，請妳珍惜。現在請妳決定，妳是要用麻藥，還是用妳的腳？給妳十秒鐘，我們沒有時間！」

茗琴臉色青一陣紫一陣。雖然程煌裕沒有真的倒數計時，但他的眼神顯示最終底線正在逼近。最後茗琴跺了跺腳，發出低吼。

「用腳。既然都決定了就快走吧！不能讓阿里嘎該落入有成師兄手中，你們根本不知道他有多神通廣大！」

她激動地揮著手，像要將大家趕出房間，這時——

程煌裕的手機響起。

眾人正緊張時，竟來了電話，簡直是不祥的預兆；程煌裕拿出手機，瞥了一眼，隨即打開擴音。

「鐵木，怎麼了？」

「程先生，我回到林小姐的公寓附近了，可是——事情有點不對。」鐵木壓低了聲音。

「哪裡不對？」

「公寓入口被一群人包圍著。他們看來很不妙，有些人甚至……我不確定，但像是帶了槍。程先生，我不知道跟我們有沒有關係，我該怎麼辦？現在我不敢接近大樓。」

未青聽了忍不住打個寒顫。不管怎麼想，她都不覺得跟剛剛的事沒有關係。但怎麼會這樣？江儀她們才剛被刁難，敵人就直逼公寓底下，幾乎沒有時間差！未臻是怎麼做到的？難道他們本來就在提防林茗琴？

「糟了。」林茗琴臉色慘白，她看向程煌裕，「程先生，現在不是堅持的時候，我們只能依靠阿里嘎該了！不然還能怎麼辦？繼續堅持，我們只會全死在這裡！你們根本不知道高有成的手段！」

程煌裕沒回應她，而是對手機說：「知道了。鐵木，你就留在那裡，別接近公寓，我稍後會再聯絡你。」

他不等鐵木回應就掛了電話。他打算怎麼做？未青感到自己全身肌肉都因緊張而繃住，他真的會同意林茗琴嗎？只見程煌裕看了眾人一眼，很快點進通訊錄撥打另一個號碼。

「喂，」對方接通後，他說，「抱歉，這裡情況不太妙，有件事得請你幫忙。」

□

高有成在思考。

從窗邊墜落時，他不禁讚嘆洪行舟給他的符咒威力。短短幾分鐘內，他竟能看見鬼神形體；對凡夫俗子而言，沒有符咒是無法認識鬼神的，現階段，宇宙通元的「系統」也僅能做到這種程度。

但已經足夠了。

他在半空中輕描淡寫地做了個手勢，引力驟然扭轉九十度。雙腳落地的瞬間，周遭景象徹底改變，他不再身處林茗琴的公寓旁，而是站在一條散發腐臭的陰濕暗巷；順著慣性，他向前邁步，朝巷口走去。

太大意了，他想。

原本他只是去林茗琴家確認她的狀況。對他來說，林茗琴是個愚蠢的女人，毫無威脅性，因此沒帶殺人工具。仔細想想，既然洪行舟都感應到了元通神的力量，他是該謹慎些。值得慶幸的是，至少他的手下已將大樓圍住，沒有他的同意，任何人都不可能離開大樓。

至少活人不可能離開。

沒想到會見到「妖怪」，高有成想。他邊走邊拿出手機，快速撥了個號碼。

「是我。」有成簡潔地說，「五分鐘內幫我召集一支能殺人的隊伍。什麼？做不到？我帶你們進『地底世界』不就好了。你什麼都不用擔心，只要挑選最狠的殺手，帶上最凶殘的武器即可。」

說完他就掛了電話。與此同時，有成走出暗巷，來到城市的街道——

那是個不可思議的街道。

這「城市」既熟悉又陌生，雖有著臺灣給人的印象，卻不是實際的臺灣。空蕩的街道上，停著幾輛破舊不堪的車。閃爍的霓虹燈與建築彷彿停留在二、三十年前，有些更早，甚至是日治時期的裝潢。最令人不安的是，剛才還是白天，現在卻籠罩在一種詭異的昏暗中，天際泛著一種不似日出日落的蒼白光芒，彷彿整個世界都被抽空了色彩。

這並非現實，更像無數記憶碎片拼湊而成的怪異嵌合體。

高有成將這裡命名為「地底世界」。

命名，是一種宣示主權的行為，儘管類似的概念存在於世界各地的文化；這是蟄伏在現實底下的世界側面，與現實緊密相鄰，有學者稱之為「Orbis Alius」，即「異世界」。在古老傳承中，異世界往往由妖精、諸神、惡魔等超自然存在統治，不過在洪行舟的協力下，高有成已解明「地底世界」的真面目。

這地方，不過就是偏見、妄想、流言蜚語、幻想、夢魘、惡意捏造出來的集體潛意識產物。對人類來說，它是不值一提的垃圾場，卻也是可以操控、利用的工具。

怎麼利用？就像剛剛高有成示範的，這世界可以當成傳送門。

以全世界最知名的神祕現象為例好了。日本的「神隱」，凱爾特文化圈的「妖精綁架」，臺灣的「被魔神仔牽走」，其實是非常相似的現象；有時人們回過神來，突然出現在數十公里外，甚至有人神祕失蹤，再也沒出現，連屍體也沒找著。這些現象的真面目，其實就是他們進入了「地底世界」。

「地底世界」是日常生活在人們心中的投影，透過潛意識與現實相連，這空間並非無中生有，而是人們想像與臆測的投射。舉例來說，不是有很多校園流傳著鬼故事嗎？會走動的蔣公銅像、學校過去是墳場或刑場、無人教室的鋼琴聲……這類傳說只出現在學校，不會出現在其他場合，而且這些傳說還會彼此複製，讓「學校」的印象趨向同質；這時，對「學校」的同質印象會在「地底世界」中創造出相應的地景——由同質印象拼接在一起的幻影學校。如果有人在學校被「神隱」，就是不小心闖進這所學校了吧。

那麼，如果這人從「地底世界」回到現實，會到哪所學校呢？

或許是原本的學校。但也可能到不同學校。畢竟「地底世界」的學校是拼接而成，既然無數學校都指向這個同質印象，反過來說，不就能從幻影學校通往所有學校嗎？

這就是可堪利用之處。試想，如果進入「地底世界」的人，可以恣意決定出現在哪所學校呢？

假設從北部的A學校進來好了，如果立刻從南部的B學校出去，不就等於實現「瞬間移動」了？事實上，以高有成為核心的祕密集團已掌握「如何進入地底世界」、「決定回到何處」的技術，讓暗殺、偷竊、栽贓、藏匿變得極其方便。他能在幾分鐘內到達林茗琴住所的大樓，並在跳下窗台時消失，都是利用這技術。

雖說如此，他也尚未完全控制「地底世界」。

「地底世界」是既有「構圖」的一部分，目前他們安裝了宇宙通元的系統，改變構圖，強制打開了部分通道；然而更深處，有著他們系統尚不能及的深遠地帶，瀰漫著更古老的記憶，雜亂無章，危險而致命。

那是高有成渴望征服，卻尚未征服的領域。

但，現在有成決定將注意力收回來，因為他總算發現自己故事中的「反派」是誰；這段期間，有人在「地底世界」找他麻煩，那些人能抵達「地底世界」深處，妨礙他後立刻退回，尚未征服「地底世界」的有成根本拿他們沒輒。最初有成不解，到底是誰這麼神通廣大，居然能進出「地底世界」的深淵，還是說那是更龐大的意志，是「世界」本身在糾正他？

剛剛見到的「妖怪」讓他恍然大悟。

妖怪本就是「地底世界」的產物——不，應該說，對妖怪的想像構築了一部分的「地底世界」，祂們就是「地底世界」本身；為何現在街道看不到妖怪？因為宇宙通元已改造「地底世界」的最表層，他們的教義將妖怪解釋成蒼白無趣的「鬼」，使妖怪衰弱化，成為毫無威脅性的渺小存在。

對妖怪來說，宇宙通元想必是深痛惡絕的存在。高有成心知肚明，但打算改變世界構圖的他，根本不在乎革命中被犧牲的路人甲乙丙。

然而有妖怪的幫助，深入「地底世界」就不是難事。

「想不到事到如今還有這麼強的妖怪。」

有成哼著歌，在沒有妖怪的街道上漫步。他畢竟是有計畫地改寫世界，妖怪衰弱到什麼程度，早已透過洪行舟的法術弄清楚；如今大部分的妖怪連害人都辦不到，比追憶還虛無飄渺。因此剛剛看到那麼強大的妖怪，他嚇了一跳。

更別說那妖怪還跟元通神聯手。

元通神是怎麼逃出自己的控制？這高有成暫時想不通。但妖怪的內在有沈家神祇的力量，連凡夫俗子的他都能辨識出。既然如此，除了「元通神與妖怪聯手」，他也想不出別種解釋。

但光是這樣，也算不上威脅。

說到底，超自然存在再怎麼聯手，都無法改變「地底世界」。因為「地底世界」是集體潛意識建構出來的，而神明與妖怪都無法改造自己的內部；只有洞悉世界的真理，能深入「地底世界」的人類，才能對抗他這樣的侵略者。

所以這就是答案。元通神跟妖怪，居然為了對付他，與人類聯手了。

這原本是非常棘手的事。但高有成一點都不緊張，甚至愉快到腳步輕盈；因為，他總算發現自己對抗的並非命運，不過是區區人類。

沈未青——

他想起堂姊震驚的表情。

為何沈未青會跟元通神聯手？高有成也不明白。不過沈未青曾經是那個神的祭品，或許是被控制了吧。無論如何，沈未青是敵人這點無庸置疑。

真諷刺呢，堂姊。高有成在幻影般的幽暗街道間遙想。沒想到最後還是得殺死堂姊。不過，這也是種解脫吧？當年背叛那個神的堂姊還算美麗，但屈服於那個神……還是死了比較好。

當年的沈未青肯定也會同意這點，對吧？高有成想。

此時此刻，高有成心裡還有幾個謎團沒解開，但他不打算小心翼翼地解開那些謎。原因很簡單，他沒有花時間釐清全貌的餘裕。而且沈未青不可能是無辜的。無論原因為何，她肯定是革命大業的絆腳石，必須除之而後快。

就算弄錯，那也無妨。他不過是做了早該做的事而已。

這時，他的手機響了。沒錯，即使在與現實脫節的「地底世界」，也能與現實通話，或許是基地台的同質印象與現實相連吧？有成接通電話，對方給了不負他信賴的回答。可靠的人選、可靠的兵器、可靠的殺人技巧，全都是短短五分鐘內能找到的一時之選。

「做得好。」有成露出微笑，「告訴我他們在哪，我去接他們。」

他沒天真到認為戰爭馬上就能分出勝負。

但既然要打，作為宣戰布告，最初一步的力量展示，當然要純粹、粗暴、又華麗，不是嗎？

他已做好殺很多人的準備。

第四章

對眼前的情況，林孟棋呆住了。但比起恐懼，或許更接近瞠目結舌，就像自夢裡醒來，仍搞不清身在何處。

「這是……哪裡？」

她自言自語，因為沒有能跟她對話的人。

這裡跟宇宙通元的會客室完全不同，是間充滿現代設計風格的房間，巨大水晶吊燈懸於高聳天花板，深紫色絲絨壁紙上，隱約能見到暗金色又低調的宇宙通元圖騰。孟棋坐在華麗的高背椅，這些椅子圍繞著黑曜石圓桌，桌椅都被擦到發亮。桌上擺著漂亮的水晶菸灰缸，旁邊有電子時鐘，上面顯示的不是數字，而是英文字母E。

落地窗能看到外面景色。奇怪，剛剛不是白天，為何窗外是傍晚般的黑暗？而且沒有燈火，現在哪個城市晚上沒燈？雖然天上的星辰異常清晰，孟棋卻感到相當古怪，那不是沒有光害的天空，因為夜空盡頭正泛著奇特的白色，明明如此，卻還是能看到這麼清楚的星辰，怎麼可能？世上有能看到這種天空的地方嗎？這到底是哪——不，真正該問的是，自己是怎麼來的？

她還記得江儀才剛藉口去廁所，那位洪道長就走了進來。

他態度輕鬆地走到桌邊，瞥了桌子一眼，笑了笑：「這可不行啊，林小姐，手機居然亂放。要是被危險人士拿走怎麼辦？」

說著從桌上拿起一支手機。

「咦？」

孟棋愣住，她認得手機的保護殼，那確實是她的。她連忙摸自己口袋，還真的沒找到；她毛骨悚然，因為她確定自己將手機放在口袋裡，為何現在消失了，還出現在桌子上？是某種魔術嗎？

「喔，有某個群組正在聊天耶！」洪道長戳了戳手機螢幕，「林小姐真謹慎，看來要是不解鎖，我就看不到內容。」

孟棋心跳加速，不確定對方是不是在矇騙她，因為她進來後確認過，這裡根本沒訊號。她說：「哪裡，謹慎是工作所需。道長，可以請你把手機還我嗎？這樣其實不太禮貌。」

一般來說，這時對方就會笑著把手機還她，誰知洪道長繼續掛著微笑，卻沒有動作。

「道長？請還我，這可能……這會觸犯侵占罪。」

孟棋努力克制顫抖。身為護理師，她時常要應付各式各樣的「奧客」，這讓她學會了如何控制恐懼，這時才能保持冷靜。但聽了她的話，洪行舟依舊沒動作，漫不在乎。

「哎呀，請見諒，其實我也想還手機給林小姐的……」

「那請還我。」

「但我也不知道這支手機的主人到哪去了，想還也沒辦法啊？」

什麼？孟棋渾身發冷。這是什麼意思？犯罪宣言？

「林小姐，」洪道長笑咪咪地看著她，「不好意思喔，關於令姊的違法事宜，我是開玩笑的。作為彌補，我會招待妳到最豪華的地方，但在釐清狀況前，請妳在那邊等一下囉。」

他說完彈了響指，轉眼間，孟棋就被傳送到這個豪華的房間，就像有誰遮住她的眼睛再放開手，世界就變樣了。孟棋還來不及換口氣，洪道長已消失無蹤，不只如此，房間極端冷清，門外也沒半點活動氣息。

雖然富麗堂皇，但這房間就像展示屋，只是偽裝出生活的樣貌，充滿虛假感。孟棋目瞪口呆，直到幾秒過去，才意識到自己的處境，並開始恐懼。

「有……有誰在嗎？」她高聲問，猶豫地走到漆黑發亮的實木雕花正門旁，發現這扇門竟沒有把手。是用推的嗎？但不管孟棋怎麼推，或往旁邊挪，那扇門都動也不動，像是有幾十公斤重。

怎麼回事？這扇門是裝飾嗎？她蹲下來，門縫只有一公釐左右，但外面有光，應該不是裝飾，只是這麼窄的空間，看不出外面有什麼。

正門的對面是落地窗。她跑過去，發現每扇窗戶都被是封死的，也沒有通風用的窗戶。不遠處還有一扇沒這麼花梢的小門，她走進去，是洗手間。孟棋調查每一個角落，發現唯一對外的通道就是通風口，但通道非常窄小，不是她能鑽進去的。

她走回豪華的房間，打開實木櫃子的所有抽屜，只有一個櫃子擺了零食、營養口糧跟水，除此之外別無他物。這些食物要是謹慎取用，大概夠一個人住上兩天。

——怎麼辦？

孟棋著急起來，走來走去，翻找自己的隨身包包，卻沒什麼能派上用場的。由於手機被拿走了，連聯絡那些人都辦不到。不，江儀應該正在想辦法聯絡，但要是她也被抓了呢？孟棋有些胃痛。身為大人，她有義務讓江儀平安脫困，但現在她連江儀怎麼了都不知道。

說來，這裡到底是哪？

沒看到城市的燈火，是鄉下嗎？但這無法解釋那古怪的夜空。她抬起頭，天上的銀河清清楚楚，更後方卻不是黑色，而是在深紫、桃紅、靛藍間變換的怪異顏色。這是什麼現象？真有這種夜空嗎？就算有這樣的夜空，也不會在臺灣，難道孟棋在國外？怎麼做到的？難道她是被誰迷昏，用飛機載到別處，再丟進這個封閉的房間？

……不，現實地思考吧，孟棋。她心想，並將額頭抵在落地窗，努力讓自己冷靜。

那個洪道長，顯然有不可思議的力量。

這沒什麼好奇怪的。畢竟都有「說妖」那種神祕儀式，還有妖怪在幕後參與這場角力，要是對付宇宙通元的陣營有這種力量，宇宙通元沒有才奇怪呢。既然時間都能不斷回溯重來，或許瞬間移動也不是辦不到？

但，這真的是瞬間移動嗎？

窗外的景色，看來既熟悉又陌生。孟棋顯然在某個大樓內，而大樓窗戶透出的光，隱約能照亮不遠處的叢林。從植被看，像是臺灣的植被。但夜空是怎麼回事？這裡簡直像某種……該怎麼說，高維度空間？總之，就是不在現實中，類似靈界那樣的世界。

這種推測好像沒真實感，但孟棋有根據。

冷靜下來後，她感到這空間異常熟悉，就像她「看到」那些平常人看不到的事物時，會有些暈眩、渾身發冷的感覺；剛進來時太慌張，她還沒發現，但仔細觀察後，她才注意到自己那「不自然」的感覺從何而來。

不是豪華房間那展示性高於一切的虛偽感，而是「熟悉」與「不熟悉」的相悖感受，同時存在於她的直覺中。說熟悉，是因為此地充滿她透過陰陽眼接觸另一個世界的感覺，但要說哪裡不熟悉，就是太蓬勃了。她從未像現在這樣置身於完全由「靈」構成的環境，自然與超自然顛倒過來，這讓她有被怪物吞進肚子裡的恐怖感。

這裡很可能是「異世界」。

所以，洪道長並非瞬間移動，只是把她丟進「異世界」？

有道理。這能解釋窗外的景色，還有這房間——設計成沒打算讓人進出的構造，誰會蓋這樣的房子？毫無道理！但如果是在異世界造一間出來……

不，不對，好像又太大費周章了，孟棋想。

無論如何，這裡非常接近她透過陰陽眼看到的超常世界。問題是，那又如何？就算知道這空間的真面目，也拿這裡無可奈何，反而更讓她不知所措。

她想到洪道長那句話。

——但在釐清狀況前，請妳在那邊等一下囉。

孟棋感到反胃，還有毛骨悚然。那是已將她當成俎上肉，隨時能料理她的態度。他說要釐清的是什麼狀況？無論他打算釐清什麼，最後洪道長真的會放過她嗎？明明連手機都不想還她？

「……不行，我得離開這。」孟棋雖害怕得發抖，但她打起精神，跟自己說話，幫自己打氣。

她能怎麼做？

孟棋環顧整個房間，抱著姑且一試的心態，從隨身包裡翻出鑰匙，對準落地窗的邊角，再拿起桌上的水晶菸灰缸。

她將菸灰缸當槌子，準備朝鑰匙砸去。

邊角是強化玻璃最不耐撞的位置。公車上不是也會提供擊破器嗎？要是發生意外，只要拿擊破器敲打強化玻璃的四個角，就能擊破玻璃。但她會知道這件事，不是在公車上看到，而是她父母葬身的那場大火，有許多人死在強化玻璃前。恐怕，他們是想打破玻璃逃生，卻沒成功。

雖然那間西餐廳的強化玻璃很厚，不見得能打破，但孟棋不只一次想，要是當時有人敲擊四個邊角，是不是就能打破玻璃？爸媽是不是就不會死了？當然，也可能沒幫助，畢竟最後爸媽不是死在窗邊，但要是能多出這麼一點點機會——

她咬牙，用力將菸灰缸砸下去。

尖銳而清脆的聲音響起。以撞擊處為中心，強化玻璃瞬間龜裂！但孟棋還來不及高興，眼前就發生了難以理解的怪現象。只見那些龜裂像是時間逆流般緩緩復原，不過幾秒鐘，強化玻璃又像是原本一樣堅固、透明。

打不破——不，是打破也沒用。反而在剛剛的撞擊之下，鑰匙變形了。

「怎麼會……」

孟棋倒吸一口涼氣，呆然坐倒。

但幾秒過去，她咬著下唇，堅強地站了起來。

「不行。」

她不打算服輸。

為什麼？或許只是不想向命運屈服。透過剛剛敲擊強化玻璃，她多少將自己的命運跟當年發生在父母身上的不幸重合。那是蠻不講理、突如其來的惡夢。但就因為蠻不講理，她就要坐以待斃嗎？

更重要的是，她想像了一下逃不出去的後果。

或許她會死在這裡，無人知曉。但就算洪道長讓她回到原來的世界，她也可能面對更糟的情況——要是宇宙通元透過她達成什麼目的，甚至擊敗那些人，最後姊姊很可能會嘲笑她、責怪她，甚至說陷入這種處境都是她活該，是她的錯。

她選擇站在姊姊的對立面，是好不容易下定決心的結果。要是被姊姊說都是自找的，那她死都不要。因此，無論洪道長的目的是什麼，她都不能讓他得逞。

冷靜點，孟棋，她心想，妳應該很熟悉這種事，不是嗎？畢竟妳從小就「看得到」。

孟棋閉上眼，將自己的注意力重新分配，試著調節對「靈」的感應。

身為有陰陽眼的人，最困擾的其實不是看見，而是意識到對方存在後，那種揮之不去的「在場」感。其實林孟棋有很多撞鬼經驗，但撞鬼不表示出事，最糟糕的是對鬼「念念不忘」。

根據經驗，只要她不斷意識到對方，對方就會一直在那。

就算不去看也沒用。那些靈體會跟在她身邊，盯著她，試探她。最後她學會的方法，就是將注意力轉移到其他地方，像是忘了那個存在；只有如此，那些靈體才會在不知不覺中消失。

既然這招有效，那自己被困在這個「異世界」裡，是不是因為自己一直相信那些靈體構成的「感覺」呢……？

孟棋心想，卻沒有底。

說穿了，她雖然有陰陽眼，卻從未受過訓練。她此生面對鬼怪的所有方法與技巧，都是摸石子過河試出來的。但正因如此，那些技巧都來自實際經驗與練習，當她屏氣凝神，將注意力集中在別的事情上時，確實能將異世界從自己心裡徹底抹除。

要是消除了異世界，會發生什麼事？

其實孟棋也不知道。

最好的情況是回到原本世界。但要是她消除了對環境的感知，卻只讓大樓消失呢？那她就會直直墜落，摔到異世界的地面，不死也重傷。孟棋轉移注意力時，內心其實隱約意識到這個可能，但她刻意不讓這份想像定型、膨脹，盡可能降低它的影響。

現在在她心中，她處在一個中性、透明、毫無特色的空間。既非怪異，又不是現實。她認真思考別的事，思考無止盡的排班，思考旅行，思考上次看到哭的言情小說，思考咖啡店推出的新飲料……

她徹底冷靜下來，幾乎忘了時間。

也不知過了多久，孟棋緩緩睜開眼，對接下來的結果毫無預期。就像早晨醒來，毫無抵抗地接受這個世界。

然而沒有改變。

她還在那個豪華的房間裡。

「唉……不行嗎？」

她嘆了口氣。

這也不難想像，她面對的可是專家；她很清楚專家跟業餘的差距有多大。不過，這不表示她就放棄了。剛剛是試著無視環境，但要是反過來呢？要是她試著「感應」，有沒有可能創造出原本不存在的東西？孟棋正打算試，卻突然聽到一陣細微的聲音——

像鈴聲。

不，沒那麼清脆，更像是金屬輕輕磨擦的聲響。它不是從房間某處傳來，而是直接響在她腦中。不知為何，她總覺得這聲音有點熟悉，彷彿從小聽到大，正在敲打她記憶深處。但這不是讓她感到舒服的聲音，反而讓她有些暈眩。她連忙搖搖頭，彷彿不這麼做就會暈過去。她深深吸了口氣，那聲音才緩緩消退，就在這時，她注意到某個東西在她眼角餘光發出金屬光澤。

她轉過頭，接著愣住了。

光芒來自正門。那扇原本沒有門把的門，竟在不知不覺間多了一個黃銅製的門把。

「這是……」

她遲疑地走過去，難以置信。門把泛著柔和的光澤，觸感冰涼而真實。她輕輕握住，也能感到金屬特有的冷冽，這是真實存在的，並非幻覺。

可是，怎麼會這樣？

孟棋腦中閃過無數疑問。是她剛才的嘗試起了作用？但自己做了什麼？說起來，這門把的位置相當自然，就像原本就在那。難道說，這門把一直都在，只是自己之前看到不到？

不，還有其他可能。或許這房間本就會變化。或更糟的，有人正在觀察她，這門把是陷阱，是刻意引她落入的。

……如果真是陷阱，那也認了。

孟棋握住門把的手微微顫抖。

當然，門後很可能有危險。但留在這個房間，也只是稱了洪道長的意；雖然有可能落進陷阱，但至少她努力過。要是什麼都不做，最後說不定會給那個洪道長笑死。因此她深深吸一口氣，在心中默數三聲。

一、二、三——

她轉動門把。

門毫無阻礙地打開了。沒有吱呀聲，沒有卡住，就這麼輕易地敞開。

外面看來就是個平凡的走廊。裝潢跟房間裡同樣高級，掛了不少畫像。孟棋探出頭，這條走廊上有不少門，每扇門都精緻到有些浮誇，卻有種硬是拼裝在一起的感覺。

然而沒有怪物。至少沒有看來像是陷阱的東西。

孟棋下定決心，立刻轉身從抽屜裡拿了兩瓶水，並將熱量比較高的零食塞進隨身包。她再度走到門前，吸了口氣，向前踏出一步。

□

逃跑的過程意外簡單。

雖然大樓到處開著燈，卻沒有任何生命活動的跡象；這裡嶄新到像是剛蓋好的房子，還沒人使用，比樣品屋還新。最初孟棋還小心翼翼地走在地毯上，但走廊有好幾條岔路，對初來乍到的她來說宛如迷宮，後來就覺得發出點聲音也沒關係了。

原本她想走樓梯，但好不容易發現的樓梯間被鎖上，最後無可奈何，只能搭電梯。到一樓後，她鬼鬼祟祟地探出來，害怕有怪物埋伏在外面，想不到也平安無事；大廳雖有櫃檯，卻沒人在崗位上。雖然不可思議，但孟棋真的就這樣無人攔阻地走出這棟大樓。

還是說，這也是陷阱的一部分？她想。

但若是陷阱，對方想從她身上得到什麼？看她要去哪裡嗎？如果是這樣就可笑了，因為就連孟棋都不知道自己該去哪裡。

這裡是異世界，她連怎麼進來的都不知道，怎麼可能知道要如何出去？

不過走出幾步，回頭看了一眼，孟棋才認出這棟大樓——其實她以前見過；在姊姊的拜託下，她曾到宇宙通元幫忙，當時她就知道宇宙通元以「開闢死後世界」為名斂財，生前捐錢捐越多的人，死後就能住越好，那時還有開發一個程式，提供捐款人設計他們的屋內擺設……而那棟大樓的外型就長這樣。

這是怎麼回事？宇宙通元在異世界裡蓋了一模一樣的房子？還是說，這裡就是死後世界？

不，不可能，孟棋背後發毛，她捏了自己一下，像在確認自己還有肉體。

當然有。開什麼玩笑？她可不記得自己死了。

孟棋深吸一口氣，再度面向大樓前方。

不遠處是森林，看來充滿野性，森林獨特的夜間涼風流瀉而出，帶給孟棋恐怖之感。從大樓門口延伸出去，有條平整的柏油路輾過森林，硬生生將森林給切開。這條路通往哪裡？她不知道，但肯定比留在這裡好。

回想起洪道長帶著惡意的笑容，孟棋邁開步伐，沿著寂靜的馬路前進。

她穿的是運動鞋，腳步聲已經算小了。即使如此，某人步行在森林中的聲音仍像是波濤般盪開，在林中傳來迴響。孟棋試圖保持警惕，但隨著時間流逝，疲憊感逐漸襲來。她不知道自己走了多久，也許是幾個小時，也許更長。雙腿因長時間行走而痠痛不已，汗水浸濕衣襟，黏在皮膚上的觸感讓她很不舒服。

不知不覺中，她喝完了一瓶水，但道路仍看不到盡頭。

這條路真的有盡頭嗎？畢竟，這裡可是異世界，發生什麼事都不奇怪。

漸漸地，孟棋心裡閃過一絲後悔。

要是沒遇到那些人就好了。

要是沒有那些人，孟棋或許還過著毫無變化、每天為奧客生氣的日子吧。那樣的日子讓人抓狂，但至少安全。幾天前，她根本沒想過會被捲進危險中，在異世界迷路。

對，她知道那些人的目標是正確的。

宇宙通元毫無疑問是邪惡機構，至少它沒有自我修正的機制；那種東西就像癌細胞，讓癌細胞增長，對社會沒有好處。但就算如此，孟棋也沒有奉陪的義務吧？

說起來，那個叫「說妖」的儀式，最初為何會選上她？

根據那些人的說法，他們會推敲出宇宙通元的黑暗根基，掌握毀滅它的線索，就是因為「說妖」儀式把他們集中起來；但光是集中起來，根本沒必要舉行什麼奇怪的儀式吧？在姊姊不斷重啟儀式前，那個儀式到底有何目的？

不，想這個有何意義？孟棋很清楚那些人也不是真的相信她。說不定他們早就知道「說妖」儀式的真正作用，只是不告訴她而已。

對，這很合理。她明白那些人有理由不相信她，但還是難免氣惱；如果真如程煌裕所說，只是幫忙請個假就算了，但現在她落到這田地，就不知道自己到底在為什麼奮鬥了。

「我到底在做什麼啊……」

她喃喃自語，腳步漸漸放慢，最後在路邊坐下。

雖說如此，她並不後悔反抗姊姊。

就算最後可能死在異世界，她也有種暢快感，至少她把自己對姊姊的積怨全都說出口了。

想到這，她也沒這麼生氣了。畢竟那些人確實是好人，至少江儀是；如果不論遷怒，問孟棋真有什麼感到後悔的，大概就是沒有確保江儀平安吧。

就在這時，遠處的黑暗突然傳來聲響。

什麼？孟棋瞬間緊張起來，這是她來到這個世界，第一次聽到「活動」的聲音。最初聲音有些遙遠，難以察覺，但很快變得清晰。那是一種沉重而單調的聲響，有如遠處傳來的鼓聲。砰、砰、砰、砰——每一下都讓地面微微顫動，彷彿有什麼巨大的生物正在接近。

那是什麼？孟棋心驚膽顫，猶豫著要不要跑進叢林，但她還來不及決定，森林的樹已被撥開、折斷，龐大的黑影從森林中竄出，落葉滿天飛舞；明知不該如此，但孟棋還是忍不住發出尖叫。

「啊啊啊——！」

從森林跳出來的，是個渾身長滿長毛的巨大人形怪物。但牠只有一隻腳，是跳著移動的。剛剛鼓聲般的聲音，就是牠的落地聲吧！聽到孟棋的尖叫，怪物看過去，雜亂的長髮底下有著血紅色的雙眼。牠朝她跳去。

砰、砰、砰——

簡直像死神的步伐。孟棋想繼續尖叫，想逃跑，但她徹底僵在那裡，動彈不得；理智上，孟棋知道這是「戰鬥或逃跑反應」的一部分，她也是初次體驗，簡單說，動物遇到避無可避的危險時有可能凍結，這是為了避免引起掠食者注意。由於這是非常基本的本能，不是理智能控制的，因此就算孟棋知道必須立刻逃走，她也無法控制身體。

怪物伸出手。那隻手輕鬆地抓住孟棋衣服，將孟棋拎起來。這下孟棋總算能動了，她繼續尖叫，在空中掙扎。這是異世界的怪物嗎？她是不是馬上就要被吃掉了？

「哼哼哼，哈哈哈哈哈哈！」

囂張的笑聲傳來。

奇怪的是，那不是怪物的笑聲，而是從另一個方向傳來的；那笑聲繼續說：「哈哈，呼呼呼，失禮，失禮。但妳的尖叫也太誇張了吧？以為在拍恐怖片嗎？靠杯，笑到嗆到……」

什麼東西？孟棋驚恐地轉頭，只見一名戴斗笠，穿黃色雨衣的男子從怪物擠開的道路中走出。明明是夜晚，她卻能清楚看見男子外形，因為他身邊飄著幾個發出青藍光輝的鬼火，像提燈般照亮周圍，而男子邊走邊咳，聽來還是憋不住笑意。

怎麼回事？為何他不怕怪物？由於這場景太過奇妙，孟棋竟忘了尖叫，僵在怪物手中。即使如此，她心跳依舊劇烈。那男子又咳了幾聲，這才摘下斗笠，抬頭說：「山臊，把她放下來吧，不然她等一下繼續尖叫就麻煩了。」

「抱歉，我怕她跑進樹林會很難找，沒想到她嚇成這樣。」怪物露出微笑，將孟棋放到地面，然而孟棋根本站不住，她兩腳一軟，跌坐在地。

「喂，妳是林孟棋，對吧？」穿雨衣的男子走向她，面貌藏在斗笠的陰影底下，模糊不清。

「你……你是什麼人？怎麼認識我？」孟棋害怕地縮起身體，深怕這人是洪道長的人。

「果然。哼，妳應該是被丟到那個『死翹翹暴發戶大樓』吧？我說，你幹嘛到處亂跑？害我以為自己猜錯，到處找你，白白浪費這麼多時間。」

死翹翹暴發戶大樓？

——不，重點不是那個。這男人，是不是太讓人火大了？

明明情況危急，孟棋卻生起一種超過自身安危的惱火感，這反而讓她冷靜下來，沒這麼恐懼了。她怒瞪：「你是宇宙通元的？來抓我回去的？」

「我？宇宙通元？開什麼玩笑？」

男人冷笑。鬼火從他面前飄過，孟棋總算看清他的臉——這男人沒有臉！她僵在當地，全身發抖，甚至連尖叫都發不出來。

但男人渾然未覺。

「聽好了，世上沒有比我更認真對付宇宙通元的人。我叫陳浩平，是幫宇宙通元的棺材釘上釘子的人；這次是妳運氣好，要不是妳落入宇宙通元手中，可能洩露情報，我才懶得救妳呢！」

第五章

「靠，最好是這麼簡單啦。」

鄧佑豪結束跟高有成的通話後，不禁在心底暗罵，五分鐘內召集堪用的殺手，這命令也太不近人情；雖說如此，他還是馬上在心中快速列出諸多殺人專家。首選大概是阿華，但他日夜顛倒，很可能還沒醒。然後是鬼嫂，要不就阿明，不，這個時間找紅面關最有機會——

他立刻行動，想到誰就撥電話，問對方現在有沒有空殺人。

畢竟大仔給他的時間不多。

佑豪是高有成心腹，早已習慣做各種骯髒事，最近甚至連超自然的事都要習慣了；幾年前，他會覺得根本不可能在五分鐘內召集殺手，那些人分散在各地，有些甚至不在國內，至少也要幾個小時，但當高有成在他面前展示「地底世界」，讓他從臺北穿越到屏東，他不禁傻眼。

也太像科幻電影了吧？

最初他還覺得是魔術騙局之類的東西，但哪有真的能瞬間移動的魔術？臺北是真的臺北，屏東是真的屏東，這樣試了好幾次，他不得不接受。最奇怪的是，要是不跟著高有成，他無法進入「地底世界」。他曾模仿高有成走進「地底世界」的起點與動作，連轉彎的角度與姿勢都記下來，卻徒勞無功。

高有成是什麼天選之子嗎？

或許真的是。畢竟佑豪曾親眼見證高有成完成種種不可思議的壯舉。

早在高有成還是「沈未臻」的時候。

佑豪認識那位沈家少年，是二十幾年前的事。最初他還以為那樣纖細的少年很快就會死，但沈未臻活了下來，甚至他活得越久，就越是有種魔魅的力量累積在他身上，讓人們不得不聽從他的話。

這不難理解，因為能從地獄回來的人，肯定能帶領人們走出地獄。從這個角度看，未臻就像是宗教領袖。

他跟沈家的人不同，沈家的人才不在乎他們死活。雖然那些大仔有聽從沈家的理由，但像佑豪這樣只是聽命於那些大人物的底層人物，對沈家可沒什麼忠誠心。他會接近未臻，幫未臻辦事，純粹是被那名少年眼底的黑暗所吸引。

佑豪還記得未臻從沈家叛逃前的事。

其實早在「央行爆炸事件」時——當時開車去找未臻的就是佑豪——他就隱約察覺未臻不再是為沈家行動。幾個月後，未臻將佑豪約出來，兩人從碼頭走向無人的河床，邊走邊聊天。

「佑豪，有個問題，請你不要深究我為何問，直接回答我，可以嗎？」

未臻突然開口。

「好啊？怎麼了，這麼嚴肅。」

「沈家跟我，要是你只能選擇一個，你怎麼選？不要有壓力，說出你的想法就好。」

未臻這話輕飄飄的，像在問午餐要吃什麼，但一秒不到的時間內，這問題龐大的資訊量像閃電般擊中佑豪；沈未臻是沈家的人，根本不用選，會這麼問，不就表示未臻要背叛沈家？不，這也可能是考驗忠誠的問題。這樣一來，選擇沈家才是正解。

但如果不是呢？

如果背叛沈家，佑豪能想像自己的下場。

沈家多的是折磨人的手段，所有跟沈家往來的人都聽過相關傳說；不過，沈家折磨人，卻未必殺人，因為立威更重要，有時斷手斷腳比殺人有效。

但未臻不同，背叛他的下場只有死。因為他沒必要立威，殺人只因「必須殺」。

這些複雜的思考，並未出現在佑豪腦中，至少當時他沒意識到，因此他甚至不是基於恐懼，而是懷著真情說：「廢話，當然選你啊！」

「……謝謝你。」

未臻有些緊繃的表情鬆了下來，他轉身抱住佑豪，拍拍後者的背。

「我真的很需要你挺我。謝啦，豪哥。」

佑豪還在狀況外，但他不傻。雖只是直覺，他知道自己剛剛跨過了一個重大關卡，即使他還不清楚其意義；他拍拍未臻的背，接下來的話也是順口問問，完全沒經大腦。

「未臻，我問你一件事喔，小黑已經失聯三天了，你也問過他同樣問題嗎？」

未臻退開，露出像在哭的笑。

「我會定期寄錢給小黑家人。」

他的表情純潔，認真，又美麗。這樣啊，那就沒辦法了，佑豪想。無論原因為何，未臻做事肯定有理由，這就是為何他什麼都做得到。

實際上正是如此，不是嗎？離開沈家後，那個青年搖身一變而為「高有成」，暗中掌握宇宙通元資源，擊潰沈家，甚至能出入不可思議的「地底世界」——他已經證明自己就是無人能挑戰的地下君王。

在他手下，佑豪也成了有影響力的人。

十幾年間，他不曾有一秒懷疑高有成。不只是兄弟的義氣，也因為他深知作為「人」的格局完全不同；高有成不是他能挑戰的存在，他只要乖乖聽話就好，事實上，他享受這種輕鬆。只要未臻下令，他照辦，就會有源源不絕的財富，還有比這更舒服的嗎？

因此就算是無理的命令，他也會照辦。畢竟要是完成不了，事後吐槽「也太難了吧」就好。於是短短幾分鐘內，他就找到了紅面關、鬼嫂、煞氣阿正三位殺人專家，也準備好武器，這時一看時間，還沒到五分鐘。

佑豪露出微笑，很高興自己沒有辜負高有成。

□

目標住在十二層公寓的六樓。離開「地底世界」時，有成指了一扇窗戶，表示目標就在那。

「除了剛剛跟你說的人以外，全部殺掉。我在『地底世界』等你們聯絡。」他說完退後兩步，原地消失。*真拿他沒辦法，佑豪想，留一個活口比全部殺掉更麻煩。*但高有成希望留下的林茗琴是宇宙通元的幹部，殺了她確實麻煩。佑豪轉過身，率領三名殺人專家氣勢驚人地走到公寓底下，鐵門前有幾個年輕人，或站或蹲，有的抽著菸，那種不良少年的氣息夠讓人保持距離了。他們見到佑豪，紛紛站起。

他們是高有成之前就部署在此的手下。

「狀況如何？」

佑豪問。其實他不認識這些人，但他知道總有人知道他的臉。

「放心，豪哥，沒人出來。」

年輕人用下巴指指鐵門，並敲了敲，得意地笑。

「只進不出。」

這是有人進去過的意思嗎？佑豪癟癟嘴。這種情況，真虧這棟公寓的住戶敢進去。他說：

「這裡交給我們，你們可以離開了。」

「豪哥，不需要我們拖延警察嗎？」

「放心，十五分鐘內警察不會來——夠我們完事了。」

「這麼厲害？不愧是豪哥，那我們走囉。」

佑豪沒回話，用手勢趕走他們，然後走進大樓。

他們沒多少時間能浪費。

計畫很簡單。進入目標家裡，殺害林茗琴以外的所有人，然後聯絡高有成，讓他將「地底世界」的通道開在窗戶下，他們則棄屍到「地底世界」。就算房內留下血跡，只要沒發現屍體，就無法證明那些人死亡——不會成為「刑事案件」。

這會成為他們說服警察草率結案的籌碼。

但殺人也貴神速。既然高有成這麼急著召集殺手，就不能拖延。佑豪與殺手們一聲不吭，快速抵達六樓，然而看到目的地後，他卻不禁愣住。

因為鐵門是開的。

正確地說，只有外門打開，內門還是關上的。

但為何會這樣？外門敞開給人一種奇特的不安感，簡直像空城計。佑豪警戒地接近內門，喃喃自語：「為何是開的？」

「該不會是逃了？」鬼嫂低聲問。她看來像沒化妝的家庭主婦，但危險性非同小可。

「不可能，一樓沒人離開。是上去了嗎？阿正，你到頂樓看看。」

「嗯。沒人我就下來。」

佑豪點頭，跟剩下兩名殺手擠到門前，輕輕抵住敞開的門。他還是感到一絲不對，假使目標真的逃了，為何不把門關好？要是真緊急到來不及關門，為何內門是關上的？

其實這些都不是不能解釋，但他就是感到詭異。

佑豪將手伸向後腰，握住手槍，另一隻手抓住內門門把，往下一轉。

門沒鎖。

不必強行撬開當然很好，但佑豪跟身後兩人對看一眼，知道可能有陷阱。話是這麼說，任何陷阱都不能成為他們抽身而退的理由，於是佑豪迅速開門，拔槍進入玄關，準備開槍。

但下一瞬間，他卻呆在那，雞皮疙瘩。

因為眼前景象跟他預想的完全不同。

這地方就像被「什麼」給蹂躪過一樣。但到底是「什麼」？佑豪說不出來。硬要比喻，就是某種與「時間」類似，能讓事物腐朽、變質、異化的東西擠了進來，讓一切自我毀滅，然後離去。

玄關像是鞋櫃的東西，已變成一堆焦黑的殘骸。牆上掛著的鏡子崩裂，碎片散落在地。往裡看，客廳的景象更駭人；沙發只剩骨架，布料和填充物像被高溫吞噬，茶几焦黑變形，奇怪的是，上面的裝飾品和雜誌卻毫髮無傷。

電視機的塑料外殼融化，電子元件暴露在外。窗簾只剩幾縷焦黑的布條，無力地掛在扭曲的金屬桿上。令人不安的是，這些被彷彿燒焦脆化的物品間，還散落著一些完好無缺的物品——像書籍、馬克杯，甚至盆栽。

這些物品與周圍的焦土形成了強烈的對比，增添一絲超現實的詭異感。

到底是怎麼回事？明明像燒焦，卻感覺不到高溫，要是曾有大火，牆面應該焦黑，可是四面牆並無異狀，只有積年累月的污漬。

原本佑豪也不認為這是簡單的任務，畢竟是高有成下令的，但他可沒想到會面對這詭異的景象！一時間，他甚至忘掉自己是來殺人的。

「媽的，這是怎麼回事？」紅面關也舉起槍，卻不知該瞄準誰，彷彿這裡有個看不見的幽靈。鬼嫂將門關上，以免有人逃出。

「怎麼樣？喜歡留給你們的驚喜嗎？」

女性的聲音響起。

殺手們微微一怔，對看一眼。對他們來說，這表示目標出現。佑豪仍拿著槍，但紅面關已將槍收起，鬼嫂則握緊蝴蝶刀。在這麼小的空間裡，槍不見得最有效的，持不同武器才能分工合作。

畢竟這次襲擊沒有任何嗜虐成分，純粹是工作。

佑豪持槍走向聲音來源，心往下一沉。

因為目標不在那。那是筆電。

只見筆電擺在客廳櫃子上，對玄關來說是死角，因此剛剛沒看到。螢幕上有個穿紅色夾克，看來睡眠不足的短髮女人，背景是室外，景觀接近鄉下，至少不是繁華街道。這顯然是視訊通話，剛剛的話就是她說的。

「一、二、三，真是大陣仗。這房子又不大，竟出動這麼多人。」

女人透過攝影鏡頭看著佑豪，微微一笑，態度沉穩。

「小姐，妳哪位？」

佑豪問。他下意識用槍指著筆電，這當然沒用。

「告訴各位一件遺憾的消息，我們已平安撤出你們所在之處。」女人無視他的問題，逕自推動話題，「不過，我們有話要說——差不多是最後通牒，所以才把筆電留在這，請你們把話轉達給沈未臻。」

佑豪心中一突，這女人居然知道「沈未臻」？

「喂，豪哥，別跟她糾纏。她說撤退了，哪有可能？沒有人從一樓離開！有沒有人，搜看看就知道了。」紅面關冷冷說，卻沒立刻去找，他在等佑豪指示。

「事實是我們沒經過一樓就離開了，但我不會透露是怎麼做的。」

女人說。紅面關嗤之以鼻，佑豪卻大感震撼；難道是「地底世界」？這些人跟高有成一樣，能自由出入那個異世界？

「而且各位不奇怪嗎？客廳與玄關的痕跡……那其實是證據，畢竟空口無憑，我們能做到什麼事，總要先展示給各位看。因此——」

女人在螢幕中打了個響指。

突然間，他們頭頂的燈破了。所有人抬起頭，看見了不可思議的景象；只見焦黑、脆化的痕跡以燈泡為中心，像渲染的墨水般向外盪開。不只白漆而已，連水泥都開始脫落，化為深色的粉塵掉下，讓驚恐的殺手向旁讓開。

「明白了嗎？」

女人的聲音透過筆電擴音器傳來。

「你們現在看到被毀滅的一切，都是這力量造成的。而我可以讓這種現象發生在你們身上，當然，那樣你們會死——非常痛苦的死法。不過放心，我不會這麼做，因為我要你們幫忙傳話。還是你們想死？既然都帶槍來了，應該也有被殺的準備吧？」

佑豪心裡一團混亂。

他當然知道有被殺的風險，但這力量是怎麼回事？他本以為高有成是天選之子，難道世界上有比高有成更厲害的人，自己並沒有這麼安全？

「要傳什麼話，說來聽聽啊。」鬼嫂開口，讓佑豪回過神。

「喂！」紅面關瞪了她一眼，「我說了，他們根本不可能逃跑！沒必要聽她的話，她又不可能阻止我們搜查這裡。」

「殺了你就能阻止了啊，小關。而且你沒看到她的背景？很明顯不在附近。有那種奇怪力量的人，就算能瞬間移動也不奇怪，別忘了，我們也是透過那種力量來的。」

沒錯，佑豪想，這背景不像合成的，證明那些人已成功撤退。

任務失敗了。

「好吧，妳想跟『沈未臻』說什麼？」

「我方要求談判。」女人說，「既然都在彼此面前現身了，就沒必要躲躲藏藏。一週後下午四點，請沈未臻到我說的地址來，要帶多少人都行，不會驚動警察就好。但要是沒來，就視為談判破裂。」

「談判破裂會怎樣？」

「會被視為宣戰。」

「就這樣？」佑豪皺眉，「我覺得妳根本什麼都沒說。為何要談判？宣戰是宣什麼戰？要是妳想跟沈未臻說話，好歹講清楚點吧？」

影像中的女人沉默片刻，面無表情，緩緩靠向鏡頭。

「那是因為我不是在跟你說話，先生。你只是傳達的工具而已。請你將剛剛的話告訴沈未臻，他自然明白我在說什麼。現在，你們準備記下我說的地址了嗎？還是有誰想親身體驗那種力量，讓我證明我能做到？」

佑豪雞皮疙瘩，但不等他說話，鬼嫂已拿出原子筆。

「說吧。」她將筆抵在握著蝴蝶刀的左手背，準備抄寫資訊，「我現在只想趕快離開這個鬼地方。你們兩個，不准說不，我可想要活著回去給我兒子做晚餐。」

她狠狠盯著猶豫不決的兩名殺手。

□

結束視訊後，身在臺東的羅雪芬下意識用遮住手機自拍鏡頭，彷彿要從精神上斷絕剛才的通訊，接著才將它扔進手提包。她走了幾步，緩緩坐倒在機車旁，發出呻吟聲，幾乎虛脫。太胃痛了。

在剛剛幾分鐘內，有好幾條人命掌握在她手中。可能致人於死的恐怖感令她戰慄，卻又不能表現出來，直到此刻才能真正放鬆——不，還不能放心，因為他們還沒有完全脫離險境。在收到報平安的訊息前，她不覺得他們算是逃過一劫。但身在數百公里外的臺東，她能做的事都已經做了，只希望剛剛的虛張聲勢能夠生效，剩下的就只能看天意。

沒錯，剛剛視訊裡的全都是虛張聲勢。

他們沒打算跟沈未臻談判。宣戰什麼的也只是隨口說說。畢竟早就開戰了，根本不用多此一舉。她只是想將一切布置得神祕又怪奇，將對方引進迷宮，猜不出他們的真意。

因為他們甚至還沒逃出那座公寓。

十幾分鐘前，程煌裕從公寓撥出的電話，就是打給她的。

「喂，抱歉，這裡情況不太妙，有件事得請妳幫忙。」

「發生什麼事了？」

「長話短說。宇宙通元的人發現這裡了。對方自稱高有成，但那是假名，他是沈小姐的親戚，叫沈未臻。他的手下在公寓外看守，不打算讓我們離開，但這只是現階段，恐怕聚在下面的人很快就會上來，對我們出手。」

羅雪芬嚇了一跳，敵人怎麼會知道他們在哪？她剛剛在騎機車，沒看到江儀傳的訊息，無法將林孟棋在宇宙通元遇上的事跟現況連起來。但事已至此，怎麼發現已不重要。她說：「我該怎麼做？」

「我想請妳用視訊說服殺手我們已經離開——這並非不可能，重點是讓對方相信我們有超自然的特殊力量。」

怎麼可能——羅雪芬正要駁斥，程煌裕已自顧自地說下去，語速極快。

「敵人很可能也有超自然力量。沈未臻直接出現在六樓窗外，又轉眼消失。江儀才剛遇上狀況，十分鐘不到，敵人就出現在這。那很可能是傳送門或瞬間移動。我想請妳說服殺手，我們也能做到。」

江儀怎麼了？但羅雪芬沒有深究，她說：「我懂了，既然你們已經離開，當然就只能由某人透過視訊告知。但要怎麼偽裝那種力量？而且我若是殺手，就會不管視訊，直接搜查。」

「所以才要說服，或說欺騙。雖然無法傳送，但我們手邊確實有超自然力量。」

「你是說毒眼巴里？」

「沒錯。」

「只要你們能保證阿里嘎該不用力量，讓我暫時不用面向祂，倒也沒理由不幫你們。」毒眼巴里那少年般的聲音傳來，不疾不徐。

「有鐵木結成的驅邪用芒草，只能靠那些了。」

「等等，」施俐宸打斷他，「如果毒眼巴里可以幫忙，為何不直接殺了那些殺手？既然他們打算殺人，被殺了也不能怪誰吧！」

「不行，因為我們不知道來殺我們的到底是什麼人。」程煌裕語氣強硬，「也有殺手是缺錢或迫於無奈才接這種工作。當然，殺人是錯的，是違法行為，但因此覺得我們有權殺了他們，那是過度簡化。」

「我不管是不是簡化。重點是，要是羅小姐沒能說服殺手，他們開始搜查，難道程先生要我們乖乖被殺？」

「不，在合理情況下應當自衛。如果羅小姐拖不住他們，沒辦法，只能讓他們見識見識傳說中毒眼的威力了。」

不愧是當過警察的人，羅雪芬想。她也不願殺人。無論原因為何，不能輕易地將這種「暴力」合理化；假使有一天非得合理化，也必須是艱難的。因此她認同程煌裕。

羅雪芬放心了些。雖還在危險中，但他們有機會全身而退；因此，真正讓她提心吊膽，不得不裝模作樣來拯救的生命，其實是那些殺手的。她怕自己失誤，迫使毒眼巴里殺人。

雖然毒眼巴里可能不在乎。祂對他們的行動沒興趣，連話都很少說。

先用毒眼巴里的力量摧毀客廳與玄關，是為了讓殺手有先入為主的印象，相信自己面對難以抵抗的強大力量。此外，還可以掩飾毒眼巴里的位置。雖然身為「妖怪」，巴里能隱身，但毀壞是隨著視線前進的，有可能推算出視線的起點。雖然機率很低，為求保險，他們還是先將客廳半毀。

接下來，就是等殺手撤退。鐵木正好在公寓外，能回報敵方人馬是否還在。不得不說，要是這詭計真能生效，也是他們運氣好。

羅雪芬緩了緩，這才重新提起精神，打開手機，觀看群組動態。原來如此，江儀跟林孟棋前往宇宙通元，卻被敵方扣留。她們沒事吧？雖然擔心，但羅雪芬實在無法幫上忙。她滑到群組最下面，程煌裕還沒報平安。

真的沒事嗎？她手心微微冒汗。

這時，新的通知彈出來了。

「大家，孟棋姊被宇宙通元綁架了，綁架者在宇宙通元中好像頗有地位，叫洪行舟，他說要林茗琴去找他，才願意放人。我現在在宇宙通元外面，我該怎麼做？」

羅雪芬瞪大眼，林孟棋被綁架了？

「江儀，程先生那邊有點狀況，現在應該無法回應，妳可以說明一下剛剛發生什麼事嗎？」

程煌裕等人生死未卜。現在能幫助江儀的，就只有她了。然而，當江儀詳述進入宇宙通元後發生的種種事情，羅雪芬卻越發感到束手無策。

那是宇宙通元的地盤。要是宇宙通元串供好，宣稱根本沒見過林孟棋，警方也不可能強行搜查。更別說警察中很可能有宇宙通元的人。

憑他們幾人，有可能在宇宙通元總部中找人嗎？不可能。那請毒眼巴里幫忙找人呢？畢竟祂能隱身——但也不可能，畢竟監視阿里嘎該更重要。然而在他們猶豫時，救援難度正不斷提高，要是宇宙通元將林孟棋轉移到其他地方，找到她的機會將非常接近零。他們根本沒有足夠的人力去找她。

但是她們將林孟棋捲進來，真的能不管嗎？還是說，真的要林茗琴出面？

就在羅雪芬打算回應時，一個意想不到的回應出現了。

「交給我吧，我會去找林孟棋。」

是陳浩平。怎麼會？他不是在忙嗎？

「請恕我直說，我怎麼也不認爲陳先生有能力辦到這件事。」江儀立刻回應。

「妳怎麼想重要嗎？」

陳浩平說。

「放一百個心，我也不希望有我們資訊的人落到敵人手上。對方是洪行舟對吧？我很清楚他會把東西藏在哪。兩天內，我就會把林孟棋平安無事的證據送到你們手上。」

第六章

「喀擦。」

「等等，你在幹嘛？」林孟棋嚇了一跳，怒瞪陳浩平。他剛才未經同意就用手機拍她的照片。對她的怒喝，陳浩平毫不在意，甚至連眼都沒眨一下。

「別那麼緊張，只是幫妳報個平安而已。」他邊說邊操作手機，「其他參加過說妖儀式的人看到妳的照片，就知道妳沒事了。不然江儀那小鬼天天吵個不停。」說著，他把照片發送出去。

江儀？孟棋鬆了口氣。聽陳浩平的口氣，江儀應該沒事。她不清楚後來發生了什麼，一直很擔心那個少女。不過，傳照片？她忍不住問道：「你在用手機？這裡可以上網？」

「當然可以。」陳浩平翻了個白眼，「這看起來像什麼鄉下地方嗎？」

對此，林孟棋有太多想說的。首先，這裡難道不像鄉下？雖然他們已離開茂密的森林，但周圍的景象也談不上城市，道路是泥土地，旁邊的植被則充滿野性。其次，問題不在是不是鄉下，而是這根本不是現實世界吧！

跟著陳浩平這段時間，孟棋總算慢慢理清了現況。荒謬的是，她雖滿腹疑問，但大部分答案不是陳浩平給的，而是他身邊的「妖怪」。

這男人居然能與妖怪同行。

太奇怪了。林孟棋從沒見過這種人。他甚至能用妖怪的力量！

陳浩平身上的雨衣，似乎是向「黃衣小飛俠」這種妖怪借來的，能將自己偽裝成妖怪，並隱藏面孔。雖然最初嚇到孟棋，但這種力量是能解除的，後來孟棋總算看到他的臉——是看似無害，卻憤世嫉俗的臉。

為何浩平能跟妖怪走這麼近？孟棋雖也熟悉鬼怪，畢竟從小就能看到，但為了不讓自己變成怪人，能繼續待在「人類的世界」，她總是假裝看不見。而且，鬼怪不是可怕的存在嗎？就像孟棋的父母死於衛爾康大火，據說大火前曾有幽靈船在附近出沒，預言了這場災難。幽靈船就是來載走火災死者的……

那場大火改變了她的人生。

因此，孟棋對鬼怪沒有好感。

可是，陳浩平身邊的妖怪態度平和，看起來毫無威脅。怎麼會這樣？難道這才是妖怪的真面目，其實人們根本沒理由畏懼妖怪？

——孟棋猶豫了。在這種情況下，她知道自己沒資格畏懼妖怪。妖怪和陳浩平都是為了幫她逃離宇宙通元才出現的，如果害怕他們就太過分了。但即使面對妖怪若無其事的搭話，她仍是毛骨悚然。

「對不起喔，浩平沒打算解釋，所以妳一定很困惑吧？」某個妖怪說，「總之，這個世界不是現實世界。對我們來說，這裡就像是我們的村落，因為我們就是在這裡出生的。但浩平把這裡稱為Meta世界——元世界——可以理解為現實世界的抽象版本。」

對孟棋解釋的，是一個跟在他們附近，若隱若現的矮小身影。祂穿著黃色衣服，不知為何，孟棋始終看不清楚祂的樣子；因為祂總是躲在隱蔽處，可是一旦孟棋看向別處，祂又立刻出現在視野中的另一個隱蔽處，彷彿跟著視線移動，無法擺脫。那妖怪自稱「塔達塔大」，似乎和陳浩平身邊的鬼火有關。

「抽象版本……？抱歉，我聽不太懂。」孟棋有些畏畏縮縮。

「很正常啦！雖然陳浩平解釋過，但老實說，我們也沒完全聽懂。」說這些話的是一隻揹著奇怪竹架子的猴子，竹架上有盞油燈，正燃燒著青色的火焰，祂自稱「燈猴」；不知不覺中，山臊已經不見身影，現在陳浩平身邊只有這兩個妖怪。

陳浩平就像沒聽見林孟棋跟妖怪對話，也沒打算介入，只是神色凝重地盯著筆記本，在前面帶路。

即使妖怪自稱一知半解，但經祂們反覆解釋，孟棋覺得自己也大致明白了「Meta世界」的性質。雖然乍看來和傳統的「靈界」類似，但本質上有很大的差異。最特別的是，「Meta世界」的地理邏輯與現實完全不同。

現實中，「地點」是通過道路相連的。但Meta世界裡，連接各處的不是道路，而是某種複雜的系統；即使他們正在走在道路上，那也只是因為這個「地點」的想像中包含了道路，道路本身並沒有「通向某處」的功能，如果一直走下去，最後只會迷失方向。

譬如，陳浩平要前往他所說的「死翹翹暴發戶大樓」，也不是像在現實中那樣直接往某個方向走就行。他必須通過「正確的路徑」。

Meta世界的地點是由極其微妙的記憶或文化祕徑相連。這些祕徑可能是按特定順序打開某些門，或看似在繞路的特定路線，要是弄錯順序就會迷失方向。這當然非常麻煩，理解了這點後，孟棋才明白為什麼陳浩平抱怨找她是在浪費時間——

但這並不表示陳浩平可以不經過她同意就拍照。

「陳先生，不好意思，既然這裡可以上網，能借我用下手機嗎？我的手機被洪道長拿走了。如果可以的話，我想自己報個平安。」

「不行。」

「咦？」沒想到會被如此乾脆地拒絕，孟棋不禁愣住，「為、為什麼？」

「沒有為什麼。妳沒聽過NO means NO嗎？」

她當然知道「No means NO」，不就是不，沒有什麼「不要就是要」。但這話從陳浩平口中說出，顯得極其可笑。

「那你剛才偷拍我，我應該也有說不的權利吧？」

「但妳沒說啊。」

「我要怎麼說？你是偷拍耶！你根本沒問我！」

「哈哈哈哈哈，怪我囉？」

這個流氓、混蛋！林孟棋努力壓制著內心的憤怒。

「——算了，不借我手機也沒關係。我們還要多久才能回到現實？我自己去跟他們會合。」

對她來說，只要回家就能將自己的遭遇告訴那些參與說妖的人，但聽到這話，陳浩平卻停下腳步，瞥了她一眼。

「妳在說什麼？我們不會回到現實。」

「……什麼？」孟棋愣住。

「為了救妳，原本的計畫已經被延誤了。妳以為回現實要花多少時間？我可沒有那種時間可以浪費。」

「什……那我該怎麼辦？你要把我丟在這裡等死嗎？」

「嗯，那也是一個選擇。」陳浩平悠悠地說，「或者說，為了不讓妳再落到宇宙通元手裡，殺了妳更快。」

他眼神冷漠，不像在開玩笑。林孟棋忍不住退了一步，毛骨悚然。

「浩平，」塔達塔大的聲音從不遠處的樹幹後方傳來，「我覺得殺了她不太好喔。她畢竟是被說妖儀式找上的，背後必有原因。」

什麼意思？被「說妖」找上的意義這麼重大？這些妖怪對她友善，也是因為她原本會參加「說妖」？

「我知道啦。」陳浩平嘆了口氣，「而且殺了她大概會跟那群人鬧翻，那就麻煩了……實在是沒辦法呢！林小姐，雖然千萬個不願意，但只好請妳這段期間跟在我旁邊，我會保證妳的安全。」

我才不相信！雖然這麼想，但林孟棋忍耐著沒說出口。

「我大概不方便麻煩陳先生，難道不能請塔達塔大或其他妖怪帶我回去？就算陳先生沒時間，祂們也可以吧？」

「你以為我請祂們跟我一起行動，只是無聊找個伴嗎？我當然要祂們幫忙。況且這裡已經是中層，沒有我帶路，也不是所有妖怪都能平安回到淺層的。」

「但……」面對態度如此強硬，顯然拒絕溝通的人，孟棋放棄了，「算了，我換個問題。陳先生到底打算做什麼？我得跟著你多久？」

「放心吧。根據沈未青的說法，肯定一年內就能解決。」

一年!?孟棋倒吸一口涼氣，開什麼玩笑！

「這不可能，我還有工作！排班什麼的，我還沒聯絡——」

「那不關我的事。反正林小姐跟被『神隱』了差不多，其他人不可能找到妳，妳回到現實後假裝沒有這段期間的記憶不就行了？」

「話不是這樣說！這是做人處世的道理，就像要離職，也該先交接……」

「噓！」

燈猴突然出聲警示，接著用尾巴掐熄背後的燈。

「小聲，附近有人。」

「『人』？不是Meta世界的生物？」陳浩平立刻警戒地伏低身子。他見林孟棋沒回過神，便伸手將她拉低。

「不，那是外面的氣息。」

「嗯……塔達塔大，讓鬼火散開。」

「知道了。」

原本照亮他們周圍的青光立刻四散，各自飄浮在附近的草叢頂端，有如螢火。孟棋跟浩平蹲在路旁的草叢邊，她緊張起來，雖知道有危險，卻不明白是什麼。

接著她聽到了什麼。

遠遠聽著，就像蜜蜂振翅的聲音。但這聲音穩定至極，顯然是機械造成的。孟棋偷偷仰望，只見空中有幾架機械盤旋，像在尋找獵物。

是無人機。陳浩平低聲咒罵。

「該死，能到這裡來的，八成是宇宙通元的人。」

「什麼？那怎麼辦？」孟棋也壓低聲音，下意識抓住陳浩平的雨衣。陳浩平回頭看她一眼，孟棋嚇到差點尖叫——他的臉又消失了！

「怎樣？給我克制一點，不要拖累我好嗎？」

「你要把臉藏起來不會說一聲嗎！不，先不管這個，你到底有沒有辦法躲開他們？」

「很難耶。放心，有必要我會丟下妳自己逃跑的。」陳浩平的回應讓人完全無法放心。他對燈猴揮揮手，後者立刻跳到附近的樹上，而浩平拉住林孟棋手臂，迅速將她拽向旁邊比成人腰部還高的草叢。孟棋嚇了一跳，隨即知道這是要藏起來的意思，屏住呼吸。

即使隔著雨衣，也能感到陳浩平的體溫。她的心跳如雷鳴般轟響。

這時不遠處傳來腳步聲。

「操，怎麼是鬼火？剛剛熱成像儀看到的不會是鬼火吧？」

「天曉得。就算是，那女人應該也不會走太遠，繼續找。」

「欸不是，我說，這範圍也太大了吧？到底要怎麼找？」

「那女人對『地底世界』不熟，肯定會沿著大馬路走，繼續找下去就對了。這件事很嚴重，那女人居然能離開被洪道長施了法的大樓……」

果然是宇宙通元！孟棋不敢抬頭，像小動物般蜷曲全身。為何那些人不肯放過自己？她明明是不小心被捲進來的路人，一點都不重要啊！

無人機的聲音在頭頂盤旋，讓人提心吊膽。浩平雖靠在孟棋身旁，卻安靜得像是不存在。說來奇妙，這給孟棋一種被拋棄的感覺，雖然她很清楚浩平對她沒有責任，但那種無人能拯救她的無助感籠罩著她，讓她想起父母因災難離世的過往。

果然，世上沒有任何值得信賴的人，一切都只有自己能面對。

尋找林孟棋的腳步聲越來越近，甚至是直直走向她，就像死神般無可迴避。不知不覺中，孟棋流下鹹鹹的淚水，像在憑弔自己悲慘的命運。

「……喂，那邊的，從草叢裡站裡來，不然我開槍囉。」

結束了，孟棋心想。

「好啦好啦，我起來。」

然而意外地，陳浩平「唰」地一下站起身。他輕鬆地說：

「不過我只是無辜的路人，還是不要開槍比較好吧？」

孟棋心中一驚，她該跟著站起嗎？就在此時，塔達塔大漆黑的眼睛突然從旁邊的草叢隙縫間探出，離孟棋只有十幾公分的距離。祂先是做了「噓」的手勢，接著又做了「蹲下」的手勢，示意孟棋別動。

孟棋僵在原地，絲毫不敢動。

「操！你是誰？別動！」

陳浩平現身顯然引起了騷動。

「怎麼回事？這傢伙是什麼人？」

「不是那個女的？普通人怎麼可能在這？」

孟棋捂住嘴，不敢讓肩膀隨呼吸起伏。光聽聲音，她就知道許多人靠過來了，這下該怎麼辦？要是對方有槍，陳浩平不可能是他們對手！

「我是玉山小飛俠啊，你們看看我的臉——」

陳浩平笑著拿下斗笠，那些人的方向傳來驚恐之聲，還退後了幾步。

「等一下！」其中一人努力維持秩序，高聲說，「他不可能是妖怪！洪道長不是說過嗎？妖怪出現是有徵兆的，哪可能這樣突然從草叢跳出來自我介紹？」

「可、可是他沒有臉……」

「就算是妖怪也沒差！高先生說過，在這裡不管遇到什麼，格殺勿論。這裡已經是宇宙通元的領域，射擊！」

林孟棋大驚。這瞬間，她甚至想跳出草叢阻止，但根本來不及，槍聲已在寂靜的夜裡連續炸裂，宛如鞭炮。火光照亮草叢，純粹的暴力無情介入，摧毀一切，讓孟棋頭皮發麻。她聽見男人在近處發出的臨死哀嚎，忍不住渾身顫抖，幾乎要尖叫。

「等等！停下來！你們在射哪裡？」

某個氣急敗壞的聲音響起。怎麼回事？孟棋還來不及思考，一隻手已將她拉起，尖酸地說：「妳要等到什麼時候？快走！」

陳浩平？他沒事？

孟棋還沒時間整理情緒，浩平就已轉身離開。她盡快跟上，卻忍不住回頭看，只見在夜空泛白的微光下，宇宙通元的人戴著夜視鏡之類的東西，手持步槍，除了服裝還有點日常感，簡直像傭兵。不知為何，那些人就像看不見他們，茫然地面面相覷，不知該瞄準哪。

更遠處，她看到殘酷的景色。只見幾個人倒在馬路上，渾身是血。

他們為何朝彼此開槍，而不是對準陳浩平？孟棋大惑不解。此時，她腦中閃過塔達塔大要她藏起來時，那雙在夜色中閃耀的黑色眼睛，簡直像有魔魅之力，難道——

是妖怪？

「喂！這邊！是那個女的！」

「她怎麼出現的？剛剛明明沒看到她！」

「追上去！他們要逃了！」

糟了，剛剛那些人並非整個部隊，現在剩下的人都被槍聲引來，孟棋甚至無法判斷有多少人；陳浩平邊前進邊撥開草叢，這些草叢無疑會減緩速度，孟棋緊跟在後，氣喘吁吁地問：「剛剛……那是塔達塔大的力量吧！難道不能用祂的力量，讓那些人無法再追我們嗎？」

「在此之前，妳聽過塔達塔大嗎？」陳浩平邊前進邊喊。

方。」

「什麼？」

「沒有吧？這表示傳誦祂事蹟的人已經很少了。祂的力量不是無限的，不能浪費在這種地方。」

原來是這樣。妖怪不是萬能的，而且力量跟知名度成正比？但是，她原本也沒聽過阿里嘎該，為何阿里嘎該像是有無限的能量可以使用？

這時燈猴追了上來，祂說：「浩平，那邊有水池——」

「我不要。」陳浩平篤定地說，繼續前進。

「別頑固了！以你們現在的速度，他們遲早會追上來。現在沒開槍，只是不想浪費子彈，你以為你們還能撐多久？」燈猴急促地說。

陳浩平沉默幾秒，嘆了口氣。

「我很不想這麼做，但沒辦法了。水池在哪？」

「跟我來。」

燈猴點點頭，在前帶路。這是怎麼回事？孟棋心中疑惑，但知道不是追問的時候。她跟著燈猴，沒過多久，一座幽深的水池出現在草叢盡頭。夜色下，水面泛著詭異的光澤，池面漂著水草，看來頗有生命力。

「我……不知道我該不該問。可是，我們到這裡幹嘛？」孟棋氣喘吁吁。這時陳浩平突然一把抓住孟棋的手，把她拽向自己身邊。

「喂！你做什麼？」孟棋下意識掙扎。她對這個男人有複雜的心情，雖然這男人應該是救了她沒錯，卻還是不知該不該相信他。

「做什麼？我才想問妳做什麼，妳站這麼遠，我要怎麼出力？」

「出力？」孟棋皺起眉，「出什麼力？」

「腳力。」

話剛說完，陳浩平順手一拉，將林孟棋轉了個身，一腳把她踹進水池。

「陳浩平你——！」

林孟棋幾乎是咒罵著驚叫。她下意識閉上眼，準備迎接全身濕透的衝擊。

但預期中的冰冷觸感並未出現。

不只如此，她甚至不覺得自己掉進水裡。孟棋戰戰兢兢睜開眼，眼前的景象讓她愣住。

那是一個陌生的房間。些許破敗的白色牆壁，空氣中有消毒水味。她離身後的牆很近，旁邊有台心電監護儀，沒在運作，不遠處有張床，很明顯是醫院的病床——孟棋畢竟是護理師，對這類型的床相當熟悉。

這看來是間病房。窗外的夜色與剛剛同樣怪異，顯然還是在Meta世界裡。頭頂的燈泡有些微弱，甚至閃爍。她茫然地環顧四周，無法理解。明明前一刻她掉進了水池，為何會出現在這？這種超越常理的現象，讓她覺得一切都失控了，打開她恐懼的開關。

「喂。」

「哇！」孟棋下意識發出尖叫，連忙轉頭，只見陳浩平從牆壁穿透而出，原來自己剛剛也是這麼來的？而且不只他，燈猴也在，塔達塔大的鬼火幽幽升起，應該也跟來了。穿著黃色雨衣的男子再度露出真正的臉，環顧四周：「這樣啊，是醫院……嗯，還不算太差。」

「什麼不算太差？陳浩平，現在可以說清楚了吧！」孟棋的不滿快要滿溢出來了。

「啊？哪裡可以？我們能過來，對方當然也能，妳怎麼會覺得我們已經安全了？」

「什麼？」孟棋忍不住遠離那面牆。

「還呆著做什麼？把妳丟下囉！」陳浩平說完便抓住她，將她拖出病房，鬼火在前，燈猴則殿後。幾秒鐘過去，身後的病房傳來聲響。

「這是哪？」

「快出去，他們一定還沒走遠！」

「浩平，該走哪扇門？」塔達塔大問。

「下樓梯！」他簡單回答。

接下來，孟棋就像被帶進一場詭譎怪誕的幻想之旅。

每開一扇門，每跨越一扇窗，浩平都帶著她穿越到Meta世界的另一個空間。明明闖進X光室，卻轉眼來到學校的走廊，每扇門都通往不同教室；打開三樓校長室的門，眼前居然是汽車旅館房間，牆上圖案由艷麗的霓虹燈組成，還帶著濃烈的香水味；衝出房間，來到旅館走廊另一端的廁所，推開隔間的門，竟來到寬廣無人的公路；找到公路旁的一輛破車，兩人鑽進車裡，又瞬間回到學校，只是這次來到操場。

浩平當初前往「死翹翹暴發戶大樓」，就是這樣幾經轉折，好不容易才抵達的嗎？

孟棋沒有答案。

也不知穿過了幾個空間，兩人與妖怪們來到一個老舊民宅的走廊，隱約飄著樟腦丸的味道，旁邊有個樓梯，走下樓，狹窄的房間中央是張餐桌，上面擺著碗筷，牆邊櫃子頂端是還在用映像管的電視機。

日曆上的日期扭曲難辨，若想努力看清，便會覺得頭痛。另一個方向通往客廳，夜色像是有實體般，隱約從紗窗滲透進來，帶著神祕又恐怖的印象。

到了這裡，陳浩平總算露出輕鬆的表情。他走到大門旁，拉開紗門，輕輕撫摸外側那老舊的木門，敲了敲：「有人在外面嗎？要進來嗎？」

「有啊有啊，你是誰啊？」

外面竟傳來女性的聲音，語氣還很親切。

孟棋心中一驚。此情此景，讓她有些毛骨悚然。她悄悄走到窗邊，偷窺門前，那裡明明沒人，怎麼有聲音？

「我是沈未臻。」陳浩平說。

「原來是未臻啊！我是嬸婆啊，好久不見，快點開門吧。」

沈未臻？那是誰？為何浩平要報別人的名字？而且門外婦女的語氣太過日常，讓孟棋大惑不解，她小聲問：「這是在做什麼？我們成功逃離了嗎？」

話才剛說完，二樓就傳來急促的腳步聲。孟棋嚇得往牆邊靠，還是被追上了？

「沒事沒事。」燈猴說，「妳就交給浩平吧，他知道自己在做什麼。」

燈猴飄在空中，甚至再度點燃了油燈，彷彿已放下心。

「在那裡！」

宇宙通元的人大喊。他們還沒到一樓，就已在樓梯間隙見到他們。浩平順手將孟棋拉到自己身前。

「幹嘛？」

「拿妳當擋箭牌啊。他們或許不會殺妳，但對我可是殺意十足喔！」

孟棋啞口無言，幾乎要忘記緊張了。這時五個手持步槍的男人走下樓，他們滿身上大汗，微微喘氣，其中一人舉槍說：「別再跑囉！乖乖跟我們回去，不然把你的腿打斷！還有那邊那個妖怪，你也是，這把槍的子彈能打死你們。」

燈猴舉手投降，孟棋也跟著舉手。不如說，她沒有舉手以外的選擇。浩平拉著她，她連位置都不能選。她說：「別開槍，我……可以跟你們走，不過先告訴我，你們會拿我身後的人怎麼辦？」

這只是拖延時間，她知道陳浩平肯定還有牌沒打出來。帶頭的人瞥了她一眼，說：「他跟妳是什麼關係？如果妳能說清楚，證明他有當人質的價值，我們也可以饒他一命。」

自己跟陳浩平是什麼關係？

孟棋愣住。她沒想過這個，不就是萍水相逢嗎？

不。陳浩平是為了救她而來。雖然她不是靠他才離開「死翹翹暴發戶大樓」，但要是沒有他，孟棋早就被抓到了。正猶豫間，浩平再度敲門，門外傳來熱情的聲音。

「未臻啊，快幫嬸婆開門啊！在外面站這麼久，太累了，嬸婆也想好好看看你啊！」

宇宙通元的人立刻警戒地舉槍。

這是個詭異的情境。他們好不容易追到這，本以為對方已是甕中之鱉，現在竟有別的聲音？浩平詭異的笑聲傳來：「別緊張嘛，五位兄弟，還記得婿婆嗎？要是不記得，也許見到本人就會想起來了。」

他推開木門，猛烈的風壓從孟棋身旁經過，將髮絲全撥到前方。

「射擊！射擊！」

慘叫聲響起，某個橘黃色的龐大身軀將一人撲倒在地，並咬下整隻手臂。轉眼間，鮮血幾乎是湧泉般地噴在旁邊牆上，比電影特效還誇張。離老虎比較近的人本來要開槍，但老虎一掌就將他掃出去，那人宛如斷線的傀儡，先是撞上天花板，接著頭朝地落下，頸部扭成不可思議的角度。

孟棋全身僵硬。她意識到臉上熱熱的，卻沒辦法伸手擦拭。她知道是血，但她已嚇到動彈不得。

「幹！去死吧！」

比較遠的人開始射擊，但驚人的是，老虎隨手一掌就將子彈揮開了。幾枚子彈嵌進牆內，還冒著煙。那些人警恐地看著彼此，其中一人大喊「撤退」，但老虎哪給他們退？那頭野獸一掌將對手壓住，接著牙齒咬住上半身，用力一扯，再將上半身甩出去。

射擊聲從樓梯那邊傳來，但很快變成慘叫聲，然後變成寂靜。因為死者是不會發出聲音的，孟棋沒想到死亡這麼快速又這麼粗暴，連哀鳴都能被中斷。

一滴汗流下，孟棋伸手摸臉，果然，有那個她不知道名字的男人的血。

她要怎麼消化剛剛看到的景色？

這不是電影。就算那些人想抓走她、傷害她，但如此淒厲的死法，還是讓她難以接受。陳浩平似乎不這麼想，這對他來說是信手捻來，他甚至是笑著迎進剛剛那隻老虎妖怪的。

她感到害怕，不知道自己是否還能跟著他。

「浩平！」

塔達塔大的聲音突然響起，帶著不尋常的緊張。陳浩平聞聲，迅速從林孟棋身後繞出，朝燈猴的方向衝去。

林孟棋這才注意到燈猴的異樣。

那個剛才還氣定神閒的燈猴，此時正倒在地上，背部緊貼牆壁，像在尋求支撐。燈猴胸口有一道醒目的創傷，某種黑色氣體正從傷口緩緩流瀉而出，消散在空氣中。

「燈猴？祢還好嗎？」陳浩平罕見地帶著擔憂。他蹲下身，小心翼翼查看燈猴的傷勢。這是林孟棋第一次在他臉上看到如此「人性化」的表情。

「……抱歉，大意了。」燈猴艱難地說，聲音帶著難忍的傷痛。

林孟棋愣在原地。是剛才那些人開槍時誤傷燈猴嗎？她試著回想，卻怎樣也想不起來，因為她徹底嚇壞了，只記得雜亂的槍聲、恐怖的瀕死掙扎。出於職業本能，林孟棋下意識地向前邁步。

「讓讓，我來檢查。」她說完擠到陳浩平身邊。但才要檢查傷勢，她猛然清醒——

自己只是個普通人，怎麼可能知道該如何救治妖怪？

看著燈猴的眼神，孟棋感到一陣無力。她突然意識到自己正身處一個多麼遠離常識的世界。在這裡，就連她最自豪的急救知識都無用武之地。

第七章

「所以，你們失敗了。」

高有成面無表情，語氣平靜，但從公寓退回地底世界的佑豪等人卻毛骨悚然；尤其是佑豪，他知道隱藏情緒的高有成有多可怕。

「都怪鬼嫂啦！」紅面關憤憤不平，「現在我們根本就是乖乖聽那些人的話。要不是她，至少我們能大鬧一場，讓他們不爽！」

「呵呵呵，那他們就會殺了你，這麼簡單的道理你都不懂？」

「正哥，要是你在場就好了。多你一票，豪哥就不會被那女人牽著鼻子走。」

「別扯上我，我又不在場。」煞氣阿正皺起眉。他回到六樓時，正巧看到眾人從大門退出。現在想來，他慶幸自己沒被捲入紛爭。聽著這些，佑豪緊張得將指節攥到發白。這些人難道搞不清楚狀況？高有成最討厭的就是藉口！

但轉念一想，佑豪又釋然了——他向來不會把情緒悶在心裡。如果高有成真的氣到要殺他們，反正逃不掉，倒不如放寬心。於是佑豪聳了聳肩：「沒什麼好說的，失手就是失手。不過，那種情況不是我們能應付的。」

「嗯，我知道。」

「如果你要懲罰我，請便，但我找來的這些人並沒有錯……等等，你說什麼？你知道？」

佑豪本想辯解，但高有成竟接受他的失敗，這完全出乎意料。

高有成微微一笑。

「豪哥，你在想什麼？我怎麼可能怪你？」他走到佑豪面前，輕拍他的臉頰，「五分鐘內找到合適的殺手，這麼難的任務你都完成了，我有什麼好抱怨的？別擔心，這次確實是對手技高一籌。不過這很正常，畢竟是我的宿敵嘛。要是輕易就能解決，反而沒意思。」

「宿敵？」

佑豪忍不住重複。高有成居然有宿敵？誰有資格當他的宿敵？

——不，今天那些人就有這個資格，佑豪恍然大悟。他們已經向佑豪證明，高有成並非唯一的天選之人。

他吞下一口口水。

「有成，你打算怎麼辦？」

「怎麼辦？」有成看著他，退後幾步，表情依舊深不可測。

「就是對方提出的談判，你會去嗎？」

「嗯……」有成聳聳肩，「老實說，我搞不懂他們在打什麼主意。這時候提出談判，實在沒什麼意義。不過這是我的事，豪哥你不用操心。」

「真的？那天你不需要我的人？」

「還是算了吧，有些話就不方便說了。」

「好吧。不過有成，那些人跟你一樣，能出入地底世界——」

「我知道。」有成打斷他。

「不只地底世界，他們還有其他能力——」

「這我也清楚。」

「我想問的是！」佑豪向前一步，「你——能贏吧？」

其實佑豪也不明白自己為何要確認這件事。說白了，有成是輸是贏與他無關。誠然，他從高有成那裡得到不少資源，如今在黑道中占有一席之地，大部分都要歸功於有成。

即便如此，有成也不是不可或缺的。說難聽點，就算今天有成意外身亡，對已坐穩地位的佑豪來說，影響不大。然而，當他意識到高有成可能正面臨強勁對手，甚至可能失敗時，他不禁希望有成證明自己仍是那個不可戰勝的天選之人。

……真可笑。這麼多年來，高有成也只是有事才找他，他們不過是利益的結合體，從不關心彼此的未來。

但或許是某種難以言喻的「寂寞感」打動了佑豪。

佑豪只看到有成的成就。而有成對自己在做什麼、在對抗什麼，總是三緘其口。他的疏離，會不會是因為背負著佑豪無法理解的重擔？那種彷彿隨時會消失的氣質，讓佑豪無法轉身離去，假裝視而不見。

他希望有成贏。

高有成側頭打量著這位多年的合作夥伴，輕輕撥開劉海。

「你們先回去吧。無論我是否同意談判，豪哥，接下來都會需要你。等我聯絡。我送你們離開地底世界。」

佑豪張了張嘴，最後什麼也沒說。這沒回答到他的問題，但有成都這麼說了，他知道自己沒有追問的資格。在地底世界中，高有成目送他們回到現實，然後緩緩走回空無一人的街道，腳步蹣跚。

他明白佑豪在擔心他，但他不喜歡這樣。

權力最麻煩的地方就在於此。有時友誼對權力是有毒的，只有保持冷酷無情，才能正確駕馭權力。

不過，當年他之所以求助於佑豪，希望他站在自己這邊而不是沈家，正是因為佑豪心中存著近乎友誼的情感；所以有成沒資格抱怨，只能獨自消化那份陰鬱。

看著泛著白光的夜空，高有成的思緒不禁飄回過去，想起那個有機會殺死沈未青，卻沒這麼做的日子。某種情感湧上心頭，如同那天的傾盆大雨，狠狠地拍打著他的內心。他不後悔當時的決定，甚至感到自豪，因為那是他對抗沈家的起點。

但他依舊不同情沈未青。

在他眼中，沈未青就是個軟弱無能，只會依靠他人眷顧的廢物。若非沈家神祇的庇護，她恐怕活不過三個月。惱人的是，這樣一無是處的人，居然得到了進出地底世界的力量，還有妖怪相助？

簡直像沈家那套價值觀的復辟，高有成心中沉寂已久的怒火被點燃了。靠別人施捨而活的女人，竟憑藉他人恩惠，獲得凌駕於他之上的力量，高有成怎麼可能釋懷？

彷彿在嘲笑他這輩子的努力一樣。

不打敗沈未青——不，打敗躲在她背後的元通神——他就永遠無法獲得真正的自由。高有成握緊拳頭，細細品味再度對堂姊生起殺意的苦澀。

就在這時，手機鈴聲打破了寂靜。是洪行舟。

「喂？」

「有成，有件事出乎我的意料，得跟你說。」

「說吧。」有成淡淡地說，雖然心中已經有底。

「我把林茗琴的妹妹丟進『地底世界』，但剛打算去審問，她竟憑空消失了；真奇怪啊，要不是她有能力破解我的幻術，要不就是有人闖入地底世界救她，你覺得是哪一種呢？」

「果然是這樣。」有成苦笑，「聽我說，剛才發生了一些事……」

高有成將遭遇堂姊、目睹妖怪、派出殺手卻無功而返的經過一五一十告訴了洪行舟。電話那頭的天才道士沉默良久。

「原來如此，原來如此……」洪行舟興奮起來，「太有意思了！你在地底世界遇到的阻礙，竟是元通神跟沈家當年祭品聯手的結果？看來元通神是真怕了你，竟找了個代理人，還勾結妖怪。這麼說，這跟林茗琴有什麼關係？她只是意外被挾持？」

「誰知道呢。」有成無精打采地說，「你說她妹妹身上有元通神氣息，我還以為元通神找上的是她，但她說是堂姊挾持她……不過哪有綁架者會把被害人放在被害人家裡，還跟她一起住？我是不相信啦。」

「嗯……這麼看來，那位妹妹還是有人質價值的，我待會就派人去找她。不過，有成，你打算怎麼應對？元通神居然主動反擊，可不是小麻煩啊。」

儘管話裡帶著擔憂，洪行舟的語氣卻頗為興奮，彷彿在期待好戲上演。有成見怪不怪，他太了解這位道士的性格了。

但洪行舟說得沒錯，這確實棘手。

元通神想反擊高有成，這再正常不過。畢竟高有成的所作所為，無異於打造了一個「偽神」，將「真神」囚禁其中，無視祂的意識，肆意掠奪祂的資源。難怪元通神曾拚命尋找新的乩身，企圖掙脫「宇宙通元」這個牢籠。

但高有成怎可能坐視不管？之前為了徹底掌控元通神，他與洪行舟等人深入「地底世界」，尋找神祇本體。作為地底世界的法則與動力之一，元通神必然有個棲身之所；只要找到祂的神殿，洪行舟就能施法將其困住，永遠無法逃離。

然而事與願違。

這段期間，有成派出的手下不是在地底世界迷路，就是神祕死亡。就連他親自出馬，也只感到一股若有似無的阻力，卻說不清問題在哪；原本他以為是「地底世界」在維持既有的法則，抵抗入侵者，才不得不只在淺層移動。他也曾懷疑是與他不同立場的人在從中作梗，但始終找不到「人類」在地底世界活動的痕跡，只好擱置這種假設。

現在看來，他的直覺並沒有錯。元通神找到了沈未青，並藉由這個代理人處處跟他做對。

高有成終於理清這場鬥爭的真面目。

他對「地底世界」始終懷著敬畏之心。畢竟要改變星圖，就不能與這個神祕空間為敵；但如果地底世界根本沒有阻撓他，一切都是元通神陣營的把戲，就大不相同了。過去他因顧忌而不敢使用的手段，現在可以毫無保留地施展開來。

沒錯，這是場攻城戰。從頭到尾都是。只要高有成找到元通神的本體，就是他的勝利；反之，只要元通神成功欺騙高有成，不讓他接近城池，或是透過代理人，積累足夠的力量守住城池，則是元通神的勝利。

什麼嘛，這有什麼難的？

如果連全面戰爭都無法征服元通神，那跟失敗也沒什麼兩樣。既然如此，他已經沒有瞻前顧後的必要。

「我打算怎麼做？」有成慢悠悠地回答洪行舟的問題，「談判的事，再說。不過如果敵人想在所謂的『談判』前觀望，那就大錯特錯了。他們這是白白給了我七天時間——你知道的，七天能做的事可多著呢。」

「說得好。」洪行舟的語氣帶著讚賞，「那我就送你份禮物吧。你說你看到了妖怪，能形容一下長相嗎？」

有成挑了挑眉，不知這道士葫蘆裡賣什麼藥。他詳細描述了那兩個妖怪的樣貌，洪行舟聽完沉吟片刻：「有意思，聽起來不像漢人的妖怪，倒像是原住民的傳說。我得找懂這些的朋友問問，你等我半天。」

「你打聽這個做什麼？」

「你也知道妖怪是誕生自『地底世界』的吧？」洪行舟的語氣帶著一絲狡黠，「就像我們只要找到元通神的住所，就能影響現實中的祂，妖怪也是。只要我們找到與那些妖怪有淵源的場所——也就是『遺跡地』——即使不能直接影響祂們，至少也能找到與祂們相連的線索。」

「那又如何？」

「有成啊有成，我親愛的老友，」洪行舟笑得詭譎，「難道你忘了自己是怎麼運用『地底世界』的嗎？那可是絕佳的傳送門。只要我們找到妖怪的遺跡地，就能將其當作出口，直接傳送到現實中的妖怪身邊……」

「原來如此。」高有成聽懂了，忍不住會心一笑，「而我那位堂姊很可能就跟妖怪在一起。」

「沒錯。要不要給沈家小姐一個驚喜，譬如，送幾個殺手過去？當然，這只是個小小的提議，你可能有更好的主意。」

洪行舟話中的弦外之音再明顯不過——他期待高有成想出更殘酷、更令人戰慄的計畫。與其說他是個虐待狂，不如說他把這一切當成戲劇；既然如此，當然越刺激越好。

高有成雖不想順著洪行舟的意，但他也不是喜歡溫吞做法的人。沉默片刻，他緩緩開口：

「我覺得這樣還不夠。」

「哦……？」

「或者說，太慢了。」高有成有些厭煩，「又不是什麼遊戲，需要一步步打小怪、中BOSS，最後才能挑戰大BOSS。沒必要這麼麻煩。」

「你的意思是……你想跳過你堂姊，直接對付元通神？但誰知道你堂姊給元通神積累了多少籌碼，貿然出手會不會太冒險？」

「不，」高有成打斷他，「我是說，我要傾盡全力，一舉殲滅元通神和祂的代理人，讓他們誰都幫不了誰。行舟，你需要多久才能找到那些妖怪的遺跡地？七天內能搞定嗎？」

手機那頭傳來深呼吸的聲音。

「……我明白了。」洪行舟的聲音因興奮而發顫，「你是打算在談判前就把殺手送過去？」

「殺手？」高有成冷笑，「開玩笑，是軍隊！既然敵方和妖怪勾結，那就要徹底碾壓他們，斬草除根。當然，前提是你能辦到。我希望在談判前就結束一切。」

「哈哈哈！」洪行舟爆出狂笑，「很好，很好，太好了！放心，我一定不負所託。」

「還有，」高有成繼續說，「把你所有能用的人都調來。既然要打全面戰爭，我會把最信任的人都召集起來。明天下午，我要在宇宙通元總部舉行誓師大會，順便調一部分人馬給你用。希望到時候你已經摸清那些妖怪的底細。」

「我保證完成任務。」洪行舟的聲音帶著幸福的黏膩感，他已經很久沒遇到這樣讓他傷腦筋的挑戰。地底世界的地圖有多複雜，他們心知肚明，而高有成竟要他在七天內找到所謂的遺跡地？

「嗯，我相信你。」

有成露出微笑，眼中閃爍著比金星還要耀眼的光芒。

「作為代價，我向你保證，」他的聲音低沉而堅定，「一個月。我會在一個月內結束這場戰爭——新世界已近在咫尺。」

第八章

陳浩平在前方探路，手持筆記本仔細觀察四周，時而低聲喃喃自語。孟棋緊隨其後，肩上橫置著受傷的燈猴，用繩子牢牢固定。儘管燈猴傷口逸出的黑霧偶爾掠過孟棋眼角，但經過包紮，情況已有所緩解。

眞意外，孟棋心想。剛揹起燈猴時，她還擔心會很吃力，沒想到祂竟輕得宛如幼童，連她都能輕鬆搬運。是因為是妖怪嗎？妖怪就是如此虛幻的存在？她此刻竭力拯救的，竟是這般脆弱的生命？

包紮用的繃帶是在那間舊房子找到的。除此之外，孟棋還發現了針、線、鉗子等工具，這些都能用來取出子彈。由於沒有酒精，她只得用火焰為鉗子消毒。當鉗子伸入燈猴體內時，她不禁倒吸一口涼氣——那感覺就像將物品插入高濃度的凝膠，彈性和阻力與人體肌肉截然不同。

她戰戰兢兢地進行手術，畢竟她從未操刀，只是旁觀過醫生施術。更何況人與妖怪的身體構造天差地別，她甚至不確定為妖怪動手術是否需要消毒；然而，經過一番艱辛努力，她終於順利取出子彈，將傷口縫合並妥善包紮。

燈猴受傷後，陳浩平似乎受了驚嚇，直到孟棋催促他幫忙才回過神來。儘管傷口已經縫合，黑霧仍從包紮布下源源不絕地逸出。面對這種情況，孟棋束手無策，她完全不知該如何「治療」一個妖怪。就在此時，浩平開口了：

「我可以治療。但這裡不安全，得先到安全的地方——」

「那就趕快啊！」孟棋猛然抬頭，「我們一起搬過去！」

「浩平，你有辦法幫忙搬運嗎？」塔達塔大的聲音從暗處傳來，「要到安全地帶，你應該在前面帶路吧？」

「他不能幫也沒關係，我可以自己來。我剛才找到了繩子，能用來固定。但我們得立刻行動！」孟棋搶在浩平開口前說。對她而言，眼睜睜看著生命逝去是最難以忍受的，既然有機會挽救，就絕不能拖延。

陳浩平凝視著她，目光中帶著詫異，彷彿在打量什麼不可思議的事物。但孟棋毫不在意，她只用幾秒鐘就取來繩子，回到燈猴身邊，見陳浩平仍呆立原地，忍不住問：「怎麼了？你還要做什麼準備嗎？」

「不，沒有。」浩平推了推眼鏡，臉色略顯不悅，「虎姑婆，祢要和我們一起走嗎？」

他目光轉向角落裡那隻沾滿人類鮮血、慵懶臥倒的老虎精——原來那就是虎姑婆？孟棋心頭一驚，她當然聽說過虎姑婆的傳說。只聽虎姑婆用老婦的聲音回答：「不了，要是沒人主動開門表示歡迎，我就派不上用場。你需要我時就找扇門吧。」

浩平點頭，轉向孟棋，神情有些彆扭，最後才說：「那就麻煩妳了。」

未曾參與過「說妖」儀式的孟棋並不知道，陳浩平的這句「麻煩妳」與奇蹟無異，甚至與人類世界的法則格格不入；她只是自然地接受了。隨後，陳浩平推開虎姑婆進來的那扇門，外面是狹窄的巷弄，看起來有些像國宅。孟棋背起燈猴，緊跟在浩平身後。

與先前被追趕的緊張氛圍不同，這段旅程顯得有些猶豫不決。浩平走在前頭，時而陷入迷惘，四處尋找道路；時而又相當確信，以孟棋難以跟上的速度快步前進。每當這種時候，孟棋不得不出聲喊停，而他總是乖巧地應聲「知道了」，原地等待她跟上。雖然與浩平並無太多交集，但孟棋也察覺到這絕不尋常，為何這個男人突然變得如此配合人？

——是因為她主動幫助燈猴嗎？

對孟棋而言，那只是下意識的舉動，因此她並未多加思考。但仔細想來，這樣的行為確實不尋常。

燈猴畢竟是「妖怪」。是可怕、邪惡的存在。

孟棋心知肚明。畢竟虎姑婆才在她眼前吞噬了人類。那種殘酷的行徑，彷彿「殺戮」這件事理所當然的態度，無不衝擊著孟棋的價值觀。然而，她無論如何都無法忍受明明還有希望，卻袖手旁觀的情況。

或許，這是對父母死於災難的某種補償心理吧。

在醫院工作時，她總是竭盡全力幫助患者活下去，因為任何人的逝去，都會給親友帶來難以想像的傷痛——就像她自己承受的那樣。不幸的災難改變了她們姊妹的人生軌跡，甚至成為姊姊迷信宇宙通元的起點。無法讓姊姊從迷信中覺醒、獨自忍受失去父母之痛的孟棋，或許是將「救人一命」當成了某種慰藉。

這是有意義的，一定能挽救些什麼。她以這樣的信念修補自己的心。

對拯救燈猴，她沒有一絲猶豫。即使想起燈猴是妖怪，她也只覺得肩上的生命如此脆弱，與可怕、邪惡的形象相去甚遠。其實孟棋不是什麼堅強的人，甚至可說相當軟弱；若是有什麼重大責任突然降臨在她身上，需要她立即做出決斷，她只會想方設法逃避。

因為她缺乏直面問題、解決問題的韌性。

但是，當一條生命即將在眼前消逝？

那連問題都不算。對她來說，「見死不救」根本不是個選項。

不知不覺間，浩平來到了一座隧道。他們在陰冷的隧道中前行，昏黃的燈光無盡地向前延伸，看不到盡頭。他帶她來到聯絡通道，那是隧道發生災難時的逃生空間；推開門，另一端是廢棄大樓。

浩平看來如釋重負：「就是這裡。」

「這裡？」孟棋有些困惑，她看不出這與其他地方有何不同，「那我把燈猴放下來——」

「不，等等。」浩平制止了她，指了指上方，「這裡還不行，我們的目的地在頂樓。」

早說嘛，孟棋暗自嘀咕。她說：「那你帶路吧。」

儘管廢棄大樓有電梯，但不知為何，浩平選擇了樓梯間。這個決定一定有道理吧？孟棋想。她跟隨浩平向上攀爬，兩人爬了十幾層樓，氣喘吁吁，中途停歇了好幾次。後來，浩平也加入搬運燈猴的行列，兩人才終於到達樓梯間的最高處。

浩平推開通往頂樓的門。

「到了！歡迎光臨我的據點。這裡有Meta世界最安全的船，只要在船上，我保證宇宙通元的人傷不到妳。」

船？

聽到「船」這個字眼時，孟棋並未多想，心跳卻漏了一拍。她下意識順著浩平指的方向望去，心跳越來越快，彷彿全身燃燒起來。然後，當「那個東西」映入眼簾，她就像被當頭澆了一盆冷水，一種難以名狀的情感瞬間湧上心頭，將她吞沒。

是恐懼？噁心？憤怒？還是憎恨？

在轟然作響的心跳聲中，她看到屋頂邊緣飄浮著一艘巨大的西式帆船。它看起來雄偉壯麗，明明在夜裡，卻發出青白色的光輝，光輝底下就是夜空，顯示它是半透明的。船身的輪廓柔和模糊，彷彿隨時會消散在夜霧裡，給人一種超現實之感。那些本應堅實的桅杆和甲板，此刻如薄紗般輕盈，殘破的船帆無聲地飄揚。船上點綴著幾盞燈火，仔細看，竟是一團團幽藍色的鬼火，這些幽光在半透明的船身上流轉，為整艘船籠罩上一層朦朧的光暈。即使從未親眼見過它，孟棋也立刻意識到那是什麼。

「幽靈船」。

除了「幽靈船」，再無其他詞彙能形容眼前這艘船。所以毫無疑問就是它。這就是那個都市傳說中，會在寂靜的夜晚出現，帶走亡魂的神祕之船。

也就是引發了衛爾康大火，奪走她父母生命的那艘船。

「我不上船。」孟棋鐵青著臉，堅決地說。

浩平正朝幽靈船走去，聽到這話，他回過頭來，揚起眉毛，不解地問：「為什麼？我不是說過了嗎，沒有地方比那艘船更安全。」

「我不管。再怎麼安全我都不去。如果你堅持要在那裡治療，那麼我現在就把燈猴交給你。」孟棋避開浩平的目光，深怕自己的內心情緒會不經意間流露。

她在醫院當護理師這麼多年，除了協助醫生，還要應對各種奧客。孟棋原以為自己早已練就了一身控制情緒的本領。然而此時此刻，那些引以為傲的技巧卻像是鬆散的齒輪，支離破碎。她深怕自己再多說一句就會潰堤，將那些埋藏已久的痛苦傾瀉而出。

陳浩平沉默片刻，慢慢走到孟棋面前。孟棋低著頭，小心翼翼地解開繩子，半跪著將燈猴輕輕放到地上。燈猴似乎已經失去意識，癱軟在屋頂上。

「真無聊。」浩平的聲音從頭頂傳來，帶著嘲諷，「我以為妳不會害怕，所以才帶妳來。沒想到妳還是會怕啊？還是妳覺得留在這裡更安全？說真的，對妳這樣的外行人來說，Meta世界哪裡是安全的？」

「……陳先生，我不是害怕。」孟棋咬著嘴唇，努力壓抑內心波動。

「喔，對，當然啦。我很清楚人類推拖的樣子——」

「我、說、不、是。」孟棋猛地站起身，眼神凌厲地盯著浩平。

「我的父母在衛爾康大火中遇難——那就是幽靈船吧？你應該知道幽靈船做過什麼。我不想進去，是因為我怕自己會忍不住在船艙裡縱火，把那該死的船給燒了！喔，對了，幽靈船或許燒不起來，沒關係，只要我想到任何方法可以毀了那艘船，我……」

孟棋再也控制不住，淚水奪眶而出。她急忙轉過身去，但還是瞥見陳浩平睜大眼睛，一臉錯愕的樣子。

那表情令她厭惡。她討厭被人用憐憫的眼光看待。不，其實浩平的表情與單純的同情不同，但那又如何？對孟棋來說無關緊要，她就是不願意有人因為這件事用特殊的眼光看待她。

良久，陳浩平終於開口，他小心翼翼地抱起燈猴，說：「不想上船是妳的自由。但我建議妳別走太遠，萬一真的發生什麼……算了，妳想去哪就去哪吧。這或許是最後一次見面，姑且還是說一聲——謝謝妳幫燈猴急救。」

孟棋沉默不語。

她不想說話，只想立刻離開屋頂。反正陳浩平大概不會攔著她吧？她默默朝樓梯間走去，而浩平則走向相反的方向。孟棋沒回頭，光想到可能再次看到幽靈船，她就反胃。

「我希望妳不要走。」

就在孟棋踏入樓梯間的那一刻，塔達塔大的聲音響起。孟棋全身一顫，但不是因為驚嚇，或者說，某種更為強烈的情緒壓倒了她，使得「被嚇到」這件小事顯得微不足道。

她沒有回答，只是默默地坐在樓梯口，任由淚水滑落。

悲慘的記憶宛如海浪般湧來，讓她無法控制身體的顫抖。她還記得那個悲劇的夜晚，記得長輩們打來電話，好幾個長輩擠進家裡，亂成一團。後來警察帶著姊姊回來，姊姊像是嚇傻了，好幾天說不出話。

然而，真正的惡夢不只那一晚。那只是開端。

當時姊妹倆還沒有能力獨立生活，長輩們商量後，決定賣掉她們的房子，讓她們搬到大伯家。可是，親戚們對她們的態度並不友善。好不容易長大了，姊姊立即帶著她搬了出去，還特意在臺北買了一間與老家格局相似的房子，將父母的遺物擺放在主臥室。姊姊說，這樣就能把回憶找回來了。

孟棋還記得姊姊在加入宇宙通元前那個可靠的模樣。

但接觸宇宙通元後，姊姊變了，只剩孟棋一個人在維繫這個「家」。

明明只剩下空殼，為什麼孟棋還要如此努力維持？她也不清楚。或許是因為，如果放棄了，就好像捨棄了好不容易奪回的東西。那甚至不是她親手奪回，因此，她連放棄的權利都沒有。儘管姊姊變得奇怪，她還是與姊姊同住，沒搬出去，不是因為她認為姊姊有朝一日會恢復正常，而是她無法放棄這個由回憶支撐的形式。

她有沒有想像過自己可能擁有不同的人生？

當然有。要是沒有那場大火，也許姊姊根本不會加入宇宙通元，她也能過上更輕鬆的生活。正因如此，她憤怒，她痛恨，她無法踏進「幽靈船」，無法面對那個災難的源頭。

這樣的心情，她再清楚不過。可是為何剛才她忍不住說出口了？明明這麼多年來，她始終不願向他人提起那起悲劇。要是家族有人提起，把它當成談資，她會氣到離開。就算是參加「說妖」的人押著姊姊出現在她面前，她不得不以此話題反擊姊姊，也刻意迴避了細節，不想讓人察覺到端倪。

為什麼？為何她要裝作那件事不存在？

或許是不願承認自己糟糕的人生僅僅是一場災難造成的。

尤其在姊姊變得奇怪後，她更不願承認。當然，她深知那場悲劇並非一切苦難的根源，但握有將所有不幸歸咎於它的「權利」，實在太誘人了。她害怕一旦接受誘惑，就會失去抵抗殘酷現實的力量，從此一蹶不振。

怪罪於不幸固然輕鬆，但這樣一來，最後能維持這個「家」表象的人，也將無力支撐吧？因此她不輕易透露。事實上，當她發現那就是「幽靈船」的瞬間，她也認為自己沒必要說出來。二十多年來她都這樣撐過來了，沒理由在這種地方屈服。

但她顯然低估了近距離見到「幽靈船」的衝擊。

感覺就像親眼目睹了有形的命運。不僅奪走父母，還讓無數家庭支離破碎的罪魁禍首就在眼前，難道她連埋怨的資格都沒有？直到此刻，她才意識到自己已壓抑太久，所以忍不住傾吐心聲，而且——

對方是個了解妖怪的男人。

如果是隨便哪個同事，也許會表面安慰她，心裡卻在嘲笑「哪有什麼幽靈船啊，真幼稚」。但陳浩平不會。他站在妖怪那一邊。

既然如此，他替妖怪承受一下責難又有何妨！

……原來如此，孟棋想通了。這只是遷怒。

不，對方是陳浩平，或許不完全是遷怒。畢竟他本人就夠讓人生氣了。但是，孟棋知道那與眼下的情況無關。她只是將自己積累多年的憤怒發洩在一個陌生人身上。真是的，雖然她有悲傷和憤怒的理由，但這太不像樣了吧！

孟棋用力擦去眼角的淚水，彷彿在生自己的氣。陰暗的樓梯間裡，塔達塔大的鬼火無聲地圍繞著她，既是陪伴，也似乎在監視，確保她不會被敵人抓走。

「……真討厭，我其實不喜歡在別人面前哭。」孟棋吸了吸鼻子，聲音裡帶著些許懊惱。

「我們鬼怪倒是習慣看人類流淚，這對我們來說沒什麼。」塔達塔大淡淡地說。孟棋笑了出來，雖然她也不明白自己為何會笑。

「就像剛剛說的，我希望妳不要走。不上船也沒關係，妳可以暫時留在這裡嗎？」塔達塔大的聲音傳來。但孟棋搖搖頭。

「我就算留在這裡也……」

「如果妳留下，我可以回答妳任何問題。妳應該還有很多想知道的吧？」

孟棋沉默不語。直到此刻，她依舊有種置身事外的感覺，就算塔達塔大說她可能有很多事想問，也可是好奇而已，不知道也無所謂。不，只有一件事她放在心上，她問：

「那我問了。塔達塔大，那個人打算怎麼治療燈猴？」

她瞥向眼角的妖怪。這應該算機密吧？要是沒什麼，浩平早就說了。原本她以為塔達塔大會含糊其辭，然而出乎意料，塔達塔大在樓梯間暗處，用恰好能產生回音的音量說：「用妳也知道的方法——透過『說妖』。」

說妖？

孟棋愣住，閃過一絲困惑。

「說妖」是一種儀式。但據江儀他們所說，「說妖」需要好幾個人輪流講靈異故事，陳浩平一個人怎麼能做到？

她說出自己的疑惑，塔達塔大說：「我知道妳說的那個儀式。簡單來說，無論是妳所知的『說妖』，還是浩平的『說妖』，都是一種確認妖怪形象的咒語。」

「什麼意思？我聽不太懂。」

「妳知道的『說妖』，是大家輪流講很多靈異故事，對吧？但儀式的真正目的，其實是在眾多靈異故事中認出妖怪的形象，從而召喚妖怪。整個儀式的核心，是通過講故事積累靈異之力，最後將這些力量灌注到某個妖怪身上，讓這個妖怪重新獲得全盛時期的力量——」

「……啊！」孟棋突然想通，「所以阿里嘎該才有無窮的力量，而祢卻沒有，因為祂已經通過『說妖』儀式恢復了力量？」

「那個阿里嘎該……可能沒這麼單純，雖然我也不清楚詳情。不過毒眼巴里確實如妳所說，要是沒有『說妖』，別說毒眼之力，連現形都很困難。至於浩平的『說妖』，也是依循相同原理，只是浩平非常熟悉妖怪的本質，與其說是天馬行空地從不同故事中挑選吻合的元素，倒不如說是不斷重複妖怪的故事，以此來固定即將消散的妖怪形象。」

孟棋若有所思。

「也就是說，他在講燈猴的故事，以此增加燈猴的『存在強度』，保住祂的性命？這確實不是一般護理師能做到的呢。」

她稍微鬆了口氣。確認這種「治療」真的不需要她後，她沒跟著上船的罪惡感才減輕了些。然而當她理清這些思緒，新的疑問隨之而來。

「可是……為何需要這樣的儀式？難道沒有『說妖』，妖怪就不能作祟？不，等等，你剛才說『全盛時期』，所以我應該問，為何妖怪會衰弱？」

「這是再自然不過的事啊！雖然Meta世界會保存古老的記憶，但它也會根據現實中人類的想法不斷更新；時代變了，無人記憶的妖怪自然就會衰弱——雖然我想這麼說，但這並不是唯一的原因。有人刻意在削弱妖怪，或者說，將妖怪放進不同的框架裡，試圖消滅祂們。」

「什麼？誰能做到這種事？」孟棋驚訝地問。

「宇宙通元。」

這是第一次，塔達塔大不是在孟棋的視線死角說話，而是直接出現在她身邊。孟棋嚇了一跳，但聽到「宇宙通元」這個名字，她卻有種恍然大悟的感覺。彷彿所有的問題與解答都在這四個字中找到了交集。

「這就是……陳先生要為宇宙通元的棺材釘上釘子的原因？」

「正是。」塔達塔大的影子輕輕點頭。一股奇特的感覺湧上孟棋心頭，彷彿她正觸碰著某種深奧的真理。明明她與這一切關係最淡，卻似乎抵達了他人未曾觸及的領域。塔達塔大繼續解釋：

「時代在變遷，鬼神的形象也隨之改變。即便妖怪式微，只要偶爾作祟，也能勉強維持不死。但宇宙通元不同，它正利用金錢、媒體和政治的力量，高速改造Meta世界。這導致妖怪難以進入現實，力量迅速衰退，甚至連作祟都成問題，加速了我們的消亡。」

——妖怪消失，這不是好事嗎？

這個念頭一閃而過，孟棋卻被自己嚇了一跳。雖然她痛恨幽靈船，但眼前的塔達塔大並未讓她感到恐懼，甚至還幫助過她。為什麼會有這種想法？

似乎看穿她的心思，塔達塔大說：「妳是不是覺得，加速妖怪消亡也沒什麼不好？」

「呃，不，其實……」孟棋臉紅了，不知該如何回答。

「沒關係的喔，人類就是這樣。不如說，人類就是要這樣才好。但就算妖怪消失，恐懼也不會消失。妳可以這麼想：對超自然的恐懼永遠存在，只是被宇宙通元的教義重新解釋。所以，即便妖怪全部消失，也只是變成人類的恐懼被宇宙通元操控而已。」

「原來如此。所以……陳先生是為了幫助妖怪，才與宇宙通元為敵的嗎？」

這正是孟棋難以理解的地方。

直到此刻，她仍無法完全接受有人會站在妖怪一方。

然而，塔達塔大的回答更出乎她的意料。

「浩平這麼做，部分原因可能是為了我。」

「什麼？」孟棋驚訝地脫口而出。

「確切地說，是為了名為『塔達塔大』的妖怪。雖然我沒有記憶，但我曾經被消滅過。是浩平通過『說妖』儀式，讓我恢復到現在的樣子……當然，還有其他原因，但浩平對抗宇宙通元，是為了保護他珍視的事物。」

真想不到，孟棋心中暗忖，陳浩平竟有如此人性化的一面。不過，這有什麼好奇怪的呢？他終究也是個人類，只是自己還不夠了解他罷了。

然而，妖怪的坦誠反而讓孟棋感到不安。她總覺得自己觸碰了某種禁忌，尤其是關於陳浩平的事。她忍不住問：「塔達塔大，雖然感謝祢告訴我這些，但……這些事，我真的有資格知道嗎？」

「妳可是曾被『說妖』儀式選中的人，當然有資格知道。」

又來了。孟棋心中掠過一絲煩躁。

雖然對方這麼說，但她終究沒參與「說妖」儀式，也不覺得自己重要。甚至程煌裕的計畫還希望儘量減少她的參與。因此塔達塔大的說法，她無法產生實感，依舊覺得自己是局外人。

但對方都這麼說了，她也不必有心理負擔，想問什麼就問什麼吧。

「我知道陳先生為什麼想要摧毀宇宙通元了。雖然理由不同，但我支持這麼做。可是有一點我不明白，要擊敗宇宙通元，為什麼不與現實中那些參加過『說妖』儀式的人一起行動？他們不是已經成功消滅過宇宙通元了嗎？」

雖然沒親身經歷，但照沈未青跟姊姊的說法，宇宙通元已被消滅好幾次。

「這是因為即便教主被抓，宇宙通元仍會死灰復燃。」

「什麼？」孟棋大吃一驚，「祢怎麼知道？難道妖怪能預知未來？」

據她所知，姊姊跟沈未青都未曾經歷這樣的未來，那妖怪是怎麼知道的？

「就像妖怪誕生，宇宙通元已經用極強硬的方式植根於人類意識，甚至在Meta世界形成了本體；只要本體存在，宇宙通元就會持續發揮影響力，即使被消滅，也難保不會有朝一日死灰復燃。浩平的目標，就是在Meta世界中找到那個本體，徹底消滅它。」

孟棋倒吸一口涼氣，這規模未免太大了！

「祢是說，陳先生的目的是要消滅元通神？」

「沒錯。呃，不，也不完全對。嚴格來說，是要消滅某個與元通神極為相似的存在……」

塔達塔大話音未落，樓梯間外突然傳來一陣詭異的聲響。那聲音宛如來自異界的交響樂，既單調又充斥著無數樂器的雜音，讓人毛骨悚然。

「這、這是怎麼回事？」孟棋驚慌失措地站起身，卻感到整個大地都在晃動。她搖搖晃晃地走出樓梯間，眼前的景象令她瞠目結舌。

只見一道數十層樓高的巨浪正以驚人的氣勢向城市湧來——與其說「浪」，不如說是一面迫近的牆，因為它看不到邊際，無論向左還是向右望去，都是令人生畏的高度。這不是尋常的海嘯，而是一幅超現實的恐怖畫面；深青色的半透明浪體彷彿能吞噬一切光線，浪尖泛著詭異的磷光，仔細看，竟是無數幽靈在水面上起舞。

遠處，水牆底下隱約可見巨大的黑影在游動，難以名狀。四周迴盪著低沉的嗡鳴，讓人心寒膽戰。

海嘯所到之處，建築物紛紛倒塌、粉碎。雖然巨浪尚遠，但整個空間的氣氛已經驟變，濃重的濕氣讓一切都變得像是脆弱不堪。孟棋緊緊抓住門框，深怕腳下的大樓隨時會分崩離析。

「糟了！」塔達塔大的聲音從身後傳來，「是『浪潮』——結果還是發生了，我們原本就是為了躲避它才來到這裡的！」

「浪潮？那是什麼？」孟棋的聲音因恐懼而顫抖。

「是『無面目的鬼』！」這次妖怪的聲音從水塔旁傳來，「本來『鬼』是活人的紀念物，有自己的名字、身分、歷史。但這個時代的鬼失去了一切，僅僅成為表達恐懼的工具——這種強大的力量會定期襲捲Meta世界。快點！被『浪潮』捲進去的話必死無疑！快上幽靈船！」

「我——」

孟棋陷入兩難。

她當然不想死。但要依靠那艘奪走父母的幽靈船來逃生，她極度排斥。

「這裡不是現實世界，就算被海嘯捲走，也不一定會死吧？」她試圖說服自己。

「什麼？不可能！這裡雖然看不出來，但海嘯的速度極快。妳絕對會死，會被水流高速撞擊到其他物體而亡。現在不是猶豫的時候了！」

塔達塔大說得沒錯。孟棋心知肚明。但看著屋頂邊緣那艘半透明的幽靈船，她還是無法邁出一步，彷彿雙腳失去了控制。她甚至分不清這是緣於恐懼還是厭惡。如果是厭惡，她想，或許她寧願接受這樣的命運。

她無法強迫自己踏上那艘船。

就在此時，一個身影從幽靈船上跳了下來。

是陳浩平。

「塔達塔大！祢在做什麼？」

身穿黃色雨衣的男人咆哮道。

「快動手！」

「好啦！知道了。」孟棋聽到妖怪的聲音在耳邊響起，語氣乍聽懦弱，卻帶著一絲惡意，「那個……對不起了。迷路吧。」

瞬間，孟棋感到天旋地轉。

彷彿墜入水中，所有感官都變得模糊不清。她不再像是用感官感知世界，而是在內心深處，透過一扇極小的玻璃窗觀察外界；可這扇窗太小了，她甚至無法確定自己身在何處。

不知過了多久，一隻手拉住了她。天地開始搖晃，她的腳似乎在移動，但這是真的嗎？還是幻覺？她迷迷糊糊地，不知過了多長時間才回過神來。等她的意識浮出水面，已身處一個青白色的船艙中，四周飄蕩著幽幽鬼火。空間來回晃動，如在洶湧的海面。

——幽靈船。她立刻意識到自己的處境。

「搞什麼！妳想死嗎？」陳浩平甩開她的手，厲聲斥責。

「我不想死，」孟棋有些恍惚，但接下來的話卻無比真誠，「可我也不想上船。我要下去。」

她確實不想死。但同時，她也不願被陳浩平擺布。

男子惡狠狠地瞪著她，原本憤世嫉俗的表情越發憤怒，彷彿頭髮都要豎起來了。幾秒後，他用冰冷而嚴厲的語氣說：「妳父母不是被幽靈船帶走的。」

「……什麼？」孟棋幾乎要冷笑出聲，但她只是擠出一個連自己都不明白的表情。

「最早的幽靈船傳聞，是在衛爾康大火之後才出現的。後來的幾起火災或許與幽靈船有關，但衛爾康大火絕對無關。」

「這是什麼意思？明明幽靈船的傳聞就是從衛爾康大火開始——」

「所以說，那都是你們人類編造出來的！」陳浩平臉色鐵青。他用「人類」這個詞，彷彿自己已不屬於「人類」。「衛爾康大火之前根本不存在什麼幽靈船，它是你們為了接受那場意料之外的災難而虛構出來的，還說它在大火前幾天就出現了，但根本就沒這回事！」

「你們人類就是這樣，總是把自己的恐懼和厭惡投射到妖怪身上，擅自創造出妖怪，然後讓祂們來承擔你們的負面情感！既然如此，為什麼妖怪不能害人？你們把妖怪捏造到那種程度了，那妖怪作祟、殺人、吃人——這難道不是祂們應得的權利嗎？」

陳浩平咬牙切齒，彷彿把孟棋當成了全人類的代表來指責。

然而孟棋只是愣在原地，不知該如何回應。她甚至還沒完全理解陳浩平所說的道理。她只知道陳浩平確實對「人類」懷著不滿，而這滿腔的憤怒，正是他對旁人冷嘲熱諷的根源。與塔達塔大平和的解說不同，這是孟棋第一次直面陳浩平的「真實」。

浩平似乎也意識到自己說太多了。

不到一秒的時間，男人重新戴上了冷漠的面具，居高臨下地看著她。只有那微微顫抖的薄唇仍透露著一絲情緒。但這絲情緒轉瞬即逝，陳浩平瞪了孟棋一眼，轉身走進一扇門，把她和塔達塔大留在原地，徒留殘存著苛責的沉默，迴盪在燃燒著鬼火的空氣中。

第九章

人類是蠻不講理的——陳浩平從小就深有體會。

舉個例子，小時候他和堂兄弟出去玩，不小心踩到狗屎，結果被堂兄嘲笑為「大便人」。即使把鞋子洗乾淨了，堂兄還是不斷嘲笑。浩平氣得火冒三丈，忍不住和堂兄打了起來，可惜堂兄比他魁梧，反而把他揍了一頓。事後大人們追究，只說「先動手就是不對」，硬是要浩平道歉。

這是什麼道理？明明自己被打得更慘，為什麼不是堂兄道歉？眼見堂兄在長輩面前裝無辜，一轉身又朝自己做鬼臉，浩平心中的怒火無處宣洩。

不只家裡長輩如此，學校也好不到哪去。老師根本不在乎誰對誰錯，只想把過錯推給最無法反抗的人，強迫那人承擔。為什麼？因為這樣做最方便、最省事。如果犯錯的孩子背後有個難纏的家長，老師就會巧妙地將錯誤歸咎到更弱勢的人身上。

蠻不講理，對吧？

難以理解這種世間道理的浩平，開始封閉內心，不透露自己的想法。日子一天天過去，當然就產生了種種誤會。大人們開始覺得這孩子真難教，雖然平時安靜，但在某些問題上異常固執。有些長輩甚至私下議論：「該不會是智能不足吧？」這些懷疑又帶來異樣的眼光——同情、輕蔑，還有失望。

面對這樣的家人，浩平每次回老家都如坐針氈。幸好大人不怎麼在乎他，他逮到機會就偷偷溜到附近山腳的森林，比起混在大人和幼稚的同輩間，他寧願親近樹林、蟲魚、動物。就在這樣一次又一次的逃離中，他遇到了妖怪——

就像某些靈異故事的開頭，起初他並不知道那是妖怪。

他以為那些是和他一樣，在山腳遊蕩、不想回家的孩子。

那些「孩子」看起來與人類並無二致，只是接近黃昏才出現。他們提議玩遊戲，浩平欣然參與。那時浩平還沒有手機，娛樂選擇不多，自然很高興有人陪他玩耍。然而玩了幾天後，他注意到自己的玩伴行蹤詭祕，頗不尋常。某次他聽到池塘裡有玩伴的聲音，心想「好好的人為何要躲在池塘裡」？但浩平沒多想就潛入池塘，想從後面嚇玩伴一跳。誰知有人突然從水底抓住他的腳，猛力往水底拉。

浩平嚇得魂飛魄散，奮力掙扎，好不容易才擺脫險境，免於溺斃。

然而當浩平費盡力氣游上岸，卻發現那些玩伴面無表情地站在岸邊，既沒有伸手相救，也沒有取笑，只是淡然而冷漠地看著他，彷彿一切與他們無關。這讓浩平忿忿不平。

「喂！你們怎麼不救我？」

玩伴們面面相覷。

「為什麼要救？就是我們害你的啊。」

「什麼？幹嘛要害我！」

「因為我們是妖怪啊。」

這時，浩平才隱約看到那些偽裝成人類的面孔底下，是紅苔蘚、榕樹鬚，是不該擁有生命的事物長出了眼珠與手腳，是最恐怖怪誕的妖形異狀。如果是個充分社會化，清楚該怕什麼、不該怕什麼的孩子，或許這時已經嚇得尖叫了吧？但浩平只是理直氣壯地看著祂們說：「為什麼妖怪就要害人？」

妖怪們顯得有些意外，大概是詫異於浩平的直率與天真，以及這孩子為何沒逃跑吧？但這份驚訝沒有絲毫愧疚與猶豫。

「沒為什麼，妖怪就是會害人。」

「什麼意思？沒有任何理由嗎？」

「對，沒有理由喔。」其中一個妖怪說，「無論你是誰，有怎樣的過去，只要你來到我們的地盤，就會成為我們作祟的對象。」

——換言之，祂們是「公平」的。

不可思議的是，浩平的怒氣消了。他竟接受了這狂野又霸道的說法。因為，那不是比「大人們」好多了嗎？就算是作祟，也不是看誰比較弱勢就把責任推過去，而是強弱一視同仁，有比這更公平的嗎？

「好吧，這樣很好，但別再害我了。」浩平說。

「辦不到，我們可是妖怪耶！」

「那至少告訴我祢們怎麼害人，我自己預防。我可不想被祢們給害死。」他說。

就這樣，浩平與山林間的妖怪們達成了和解。他們繼續當朋友、嬉戲玩鬧，浩平甚至開始學習妖怪作祟的規則；直到他回家，才驚覺自己已經失蹤整整一個禮拜。老家的整個村莊都動員起來，日日尋找他的蹤影。然而，當父親見到他的第一件事，竟是狠狠地甩了他一巴掌，怒斥：「死小鬼，竟敢離家出走，丟盡了我們的臉！」

——那時，浩平的精神恐怕已進入一種不尋常的狀態。

就像西歐民間傳說中的「調換兒」，那些被仙子調換的孩子往往表現出異於與常人的行為和思考方式。雖然浩平沒被調換，但他能如此迅速接受「妖怪」的行為準則，顯然並不普通。或許在這段「失蹤」的時間裡，他的精神已經悄然轉化，若要讓他重新融入「日常」，最好的機會，莫過於向家人傾訴他在異界的所見所聞，並得到家人的理解和接納。

然而，他的父親固執地認定這個古怪的孩子只是任性離家出走，為了維護自己的面子，根本不願聽取任何解釋。那一記響亮的耳光，徹底斬斷了浩平與現實世界的聯繫。

即便不是「調換兒」，陳浩平也已徘徊在異界——憑自己的意志。

從那以後，浩平更加沉默寡言，在長輩眼中成了個乖巧聽話的孩子，但也僅止於此。他們無法理解浩平的價值觀，更遑論探究他的內心；不過還好，對大多數長輩來說，只要孩子「乖巧」，不需特別「管教」即可，於是他們放任浩平在平靜底下滋長的狂野。浩平唯一的改變是開始熱衷回老家，每次回去，他都跑到山腳下的森林，宣稱自己在進行「科學研究」。

浩平深知這種冠冕堂皇的藉口能讓家長輕易放行。

除此之外，浩平主動前往各種靈異景點和墳場探險，抓住一切機會接近妖怪的領域。他甚至察覺「Meta世界」的存在——或是說，他早就親身體驗過；最初在山林「失蹤」時，大家以為他只是離家出走，其實踏進的就是Meta世界。

通過理解妖怪，與祂們互動，浩平逐漸掌握了進出Meta世界的方法。這徹底打開他的眼界。原來世上有些不可思議的事情，竟能用理性來解釋！例如「神隱」、「神祕失蹤」等現象，或是傳說中魔神仔將人帶到遙遠之地，都可以用Meta世界的概念輕鬆說明。

舉例來說，每座山都能通往Meta世界的同一座山，因此身為山精的魔神仔可以從A山將人帶入Meta世界，然後從幾十公里外的B山出來，在短時間內完成長距離移動！

當然，並非毫無限制。首先，不是所有的山都是相通的。比如喜馬拉雅山峰或富士山腳下的青木原樹海，這些地方有獨特的傳說，在Meta世界中形成獨自的地貌；要前往這些特殊之地，必須繞更遠的路。

此外，在Meta世界中移動，必須沿著「文化祕徑」。這些祕境是由生活、歷史和記憶交織而成，就像錯綜復雜的根系一樣。這意味著魔神仔只能在流傳著祂們傳說的地方進出，至少無法前往陌生的山區，比如南極的文森山峰。

他憑一己之力理解了這些。

即便是妖怪，也不一定能完全理解文化祕徑的法則，浩平卻洞悉了其中奧祕；這證明他已窺見了某種淩駕於妖怪之上的原理——

某種關於妖怪如何誕生、又如何消亡的法則。

□

早在大學時期，他就察覺到妖怪的活動已經遠不如他童年時那般頻繁。

或許是科學的影響。但說到底，受過科學訓練卻還相信鬼怪、相信占卜的人比比皆是，科學是無法徹底消滅妖怪的，只能弱化。畢業後，他曾尋找志同道合的夥伴，試圖抵抗這種趨勢，但在七年前，他發現妖怪真的面臨了生存危機，正遭受系統性的滅絕。

有「某個存在」正在暗中拆解妖怪的傳說。

這與科學或現代化帶來的「迷霧」不同。現代化頂多讓文化祕徑變得朦朧模糊，如同夜霧籠罩的道路，卻不針對。但「某個存在」有精準的目標，每次打擊都直指要害，極其致命。到底是誰？怎麼會有這樣的人或組織存在？浩平在震驚之餘，也意識到倘若坐視不管，妖怪們將被囚禁在Meta世界深處，再也無法到現實世界，成為單純的回憶，就像博物館的展覽品。

於是，他展開了調查。

那是一段愚蠢而荒誕的旅程。每次回想起來，浩平都恨不得打自己幾拳。他以為自己是誰？妖怪的救世主嗎？真是傲慢。儘管如此，那趟冒險也不是毫無收穫。

至少他發現了幕後黑手──「宇宙通元」。

這就是他曾與洪行舟交鋒的原因。

然而，相較於這些發現，他失去的更多。

尤其是塔達塔大。

這位相識將近二十年的妖怪朋友，竟為了保護他，被洪行舟消滅。

雖然塔達塔大的「本質」依然被保存在Meta世界中，但當時尚未掌握「說妖」技巧的浩平卻無能為力，只能眼睜睜看著塔達塔大消失。後來浩平失魂落魄地回到老家，想重返山腳下的森林憑弔故友，卻赫然發現那片土地已被人買下，準備開發——

買下土地的正是「宇宙通元」。

這或許是他們殲滅妖怪的策略之一吧。畢竟，掌控妖怪的棲息地，就能名正言順地抹去祂們存在的痕跡。正因為理解了背後的邏輯，浩平才明白宇宙通元這樣做既合情又合理，堪稱一石二鳥。

——所以才不可原諒。

看著童年回憶被這樣毀於一旦，陳浩平氣得幾乎笑出來。好啊，既然你們要做到這種地步，就沒必要客氣了。

最初調查消滅妖怪的幕後黑手，浩平確實只想保護那些作為「朋友」的妖怪，但他那時的態度相對消極，只求阻止，並不打算對宇宙通元採取什麼行動。現在不同了，宇宙通元不僅殺害了塔達塔大，還毀掉了他初次邂逅塔達塔大的森林，這樣的仇恨，怎可能一筆勾銷？

這是私人恩怨。沒什麼大義。這就是浩平決定摧毀宇宙通元的理由。

因此當那些創造「說妖」儀式的神祕人物主動接觸他，願意教導他這項技巧時，他毫不猶豫地答應協助對方。直到現在，他仍不清楚那些傢伙究竟是何方神聖；跟宇宙通元不同，他們似乎沒有政商關係，也無法控制媒體，那他們到底是如何創造「說妖」儀式的？

打從第一次踏入說妖儀式的房間時，浩平就確信那是一個擁有特殊規則的Meta世界，為何那些人不需改造現實，就能直接在Meta世界中構築出一個房間？

對這些疑問，他沒有答案，也不想深究。只要能夠摧毀宇宙通元，為塔達塔大報仇，他就心滿意足。至於其他謎團，他不認為有必要追根究底。

畢竟現在正值緊要關頭，根本沒有時間能浪費。

陳浩平所在的艙房隨著波濤起伏搖晃。燈猴正在床上休養，傷勢只恢復一半。因為突如其來的「浪潮」，讓浩平不得不中斷治療，跳下船強行帶走孟棋。但回來後，浩平卻沒繼續治療，因為「說妖」編織出的語言鋪成了緻密的網，讓他難以找到繼續的線頭；他決定暫時休息一下，整理腦中紛亂的思緒，再重新「說妖」。

看著燈猴依舊流出黑霧的傷口，浩平感到挫折。這份苦痛是他的恥辱。自從塔達塔大遇害，他一直極力避免這種情況。

但燈猴還是受傷了。

即使能透過「說妖」治療，他也不願再看到這種事發生在自己眼前。

是他太依賴這些妖怪朋友了嗎？他想。

但要是不依靠祂們，調查Meta世界的效率肯定會大打折扣。這似乎是不得不然的選擇。浩平輕輕撫摸著燈猴柔軟的毛髮，卻無法開口道歉。因為他甚至想不出自己錯在哪。畢竟，燈猴是自願協助他，而他尋求燈猴的幫助也沒有錯。

就在這時，艙門傳來了敲門聲。

浩平起身去開門，心裡已經猜到來者是誰。在這種時候會來敲門的，也只剩下一個人了。

打開一看，外面果然是林孟棋。

孟棋似乎沒料到他會這麼快就開門，臉上露出欲言又止、畏畏縮縮的表情。看到她這副樣子，浩平差點脫口說出尖酸刻薄的話，但他忍住了。

為什麼要忍？大概是因為他沒想到會有人願意為妖怪進行急救吧。

比起當初面對瀕死的塔達塔大卻束手無策的自己，孟棋做的其實更多。對其他人類就算了，要是現在還對孟棋苛刻，那未免太厚臉皮。於是，浩平只是淡淡地問：「有什麼事嗎？」

「那個……」孟棋踱進艙房，原本還有些不安，直到瞥見正在休養的燈猴，才堅定起來。她對陳浩平低頭：「對不起。塔達塔大告訴我，如果治療燈猴的儀式中斷，會很難繼續。要不是你救我，儀式就不會中斷了。嗯，還有……」

她頓了頓，有些猶豫。

「謝謝你救了我。」

「喔，」浩平冷哼一聲，「我倒有點後悔了。反正妳那麼討厭幽靈船，乾脆讓妳被沖走算了。」

「我知道。要是我真被沖走，那是我活該，我很清楚。所以我不只是為了燈猴的事道歉，也要為我長久以來的誤會道歉……」

「不必了。」

「咦？」見他這麼決絕，孟棋愣住。

「妳會誤會，不是再正常不過嗎？因為大家都是這麼說的。妳根本沒有任何機會知道真相。如果我硬要怪妳，那我才是個笨蛋吧？我勸妳別把我當成傻子。說到底，妖怪和都市傳說就是這樣的存在，妳要是不誤會才奇怪！」

穿著黃色雨衣的男子像在演舞台劇，語氣越說越激動。這是怎麼回事？為什麼用這種態度？其實他不想咄咄逼人，卻情不自禁，彷彿胸腔裡有一團黑色的火，讓他煩悶不已。

面對陳浩平這樣的態度，孟棋最初有些退縮，但她並未選擇逃避，而是鼓起勇氣。她直視對方：「雖然陳先生這麼說，可那不就是你救我的原因嗎？」

「哈？」

浩平冷笑著挑眉。

「可能只是我的誤解。如果弄錯了，我很抱歉。但我是這麼想的，要是我被鬼魂之海沖走，陳先生應該會很不爽，因為說到底，只是我單方面誤會了幽靈船……要是我就這麼死了，就再也沒機會解開誤會，而且我說不定會心甘情願地接受這種結局。抱歉，我不知道該怎麼表達，但那種死法，好像是一種自我滿足。我想陳先生之所以救我，是因為那樣的自我滿足並不公平。」

陳浩平挑起的眉毛緩緩放下，連傲慢的笑容也逐漸消退。

乍聽來毫無條理，但浩平一聽就懂了。因為他確實是這麼想的。

讓他意外的是，沒想到林孟棋竟能洞察到這種程度。或者說，其實連他自己都沒能完全理清自己的想法，直到被林孟棋道破。

沒錯。嚴格說來，他不是特別想要孟棋活下來，只是比起孟棋的生死，他更不能接受幽靈船被誤解；要是孟棋死了，這誤會就永遠無法解開，說不定孟棋還會以此自豪，因為在究極的選項中，她寧死也要保護心裡的回憶。

當然，他知道林孟棋的反應是人之常情。

即使是他這樣冷血的人，也能想像幼失怙恃會是多麼巨大的創傷。但是，創傷能成為將錯誤推給無辜存在的理由嗎？

陳浩平不確定後來那些火災是否真與幽靈船有關，但唯有衛爾康事件，他可以肯定與幽靈船無關。看到孟棋像是在宣讀真理般指責幽靈船，浩平雖然能理解她的心情，卻被她的自以為是給激怒了。

所以他不願讓林孟棋就這麼死去。如果要死，也得在解開誤會後再死。

但為什麼呢？為何他原本沒察覺到自己的心情？

原因也很簡單。

正如他所說，孟棋誤會才是理所當然、天經地義的。不如說，要是世人不誤解幽靈船，幽靈船根本就不會存在；無論是妖怪或都市傳說，都是人類意識與文化記憶在Meta世界的投影，原本他應該能接受這種「誤會」才對。

那為何他對孟棋誤會這件事如此反感？

或許是因為孟棋幫過燈猴吧。對浩平來說，孟棋不再是「芸芸眾生」中的隨便哪個誰；迄今為止，能被他勉強當成「有價值的人類」，除了與他一同復興妖怪的同好以外，就只有鐵木．哈勇了。

「……也許就像妳說的吧。」陳浩平淡淡地說，「真沒想到妳能察覺到這點。明明剛才妳還對幽靈船恨之入骨，甚至想跳船呢。」

「老實說，我現在還是有點不知所措。」孟棋苦笑道，「聽你和塔達塔大的解釋，我理智上能夠理解，但情感上……我確實對幽靈船懷恨已久，現在突然被告知它與一切無關，我還是……無法完全釋懷。」

「不釋懷也沒關係。不如說，我希望妳別放下。」浩平說。

「……為什麼？」孟棋不明白，試探著問。

「因為妖怪本就有承擔這些的覺悟。畢竟人類不恨妖怪，妖怪就無法存在了。明明什麼都沒做，卻被人類擅自創造出來，說都是祂們的錯；正因如此，妖怪才應該要害人。這是祂們應得的權利。所以妳就恨吧！繼續恨幽靈船，畢竟要是沒人恨幽靈船，這艘船就沒了，我們也無法度過『浪潮』。我對幽靈船沒什麼怨恨，所以這艘船就靠妳的怨恨囉！」

說到底，這就是為何陳浩平會選擇與妖怪為友。

畢竟所謂「妖怪」，就是弱勢的極限；祂們對人類的卸責無法否認、無法抵抗，因為在成為妖怪前，祂們只是沒有實體的幻想。換言之，是「究極的蠻不講理」的產物。

既然浩平不認同這樣的「理所當然」，那麼成為妖怪的朋友，就不難理解了吧？從這個角度來看，陳浩平確實接近「調換兒」，他的行為準則已經與人類社會脫節，成為近似妖怪的存在。

聽了這番話，孟棋沒有立即回應。她凝視著陳浩平，神情有些複雜。

「怎麼了？別告訴我妳已經不恨了喔。」浩平忍不住說。

「不，不是的。我的心情確實很複雜，但不滿和怨恨還是存在的。只是……算了，沒什麼，我只是想說聲謝謝。」

「有什麼好謝的？妳還真是個愛說謝謝的女人啊！」

「這只是我個人的感受。但是你告訴我『可以恨』……老實說，這讓我感到有些安慰，所以……謝啦。」

浩平皺起眉頭。他下意識想說些尖酸刻薄的話，但最終還是作罷了。這裡實在找不到什麼可以挑剔的。於是他搖搖頭：「如果妳滿意的話，請離開吧，我要繼續『說妖』了。」

「好的，我只是想說這些……再見。」孟棋轉身準備離開。

「等等。」浩平突然開口。孟棋停下腳步，疑惑地回過頭。就在這時，浩平從口袋裡掏出什麼東西，猶豫了一下，將它拋向孟棋。

她反射性地伸手接住，低頭看，是一支手機。

「這是……」她有些驚訝。

「手機。妳不是一直想用嗎？」浩平停頓了一下，似乎在斟酌用詞，「密碼是XXXX。妳想聯絡誰就聯絡誰吧，前提是妳還記得對方的號碼。」

孟棋愣住，一時不知該如何反應。

浩平繼續說，語氣中帶著一絲不耐：「對了，手機裡也有『說妖』群組，可以聯絡上江儀或妳姊。妳要報平安還是幹什麼的，隨妳便吧。」

孟棋抬起頭，正準備開口，浩平卻已走到門前，快速關上艙門。孟棋緊握著手機，不禁浮現一絲苦笑。她輸入密碼，摸索自己沒這麼熟悉的系統，好不容易才找到「說妖」的群組，點開一看。

然後發現現實世界的變化比她想像得更急、更快。

第十章

「各位！是孟棋姊！」

江儀猛地從沙發上彈起，聲音帶著驚訝。眾人停下正在進行的討論，一齊看向她。原來因為羅雪芬在忙，無法參與視訊會議，江儀便一直打字記錄大家討論的重點，向羅雪芬彙報，誰知這時意外收到孟棋的聯絡。

雖然江儀也覺得奇怪，為何孟棋是用浩平的帳號聯絡？更奇怪的是，陳浩平怎麼會把手機借給孟棋？他可是由刺構成的男人耶！

「孟棋還好嗎？」

林茗琴焦急地問，雙臂不自覺地環抱著胸，彷彿在尋求安全感。雖然與這群人一同逃離，但她心底仍將他們視為敵人；然而若想了解妹妹的情況，她不得不暫時放下敵意。先前浩平雖然傳來了孟棋平安無事的照片，但之後就再也沒有消息，這讓她這段期間一直忐忑不安。

此刻，他們正擠在施俐宸那間大約十五坪的單身公寓裡。狹小的空間內，眾人只能擠在客廳。經過一夜，彼此的體味已讓人有些難以忍受，但考慮到隱密和監視的便利性，他們不得不忍耐，無法到外面去討論。

「孟棋姊平安無事，但暫時無法回來。」江儀與孟棋交換了幾條訊息後回應道。她抬頭看向茗琴。

「孟棋姊也問起妳的情況。」

「我？當然不好啊！」茗琴忍不住抱怨，「我怎麼可能好？這裡連好好洗澡都不行，更別說還得跟你們擠在一起了。如果不是高有成那邊更加不可信，我才不想待在這種地方呢！」

「知道了知道了，『她……也……很……好』，ＯＫ，送出。」

「我有點好奇，」程煌裕環視眾人，「為何林小姐不回來跟我們會合？即使不參與我們的計畫，她也沒必要繼續跟陳先生在一起，不是嗎？」

「啊，我也想知道。」鐵木舉起手機晃了晃，「我可以問嗎？要是沒人反對，我就問囉？」幾個人點頭，鐵木開始輸入訊息，沒多久回應便彈了出來。

「可以視訊嗎？」

「看來不是三言兩語可以說清的事。那麼，我同意囉？」程煌裕再次確認眾人的意見，隨即將自己的手機架在電視櫃上，開啟了視訊。然而，畫面剛一出現，所有人都愣住了。

只見孟棋身邊飄浮著鬼火，背後空間狹小，天花板低矮，木頭牆面顯得骯髒陳舊。更令人驚訝的是，一種宛如霧氣卻更加緻密的青白色光輝在周圍流動，彷彿置身於某種超現實的電影場景。不可思議的是，鏡頭緩緩晃動的頻率，竟像是在海上漂盪。

「不好意思，大家，」孟棋歉然地說道，臉上浮現出複雜的表情，「我不知道從何開始說起，所以只能用視訊……」

「等一下，孟棋姊，妳後面是怎麼回事？」江儀忍不住驚呼。

「這個？啊……」孟棋猶豫了一下，「這也是很難解釋的一部分，總之，我盡可能說明，但我自己也有很多不明白的地方——」

就這樣，孟棋開始解釋何謂Meta世界，以及自己暫時無法回到現實的原因。不僅是她不清楚要循怎樣的「文化祕境」回去，更糟糕的是，她和陳浩平還被困在「無面目之鬼」的浪潮上，不知何時才能停歇。

對眾人而言，這些異想天開的話震撼了他們。儘管他們經歷過「說妖」儀式，早已熟悉妖怪的存在，但他們行動的重點一直是摧毀宇宙通元，從未深究過妖怪的本質；因此，他們萬萬沒想到「異世界」竟是真實存在的，更沒料到那些被視為迷信的妖魔鬼怪，居然有一個起源的世界。

「原來如此……」程煌裕陷入沉思，「這樣一來，我們對『傳送門』的推測就是正確的，敵人確實能使用『傳送門』，像妖怪那樣神不知鬼不覺。那麼現在的問題是，敵人有沒有可能追蹤到我們的位置？看起來，一旦他們知道我們在哪，幾乎只需要最少的準備就能發動襲擊——」

「孟棋！」茗琴卻無視程煌裕等人，激動地怒斥，「說什麼幽靈船……妳編這些話，是想報復我嗎？」

「姊，」孟棋抿唇，頓了一下，才接著開口，「我說我剛剛差點就死了，妳卻說我告訴妳們這些，只是想報復妳？」

「難道不是？妳說我捐錢給宇宙通元，為父母建設死後世界的居所，是在獨占爸媽，那妳現在居然好意思搭幽靈船去摧毀宇宙通元？」茗琴冷笑，「而且別說得一副我不關心妳的樣子！有阿里嘎該，我隨時都能回溯去救妳。」

「不，」程煌裕說，「不是針對林小姐，但我們不會冒險讓妳回溯。」

茗琴瞪了他一眼，程煌裕不為所動，孟棋則深吸了口氣，勉力平撫情緒。

「姊，我剛剛解釋過，爸媽並不是因為幽靈船——」

「還提幽靈船！妳要羞辱我到什麼時候！」茗琴尖叫著打斷妹妹的話，「連到了這種地步，妳都不肯聽進我的話嗎？世人愚昧無知，穿鑿附會，編出幽靈船那種話來自己嚇自己。妳在我身邊聽過那麼多教主的教誨，怎麼還說得出這種話？世界上根本沒有妖怪，教主說過，那都是人死後變化而成的！爸媽本來就不可能被那種東西帶走，妳又怎麼會在那種不可能存在的東西上！只有幫教主建設死後世界，爸媽才能在那裡過好日子……」

施俐宸冷冷打斷她：「要是沒有妖怪，那阿里嘎該算什麼？妳明明在『說妖』儀式中看到很多！」

林茗琴頓時語塞。她當然早就意識到這個矛盾，只是逃避不去深思，畢竟自我欺騙是很輕鬆的。她環視眾人，不願示弱。

「誰知道『說妖』儀式是怎麼運作的？說不定其實是哪個人的鬼魂，被這儀式扭曲成妖怪的樣子，還要聽你們的命令行事，唉，可憐啊！」

沒錯，就像教主說的那樣，一切都只是人死後變化成的，茗琴想。是她自己對教內經典鑽研得不夠深入，是她還沒空弄明白。她說：「好在阿里嘎該已經被元通神感化，就算被迫變成妖怪的樣子，也算得到救贖了！」

其實她不在乎妖怪到底是怎麼回事。

只是教主不會有錯，如此而已。

就算教主在這點上犯錯，也可能是元通神故意傳授錯誤的知識，只是在利用教主。又或者元通神也弄不清楚，在傳授知識時信口胡謅。從元通神放縱高有成那些人為非作歹，又利用阿里嘎該強迫她繼續拯救宇宙通元，就知道元通神也並非純善的存在。要是元通神別有目的，隱瞞妖怪的存在，刻意欺騙教主，那也算不上教主的錯。

——信徒最可怕之處，就在於能不斷將矛盾合理化，甚至不惜犧牲自己的內心和利益。林茗琴尋回內心的平穩，就連面對妹妹滿口幽靈船，也能冷靜下來。

作為衛爾康大火的倖存者，林茗琴絕對有充分的理由憎恨幽靈船。妹妹在這些論點上，居然不肯和她站在同一邊，再糾纏下去也沒意義。如果幽靈船正如教主所說，是假的，那根本無須就這話題和妹妹糾纏；而若幽靈船是真的，那她們姊妹，怎能不把和父母之死綑綁在一起的幽靈船視為敵人？

「好，就算相信妳說的。」茗琴氣勢洶洶，「但孟棋，既然幽靈船沒有載走爸媽，妳有什麼理由待在上面？真要搭幽靈船去摧毀宇宙通元？想報復我也適可而止！」

「報復？姊，我上船是身不由己。而且陳先生要摧毀宇宙通元，我也是剛剛才知道。還是妳希望我死？我不上船就會死，這是妳要的？我現在跳船妳就能滿意？」

「我沒這麼說！」茗琴尖聲說，「要是妳一開始就聽我的，別相信這些人，不去宇宙通元還印鑑，哪還會遇到這種事情？」

「妳怎麼不說，要是妳不偷看我的信、不冒充我去參加說妖儀式，這一切事情都不會發生？」孟棋的語氣變得強硬，「而且毀滅宇宙通元有什麼不對？看看那個什麼洪道長是怎麼對我的，還說妳違法，就算是騙人的，能隨隨便便栽贓給妳嗎？他們根本不重視妳！」

「他們根本不重要！我是為了教主——」

「那我問妳，」孟棋打斷了姊姊，「這個洪道長，還有那個高有成，他們重視教主嗎？」

茗琴臉色驟變，無言以對。

在一次次的回溯中，她早已看清，宇宙通元盛滿了世俗的爛泥，除了教主以外的大部分高層都只是在利用宇宙通元來滿足自己的慾望。像她這樣真心忠誠於教主、教義的人，到底有多少？從她孤軍奮戰至今，就也明瞭。

……但是，就算如此，她也得守護宇宙通元。因為他們摧毀宇宙通元的同時，也會摧毀教主。他們根本不明白，教主是多珍貴的一個人。

「那個……不好意思，打斷你們吵架，但我剛剛一直在想一件事。」鐵木舉起手，臉色凝重，「剛剛林小姐說，在Meta世界裡移動，是靠所謂的『文化祕徑』？」

「我是這樣理解的。」孟棋回答，情緒似乎平復了些。

「雖然林小姐不知道怎麼走，但陳先生是知道的，對嗎？而且他穿梭自如，很清楚該怎麼前往目的地。」

「對……至少在我看來是這樣。」

「我想了想，大概能理解『文化祕徑』是怎麼回事。」鐵木環顧四周，目光掃過每個人，

「某個傳說現在聽來是這樣的版本，但幾十年前、幾百年前很可能不是。而傳說會變化，很可能是受到別的傳說、歷史事件、時代價值觀所影響。」

「像『塔達塔大』在百年前是鬼火，到了當代卻出現別的說法，認為是接近『魔神仔』的靈；從這樣到那樣發生了變化，這個過程就是『路徑』，也就是歷史與記憶的動態變化被記錄下來的結果……」

鐵木說到一半，忽然意識到其他人都用不解的表情看著他，臉頰不禁泛起一絲紅暈。

「呃，抱歉，這是研究生的壞習慣。」他有些尷尬，「不過，要是我沒搞錯，現在我們可能很危險。」

「危險？」沈未青皺眉，「你是說會被襲擊嗎？但那些人要怎麼知道我們在哪？」

「不知道也無妨，」鐵木解釋道，「只要知道妖怪在哪就好，因為妖怪是Meta世界的生命體。」

「什麼意思？」程煌裕追問。

鐵木在空中比劃著，想讓自己的解釋更直觀。

「就像Meta世界的山，可以穿越到現實的任何一座山，異世界與現實的對照是根據概念，而非物理位置，那理論上妖怪也是如此。只要穿過重重文化祕徑，抵達妖怪的出生地，應該就能直接穿越到妖怪的所在位置。」

「原本這沒什麼，但照沈小姐的說法，當時她堂弟應該有看到阿里嘎該吧？如果他跟陳先生一樣，也精通在Meta世界裡移動的方法，並找到與阿里嘎該或毒眼巴里有關的場景，理論上，應該能直接穿越到祂們身邊。」

說完，眾人都愣在原地，沒有回應。空氣中瀰漫著一種沉重的寂靜。

「懂我的意思嗎？」鐵木有些焦急地補充道，「我是說——」

「我懂。」程煌裕嚴肅地點頭，打斷了鐵木的話，「這確實很嚴重。雖然不確定敵人能不能辦到，但理論上，他們可能下一秒就出現在這。」

這番話一出口，原本模糊不清的恐懼頓時變得清晰可怕。眾人面面相覷，一時間不知該怎麼辦，畢竟他們沒有對抗強大暴力的手段。片刻的沉默後，江儀猶豫地開口問：「有沒有可能將妖怪隔離呢？我知道為了避免時間回溯必須監視阿里嘎該，但理論上交給毒眼巴里監視就行了吧？」

「對，」沈未青抬起頭，「既然有毒眼巴里，來多少人都不是對手。」

「那也要毒眼巴里真的是無敵的。根據江儀跟林小姐的說法，那位洪道長似乎真有某些法術，相當棘手。要是敵人擊敗毒眼巴里，釋放阿里嘎該，那就糟了。」程煌裕轉向毒眼巴里，「毒眼巴里，祢覺得呢？」

「問我的意見嗎？」巴里輕描淡寫地說，「我不會說自己無敵，畢竟我在傳說中也是被人殺死的。」

「但那是用詭計，如果沒有被騙的話……」鐵木期待地說。在巴里的傳說中，敵人假裝成巴里的族人給祂送食物，趁機砍下祂的頭。但就算頭被砍下，祂的毒眼仍舊殺了大半敵人，至少部分傳說是這樣。

然而鐵木的期待被澆熄了。巴里搖搖頭：「很難說。我不清楚那位洪道長的深淺。」

「我覺得隔離的意義不大。隔離的目的是保護我們安全，但要是毒眼巴里無法阻止對方，我們存活也沒用，因為真正的重點是不讓阿里嘎該回溯時間。」施俐宸冷淡地說，眼神變得銳利，「我不想潑冷水，可是，就算當初大家同意不殺阿里嘎該，現在我們真的還有保護阿里嘎該的條件嗎？」

他的暗示再明顯不過。

只要毒眼巴里現在看阿里嘎該一眼，殺了祂，就能保證他們最害怕的事不會發生，也不必再依靠毒眼巴里。接下來，只要跟毒眼巴里分道揚鑣，敵人就無法用追蹤妖怪的手段追蹤到他們。

幾個人的目光不約而同地投向阿里嘎該。祂就像沒聽到一樣，只是縮在牆角，長髮覆蓋在臉上，顯得有些憔悴。但祂眼中有某種黑色的液體在流轉，彷彿有生命或意志。那究竟能不能反映祂的心智，眾人無從得知。

「我反對！」鐵木有些激動地站起身，「我知道現況很糟糕，但我們已經跟陳浩平說好了，怎麼能單方面反悔？」

「我不是想嗆你，但在你猶豫的時候，敵人可能馬上就出現在這。」

鐵木僵在原地，說不出話來。他當然知道自己這麼說很天真，但他心裡就是過不去這道坎。雖然大家都對陳浩平沒好感，但承諾是另一回事，怎麼能隨便毀棄？更別說鐵木打從心底不想傷害妖怪，何況殺害。

程煌裕的聲音打破了僵局。

「雖然施先生說的有理，但我不認為應該這麼快下決定。鐵木說的對，既然我們跟陳先生約好了，就不能單方面毀約，畢竟陳先生跟我們還是合作關係。」

施俐宸嘴角掀起，似乎想說什麼，但最後還是忍住了。他轉向手機：「那可以請林小姐把陳先生找來嗎？」

螢幕上，林孟棋猶豫片刻。

「他在治療妖怪，我不確定能不能中斷療程……」

「知道會進行多久嗎？」

「不，我不知道……」孟棋愧疚地縮了縮脖子，「抱歉。」

「沒關係，不是妳的責任。」程煌裕安慰道，「而且就算陳先生來，我認為他的回答也很明顯——我不認為陳先生會同意殺死阿里嘎該。」

其實不用程煌裕說，大家也心知肚明。施俐宸要林孟棋找陳浩平來，與其說跟他討論，不如說是打算跟他吵架。聽到這，施俐宸的聲音忍不住高亢起來：「所以就不管嗎？阿里嘎該無疑是我們最大的累贅吧！」

「不是不管，但有件事要釐清。」程煌裕冷靜地說，「重點不是阿里嘎該該不該死，而是假設敵人能追尋妖怪而來，我們無法預測他們會何時、如何出現。而且武力上我們屈居弱勢，這恐怕不是靠準備就能勢均力敵的。意思是，我們處於被動。但只要能以逸待勞、守株待兔，那他們追來不見得是壞事。」

「你的意思是，我們設下陷阱？」施俐宸皺起眉，沉思片刻，「但有什麼陷阱可用？而且我們不知道敵人穿越前能不能先窺探我們，說不定他們還沒來就先發現陷阱了。」

「這確實需要考慮。如果我們更熟悉穿越的機制就好了……」

「那個，」林孟棋突然開口，打斷他們談話，「我想到一個可能……雖然只是我隨便亂想的，不確定可不可行。」

「請說。」程煌裕轉向她。

「剛剛程先生說到守株待兔，我在想，最適合守株待兔的地方，真的是施先生的公寓嗎？」

「就算不是我家，他們還是可能先偷窺我們情況吧？」

「對，但要偷窺，表示他們要在某個地方停下來準備吧？」

「你想說什麼？」

「我是說，要是搶先埋伏在他們必然經過的地方呢？譬如，要移動到妖怪身邊，就要先經過Meta世界裡跟妖怪有關的地點，對宇宙通元的人來說，那裡應該是進攻前的最後堡壘，要偷窺的話也會從那裡偷窺……但要是我們先占領那座堡壘呢？」

這番話，眾人一時間並沒有聽懂。

也難怪。孟棋在Meta世界走了這麼久，已經開始熟悉那個世界，但剛剛才聽到Meta世界的眾人，腦中根本沒有直接在Meta世界跟敵方交手的可能性。因此他們明白孟棋的意思，是在幾秒鐘之後。

「原來如此，」程煌裕的語氣頗為激賞，「那確實比現實世界有利。對那些人來說，通往現實的最後一站應該是整備空間，要是在那裡迎擊，確實能做到出其不意。」

「等等，就算可行，還有個最關鍵的問題啊！」鐵木連忙說，「那地方在所謂的Meta世界吧？但我們根本不知道怎麼去啊！」

這確實是最大的問題。

與其說他們沒想到這種可能，不如說缺乏實現的手段。因此，無論那是多絕妙的主意，他們都無能為力，只能望而興嘆。就在此時，一個熟悉的聲音從手機那邊傳來。

「不用擔心啦！」

穿著鮮黃色雨衣的男子突然出現在林孟棋身後。孟棋被嚇了一跳，但男子神態自若地接過手機，讓自己的臉對準鏡頭。

「我會教你們。不如說，鐵木，其實你早就會了。」

鐵木瞪大眼睛，本想吐槽他為何穿得跟黃色小飛俠一樣，但聽他這麼說，神情立刻變得嚴肅起來：「什麼意思？我不知道啊！」

「說什麼呢？」陳浩平的語氣帶著些許玩味，「你不是想追尋『惡靈』，找到自己消失的哥哥嗎？雖然這趟旅程肯定徒勞無功，但剛剛提到過，『神隱』這種現象是可以用Meta世界解釋的。雖然你哥哥的事更複雜，但這個童年經驗就是證據——你曾經進入過Meta世界。對已經有經驗的人來說，要學是很容易的。」

鐵木呆呆地看著他，內心震撼。聽他的話，簡直像知道哥哥發生了什麼事！雖然有很多情緒湧上，但首先冒出的話是：「我哥的事，你知道多少？」

「……等這件事順利結果，我會跟你說的。」陳浩平臉上閃過一絲複雜的情緒，隨即用若無其事的語氣說：「從現在開始，我要告訴你們進入Meta世界的訣竅。但有幾件事要先說。第一，就算真的進入Meta世界，也別亂跑，要是你們迷路了，我不一定能把你們找回來。第二，就算知道訣竅，沒有鐵木那樣的『經驗』與『知識』，你們大概也辦不到，到時可別說我騙人喔？有問題嗎？」

「你在打什麼歪主意？」江儀瞪著鏡頭，語氣充滿懷疑，「我認識的陳浩平可沒有好心到幫助別人。」

「我當然沒有。」陳浩平毫不掩飾，「但拜託，要是你們失敗了，我就做白工了耶！我可不希望被你們的無能害到。還是我不教，你們就在這邊等？」

「不不不，我想學，請說。」鐵木看了江儀一眼，連忙說道。

陳浩平微微冷笑，也不理會其他人的反應，就直接開始說明如何進入Meta世界。這套方法涉及的不只是知識、文化，還有實際操作的方式；就像道士的步罡踏斗，有具體的動作，但要是沒有相應的知識，就只是「動作」而已，不會有任何超自然效果。

浩平像是在教進階班，直接將知識水準設定在鐵木能懂的程度，其他人漸漸難以跟上。到最後只有鐵木在提問，施俐宸還會聽，偶爾冒出一句「原來如此，跟程式語言的邏輯有點像」，其他人都分心去做別的事了。

這些人中，只有兩人從一開始就沒在聽。一個是林茗琴。

直到此刻，妹妹的話語，依然在在她心中翻攪。「還是妳希望我死」、「我現在跳船妳就能滿意」，這些話讓她反胃——妹妹對她的怨恨，有深到要把自己的死活，拿出來刺激她嗎？

她怎麼可能希望妹妹死！在父母和奶奶相繼去世後，姊妹倆成了彼此唯一的依靠，形影不離，相依為命。這還不足以證明她對妹妹的愛嗎？她知道自己不是什麼完美的姊姊，但林孟棋也不是典型的乖妹妹啊！

從小孟棋就有些奇怪。怕東怕西，走過無人的角落時非得緊緊抓住她的手。夜晚如果沒人陪伴，就不敢入睡，還時不時作惡夢。半夜驚醒後，孟棋不敢打擾爸媽，只能哭喪著臉，悄悄鑽進她的被窩尋求安慰，打斷她一夜好眠。在學業上，孟棋努力卻笨拙，總是纏著她問作業、問考試錯題，甚至問老師讓他們抄的筆記到底什麼意思。

相比之下，茗琴的成績優異，爸媽自然對孟棋多了幾分擔憂和關注。作為姊姊，她從不抱怨，默默承受這一切，努力扮演寬容的角色。因此，那次她終於可以和爸媽單獨去衛爾康慶生時，她滿心歡喜，卻沒想到——

自那件事之後，孟棋開始懂得收斂，試著成熟起來。

她仍依賴著茗琴，卻也在學著怎麼照顧她，逐漸讓她成了生活的中心。在這漫長的歲月裡，不管求學、工作，甚至閒暇時間，孟棋幾乎都和她相伴左右，直到她遇上了宇宙通元，才有了第一次真正屬於自己的片刻。其實也說不上是真正「自己的」——她原本也很樂意帶著孟棋一起參加教內活動，只是孟棋根本不願意，甚至反對她繼續涉入教務。如今兩人之間的爭執，便是起源於這個分歧。

但她怎麼可能因為這樣就退讓？這個教團不僅僅屬於那些腐敗的高層——教主還在這裡，她也還在這裡。她難道是為了那些不值得的人才這樣奉獻嗎？當年親眼目睹父母死去的是她；懷著愧疚，痛苦到幾乎每天都渴望解脫，卻為了妹妹而強撐著活下去的人，也是她；每天麻木度日，不知道未來有什麼希望，只是陪著妹妹活著的，還是她。更是她，在教主的開示下恍然醒悟，找到補償父母的方法，一步一步縫補家庭的缺口，甚至進一步幫助那些和她曾經一樣痛苦的人。教團存在的意義、帶來的正面影響，她再清楚不過。她堅信，自己正在做對的事，只是這條路上還有一些未剔除的瑕疵罷了。

孟棋和那些批評她的人，不理解她的選擇。沒經歷過那種生不如死、殘缺不全的日子，他們怎會明白，為了擺脫痛苦，人在絕望中會做出什麼選擇？他們以為自己正義高尚，無論如何都不肯理解她吧。

倏地，一個可怕的念頭閃過她的腦海——

這是她一直隱約察覺，卻長期逃避的終極選擇：

如果妹妹始終無法理解她，若有一天她不得不在教主和妹妹之間選擇一個，她會選誰？

這念頭讓她渾身發冷。

她第一個反應，是「別傻了，當然兩個都要救」。但她明白這想法的意義不在於選擇本身，而是揭露了她內心的矛盾。她最初信奉宇宙通元，為的不就是這個家嗎？為了讓已故的父母在死後也能獲得安息？然而，對孟棋而言，她卻成了這個家庭的剝削者？

當她進一步試圖想像那種「不得不選擇」的場景時，內心浮現的第一個答案竟然是——選擇教主。她毛骨悚然。

這不是背叛了妹妹？教主一定也不希望她這樣選擇！

沒有了她，妹妹還能依靠誰？而失去了妹妹，她又如何獨自一人活下去？但如果連她都拋棄教主，那還有誰會站在教主身邊？誰會在乎教主這個人，而非宇宙通元的象徵？

儘管只有些微的動搖，但茗琴這十幾年建立的價值觀與信仰，此刻出現了細微的裂縫。這裂縫還未崩解，但確實已有些許粉塵悄然剝落。

除了茗琴，另一個沒專心聽的是沈未青。

之前鐵木提到未臻與她重逢時看到妖怪，她就覺得腦中閃過某些重要的事，卻一直抓不住那個清晰的念頭。直到此刻，那件事才如同閃電般劃過她的腦海，讓她愣在原地。

那是未臻說的一句話。這句話本應極為重要，但當時情況太過緊急，她沒來得及深究。

他說，元通神在阿里嘎該體內。

這是什麼意思？

毫無疑問，阿里嘎該經歷了某種變異，難道這是元通神造成的？如果真是如此，將元通神留在身邊真的安全嗎？不，不對，放走元通神才是最糟糕的選擇。但有毒眼巴里的威脅，加上鐵木用芒草結成的驅魔之力，元通神已經無法利用阿里嘎該進行時間回溯，那祂為何還要繼續附在阿里嘎該身上？

是在小心翼翼等待機會嗎？還是擔心阿里嘎該的能力會對祂造成妨礙，所以不願釋放阿里嘎該？

如果真的擔心阿里嘎該會妨礙祂，為何不乾脆自殺，然後離開阿里嘎該的身體？這不就能解決心腹大患？可是祂沒這樣做。難道對元通神而言，保住阿里嘎該反而更符合祂的利益？

一股不安的情緒在未青心中醞釀，但她沒有將這些想法說出口。畢竟時機並不適當。現在的當務之急是要避免被敵人偷襲，而最好的方法就是盡快學會進入Meta世界的方法。

陳浩平解說了將近半小時，鐵木才終於理清所有疑問。浩平說：「知道這些，再笨的人都應該明白該怎麼進入Meta世界了吧？如果鐵木還是學不會，那你們最好乖乖認命，想想怎麼在現實世界中設置陷阱，我可沒時間去幫你們。對了，最後我要提醒你們一件事。」

「什麼事？」

「如果你們的敵人是洪行舟——小心點。」浩平的神色變得陰沉，「你們最好設想最壞的情況。根據沈未青的說法，過去幾次高有成並沒有注意到你們，當然洪行舟也沒把你們當敵人，但這次不同，你們最好不要天真地以為之前的做法依然有效。」

「聽起來，你似乎曾經與他交手，有什麼對付他的策略嗎？」程煌裕問道。然而陳浩平掀起嘴角，這笑容毫無笑意可言。

「對，我跟他交手過，但那次我輸得很慘。而且洪行舟顯然沒用全力，所以我也不清楚他真正的實力到底如何。如果真要給你們建議——那就是最好別遇到他。但這恐怕不是你們能決定的，對吧？所以加油啦！」

說完這些，浩平擅自結束了視訊通話。突如其來的沉默讓眾人感到有些不適應。

人們心不在焉地互相對視，誰也不想開口，不祥的壓力逐漸累積，帶著令人窒息的燥熱。程煌裕走上前收回手機，試圖用輕鬆的語氣打破僵局：「鐵木，怎麼樣？你有把握嗎？」

「我得實際試試看才知道。」鐵木深吸了一口氣，「不過我大概有些頭緒了。毒眼巴里的傳說太過廣泛，很難找到合適的入口，但阿里嘎該的傳說主要集中在花蓮的美崙山一帶。只要到那裡，我應該就能順利進入異世界，在敵人追蹤而來的最後一站進行攔截。」

「很好。」程煌裕點頭，「那麼我們就兵分兩路吧。」

「兵分兩路？為什麼？」施俐宸提出疑問。

「說到底，敵人究竟能不能用這種方式追蹤到我們，也只是理論上有可能。就算他們真的追來，我們也不知道具體時間，那麼，難道我們要一直在敵人可能來襲前乾等嗎？這顯然不合理。我們手上有沈小姐提供的攻略，知道該找哪些證人、蒐集哪些證據，這些工作應該繼續進行，沒必要所有人都進Meta世界埋伏。」

「有道理，那誰去Meta世界？」

「阿里嘎該會跟著林小姐，所以林小姐必須去，毒眼巴里自然也同行。鐵木是唯一能進入Meta世界的人，少不了他。但只有他一個人太危險，所以我會陪同前往。除了我們這幾個，其他人請按照原定計畫行動。」

聽到自己被提及，茗琴抬起頭。但她的表情茫然，似乎不清楚他們在討論什麼。

「真的不需要更多人手嗎？」江儀有些擔憂。

「不需要。像我們這樣沒有特殊能力的普通人，如果敵人能以暴力輾壓我們，人再多也只是徒增傷亡。毒眼巴里才是主力，其他人都只是累贅。安排兩位男性同行，只是為了防止林小姐趁亂逃走。」

「隨便啦，你們想怎麼做就怎麼做。」林茗琴疲憊地搖搖頭，「反正我沒有自由可言。」

「現在就釋放阿里嘎該，妳馬上就自由了。」施俐宸冷冷地說。

「如果我想放就能放，哈，那該多輕鬆啊！」

宇宙通元的幹部露出無奈的笑。也許是因為她一直保持著不合作的態度，沒有人認真對待這句話，除了沈未青。她心跳加速，心想，這句話是什麼意思？難道這與元通神附身在阿里嘎該身上有關？

「如果大家沒有異議的話，就按這個計畫進行吧。江儀，麻煩妳把這些內容整理一下，發給羅小姐。」

程煌裕的聲音打斷了她的思緒。江儀聽罷點頭，開始在手機上輸入文字，其他人也紛紛起身，準備執行分配給自己的任務。沈未青心不在焉地站起身，耳邊傳來鐵木和程煌裕討論如何前往花蓮的聲音，他們說搭火車需要四、五個小時，是否應該先隨便找座山，進入Meta世界，然後直接穿越到花蓮那邊的山。

現在也不是適當時機，她想。她決定不打擾其他人，而是先把自己的疑問記錄在手機上，稍後再傳到群組。

□

陳浩平結束通話後，隨手將手機丟給林孟棋。孟棋連忙接住，同時感到莫名其妙：「你不把手機拿回去嗎？」

「不用了，」浩平漫不經心地說，「我不擅長應付那些人。本來我在這裡就很少用手機，以後聯絡的工作就交給妳吧。」

工作？我又不是你的員工——孟棋心裡這麼想，卻沒有說出口。她早已習慣面對不合理的要求，因此只是無奈地聳聳肩，將手機收進口袋。她轉而問道：「你離開房間沒問題嗎？我是說，因為你在『說妖』……不，我想問的是，療程結束了嗎？」

「謝謝關心，小姐。」

一個熟悉的聲音響起。只見燈猴——那個猿猴外型的妖怪，如同電影《鬼馬小精靈》裡的惡作劇鬼魂般，以一種滑稽的飛行姿態出現在眼前。祂背後的油燈明亮地燃燒著，似乎在向孟棋展示自己已經完全康復。燈猴在空中優雅地向孟棋行了一禮。

「燈猴！祢沒事了！」孟棋喜出望外。看到這一幕，陳浩平的臉上也浮現出一絲笑容，似乎對自己的成果頗為滿意。

「沒錯，浩平的『說妖』確實很厲害，」燈猴說道，「但也要感謝妳之前的急救。」

「哪裡，」孟棋謙虛地說，「其實我根本沒幫上什麼忙吧？那畢竟是針對生物的急救方法，很可能對妖怪沒什麼效果。」

「不，」燈猴的聲音變得柔和，「妖怪是人類意識的產物，因此對人類的感情非常敏感。

人類對我們的恐懼固然會強化我們，但同時也可能成為傷害我們的力量。反過來說，善意雖然會稀釋我們的本質，但能讓我們感覺好些。如果沒有妳的急救，在到達這裡之前，我可能已經因痛苦消散了。」

「喂，我可不會讓這種事發生。」浩平高聲插嘴，「就算沒有林孟棋，我對你們也一直很友善好嗎？」

「你的話，我們已經習慣到麻木了嘛！」燈猴調侃道。

這種互動真像是朋友之間的對話，孟棋心想。雖然覺得有趣，但她再次驚訝於陳浩平與妖怪們之間的平等關係。或許是感覺自己與對方的關係已經沒那麼僵了，孟棋開口問：「陳先生，有件事我不太明白。雖然你剛才解釋了進入Meta世界的方法，但他們畢竟沒有你熟練，這樣真的沒問題嗎？」

浩平的眼神變得有些冷淡。

「那就要看他們的造化了，我幫不上什麼忙。」

「話是這麼說，但你有妖怪幫助，如果有你協力，勝算不是更高嗎？」

陳浩平沉默片刻，聳了聳肩。

「怎麼？擔心妳姊姊嗎？」

「咦？」

「咦什麼？他們唯一的戰力就是毒眼巴里，但毒眼巴里必須監視阿里嘎該。既然阿里嘎該不會離開妳姊姊，那妳姊姊當然得到戰場的第一線。這麼簡單的事，妳該不會沒想到吧？」

孟棋倒吸一口涼氣，她確實沒有想到這點。

但陳浩平突然用這麼惡劣的態度說話，讓孟棋不知該感到熟悉還是失望。她還以為對方將手機借給自己是信任的表現，結果只是自己會錯意了嗎？

「……原來如此，」孟棋試著平靜地說，「這樣的話，我確實希望你能幫上我姊姊，畢竟我也不希望她受傷。但聽你這麼說，你大概不想幫忙吧？」

「不是不想，是不行。妳似乎還是沒明白，我在這裡有事要做，根本沒時間。」

「因為你沒告訴我你打算做什麼啊！」孟棋忍不住抗議，「其實塔達塔大跟我說過，你的目的是擊敗元通神的本體之類的，但我不知道你打算怎麼達成，連有多困難都不清楚，那我要怎麼判斷你有沒有時間——抱歉，我本來不想這樣說話，但我覺得你的指責不公平。既然話都說出口了，就這樣吧，你不想回答也沒關係。」

其實說出這些，就連孟棋自己也感到意外。

她很習慣不公平的對待。身為護理師，她又要應付上司，又要應付奧客，回到家還要面對姊姊。過去面對衝突，她都是容忍，並轉身離開，根本不會吵什麼不公平。

但現在，她卻能說出「不公平」的感受。

浩平自然不懂她的心情。他揚起眉：「塔達塔大說我要打敗元通神的本體？妳聽錯了吧，我早就知道元通神在哪裡了。」

「好，那就是我聽錯了。既然這樣，我就更不清楚你打算做什麼了。」

「妳知不知道有差嗎？」浩平尖酸地說。

「所以我說你不回答也沒關係，只是對我來說，你抱怨我不了解現況並不公平。當然，你不在意就算了。」

說完這句話，孟棋就打算轉身離開。對她來說，能說出自己覺得不公平就夠好了，她終究是不習慣爭論。雖然她不熟悉幽靈船，根本不知道能去哪，但只要不是「這裡」，能避開衝突就好。

「等一下。」

見孟棋轉身，浩平忍不住叫住她。孟棋回頭，只見這男人的表情異常糾結，彷彿在內心正激烈掙扎。幾秒後，浩平嘆了口氣：「妳說得對，這對妳不公平。雖然告訴妳也沒屁用，但要是能讓妳不再要求我改變行程，我就說吧。我在尋找的，是宇宙通元在這個Meta世界刻下的痕跡，或者說法則。要說是元通神，也不算全錯，但說到底，元通神只是提供刻下痕跡的能源——」

陳浩平話還沒說完，幽靈船突然劇烈晃動了一下，讓他們險些失去平衡。

「怎、怎麼回事？」孟棋驚呼，本能地抓住身旁的扶手。

浩平也趕緊壓低身體以保持平衡，他搖搖頭。

「不知道，我從沒遇到過這種……燈猴，我們去甲板看看。」

「等等，我也去！」

兩人跌跌撞撞地朝甲板奔去，燈猴緊隨其後。船身不斷晃動，彷彿遭遇了猛烈的暴風雨。當他們終於抵達甲板時，眼前的景象令他們瞠目結舌。

世界在晃動——

這樣形容並不精確。

自從登上幽靈船後，孟棋就不清楚自己身處Meta世界的哪個場景中。如果非要形容的話，或許更接近大海。而四周都籠罩著濃厚的霧氣，讓她無法看到海平面。

然而，此刻孟棋感覺到海的彼端正在崩塌。雖然看不見，但她能感到這個場景是有邊界的，而且邊界正在劇烈顫抖，彷彿即將被撕裂；這種分崩離析引發了地震，地震又撼動了大海，這些巨浪並非風雨所致，而是來自海洋深處的毀滅性力量！

真奇怪。

孟棋身在其中，本不可能綜觀全局；但此時此刻，她卻透過某種超越感官、近似「直覺」的東西，清晰意識到一場世界規模的劇變正在進行。

「浩平！」塔達塔大的聲音響起，祂也趕到了甲板，「這是——」

「是『變革』，我從沒見過這麼大規模的。」浩平臉色慘白。

「『變革』？那是什麼？」

孟棋高聲問道，試圖壓過巨浪造成的轟鳴。

「現在不是解釋的時候，妳看！」

浩平指向幽靈船前方，孟棋順著他的手看去，頓時心涼了半截。只見海面上出現了一個巨大的漩渦，宛如張開的巨口，散發著不祥的氣息。

「那是什麼？」孟棋忍不住抓住浩平的手臂，聲音因恐懼而顫抖。

「是什麼不重要，重要的是幽靈船要被捲進去了！」浩平也高聲喊道。

「那我們該怎麼辦！」

「還能怎麼辦?準備應對衝擊！」浩平大喊，「所有人立刻回船艙！」

在他的命令下，孟棋和燈猴、塔達塔大都迅速回到船艙中。浩平最後一個下來，他額頭冒出冷汗：「聽好了，抓住任何能穩住妳的東西，不然待會肯定會被拋起來。要是妳飛到船外，連我都救不了妳！」

孟棋還來不及回應，就感到一股猛烈的力量將她甩起。她連忙緊緊抓住扶手，劇烈的震動幾乎要將整艘船撕裂，她甚至能聽見木板擠壓的聲音，彷彿在尖叫。

「抓好！」浩平大喊，接著重心再度轉移，整個世界天旋地轉。幽靈船被無情地吸入了那個巨大的漩渦之中。

第十一章

「地底世界」在震動。

就像轟雷、海嘯、地震，舉凡那些遠超越人類暴力帶來的猛烈震盪，如今正襲捲整個「地底世界」，進行改造。

幾個手持最先進武器、被洪行舟帶進「地底世界」的傭兵不自覺地回頭張望。理論上，他們所處的位置應該感受不到震動，但多年在生死邊緣打滾的經驗，讓他們察覺到某種難以想像的事正在發生。即使表面上不承認，但他們確實已開始膽寒。

洪行舟同樣感應到了這股變化。

風從震動的方向吹拂而來，身揹桃木劍的洪行舟走在殺手前方，撥開草叢，臉上浮現出一抹他們看不見的微笑。那是一個為友人感到自豪的微笑，因為此刻發生在「地底世界」的劇變，正是高有成的傑作。

那個了不起的男人，如今已經能夠做到這種程度了。

誓師大會結束後，高有成立即著手進攻「地底世界」。他的計畫就像切蛋糕——強行劈開一條通往元通神的道路。聽起來困難，但高有成胸有成竹，只是遲遲未行動。

因為他害怕「地底世界」的反撲。

事實上，改造「地底世界」並不複雜，至少高有成已掌握工具。畢竟，「地底世界」的構造反映了現實中的人類意識，只要調整人們對事物的認知，就能加以改造，甚至干涉那些古老的地層。具體該如何進行？當然是經營社群、掌控社群網站與媒體。經過多年試驗，高有成早已駕輕就熟，但只要有大動作，他就會感受到來自「地底世界」的阻力，這才使他不敢長驅直入。

現在回想起來，洪行舟暗自嘀咕，高有成或許是太過謹慎了。

但誰有資格去批評他？就像病菌入侵人體，白血球也會採取行動。即便是洪行舟這樣的天才，也不敢說徹底理解了「地底世界」；將意料之外的反應視為自然機制，其實是合理的推測，並非妄想。

但現在不必擔心了。他們已經知道那只是一場誤會——不，該說是假象！那些阻力其實是元通神的陰謀，祂聯合妖怪，甚至利用祭品籠絡了人類協助；八成是利用了沈未青那誘惑男人的體質吧！有那種力量，要培養多少死士都不是難事。雖然不清楚林茗琴是如何被捲入其中，但他們可能是挑軟柿子吃，從教團幹部中找出比較容易對付的目標。

無論如何，這個延宕已久的計畫終於開始實施。短短一天之內，大量網路打手湧入社群網站，多媒體、廣播、電視節目蓄勢待發。此刻，整個「地底世界」就像擁有無限方格的魔術方塊，被挪移、撕裂、重新拼裝，只為了清出一條從淺層直達元通神所在的道路！當然，高有成還不知道元通神確切的位置，但只要將士兵放到從未抵達的深處，找出敵人所在就只是時間問題。

只要找到元通神在哪，就能清除所有城牆，瓦解其防禦，兵臨城下。

啊啊，這一刻終於來了。

想到這裡，洪行舟滿面春風。與其說他在期待，不如說他已沉溺其中，就像飲下美酒。出身沈家的孩子，最終竟能制服沈家的神明，讓祂淪為階下囚，還有比這更美妙的事嗎？當然，這並非短短幾天就能完成的事，就像高有成的估計，最快最快也要一週。但如此幸福的未來仍讓洪行舟心不在焉，無法專注於當下的任務。這是他的一個缺點。

因為他是個習慣預測未來的男人。對他來說，當下反而遙遠。

不過，他還是拿了一部分心智專注當下。根據朋友說法，高有成看到的妖怪——異族巨人與矇住眼睛的原住民——很可能就是阿里嘎該和毒眼巴里。洪行舟惡補了祂們的傳說，得知要追尋因緣之地，前者較為簡單。因此他向高有成討來幾個殺手，穿越「地底世界」錯綜複雜的路徑與重重門扉，來到了古老記憶中的奇萊平原。

——這實在是令人欣羨，甚至畏懼的才能。

「地底世界」錯綜複雜，若沒有小心翼翼地探索、長年研究，恐怕很快就會迷失方向，再也無法回到現實。然而洪行舟輕易克服了這點，他甚至沒有意識到這有多麼不容易，僅憑直覺與經驗就選出了正確的道路。

有時，天才並不知道自己是天才。面對新世界，洪行舟沒有可比較的對象，因此他甚至不曉得哪些事值得驕傲。畢竟在他看來，這些不過是自己能做到的事，並沒有特別努力。

這個古老記憶中的平原與當代花蓮不同。沒有現代化的大樓，沒有高速公路，只有高度及腰、茂密至極的蒼茫野草。奇怪的是，明明花蓮市的位置沒有現代設施，但溪流出海口北方的海灣卻有現代港口的遺跡，幾艘破敗的船隻漂浮在海面上，瀰漫著陰森不祥的氣息。

在。

「靠，那是什麼鬼東西？」

一名傭兵叫住其他人，驚恐地指著外海。只見暗紅色的海洋彼端，有個比山還要高大的存在。

那是巨人。

那道陰影實在太過遙遠，幾乎被血紅色的海霧遮蔽，只能從輪廓勉強看出人形。臺灣東海岸是陡降地形，然而巨人站在海中，海面卻只到祂的膝蓋！這意味著巨人的身高達到了一、兩千公尺，甚至比美崙山高聳。朝平原另一個方向望去，巨人幾乎要與平原後方的山勢等高，甚至有雲層徘徊，遮蔽祂肩膀以上的形貌。

「別在意。」洪行舟輕描淡寫地說，「我們的目的地不在那。」

傳說的有趣之處，就在於即使版本之間存在重大歧異，也會被強制統合在單一概念中。阿里嘎該究竟有多高？有的傳說說祂只有幾層樓高，有的傳說卻說祂比山還要高大。暗紅海洋彼方的那個巨大身影，就是烙印在古老回憶中，幾乎只剩下影子的某個版本。

沒什麼可怕之處，反而有些悲慘。而這樣的悲慘，也是宇宙通元推行教義的結果之一。

「那我們到底要去哪裡？」另一名傭兵有些不耐煩地問，「不是已經到花蓮了嗎？」

「當然是美崙山。」洪行舟回頭微笑，「雖然在這裡能看到海外的巨人，但要到那邊去太麻煩了。我是做得到，但你們有誰會開船嗎？」

傭兵們面面相覷，聳了聳肩。

「對吧？就算你們會，我也會當作沒聽到。太麻煩了。」

瞬間，剛才發問的傭兵想要反唇相譏。他畢竟是高有成雇來的，不清楚洪行舟的底細；在他看來，這個道士不僅渾身破綻，態度還如此囂張，如果不給這傢伙一點教訓，恐怕就會被徹底小看。他正要說些什麼，洪行舟恰好看向他。

「怎麼了？難道你真的會開船？」

「我說啊，你這樣的態度沒問題嗎？你又不是我們的雇主。」

「喔……」道士瞇起眼，「高有成把你交給我，你不相信他嗎？」

「有人花錢讓我們把性命交到你手裡，但你要怎麼證明你有讓我們交出性命的價值？你看來就像慣老闆，出事就會把我們當成棄子。」傭兵邊說邊舉起手槍威脅，但也只是舉起，沒有瞄準。他習慣讓手槍處於上膛狀態，隨時可以擊發。

洪行舟側頭看著殺手，低聲嘀咕著什麼，然後做了個手勢。

「喂，說話啊！說大聲點讓我聽清楚！」傭兵高聲喝斥。

洪行舟笑了笑，沒有說話，反而是旁邊的傭兵發出驚呼。

「幹！你在做什麼！」

「哈？怎麼了，你在怕什麼？」

那名傭兵一頭霧水，不明白旁邊的同伴為何如此緊張，但當他順著對方驚恐的目光看向自己手中的槍時，這才驚覺，不知不覺間，槍口竟已對準自己的太陽穴；頓時他方寸大亂，驚慌失措地後退，發出不像樣的哀嚎，但就算用盡全身力氣，那把槍始終指向自己，怎麼也無法放下。

「失禮了，要是有人拿武器對準我，我會很緊張，說不定會做出讓所有人都後悔的事，請多加注意。」洪行舟悠然地說，「回答你剛才的問題，我會不會出了事就犧牲你們？當然會，這就是你們雇主花錢的目的啊！但就算你們不滿，我也不建議你們殺了我。要是沒有我，你們知道怎麼回到現實世界嗎？」

傭兵們緊張地盯著洪行舟，其中一位搖搖頭。

「放心吧，這任務簡單至極，不會出人命的。就算真發生意外，我也不會讓你們白白犧牲。所以現在可以閉上嘴，跟我一起去美崙山了嗎？」

眾傭兵神情複雜，陸續點了頭，洪行舟則擠出一抹假笑，扭頭就走。

太無聊了。這種衝突甚至稱不上刺激。洪行舟有些惱怒，因為那些愚蠢低俗的話語打亂他的思緒，中斷他的感動。

美崙山離港口不遠，從南邊就能看到它隆起的山形。根據傳說，阿里嘎該就住在美崙山山腳，只要能找到相關的痕跡，就能瞬間移動到阿里嘎該身邊。當然，洪行舟不會貿然行動，他會先整頓隊伍，並做好防範法術的準備；他已經熟知這兩個妖怪的傳說，對祂們的能力心中有數，也知道該如何化解。

在他看來，沈未青等人的生命已在倒數計時，嚴格計算的話，不會比一小時更多。這讓他心情重新好轉起來，他已開始思考該如何向高有成回報才能顯得輕鬆寫意。

就在此時——

某種預感閃過心頭。他下意識縮起身體，彷彿有看不見的手朝他揮來。

怎麼回事？洪行舟還未明白自己為何心跳驟然加速，身體就已經先一步做出反應。他猛地俯身躲進及腰高的茂密野草中。

「哇！」

「幹！你怎麼了？」

「這是……什麼……」

身後傳來慌亂躁動之聲，接著是此起彼落的哀嚎。洪行舟回頭，只見傭兵們紛紛僵直身體，眼睛瞪得老大，嘴巴張成○形，臉部扭曲，像是中毒般不自然地倒下，這是……

毒眼巴里？

洪行舟驚駭莫名，掌心忍不住冒出冷汗。怎麼會？為何毒眼巴里會在阿里嘎該的淵源之地？此刻，洪行舟總算把所有心智都拉到了「當下」，並想通一切。原來如此，不知不覺間，攻守居然已經互換了嗎？但他還活著，逃過了第一擊！只要藏在草叢中，對方便無法輕易發現他，還有機會——

才剛這麼想，他就意識到情況不對。

為何前一秒還鬱鬱蒼蒼的野草，這時已經開始泛黃？

就跟他產生疑問的速度一樣，野草轉眼間就枯萎焦黑，像是水分被抽乾似地萎縮下來。不只他周圍，從某個方向發射出去，草原就像化作黑色的扇子，正好是「視野」的邊界。毒眼只不過是看著這片草原而已，那種從內部崩壞的力量就襲捲過去，將一切暴露出來。

死滅之風已吹起，洪行舟知道自己無處可逃。

他露出某種難以言喻的笑容，像在掙扎，又像看穿一切的釋然。天才道士緩緩從破碎的草骸間站起，舉起桃木劍，直視毒眼的源頭。他的心跳猛烈至極，就像試圖榨乾他最後一絲生命。

妖怪離他很遠。但那視線帶來的魔幻洪流才是毒眼的本質。在與妖怪對視的瞬間，洪行舟理解了巴里，心跳也驟然中止；停頓來得太快，猛烈地撕碎了他的靈魂。

□

——真的這麼順利嗎？

從突襲開始到洪行舟等人倒下，僅僅過了十幾秒。事情如此輕易，讓程煌裕有些忐忑不安。他用望遠鏡監視了十幾分鐘，那些人仍然一動不動。他不得不認為，毒眼巴里確實有這本事。

程煌裕心中湧起罪惡感。

他一向視殺人為不得已的最後手段，如今卻不得不這麼做。但陳浩平曾提醒他務必小心洪行舟，絕不能給對方反擊的機會，必須一擊斃命。程煌裕將望遠鏡遞給林茗琴：「林小姐，我再確認一次，剛才帶頭的那人就是洪行舟，對吧？」

「我不是都說了嗎？就是他，為什麼還要再確認？」林茗琴不悅地推開望遠鏡。

是啊，為何還要確認？大概是因為程煌裕心裡實在沒底吧。他轉頭對鐵木說：「鐵木，你們留在這裡，我去確認情況。」

「你不帶毒眼巴里去嗎？」鐵木低聲問道。

「不，這裡視野較廣。你用望遠鏡監視，如果有什麼意外，就讓巴里張開眼睛，務必要在這裡擋下敵人，犧牲我也沒關係。巴里，請祢先別蒙上布，閉著眼睛就好，我們隨時需要祢的力量。」

「沒問題。」巴里回應。但鐵木神色緊張，他說：「不行！我怎麼能殺程先生？不然讓我去看吧！」

「不，你更熟悉妖怪，毒眼巴里和阿里嘎該得留在這裡。要是有什麼狀況，你比我更能判斷。」

程煌裕的視線移向鐵木和林茗琴身後的林蔭。只見陰影之下，阿里嘎該正彎著背，藏身其中。祂雙眼流淌著黑色氣息，更加融入這片黑暗，散發著邪惡的魄力。為以防萬一，鐵木用草原上的芒草重新製作了驅魔之物。這裡的芒草最有效，因為當年阿美族擊退阿里嘎該所用的驅魔物，就來自剛才洪行舟等人死去的草原。

那裡是昔日阿美族與阿里嘎該大戰的古戰場，想不到如今竟成了他們與宇宙通元決戰的前哨。

他們此刻位於美崙山山腰，因為只有樹林才能遮蔽阿里嘎該的巨大身軀，同時，這也是絕佳的監視點。自清國時代起，美崙山就是軍事基地，因為它能輕易監視整個奇萊平原，只要占領此地，無論洪行舟要前往哪個阿里嘎該的淵源地，都能輕鬆狙擊。

剛才也是如此。程煌裕用望遠鏡偵查到洪行舟等人後，就請毒眼巴里拿下眼罩，將望遠鏡放在祂眼前，再讓祂睜眼。瞬間，毀滅的威能透過望遠鏡，如洪水般衝向平原，從山上望去，死滅的痕跡令人不寒而慄。

如今任務完成，程煌裕卻被阿里嘎該的魄力所懾，芒刺在背。若是讓鐵木去查看，他沒有把握能夠克制住阿里嘎該。他凝視黑暗中的巨人，對鐵木說：「這裡就交給你了，我確認沒問題後，會在他們的屍體旁向你比手勢。」

鐵木難以拒絕，因為他知道自己確實更適合留在這，只能從程煌裕手中接過望遠鏡。

他用望遠鏡目送程煌裕，接著看向洪行舟等人陳屍之處，沒有任何變化。

「……是我的錯覺嗎？」林茗琴突然跟鐵木搭話，「我怎麼覺得，來到這裡之後，阿里嘎該看起來更巨大了？」

鐵木一怔，沒想到會聽到這麼像閒聊的話。這段時間，林茗琴對他們不是愛理不理，就是惡意嘲諷。他看向她，發現現在的林茗琴既疲倦而脆弱，這讓他心情複雜。這女人傷害他們這麼多之後，還渴望得到善意嗎？但最後，他柔軟的那一面占了上風。

「這裡畢竟是阿里嘎該的淵源地，」鐵木輕聲說，「是最接近祂本質，也是祂最強大的地方。我原本以為祂可能在這裡復原，擺脫附身在祂身上的東西……」

「你不要這樣亂說。那不是附身，是元通神感化祂了。」

聽了這話，鐵木哭笑不得。這人到底是多麼執迷不悟啊。但看向林茗琴，卻發現她臉上沒有過去的自信，反而心不在焉，像是心虛。鐵木忍住原本想說的話，改問：「為什麼妳這麼相信宇宙通元？明明妳已經知道他們做了這麼多壞事。」

「……我知道，但不是所有信徒都這麼壞。」

「但確實有人這麼壞，而且有人受害。有人被打、被車撞、人身自由被威脅，甚至有人被殺。難道只因為教團也有好人，那些人就是活該受害嗎？」

林茗琴臉上浮現出近乎冷笑的表情，但那帶著些許自嘲。

「我明白你的意思。但要是教團不再清白，很多像我一樣相信教主的人，會沒辦法再相信任何事。你不明白信仰給我們帶來什麼，也不知道失去那些，對我們的人生有什麼影響。只要能保住宇宙通元，將來就可以內部清算，我們還是可以將那些壞人趕出去。」

鐵木呆住，問：「把壞人趕出去，能彌補那些受害的人嗎？」

「教團可以私下幫助他們……」林茗琴天真地說。

「不對！不是錢的問題。」鐵木忍不住嚴厲起來，但他隨即冷靜下來，彷彿在思考該如何表達，「不是錢或幫助，我想受害者一定不稀罕你們的幫助，那是正義的問題。」

「……正義？」茗琴皺起眉，彷彿那是個陌生的詞。

「對。壞人要受懲罰，而且要昭告天下，讓人知道不該這麼做。所以要透過法律，要將所有壞事公諸於世。這些事不能偷偷摸摸做，不然我們要怎麼相信法律跟制度？」

林茗琴疲倦地哼笑一聲。

「我倒沒想過鐵木你這麼守法。」

「倒也不是，只是……」鐵木沒把話說完。其實嚴格說來，他不相信制度，或者說，對他們原住民而言，這個國家的制度並不友善，也不值得信賴。但另一方面，他又覺得制度應該要讓人信賴，不然為何要承認這個國家？

當有人受害時，制度不能保護他，搞到最後大家只能私刑，法律就失去意義了。如果每個人都為了自己私刑，正義就會模糊不清，這就是為何需要將傷害、迫害全都攤開來，對所有人說清楚。

絕不能讓人覺得反正有機會逃過一劫，做壞事也沒關係。

沉默降臨在兩人之間，鐵木拿起望遠鏡，遠方依舊毫無變化，穿著道袍的洪行舟陳屍草原間，看上去有些恐怖。

「對不起，」林茗琴突然嘆了口氣，「我不是想要嘲諷你。只不過……我不求你理解，但我有我的考量。」

鐵木無法回答。他當然知道她有她的考量，但是她有考量，其他人就要接受嗎？如果那些考量會傷害到別人呢？鐵木忍著不去批判，片刻後才開口：「妳為什麼跟我說這些？事到如今，我不認為我們能改變妳，難道妳覺得可以改變我們嗎？」

聽他說「我們」，茗琴露出苦笑。或許她想溝通的對象並非參與「說妖」儀式的所有人，只有鐵木．巴勇一個人吧？她緩緩搖頭。

「我不知道。或許是太久沒跟你聊聊了。」

鐵木一怔，他們是沒事會聊聊的關係嗎？不，不對，或許在茗琴漫長的十年中，他們確實曾經發展出這樣的關係——

就在疑惑時，附近傳來一個不認識的男聲。

「哎呀！原來在這裡啊！」

那聲音來得毫無預兆，響起時就已在數公尺以內。鐵木不禁僵住，頭皮發麻，這瞬間，他還以為是幻聽，因為那是不可能的。

□

鐵木轉身望向聲音來源時，眼前的景象令他凝固。洪行舟赫然站在那，一手握著桃木劍，另一隻手拿著毒眼巴里的頭顱。巴里的無頭軀體倒在地上，黑霧如泉湧般從頸部噴出。

這一幕如同一記重拳，狠狠擊中鐵木心臟。他大腦完全空白，只剩下一個念頭：怎麼可能？

「嚇著了？」洪行舟挑眉一笑，語氣輕鬆，「毒眼巴里確實厲害，不過嘛，眼睛這種東西只能看向前方，這是常識，從背後偷襲，也就不費吹灰之力了。喔，對了，這倒是提醒我，可以趁機驗證一下傳說——巴里的毒眼到底有沒有傳說中那麼神奇？」

樹蔭下，洪行舟像把玩玩具般擺弄著巴里的頭顱。林茗琴嚇得說不出話來，緊緊抓住鐵木的手臂。鐵木則如同雕塑般僵在原地，想開口質問，卻發現聲音被凍結在自己喉嚨裡。

洪行舟笑了笑，收起桃木劍，將巴里的頭顱對準山下，用兩根手指強行張開巴里雙眼——

霎時間，一股無形的壓力降臨，彷彿整個大氣層都被推了過來，鐵木幾乎要跪倒在地。毒眼的詛咒如激光般自巴里眼中射出，橫掃整個奇萊平原。所有擋在前方的草叢、樹木瞬間失去水分，化為粉塵飄散在空中。

鐵木額頭冒出冷汗，全身動彈不得。在這宏偉而可怕的力量面前，他痛切感到自己的渺小與無能為力。幾秒後，他怔怔地望向山下，眼前的景象比起地獄，更像是遭受過砲火轟炸的無人戰場，死寂又荒涼。焦黑與蒼綠的界限分明，毒眼所及之處彷彿成了真空地帶，連無生命之物都在這可怕的注視下灰飛煙滅。那是一種概念性、針對空間本身的屠殺。

程煌裕也在攻擊範圍內，不可能倖存。

「嗯，看來魔眼並非無限的。」洪行舟將巴里的頭顱轉向自己，那雙眼已經乾涸凹陷，雖仍張開，卻已無半點詛咒痕跡。「真可惜，我原本還想拿來對付阿里嘎該呢……不過也罷，世上一切都是有限的，這是凌駕於所有規則之上的真理。」

「你……你怎麼會在這裡？」鐵木終於能開口，他結結巴巴地低吼。他用盡全力才能壓抑住心中翻騰的恐懼、憤怒和絕望。「你明明已經死了！」

「分身術啊。」

洪行舟輕描淡寫地回答，同時掏出手槍對準他們，視線瞥向林中的巨人。

「有趣，那邊的芒草是『布隆』吧？用來驅魔的東西。怎麼，你們內訌了？」

巨人毫無反應，但鐵木卻異常緊張。要是洪行舟解開芒草怎麼辦？現在已經沒有毒眼了！他連忙轉移話題：「你怎麼會用分身術？你又不知道我們在這裡！」

「哈！」洪行舟嗤笑道，「我倒想問你們，怎麼會天真到以為能輕易幹掉我？我可是習慣看著未來的男人，怎麼可能站在這麼容易被攻擊的地方？不過嘛，我和分身的意志是共用的，多虧你們，我有了難得的死亡體驗——謝啦！不過遊戲結束了，你們也該有所覺悟了吧？」

「覺、覺悟？」林茗琴顫抖著問，「你……你想做什麼？」

「說起來，你們做對了一件事。」洪行舟的聲音突然輕了些，「你們選擇在這裡伏擊我，很聰明。而且你們還做對了另一件事，就是沒有傾巢而出。所以，沈未青不在這裡，對吧？要是沒能殺死沈未青，我很難跟高有成交代。所以，能請你們告訴我沈未青在哪嗎？」

鐵木臉色瞬間變得鐵青。他下意識地看向林茗琴，心想：要是她說出一切怎麼辦？

「為什麼你們要殺沈未青？」林茗琴難以置信，「有成師兄和她不是親戚嗎？」

「正因是親戚，才有些不為人知的恩怨啊！不過這對林師姊來說沒什麼意義就是了。總之，你們誰要說出沈未青的下落？先說的那個我可以留他一命，另外一個就準備跟這個世界說再見吧！考慮好了嗎？」他眼神冰冷起來，「別打什麼歪主意喔？多虧你們自己困住了阿里嘎該，祂可救不了你們。」

祂也不會想救我們，鐵木苦澀地想著。這時，他腦中突然閃過一個念頭。

如果他承諾會通風報信，說出沈未青的下落會怎樣？

那樣的話，洪行舟會殺了林茗琴，她就無法洩密了。接著只要鐵木什麼都不說，雖然難免被殺，卻不至於洩露情報。因此，他只要立刻拋棄林茗琴，就能保住團隊剩下的人。

然而這個念頭剛浮現，就讓泰雅族青年感到既恐怖又噁心。

毒眼巴里殺死了敵方的殺手，但那是不得已的事。鐵木的道德觀雖然沒有程煌裕那樣嚴苛，但說謊致人於死是另一回事。這其中無疑存在著「惡」。

這似乎是唯一的方法，卻嚴重挑戰他的價值觀。他陷入了兩難。

「決定好了嗎？」洪行舟將槍口對準鐵木，語氣帶著挑釁，「來吧，你要當我的朋友，把我想知道的事告訴我嗎？」

原本猶豫不決的鐵木，被直接問及後，答案變得無比清晰。

「我不會說的。」他堅定地回答。

「那就去死吧。」

冷血的槍聲劃破寧靜，鐵木甚至來不及做出任何反應，子彈就已經穿透了他的前額。他向後倒下，鮮血和腦漿汨汨流出。目睹這一幕的林茗琴發出尖叫，淚水奔湧而出。

「那麼，輪到妳了，師姊。」洪行舟滿意地將槍口轉向林茗琴。

——就是這樣才有趣啊！洪行舟內心嗜虐的部分正歡欣鼓舞。這也不能怪他，誰教世界這麼乏味？每當他像貓般玩弄獵物，感到獵物在他指爪間痛苦求饒，他才能感到一絲消解無聊的快意，那感覺就像吸毒。

其實沈未青的下落不重要。他也不認為他們會說實話。提出這問題只是想看看反應，享受他們痛苦掙扎的過程。因此，即便林茗琴哭到說不出話，他也不會感到不耐，反而愉悅地欣賞。

「……我說。」

過了許久，林茗琴終於勉強能使用語言。

「哦？妳要招了嗎？」洪行舟滿臉笑容，「我洗耳恭聽，師姊。」

「聽我說……洪道長，」林茗琴聲音哽咽，一邊抽泣一邊艱難地說，「現在事情非常非常糟糕，原本不該變成這樣的。但是……這一切還有救！你不要殺我，只有我才能修正這一切，好嗎？讓我解開阿里嘎該旁邊的芒草，我保證會讓事情好轉，拯救宇宙通元，求求你不要殺我……」

——哈？

洪行舟幾乎要被逗笑了。

這女人到底在說什麼？自說自話也該有個限度吧！但正是這樣的愚蠢，讓洪行舟感到無比愉悅。他知道該如何讓這個女人痛不欲生。

「好吧，那我就不殺妳。」他輕快地說，聲音甚至帶著一絲雀躍。

「謝謝，謝謝……」林茗琴流著淚，全身顫抖不已。

「我殺阿里嘎該。」

話音剛落，洪行舟立刻抽出桃木劍，手中比劃施法。轉眼間，桃木劍脫手而出，彷彿被一隻無形的手操控，直直朝阿里嘎該飛去。林茗琴發出撕心裂肺的尖叫，一邊喊著「不要」一邊朝阿里嘎該撲去。

——洪行舟是有些衝動了。

或許是那股嗜虐的快感如同毒品般侵蝕著他的大腦，讓他一時失去了判斷力。但就在桃木劍脫手的瞬間，他大腦的某個區塊才隱約想通，意識到哪裡不對勁。

阿里嘎該體內有元通神的氣息，既然這些人是元通神的盟友，為何要封印阿里嘎該？

不，等等。這不是真正奇怪的地方。

雖然接觸林孟棋時，他確實感到了元通神的氣息，這表示元通神曾經接觸過林孟棋。據高有成的說法，應該就是與元通神有了某種聯繫的阿里嘎該。為何元通神會將自己的一部分分給阿里嘎該？洪行舟對此有多種解釋。但直到此刻，在他離阿里嘎該如此之近的時候，他才終於意識到事情與他想像的完全不同。

阿里嘎該體內的氣息，根本不是元通神。

「等等，難道……？」洪行舟喃喃自語，但這並未阻止桃木劍的勢頭。轉眼間，桃木劍與阿里嘎該只剩下幾公分，原本安靜的巨人突然雙眼圓睜，發出震耳欲聾的吼叫，整個森林為之震動；這瞬間，彷彿所有陰影都活了過來，在阿里嘎該恐怖的尖叫聲中長出手腳，試圖抓住離自己最近的一切事物，將其拖入黑暗。

桃木劍刺入巨人體內，黑霧如潮水般湧現。

幾乎在同一時刻，林茗琴衝到了阿里嘎該身邊，奮力撕扯著芒草製成的驅魔之物，解除對祂的控制。

「阿里嘎該——」她發出撕心裂肺的尖叫。這瞬間，千頭萬緒在她心中翻湧。她不敢抬頭看阿里嘎該，不敢確認自己的行動是否成功。此刻，她只有一個強烈的願望：希望一切能夠重來。

現在的她終於明白了妹妹的想法，也更加理解了參與「說妖」儀式的那些人。如果能夠重來，她相信自己一定能作出對所有人都好的選擇——

說不定，她能阻止所有人的死亡。

「幫幫我！」林茗琴聲嘶力竭，流著淚吶喊，「讓我回到『說妖』儀式的最初！」

在絕望的呼喊聲中，世界彷彿暫時停止運轉。四周空氣凝滯，原本如暴風般襲捲而來的黑霧緩緩停滯，宛如時間被凍結。

接著，當時間再度開始轉動，並不是朝著原本的方向。

時間回溯了。

第十二章

「林孟棋——林孟棋——」

有人在呼喚。那聲音若即若離，撩撥著孟棋的靈魂。

好奇怪的感覺，真的是在叫自己嗎？孟棋覺得自己宛如漂浮在冰冷的大海中，不只聲音，一切感官都離她遙遠。雖聽到呼喚，她卻恍如置身夢境，彷彿那是與她毫不相干之事。那明明是她的名字。

有什麼東西在推她，但她沒被推醒，反而更想睡，就像躺在裝滿棉花的小舟裡盪漾。一直「林孟棋」、「林孟棋」地叫，煩死了。說起來，林孟棋是誰？喔，對了，是「我」。但「我」是誰？「我」在哪裡？「我」該做什麼？

迷迷糊糊間，孟棋喪失了大部分的自我意識。就像靈魂出竅，若是離開軀殼太久，就會忘卻自己原本的身體吧。現在能維繫她一絲自我的，就只剩「林孟棋」這個名字，但也僅此而已；她甚至不知道維持自我有何意義。

——算了，她想。

反正也不重要，當作沒聽到吧。那個「林孟棋」八成是別人吧？與她無關。喪失自我的飄渺感如此美妙，她開始品嚐到那種釋然的愉悅。放下一切不管多輕鬆啊？為何要努力？為何要幫別人收拾爛攤子？那些不負責任的人不也活得逍遙自在嗎！

很有說服力。

但就在她接受這個想法，準備全心全意擁抱這種解脫感時，她腦中突然閃過一個影像。

那是姊姊的臉。

就像被針刺到一般，她猛然想起來了。想起那個與她相依為命的人，還有對那個人的憐憫與憤怒。微妙的距離形成的尷尬，讓她有種反胃般的不適，反而幫她凝聚了自我意識。她動了動手指——

「林孟棋！妳快醒來！」

彷彿猛然從深海浮起，孟棋驚醒過來。她正想大口喘氣，卻被眼前的景象嚇得魂飛魄散。

就在她正上方，有一頭巨大的野獸，正發出詭異的低鳴。

怪獸的前肢架在她胳膊兩側，彷彿將她牢牢箝制，散發著腥臭的頭部離她越來越近，造成極大的壓迫感。奇怪的是，怪物的頭彷彿被黑霧籠罩，一會兒像狗，一會兒像熊，一會兒又像是伸出觸手的章魚。

她毛骨悚然，雞皮疙瘩直冒，甚至忘了呼吸。

「——迷路吧。」

塔達塔大的聲音響起的瞬間，那怪物突然抬起頭，像溫馴的小狗般退了幾步。林孟棋不敢用力呼吸，小心翼翼地撐起身體。她這才有餘力觀察四周，不看還好，一看她心都涼了半截。

這裡看來就像是尋常的鄉村聚落，路旁雜草叢生，雖有路燈，但只有寥寥幾盞是亮著的。房子都是平房，彼此間隔著一段距離，看來頗為破舊，像是五、六十年前的老屋。

這裡不是幽靈船，也沒有幽靈船的蹤影。

但這不是重點。重點是剛才那種比人還大的黑色怪物，居然在路上到處遊蕩！光是這一瞥，她就已看到十幾隻。牠們像在尋找獵物，但或許是可視距離有限，沒注意到孟棋。牠們外型相當模糊，不斷變化，四肢有時是貓科動物的爪子，有時是馬蹄，有時則不像脊椎動物，甚至海膽般全身長滿棘刺。她動也不敢動，冷汗直流，腦中一片混亂。這是怎麼回事？為何她不在幽靈船上？這些怪物又是什麼？

而且塔達塔大在哪？

「林孟棋，這裡！快進來！」

孟棋轉頭，發現塔達塔大正躲藏在最接近她的屋子裡，從窗戶偷看她。沒問題嗎？孟棋能聽到怪物尋找獵物的低吼，有隻怪物更是近在咫尺，然而——

要是不相信塔達塔大，她不認為自己能活下去。

力量從她體內湧現，全都集中到她小腿上。她一躍而起，飛身閃到門邊，推開門衝了進去，然後立刻關上。

室內一片漆黑。塔達塔大不在窗邊。

但孟棋並不感到奇怪，因為塔達塔大總是喜歡躲藏起來。她等了等，確認怪物沒有在門外徘徊，才小聲問：「塔達塔大，祢在嗎？這是怎麼回事，其他人呢？」

雖然她很害怕那些怪物，但她更想知道自己為何會在此。

陳浩平怎麼了？燈猴呢？幽靈船呢？孟棋最後的記憶，是他們被捲入「無面目鬼魂」的汪洋中，之後發生了什麼事？其他人是否安然無恙？孟棋心裡滿是不祥的預感，深怕發生了什麼毀滅性的事件，最後只有她跟塔達塔大倖存。

「我在這。」塔達塔大從陰影中探出頭來，「別擔心，我們只是掉下來了。」

「掉下來？」

「妳不記得了嗎？我們被捲進鬼的洪流，但晃動太劇烈，妳不小心鬆手掉出了船艙。我怕妳一個人必死無疑，就跟著妳跳了下來。雖說如此，我還是花了點時間才找到妳。剛才真是嚇死我，妳一直不醒來，我好不容易趕走了一些怪物，其他的又接踵而至……」

聽祂這麼說，孟棋隱約有了些印象。

或許是太過恐懼，造成了記憶障礙。她對這種症狀有印象，記得是「逆行性失憶症」。她還記得天地逆轉之時，自己千鈞一髮之際抓住了船艙口，陳浩平大喊著，要她撐住，但幽靈船猛然一晃，她還是鬆了手。能想起的就只有這些，其他都想不起來了。

原來如此，他們只是失散了。陳浩平跟燈猴沒事，這讓孟棋稍稍鬆了口氣。同時她也有些感動。塔達塔大雖是妖怪，居然特地來救她。

「謝謝祢，塔達塔大。」孟棋坐在地上，因放心而虛脫，「我明明幫不上什麼忙，祢卻來救我。」

「沒什麼，妳會幫上忙的。畢竟妳是被『說妖』選上的嘛。」

——又是這種說法。孟棋心裡有些複雜。

如果是為了報答塔達塔大，要她做什麼都行。但事到如今，她還是不知道自己能派上什麼用場。還是說，「說妖」有某種預言能力？只要被選上，就一定能派上用場？但聽那些人的說法，「說妖」只是將相關人士聚在一起，讓大家拼湊出宇宙通元的真相而已，事到如今，不是已經不需要自己了嗎？

就在此時，窗外又傳來怪物的聲音。她縮起身子。

「外面是什麼？那也是妖怪嗎？」

「如果是妖怪就好了。」塔達塔大重重嘆了口氣，很不以為然，「我們妖怪有共識，為了生存，要對付共同的敵人。但外面那些不同，說白了，祂們就是敵人。妳千萬別接近祂們喔！也別天真到想幫助祂們，祂們是用來殺害我們的工具，當然也包括妳在內。」

「敵人？」

「沒錯。那是人造的。八成是宇宙通元做的好事。」

「什麼？等等，等一下……宇宙通元能做到這種事？製造怪物？」

孟棋大吃一驚。她本以為那些怪物是跟妖怪有什麼恩怨，塔達塔大才這麼說。但居然是被製造出來的？

「我也嚇了一跳啊，但除此之外沒有別的解釋了。」

「難道不是早就存在，只是你們之前沒見過？我是說，Meta世界這麼大，總有你們沒見過的怪物吧？」孟棋問，但塔達塔大在陰影中搖了搖頭。

「妳剛剛也看到了吧？祂們的形象並未固定。妖怪是人類的文化記憶、臆測、情感投射，祂們也是。沒有固定形象，表示傳說出現的時間極短。明明時間這麼短，卻大量出現，這就是人為的證據喔。更重要的是，祂們出現在這裡的針對性實在太強了。」

「針對性？」

「沒錯。」塔達塔大點點頭，「以Meta世界來說，這裡已經很深層。照理說，新的鬼怪會在淺層出現，但為何祂們出現在這裡？就是因為整個Meta世界有了巨大變動，像是突然出現一個深坑，讓祂們掉了下來，這也是我們遇難的原因。」

「祢是說，那個『無面目鬼魂之海』中出現的漩渦？」孟棋駭然。來到這個世界後，她對什麼都見怪不怪，但原來那是異常現象？她緊接著問：「那為何會發生變動？」

「我也不知道，只知道這是計畫性的。兩件極罕見的事同時發生，我不認為是偶然。大概是敵人打算將怪物送到某個地方吧，那個突然出現的漩渦就像蟲洞，是用來運輸軍隊，無視Meta世界穿越法則的通道。」

「軍隊……？」孟棋不由地顫抖，「可是，製造這些怪物有什麼用？如果真的要用軍隊做些什麼，不是該讓祂們留在淺層，以便隨時回到現實世界嗎？讓怪物軍隊聚集在這裡，對宇宙通元有何好處？」

塔達塔大沉默不語，猶豫片刻才說：「我想，很可能是為了對付我們。」

「誰？我們？」孟棋大吃一驚，像要確認般，用手指輪流指著自己跟塔達塔大。後者點頭聳肩。

「我猜的啦。敵人可能已經發現我們的存在，知道之前Meta世界裡的各種妨礙是我們在裝神弄鬼，才把軍隊送到深處。雖然我不知道敵人是怎麼發現的，聽沈未青的說法，陳浩平在每個回溯的時間裡都完成目標了，之前應該都很順利才對……」

聽到這裡，孟棋不禁心下一沉。

之前每次都順利完成，唯獨這次不同。那這次多出了什麼變數？不就是自己嗎？難道情況會惡化，是因為她被宇宙通元逮到，迫使陳浩平不得不來救她？

如果是這樣，孟棋還真不知道該怎麼做才能補償。

當然，她對此毫無義務。但聽了那些人跟姊姊長達十年的戰爭，她知道這有多壯烈、犧牲有多大，她不想成為毀了一切的人。還有陳浩平。雖然不知道他到底背負著怎樣的任務，但願意執行這麼複雜又危險的工作，肯定有非實現不可的願望。

即使不為他人，她也不想讓姊姊贏。不是想毀了姊姊，而是姊妹的關係不能繼續這樣下去了；要是不反抗姊姊，自己就要喘不過氣來了，就算姊姊不認為自己是為她好，孟棋也要這樣說服自己。

她多希望參與「說妖儀式」的那些人能勝利。

但敵人都開始製造怪物軍隊了，這一切還有救嗎？

「——塔達塔大，林孟棋，有聽到嗎？你們沒事吧？」

突然間，陳浩平的聲音傳來。那聲音極近，孟棋嚇了一跳，連忙四處張望。

「陳先生……!?」

然而昏暗的房子裡空無一人。塔達塔大在陰影中揮揮手，壓低聲音：「不用說話，林孟棋。這有點像……你們人類說的心電感應，在心裡回應就好。」

祂說完就閉上嘴示範，聲音在孟棋的腦海中響起。

「沒事，林孟棋跟我在一起，你怎麼聯絡得這麼晚？」

「……我也跟燈猴失散了，找到祂花了點時間。」陳浩平頓了頓，像在隱藏焦躁，「總之你們沒事就好。情況如何？報告一下。」

孟棋愣在當地。雖然塔達塔大說在心裡回應就好，但這太突然了，她根本不知該怎麼做。塔達塔大看她的樣子，還以為她搞不懂狀況，就說：「浩平能跟我們溝通，是透過燈猴的力量，所以他才說要先跟燈猴會合。」

也不等孟棋回應，祂就一口氣說明了情況。有些事發生在孟棋昏過去的時候，因此她不清楚細節。雖然有不少細節聽不懂，但光聽塔達塔大的說明，還有陳浩平的反應，她就知道現況絕不樂觀。

陳浩平還沒準備好應付「軍隊」。

「……要是宇宙通元的神被削弱就算了，偏偏依照過去經驗，擊潰宇宙通元大概要花一年。這段期間過去，別說軍隊，敵人說不定連武器、陷阱都製造出來了。」浩平咬牙切齒，但孟棋能聽出暴躁底下的逞強；現在的陳浩平沒有平常那種氣焰囂張，證明他正面對壓倒性的不利。

不過，這番話是什麼意思？

「那個……陳先生的意思是，要對付元通神，得先擊潰宇宙通元嗎？」孟棋在心裡問，她甚至不確定陳浩平能不能聽到，但對方很快回應了。

「差不多吧。要對付被眾多信徒崇拜的神，就算是我也吃不消。原本我也不急，畢竟我也還沒找到那個神在Meta世界的具體位置；但接下來，敵人布置的軍隊肯定會成爲阻礙，還會越來越多。要是殺不了那個神，就會浪費那些人的努力，我就沒立場高高在上了——我可不想這樣。」

哪樣？孟棋又好氣又好笑，但浩平只是想掩飾自己的不安吧。不然這番話也太沒道理。確實，塔達塔大說過這件事。

要是不消滅神，宇宙通元就會春風吹又生。但她沒想到若不先摧毀宇宙通元，陳浩平就無法消滅神。

「對不起，可能只是我不懂，但對宇宙通元的攻勢，難道不能提早嗎？」孟棋小心翼翼地問。

「能多早？宇宙通元可能明天就毀滅嗎？就算證據充足，檢調採取行動也需要時間，到時敵人創造出來的怪物說不定已經強好幾倍了！」

「就算如此，盡可能提早也會有幫助吧？陳先生的手機在我這，我可以幫忙聯絡其他人。反正陳先生也還沒找到元通神，即使明天就毀滅宇宙通元也沒用，既然如此，只要趕在敵人變強前達成目標不就好了嗎？」

孟棋熱切地說，彷彿心中懷抱希望。

——雖然推測出自己是讓事情變糟的元凶時，孟棋確實感到絕望。但身為護理師的經驗，讓她覺得解決問題更重要；既然她不想成為破壞所有努力的人，就只能努力找出自己能做的事。

塔達塔大看著孟棋。不知為何，祂似乎不怎麼緊張，反而覺得有趣。陳浩平的聲音在孟棋腦中響起。

「呃，不對，我不是說過了嗎？我早就知道元通神在哪了。我在找的是……不，算了，妳說的也沒錯。」他說到這停了下來。孟棋不打算打斷對方思考，也沒說話。

「……就這麼辦吧，請妳聯絡那些人，要他們盡快準備好宇宙通元的犯罪證據。我也會……嗯，我會去做我能做到的事。總之，很高興妳平安無事。」

他最後一句有點唐突，讓孟棋愣住。她當然也感謝對方的關心，但沒想到這麼跳脫前後文脈絡。這時塔達塔大介入心靈感應：「平安無事只是暫時而已吧，現在我們可是在被怪物包圍的村落喔。」

「離開那邊應該不難吧，祢不能讓那些怪物迷路嗎？」

「現階段可以，但要是怪物持續變強，就不知道了。怪物進化的速度非常快，肯定是動用各種媒體造成的效果，而且很可能到處都是，我可沒把握能一直保護林孟棋。所以我有個提案，我想帶她去安全的地方。」

安全的地方？孟棋疑惑地看向塔達塔大，有那種地方？

「等等，祢難道是說——」

「對，就是那裡。」

「我不認為這是個好主意！」陳浩平反應有點強硬，「雖然敵人的敵人就是盟友，但林孟棋不適合。而且祢難道沒想過，那可能就是敵人的攻擊目標之一嗎？」

「絕對是。」塔達塔大承認，「但正因如此，敵人在做好萬全準備前，是不會進攻的吧？

那裡暫時很安全，而且你跟我們會合，也要時間吧？找個安全的地方能減少會合前的風險。浩平，如果你希望林孟棋平安，就不能靠我。你得自己來，你知道只有你能做到。」

——陳浩平到底是什麼人？孟棋聽著有些疑惑，爲何只有他能做到？

說起來，為何陳浩平有信心消滅衰弱化的神明？再怎麼說，他也只是區區凡人，不是嗎？但他卻能輕鬆將「殺神」這件事說出口，為什麼？

孟棋沒問出口。她覺得陳浩平還有很多祕密，是她不方便問的。

陳浩平陷入沉默。

「我知道了。那就請塔達塔大把她帶到安全的地方吧。那個林……孟棋……小姐，請注意安全，我會盡快跟你們會合。」

說完，陳浩平的聲音便沒再響起。為何最後這麼結結巴巴？孟棋不懂。塔達塔大則是對孟棋點點頭，表示對話結束了，應該立刻採取行動。孟棋知道不能耽擱，便問：「我們該怎麼離開這裡？」

「先離開村子。我會告訴妳該怎麼做。」

塔達塔大說這句話時，已站在屋外，正透過窗戶看向林孟棋。祂如此神出鬼沒，孟棋直到此刻都還不習慣。她小聲推開門，眼見那種怪物仍在街道上徘徊，不禁渾身緊張。

「別怕，妳就往右走，我可以讓祂們迷路來保護妳。但妳動作別太大，也別發出太大的聲音喔。」塔達塔大用童稚的聲音說。

祂雖說要保護自己，但語氣一點也不緊張、擔憂，是因爲「妖怪」的特性嗎？孟棋想。

不，現在不是想這個的時候。她開始悄悄移動。

陰森的鄉村暗夜裡，這一路上雖不能說驚險萬分，但孟棋也好幾次差點被怪物發現。有次怪物明顯已經聽到她的聲音，朝她跑來，幸好被塔達塔大的能力誘導離開。這段路明明沒多遠，但躲躲藏藏，竟也花了想像以上的時間，最後塔達塔大引導她打開鄉村診所的門，門後卻不是診所，而是頂樓泳池。

而且同樣充滿怪物。

孟棋與塔達塔大就這樣小心翼翼地前進，不斷打開切換不同空間的門。

電影院。捷運站。公園。咖啡館。沙灘。電視台。無論到了何處，都有那種怪物的蹤跡，只是有數量多寡之別。這段期間，只要情況許可，旁邊沒有這麼多怪物，孟棋就會問塔達塔大「安全的地方」究竟在哪，但塔達塔大都沒正面回答，只說「我能保證那個地方夠安全」。

這讓孟棋有些不安。但除了相信塔達塔大，她也沒別的選擇。

最後，塔達塔大讓孟棋打開攝影棚後方更衣室的門，對面是海蝕洞般天然洞窟，但非常深，甚至已經成了隧道；孟棋感到隧道盡頭隱隱有火光，還有檀香般的味道飄過來。

不知為何，她毛骨悚然。

「進去吧。」塔達塔大說，「裡面就是安全的地方。妳看，這裡連一匹怪物都沒有。」

確實。這裡有種「神聖」的氛圍，而且沒有怪物蹤跡。但為什麼呢？她就是感到不對勁。

她硬著頭皮走進門，扶著石壁，跟隨香氣往前。塔達塔大跟在後面，祂明明是妖怪，為何可以進入這種地方？這裡就像巷弄間的民間神壇，至少她感到類似的氣氛，妖怪跟這種地方不是互斥嗎？

香氣越來越濃了，甚至讓她有些反胃。

最後她來到海蝕洞盡頭。底部是個更大的石窟，直徑約十公尺，高度至少三層樓；眼前的景象讓令她目眩，石壁布滿了大小不一的洞穴，像被開鑿出來的，每個洞穴都隱隱發著光，而且裡頭擺著一尊神像。

那是什麼神祇？只能說尊尊不同。孟棋對民間宗教不熟，但有些特徵比較明顯的，像是媽祖、觀音、關公、三太子、呂洞賓、佛祖，她看得出來，其他就看不出來了。奇特的是，這些神像都頗為殘破，有些甚至斷手斷腳，是誰對神聖的神像做出這種事？孟棋毛骨悚然。

中央的香爐持續冒出香煙，讓孟棋看不清楚。

洞窟的牆壁上雕刻著繁複紋路，有的像文字，有的則是栩栩如生的壁畫。這些圖案在搖曳的光影中彷彿活了過來，細看時甚至會產生一種錯覺，彷彿它們在緩緩流動、變化。

孟棋沿著紋路看去，發現越往上石壁就越黑，像是被煙熏的。她慢慢看向石窟頂端，接著感到心頭一緊，就像有人將手伸進她的胸膛，直接握住她的心臟一樣。

她開始想吐。

「塔達塔大，這裡是——」

「對不起，」塔達塔大的聲音出現在她身後，「要是先跟妳說，妳可能就不想來了。但這確實是我唯一能想到的安全之所。在浩平跟我們會合前，我不能把妳放在危險的地方。」

危險的地方？孟棋苦笑，還有比這更危險的嗎……!?

出現在石窟頂端的，是一隻由木頭雕塑而成的手，並擺出拇指、食指交錯的動作。雖然跟「宇宙通元」的圖騰不同，因為圖騰是平面的，但出現在這裡的「手」，無疑是元通神的「神體」——！

她以為壁畫是栩栩如生，但她錯了。這個石窟是活的。越往上看越明顯。最頂端的位置，石壁甚至像心臟一樣跳動，將黑色血液運送到不同石窟，再重新流出，染成各種璀璨的顏色，到了底部，已是珠光寶氣的樣子。

「為什麼？」孟棋感到暈眩，聲音有些發抖，「宇宙通元不是你們的敵人嗎？為何要尋求元通神的庇護!?這種地方，我才不想——」

她對元通神、宇宙通元、教主的憤怒一口氣湧上。這股情緒太強，甚至讓她看不清四周；接著她恍然大悟，難怪陳浩平說這裡不適合她。原來那時他阻止塔達塔大，是為了她著想嗎？

頭好痛。簡直像有誰在拿針戳她的大腦。這時她腦中響起了某種金屬般的聲音。這是什麼？她好像在不久前聽過，只是現在聽到的更尖銳，更像是怒吼，幾乎要將她的意識沖垮。

「林孟棋，妳冷靜點……」

「祢要我怎麼冷靜！」

「元通神並不是我們的敵人。」

「祢在說什麼！不是你們說，要是不殺死神，宇宙通元就不會徹底消滅……」

「我們要殺死的是宇宙通元的神，不是元通神；那個神跟元通神並非同一存在。元通神是敵人的敵人——祂不是我們的盟友，但確實是跟宇宙通元為敵的！」

「什麼?」孟棋像被潑了冷水。怎麼可能?她覺得自己的世界觀出現裂痕。

她還想再問，但那金屬般刺耳的聲音越來越強，龐大的暈眩感朝她襲來，彷彿整個石窟都在旋轉。她不禁跪倒在地，雙手撐著冰冷的石面，努力保持清醒。

「林孟棋!」塔達塔大的聲音似乎從很遠的地方傳來。

孟棋想回應，但她的視線已經開始模糊。最後的意識中，她看到石窟頂端的心跳彷彿變快，接著，一切陷入黑暗。

她暈了過去。

第十三章

在阿里嘎該回溯時間的前五秒，由於林茗琴不敢正視阿里嘎該，接下來發生的事，只有洪行舟親眼目睹。

即使是見多識廣的天才道士，洪行舟也被眼前的景象震懾住了。

桃木劍刺入的一瞬間，雷雲般的猛烈黑氣從傷口迸發，瞬間無聲地襲捲成暴風。就像書頁被翻動，祕密被揭開，理解被顛覆。某種龐大的力量突然露出真容，讓整個美崙山變得乾燥、充滿靜電。那力量無孔不入地滲透，讓洪行舟汗毛豎立，空氣彷彿變得濃稠，呼吸困難。

桃木劍卡在傷口中，無法再推進分毫。

洪行舟一動不動。他不是第一次面對如此棘手的敵人，但這次讓他愣住的不是力量的規模，而是他終於察覺到的異樣。

第一秒。靜謐的雷電在森林中竄動，阿里嘎該的雙眼漆黑，在陰影中閃耀著不該存在的黑光。黑氣如洪流般湧向洪行舟的方向，他劍指一比，桃木劍回到他手中。

但他並沒有出手。

不是因為無法對抗，而是他比起對抗，更專注於那些讓他困惑的細節。疑點像閃耀的寶石，吸引住他的注意；他想要挖掘出更多的寶石，將他飢渴的好奇心填滿。

首先，這股從阿里嘎該體內湧出的力量，並非來自元通神。

既然如此，就只可能是宇宙通元的神。那是唯一如此接近元通神，連他這樣的天才道士都會弄錯的存在。然而，為什麼？阿里嘎該身上確實有元通神的氣息，之前他以為那是某種超自然的連結，但現在看來，分明是宇宙通元的神棲息在阿里嘎該體內，才能夠解釋這樣的力量——

但這毫無道理。宇宙通元的神為何會選擇妖怪來附身？

第二秒。黑氣狂亂地湧來，洪行舟額頭冒出冷汗，但他依然一動不動。如果這股力量不是元通神的，那麼他和高有成的推測就全錯了。沈未青怎麼可能與宇宙通元的神聯手？那麼，沈未青到底在這場戲裡扮演什麼角色？

情報太少，無法推論。那麼現有的事實呢——

基於某個不可解的理由，讓宇宙通元的神選擇進入阿里嘎該體內。

林茗琴提到了修正，修正什麼？她是教主忠實的信徒，難道宇宙通元遭遇了某種危機？而且修正的力量是來自阿里嘎該，還是神本身？

第三秒。阿里嘎該的眼神變了。不，應該說整雙眼睛都變了，從深沉的黑色變成了如天空般的湛藍。洪行舟恍然，原來如此，宇宙通元的神與阿里嘎該的立場並不一致，剛才的「布倫」，是為了對抗宇宙通元的神。

黑氣仍從阿里嘎該體內不斷湧出，祂忍痛按住傷口，伸手要抓住黑氣，像是不打算讓它離開。

目睹這一切，洪行舟的嘴角滑過汗水，扭出了一個笑容。

有意思，真是太有意思了！怎麼會這樣？如此甜美的謎團就在眼前，但他無法解開，因為顯而易見，這不是四秒內就能解開的謎團。

所以他在第四秒作出了決定。

面對幾乎要撲滅他的黑氣，洪行舟沒有抵抗，反而張開雙臂，露出一抹微笑，像是在迎接什麼。桃木劍從他手中滑落，這個動作明確表達了他的意圖：放棄抵抗。黑氣遲疑了幾個微秒，霧氣的致命尖端因此停下。

就在這短短的幾微秒，所有人意識到接下來將發生什麼事。

黑氣再次湧向前。洪行舟挑釁般地望向阿里嘎該，甚至發出一聲輕笑。而阿里嘎該怒吼著，伸手試圖抓回黑氣。

但祂慢了一步，或說無能為力。黑氣如昏暗的潮水般撲向洪行舟，從他的七竅滲入，鑽進每一個隙縫，貪婪而飢渴。如果精神狀態可以被視覺化，洪行舟此刻像是一個隨時可能爆裂的氣球。然而，即便如此——

他依然在第五秒露出滿足的笑容。

因為他知道答案了。

既然四秒無法解開謎團，那就讓當事人自己告訴他吧！黑氣湧入體內的瞬間，宇宙通元的神十年來在阿里嘎該體內的思考，如同刺骨的冷水，徹底淹沒了洪行舟的意識。他感受到腦神經的每一吋被不斷刺激，這種愉悅甚至讓他有些迷戀，哪怕最終將會被它吞噬也無所謂。

哈哈哈，嘻嘻嘻，呼呼呼呼呼！

原來如此！這一刻，天才道士露出勝利的笑容，雖然他知道，從下一秒開始，「洪行舟」將不再存在；神祇會改變他、轉化他，而他將卑微地臣服。但他不在意，因為此刻，他的衝動得到了滿足。龐大的訊息與意識淹沒思考，最後他只剩下一絲微弱的自我。

那個自我想：真可惜啊……

這麼有趣的事情，竟無法告訴高有成。

但這也無妨。高有成會發現的。如果他無法發現，那就證明高有成不是「天選之人」；無論結果如何，對曾為「洪行舟」的人類都是件樂事，是可接受的結局。然而要選的話，他賭高有成會發現。

懷著對高有成的冀望與信賴，那個自我化作泡沫消失了。

「糟……！」阿里嘎該低吼，腹部的傷口持續滲出黑氣，痛苦不堪。

五秒終於結束。洪行舟飄浮在空中，雙眼漆黑，違反地心引力，就像天使般從天而降，渾身纏繞著黑氣。這具容器雖無法完全容納神祇，但已經足以成為祂的憑附之物。

洪行舟抬手，桃木劍瞬間回到他掌中。

神祇知道如何使用這具身體。

下一秒，桃木劍將會斬向阿里嘎該。阿里嘎該看到了這個未來。

因此在事情發生前，祂用盡所有力量，暫停了時間。

然後逆轉。

□

「——好像不太對勁。」

程煌裕剛用望遠鏡找到洪行舟一行人，就發現情況不對勁。原本洪行舟在前方帶路，身後是他的手下，但洪行舟突然痛苦地倒入草叢，手下扶起他，而洪行舟渾身抽搐，看上去極不尋常。

最詭異的是，洪行舟身旁出現了黑氣。那是什麼東西？是肉眼可見的超自然現象嗎？還是洪行舟在施展某種法術，察覺到了他們的存在？

「什……怎麼會？怎麼會回到這裡？阿里嘎該！」

林茗琴顫抖的聲音響起。這話毫無頭緒，讓程煌裕下意識地回頭查看，卻愣住了。只見林茗琴滿臉淚水，眼神中滿是疑懼。她死死地盯著阿里嘎該，彷彿見到了難以置信的事物。順著她的眼光，程煌裕也望向阿里嘎該。

然後背脊發涼。

林蔭下，巨人捂著腹部，面色痛苦，黑霧從祂的掌心滲出，纏繞在祂四周，竟像是受了重傷。這怎麼可能？程煌裕心跳加速，全身的肌肉繃緊。剛才明明沒有任何衝突發生，阿里嘎該怎麼會突然受傷？

「鐵木，這是怎麼回事？」

「這……我也不知道啊！」鐵木也被嚇到了，語無倫次，「突然就變這樣了！明明剛剛還好好的，可是突然……真的是突然變這樣……」

鐵木話沒說完，但他們都已明白——有事情發生了。

「好，別緊張。鐵木，你先弄清楚情況，我繼續監視。」程煌裕下令，迅速將望遠鏡轉回洪行舟的方向。不是他粗心大意，不在意這件怪事，而是阿里嘎該的異變與洪行舟的異變同時發生，絕不可能是巧合；可是，當程煌裕再度望向草地時，心頭猛然一沉——

洪行舟不見了。

他消失得無影無蹤。怎麼可能？這麼短的時間，不可能移動太遠！更詭異的是，洪行舟的手下全倒在地上，一動不動。沒有任何戰鬥痕跡，沒有任何明顯的異常，彷彿他們全都在瞬間喪失了生機。

「不可能。」程煌裕喃喃自語，努力尋找洪行舟的身影，但除了那些倒地的手下，廣大的平原沒有半點人影。太離譜了，就算是超自然現象，也應該留下一些痕跡吧？

寒意從他腳底升起。

「不……不行，我們必須立刻撤離這裡！」

一個沙啞的聲音突然從身後傳來，是阿里嘎該。

「先保護巴里！剛剛洪行舟是從巴里後方偷襲祂，這次至少不能讓他成功！快，附在我身上的傢伙知道我們的位置，如果不撤退，祂很快就會找上門來。快解開『布倫』，我們必須立刻動身！」

「你說『剛剛』，這事已經發生過了？」巴里用一種平淡、冷靜到近乎無所謂的語氣回應，彷彿這場危機與他無關。「現在這次，是第幾次？」

扶著林茗琴的鐵木猛然抬頭，驚恐地看著阿里嘎該：「阿里嘎該，祢的眼睛……祢恢復了？」

「無論如何，請祢解釋一下。」程煌裕冷靜地說。他雖有很多疑慮，但現在必須冷靜。現在已經沒必要監視草原，如果這不是第一次，表示他們失敗過。問題是，為什麼？發生了什麼事？最重要的是——

阿里嘎該真的能信任嗎？

「是第二次。附在我身上的邪神已經離開了。」阿里嘎該的聲音低沉而帶著疲憊，「逆轉時間的能力是以我的狀態為基礎發動的，既然祂已經離開，就不會跟我回來。可是，我現在太虛弱了，如果再遭受一次攻擊，可能無法再次逆轉時間……」

「好。立刻撤退。」程煌裕當機立斷。他快步走向布置在地上的驅魔芒草，三步並作兩步，迅速將它拆除。

「等一下！程先生，還沒確定阿里嘎該說的是真是假啊！」鐵木焦急地說。

「對。但如果是真的，我們已經暴露在危險中。沒有時間了。」程煌裕說。倒不是他已經相信阿里嘎該，而是就算有萬一，巴里也可以在阿里嘎該有可疑行動時殺了祂。既然有明確的底牌，就不該浪費時間疑神疑鬼。

但也有人根本沒聽他們說話。

「邪神？祢在說什麼……」林茗琴的聲音顫抖，語氣悲愴，「祢不是阿里嘎該嗎？之前幫我的不是祢嗎？祢是被神感化了，不是附身……」

現在並不是討論這些的時候，但林茗琴似乎無法壓抑她內心的痛苦與失落。因為她已意識到，如果阿里嘎該只是因為被附身才幫她——

那她勝利的機會，已趨近於零。

鐵木看著這一幕，臉上露出不忍，卻沒說話。程煌裕則根本不想理。他看向阿里嘎該，簡潔地問：「我們該撤到哪？祢比我們清楚情況，由祢來決定。」

阿里嘎該點頭，忍著痛苦，緩慢地站起來：「跟我來，這附近有個山洞，我以前住在那裡。只要我們回到現實，洪行舟不會再追過來。」

程煌裕微微挑起眉，帶著疑慮問：「祢確定？洪行舟來這裡，不就是為了殺了我們嗎？我不覺得他會這麼簡單放過我們。」

「我確定。」阿里嘎該聲音沙啞地說，「比起殺了你們，祂現在有更重要的事情要做。」

「什麼意思？」鐵木忍不住追問。

阿里嘎該搖搖頭，走進森林，聲音越來越低沉。

「就算宇宙通元破滅，邪神也能捲土重來。要徹底阻止祂，必須有人殺死祂的本體。可以說，只要能殺死祂的人不存在，祂就是不死的。」

樹影逐漸將他的身影吞沒，他的低語傳來。

「——所以祂要去殺陳浩平。」

第十四章

迷迷糊糊中，孟棋想起了童年的往事。

那時，孟棋的父母尚在人世，但有件事卻深埋她心底，除了她自己，無人知曉。因為在那極度恐怖的經歷中，唯有裝傻才能保護自己——

她曾被可怕的鬼魂纏身，整整一個月。

或許是因為發現她擁有陰陽眼吧。那時的孟棋還無法分辨活人與死者，總是對著空無一人的地方自言自語。某天，突然有個鬼魂找上了她。起初，它只是遠遠地觀望，但沒過多久，就開始纏著孟棋不放，夜夜在她耳邊低語，讓她難以成眠，甚至精神狀態出現異常。

而且，鬼魂似乎會彼此吸引，漸漸喚來了更多的鬼魂。

為什麼？為何要如此迫害一個小小的孩子？

或許，它們別無選擇。

聲稱自己有陰陽眼的人不在少數，但真正能「看見」鬼怪的卻寥寥無幾。大多數人不過是假借陰陽眼之名，讓別人覺得自己與眾不同，或是藉此欺世盜名。孟棋原以為自己只是個擁有陰陽眼的普通人，但她比自己想像中更為稀有。因此，好不容易能與「人間」溝通的鬼魂，自然不會放過孟棋，恨不得將她當成傳達意志的工具，就像那些乩童、薩滿、巫女一樣。

可是，孟棋卻嚇壞了。

眾鬼為了爭奪主導權，紛紛向她訴說自己悲慘的身世，企圖博取她的同情。事後回想，那確實是極其悲慘的命運。若是成年後的孟棋，或許已能體會這些悲劇帶來的心酸，說不定會心軟，像電影《靈異第六感》那樣幫助鬼魂。但當時的孟棋實在太小了，根本沒有心力去理解他人的命運。

她只想逃離這一切。

所以，當父母發現她經常心不在焉、舉止怪異，開始擔心起來時，她什麼都沒說。她下定決心要逃避。想要假裝自己根本看不見、聽不到。於是，她隱藏起自己的經歷，將自己偽裝成一個平凡的孩子。久而久之，那些鬼魂也就放棄了。也不見得是相信她沒有陰陽眼，而是感受到了她堅決的抵抗。

它們放棄了希望，孟棋終於獲得了自由。

即使如此——

有時，孟棋還是會回想起當年的事，想起眾多鬼魂激情的控訴。

因為，那確實是悲傷至極、足以讓亡靈徘徊人間的遭遇。悶悶的情緒就像揮之不去的蛛網，永遠纏繞著她的童年回憶。夏日午後驟然而至的陣雨，總讓她憶起那些不斷掙扎、極欲扭轉的命運。鬱悶炎熱中閃過的幾聲雷鳴，就像鬼魂悲愴的控訴。

此刻，在元通神領地失去意識的她，再度嗅到了那種悶熱的氣息。

被情緒充斥的燥熱。怨恨、不甘、愛，像氣泡水般不斷「啵啵啵」地湧出。所以即使沒有任何人開口，她也很清楚——

這是控訴。是無能為力、垂死掙扎後的哀嘆。

半睡半醒間，孟棋看到了一間煙霧繚繞的小房間。就像夢中人不會懷疑自己在作夢，孟棋也不覺得自己突然出現在這裡有何奇怪。這是一間異常狹窄的神明廳，不遠處擺著一張餐桌，從擺設來看，屋主的經濟狀況並不寬裕。神桌前，一名男子拿著筊杯，顫聲祈求。

「財神爺，元帥爺，我把所有家當都投進去了，要是沒中，我只能帶全家老小去自殺。請祢……請祢指示明牌！」

孟棋站在男子身後——不，她並非真的站在那裡，而是宛如觀看舞台上的變化，以旁觀者的視角俯瞰著這一切。只見男子卑微地跪在神桌前，眼前散落著求明牌用的圖紙，上面畫滿各種圖案，標註了眾多數字。

孟棋不認識那尊神像。她對民間信仰不太熟悉。但她知道男人在做什麼。

男人正在向神明求六合彩、大樂透的明牌，只要中了頭獎，就能獲得驚人的財富！只見男子的汗水滴落在圖紙上，每隔幾秒，擲筊的聲音就響起，宛如機械般規律。若是神明當真告知中獎號碼，男人就能過上截然不同的人生。

突然，畫面閃動，孟棋看到了不同的時間。

同一個神明廳，同一個男人。但這次男人不再虔誠，而是將神像壓在身下。他手中握著刀子，彷彿要殺死神明。孟棋驚愕不已，只聽男人發出野獸般憤怒的咆哮：「為什麼!?為什麼不開明牌給我！我明明把一切都投進去了啊！」

他的怒吼在單薄的斗室中迴盪。當然，神像沒有回答他。

「再一次……我他媽的警告祢，我要再賭一次！這次我會把剩下的也賭上，絕對要翻盤！元帥爺，聽好了，要是祢再不開真正的明牌，我就把祢斷手斷腳，聽見了嗎!?」

什麼？

雖然依舊迷迷糊糊，但孟棋聽懂了。她心跳加速，不敢相信居然有人膽敢威脅神明！就算沒有信仰，她也覺得這場面太過駭人，然而——

畫面再度跳轉。

這一次，男人趴在神明廳的餐桌上，一動不動。他口吐白沫，臉色發紫，後者是窒息造成的。看這樣子，應該已經無法挽救了。孟棋認得這種症狀，應該是有機磷中毒。

神桌前站著一個女人，她手握刀子，正在瘋狂地砍劈木製的神像。

「為什麼祢不出明牌……為什麼祢不出明牌……」

毛骨悚然。

女人邊哭邊割，喃喃自語，宛如在分屍神明。沒過多久，神像的頭被砍下，手被砍斷，精緻的雕刻慘不忍睹，而女人依舊叨念著怨憤的話語。孟棋轉過頭，不敢相信世上竟有這種事。

畫面又變了。

這次不是那個狹小的神明廳，但同樣有一座神桌。神桌上除了祖先牌位，還擺放著幾尊神像——有些是孟棋認識的，比如關聖帝君。

儘管場景不同，但情節卻驚人地相似。接下來，她目睹了幾十個場景，都是貪得無厭的信徒找到神明，要求神明告知明牌。最初或許還恭恭敬敬，但隨著期待落空，許多人都露出了險惡的面目。比較好的，是直接把神像丟棄，至於惡劣的，則是以損毀神像來威脅神明。

有人將神明的分靈請到家中，直接威脅。

有人甚至潛入廟宇，將神像偷回家中。

有人到陰廟求明牌，落空後對廟宇潑漆，再將神像斷手斷腳，最後丟棄。

孟棋看著這一切，不禁全身發抖。

太瘋狂了。不尊重神明也該有個限度。這些人究竟是怎麼了？是從一開始就不信神，只將神明當成發財工具嗎？還是說，即使信神，也在連續落空下扭曲了自己的信仰……？

或許就是這樣吧。

在這些「控訴」之中，孟棋不只看到慘遭分屍的神像，也看到投入一切又失去一切的信徒。雖說是施虐的一方，但他們是何等淒慘的施虐者；將神像斬首斷肢時，他們氣急敗壞、淚流滿面，與家人大吵大鬧，甚至釀成人命。

有位信徒割壞神像時，兩眼通紅得令人心驚，他喃喃自語：「我可以這樣做吧？其他人都是這樣做的，我已經失去一切了，這樣做也不為過吧！」

那表情比修羅夜叉還要恐怖。

「我不想看，為何要讓我看這些？」

孟棋被絕望與激情淹沒。這實在太可怕，太令人無力了。其實她不是完全不理解信徒的心情，如果神明真有大能，為何不肯賜下明牌呢？難道神明在欺騙人嗎？神明空享香火，其實什麼都做不到？倘若信徒是因相信神明才失去一切，他們激烈的報復行動也就不難理解了。

不過……

這或許只是個數學問題。

即使頭獎有兩億元，若神明發揮神通，對每個信徒都開出明牌，結果有一萬名信徒中獎，最後分下來，每個人也不過兩萬元。更何況信徒的數量遠遠超過這個數字。

換言之，個別信徒想要獨占大量財富，這是彼此互斥的願望。要讓某個信徒中獎，就必須設法讓其他人無法中獎；就算神明真有大能，也只能被用在彼此妨礙之上吧。

說到底，想用「中大獎」來逆轉人生，本就是一種相對有限的思考方式。

錢若不流動，就沒有意義，也無法成長。比起一夕致富，妥善地投資理財才是正道。當所有人都想得到同一筆錢，這種邏輯上不可能的事，自然會消耗神的威能。只要信徒一天不明白這個道理，就難免走上絕望之路吧。

神明並沒有錯，只是被塞了一道不可能解開的數學題而已。

孟棋終於明白自己面對的是怎樣的控訴。

她聽說過這段歷史。有一段時期，臺灣人非常迷戀大樂透、六合彩，據說當時財神廟前擠滿了前來求明牌的信徒；而神像遭到斷手斷腳，也是那個瘋狂年代的縮影。這些神被稱為「落難神明」，祂們殘缺的神像甚至被拋棄在荒郊野外，數量與日俱增。

大概是有人丟棄，其他人看到了，就覺得可以丟在那裡吧？久而久之，竟然形成了一個堆放神明的垃圾場。媽祖、關公、保生大帝、三太子……各種神明應有盡有。而且祂們全都不完整，飽受屈辱，尊嚴盡失。

這個元通神的洞窟裡，充斥的就是這樣的「落難神明」。

……所以，神明是想報復嗎？

因為想報復，所以才成為邪神？

「元通神」現身於世，全都是人類自作自受？

原本孟棋這樣想，但不是的。

完全不是如此。

神明並不憎恨，祂們只是「不甘」。

不甘於無法實現信眾的願望。

不甘於無法解開的數學題。

不甘於自身權能的限制。要是能變通，說不定能開示比「中獎」更好的辦法。

這就是為何事情變得越加無藥可救。

在某座橋下，有個「落難神明」的墳場；失去信徒、失去尊重的神像都被丟棄在那裡。明明每座神像都經過開光、迎神，都是神明正式的分靈，卻遭到如此羞辱的對待：泡在污水裡腐敗。

孟棋在幻境中看到了這樣的景色。

然後，就像死者會聚集到墳場，有名抱著神像的少女出現了。她在最深的夜晚，宛如喝醉酒般，臉色紅潤，腳步不穩地走來，將精緻至極的木雕神像丟到橋下。

不知是不是錯覺，那少女長得有點像江儀。

原本只是墓園增添一名死者而已，沒什麼。但眾神立刻發現，這新來的神像跟祂們不同，祂完好無缺，沒有任何傷痕——

難道祂沒有被拋棄？

——真好啊。

在場的神明分靈，或許都閃過這個念頭吧。

要如何解讀這樣的念頭，因人而異。不過，新來的神像就像是感到威脅般，立刻散發懾人的神威，甚至帶著攻擊性；事到如今，誰也不知祂為何這麼做，要比喻的話，或許就像野狗闖進狗群，想透過攻擊確認自己的地位，或自我保護。

不過，在那個場合，代價卻是致命的。

就像開戰的信號，眾神進行反擊，一場無聲無形的戰役開打。

那是徹底不值一提的戰役。

因為倒在泥水中，已失去尊嚴的眾神靈，不可能進行什麼驚天動地、各顯神通的華麗戰役。那是悲慘至極，宛如洩憤般的互毆，就算有什麼神通，也毫無光輝可言。至少在孟棋眼中，那不是讓她興起崇拜之心的戰爭，甚至令她感到恐怖。

其結果，與其說兩敗俱傷，不如說眾多神靈爭奪起完整的神像；無缺損的神像就像象徵希望的寶座，傷痕累累的神明們朝寶座爬去，彼此推擠、融合，最終成為滿是傷口的複合之神。

直到此刻，祂們才知道「這個神明」跟沈家的關係，還有祂是如何在小小的家族內進行恐怖統治吧？

但祂們不在意。沈家是什麼東西？太渺小了。祂們的眼界擴及整個臺灣。祂們要彌補不甘，曾讓信眾失望的祂們，決意為信徒帶來新的希望！為了再度成為人們崇拜的神祉，首先需要一間新的廟宇。

沈家不明就裡。因此找回神像後，他們繼續供奉神祇，將祂囚禁起來；這讓充滿遺憾的神焦慮不已，祂們可不是為了服務沈家才寄宿在神像上的！到底要怎樣才能離開沈家？這個家族裡面，是不可能有人願意幫祂的。

就在與沈家拉扯幾年後，希望出現了。

有位與沈家毫無關係，潔白無瑕的人出現在沈家。

他是位畫家。當他聽見神明的傳喚，打開神明廳的瞬間——

畫家的人生被改變了。

□

孟棋緩緩睜開雙眼，感覺溫熱的淚水沿著臉頰悄然滑落。

「控訴」的幻境終於散去，現實世界重新浮現在她眼前。她仰望著元通神石窟的穹頂，那隻高高懸掛的「神像之手」仍在原處；然而，此刻再看那隻手，雖然依舊無法生出親近之感，卻也不再令她反胃或恐懼。

因為她已經洞悉了元通神的來龍去脈。而理解，往往能驅散恐懼。

「林孟棋醒了！」塔達塔大的嗓音在洞窟中迴盪。

聽聞此言，兩道身影靠了過來——是陳浩平和燈猴。不知不覺間，他們也已趕至此地。浩平尖酸地說：「哼，真是個睡美人。那些怪物都已經四處遊蕩了，妳還要睡到什麼時候？再這樣下去，我可要把妳丟下……」

話說到一半，浩平突然語塞。他這才注意到孟棋臉上的淚痕，頓時沉默下來，不自在地輕咳幾聲。他來到孟棋身旁，半跪著問：

「妳哭什麼？是怕回不去現實世界嗎？別擔心，丟下妳只是說說而已，我還不至於那麼不負責任。」

「這點我可以作證，」燈猴插話道，「浩平嘴巴雖然壞，但他能一直高高在上，正是因為從不做卑鄙的事。」

孟棋不禁莞爾，搖了搖頭，慢慢站起身來。不知為何，她感到內心異常踏實。是因為終於觸及真相，還是說，被強行灌輸了真相？不，這些並不重要。重點是理解帶來的釋然充盈著她的胸膛。她抬手擦去淚水。

「沒事，我不是為自己而哭，」孟棋輕聲說，「我只是覺得……荒謬。難以置信，我之前居然會如此懼怕元通神。」

假如幻境中所見屬實，那麼宇宙通元豈不是一個極度荒誕、令人哀憐的存在？它扭曲至極，連自身的本質也不知曉，從最初就偏離正軌，而且所有自我糾正都徒勞無功。那個萬人敬仰的教主，其實空空如也，連自己所代表的並非元通神，而是他人虛構出的偽神都不知道。

陳浩平挑起眉：「荒謬？」

「因為這裡的元通神根本無能為力啊！我猜陳先生應該早就知道吧？祂只不過是個電池，被宇宙通元的神明榨取利用。難怪塔達塔大會說元通神是宇宙通元的敵人……」

「妳知道？」浩平有些驚訝，「那妳怎麼還會被嚇得昏過去？」

換作平時，這欠扁的話或許已惹怒孟棋。但她仍沉浸在某種悲傷的情緒中，只是瞥了他一眼。塔達塔大急忙解釋：「不對啦，我才剛開始說明她就昏過去了，她應該還不知道全貌才對啊？你也知道，這件事太難解釋了！」

陳浩平皺起眉頭。

事實上，當塔達塔大說她是因無法接受元通神而氣昏的時候，他就覺得不對勁。雖然他不是很瞭解孟棋，但她給人的印象是能忍，不是會輕易情緒失控的類型。這麼說來，她會昏迷可能是另有隱情？

「如果妳真能憑片面資訊推斷出全貌，那我可要對你刮目相看了，林小姐。」浩平語氣平淡地說，「就像妳所說，宇宙通元確實是以元通神的神力為基礎，創造出了另一個神明。最初，那個神明不過是元通神支撐起的幻象，但隨著時間推移，祂也逐漸有了自己的本體。可即便如此，祂仍在不斷榨取元通神的力量。為什麼會發生這種事？說實話，我也不明白。通常在Meta世界中，概念都是名實相符的，為何元通神的概念會被如此割裂，既斷裂又相連，這至今無人能解……」

「無人能解？」林孟棋抬起頭，「難道不是因為教義被扭曲了嗎？有人歪曲了教義，把元通神的旨意全都往別的方向解釋——」

「我大致能猜到一些。但實際上，教義的分歧並不罕見，卻只有宇宙通元的神明被割裂成這種程度，這還是很不尋常。」

孟棋啞口無言。什麼叫猜到？這還需要猜測嗎？她親眼目睹了一切！在教主獲得「神體」之後，沈家的青年出現在他面前。為了某種目的，他蠱惑了教主，改造了他的思想，懷著惡毒的意圖編織出扭曲的教義……一想到姊姊竟然信仰那種東西，孟棋就覺得荒誕可笑。

「那個……我有個疑問，」孟棋小心翼翼地問道，「你為什麼要猜測？元通神沒有直接告訴你嗎？」

浩平瞪大眼睛。

「什麼意思？妳是說，妳是從元通神那裡聽說的？」

「嗯。我想我都知道了，你既然早就知道這裡，應該也了解這些……」

「當然不知道！誰想跟元通神溝通啊？」浩平忍不住提高嗓門，「就算已經扭曲，那終究是神明的團塊，是妖怪的敵人！我能容忍祂進入我的視線就已經是極限了，要不是祂跟宇宙通元站在對立面，我連靠近都不願意！」

原來如此，孟棋心想。

此時此刻，她已經不會再質疑浩平與妖怪站在同一陣線的立場了。不過，如果真是這樣的話，難不成……

她的心情變得複雜起來。

儘管難以置信，但是，該不會是由她獲得最後一塊拼圖吧？

當她身處元通神的內部，她終於不再覺得自己是無關緊要的局外人，派不上用場。這就是她被「說妖儀式」選中的原因？不會吧，難道自己在這起事件中之所以能夠發揮作用，僅僅是因為**她願意傾聽他人的訴說，也願意與他人交流**？

或許真的就是這麼簡單。

不如說，如果這真的能產生影響，她絕不會否認其價值。於是她長舒一口氣，坦然接受自己的重要性。

「陳先生，」孟棋凝視浩平，語氣變得嚴肅，「我能問你一件事嗎？」

浩平挑眉：「什麼事？」

「你真的有能力殺死宇宙通元的神？」

這直白的問題似乎讓浩平措手不及。儘管他一直把這事說得理所當然，但面對如此直接的詢問，他還是遲疑了一瞬。深吸一口氣後，他緩緩回答：「在其他時間線上，我確實做到過，而且必須做到。如果我殺不了神，我們就輸定了。」

「那麼，接下來該做的就很明確了。」孟棋掏出手機，「我們得聯絡那些參與說妖儀式的人。」

「等等，妳還沒聯絡他們？」浩平皺眉，「我以為妳早就通知他們了，畢竟是妳提議要他們儘快行動的。」

「一路上都是怪物，哪有時間啊！而且現在情況不同了。」她頓了頓，「老實說，我也不確定剛才從元通神那裡得到的消息會帶來什麼影響，但我敢肯定，一定有影響。因為要是沒有——」

她聲音低沉下來。

「那麼，或許就會像你說的，我們輸定了。」

第十五章

「阿里嘎該真的恢復了嗎？會不會只是騙局，為了讓毒眼巴里放鬆戒心？」施俐宸看著阿里嘎該，推了推眼鏡。毒眼巴里立即接話。

「放心吧！如果有必要，我隨時可以看祂。要看嗎？」

雖然毒眼巴里的語氣相當輕鬆，但現場的氣氛其實劍拔弩張。面對能夠逆轉時間的阿里嘎該，眾人抱持最大的戒備與畏懼。程煌裕輕咳一聲，舉手吸引眾人注意。

「依我看來，若阿里嘎該仍是我們的敵人，在解開芒草時，我們早就完蛋了。不過，這也不是我們可以掉以輕心的理由。阿里嘎該，祢說陳浩平現在很危險，但我們還不能相信祢；祢必須說服我們祢是清白的，否則我們也無法放心。」

這裡是施俐宸家。在眾人聚集以前，程煌裕已在群組裡概述情況，但面對巨人的靈體，眾人可說是膽戰心驚，尤其沈未青，那可是她戒備了十年之久的敵人。

「我知道，你們是不該相信我。」阿里嘎該的聲音既粗糙又緊繃，「但我拖累大家如此之久，為了彌補，我只能盡力證明自己。尤其我們的行動已暴露在最凶殘的敵人面前，這是過去十年都未發生過的！」

所謂最凶殘的敵人，是高有成嗎？沈未青聽了祂的話，忍不住抬起頭：「阿里嘎該，祢說過去十年……難道祢擁有這十年的記憶？祢還記得發生了什麼事？」

阿里嘎該望向她。她有多久沒見過這雙清澈的藍眼睛了？巨人的眼中充滿感情，帶著些許憂鬱，用低沉的聲音說：「是的。我很抱歉。正因為還記得，我知道這對妳來說是多大的負擔。」

沈未青沒想到自己會被這番話撼動。她當然清楚這十年有多沉重，但由記得這些事的對象說出，那份理解帶來的龐大意義感震撼了她。江儀握住她的手，表示支持。在這件事上，施俐宸顯然慢了一步，他的手在空中游移，一時不知該放在哪裡。

但沈未青主動握住了施俐宸的手。

氣氛和緩了些，但這不表示大家已對阿里嘎該放心。

「對我來說也是負擔，祢卻什麼都沒說。」林茗琴低聲說，但音量足以讓所有人聽見。眾人望向她，各種情緒頓時浮現臉上，但最先開口的是阿里嘎該。

「彼此彼此吧！但我知道妳也是被迫困在時間回溯裡，至少現在不用勉強了。」

林茗琴猛然抬頭，瞪著祂，張口欲言卻無言以對。

——沒錯，正如阿里嘎該所說。若能選擇，她也不願繼續。是那個雙眼漆黑的阿里嘎該脅迫她繼續的。

鐵木聞言睜大眼睛，小心翼翼地觀察其他人，然後才問：「這是什麼意思？回溯不是林小姐造成的？」

「她能選擇回到某個時間點，但若宇宙通元毀滅，時間也會回溯，與她的意志無關。」

這番話讓眾人臉色微變，他們明白背後的含義；這表示林茗琴只是一個好用的工具，甚至稱不上幕後黑手！但，這足以為林茗琴開脫嗎？

「抱歉，這話題能先擱置嗎？」

羅雪芬透過江儀的手機螢幕說。

「我想有很多問題必須優先釐清，比如能不能相信阿里嘎該。首先，可以請阿里嘎該解釋為何幫助宇宙通元嗎？當然，我知道那不尋常，問題是為什麼？這種事會不會再度發生？能不能預防？等這些釐清了，才能談相信。」

「妳說得對。」巨人點頭，「之前發生這麼多事，是因為我的身體被宇宙通元的神祇入侵，精神也被控制；我既是阿里嘎該，又擁有被宇宙通元信徒崇拜的記憶，自認為對宇宙通元負有義務，應該不擇手段。但這種事不會再發生了。硬要說的話，就像打了疫苗，我已能辨識對方的特性，讓祂無法入侵。」

「可是為何會被入侵？」羅雪芬追問，「抱歉，雖然祢這麼說，我還是無法安心。根據沈小姐的說法，我們曾擊敗宇宙通元，為何元通神在那之前沒有入侵祢的身體？」

「祢說的入侵是發生在宇宙通元的總部對吧？我記得那時有黑色的東西進入祢身體……」沈未青話沒說完，因為就算相隔十年，當時的景象仍令她膽戰心驚。

「是的。」阿里嘎該點了點頭，「說來是我太大意了。那時宇宙通元已經瓦解，神祇的力量極為薄弱，我毫無戒備，才被趁虛而入。」

「所以元通神能附身在妖怪身上，使用妖怪的能力？這麼嚴重的事，之前我們怎麼不知道？」施俐宸說。

「不，沒這麼容易，主要是因為毫無戒備，這很難解釋，就像被驚嚇會更容易被邪靈入侵一樣。我那時大意，是因為那個神的力量已經很弱……畢竟那時神的本體已經被殲滅了，只剩下遊蕩在世間的殘餘；但基於某個原因，那個神重拾力量，才入侵我的精神，不然應該是辦不到的。」

「某個原因，具體來說是什麼？」程煌裕問道。

阿里嘎該猶豫著，沉默片刻，最後祂看向沈未青，聲音異常沉重。

「你們已經知道元通神原本是沈家私祀的神祇，而且這個神以祂特殊的方式眷顧自己看上的對象；沈未青，妳知道的吧？妳有特殊的力量，這是沈家的神留在妳身上的，也是目前最接近祂原始型態的力量。」

「我知道。雖然我不想要，但那股力量確實一直跟著我……」

話沒說完，沈未青突然愣住，背脊發涼。

「等等，祢是說，是我家的神留在我身上的力量，填補了元通神欠缺的力量……!?」

回憶湧上。黑氣十年前出現的瞬間，就是沈未青與林茗琴打照面的那一刻；那時，她確實有強烈的感應，彷彿許久未現身的「神明」再度出現——是她將「神明」帶過去的？

「沒錯。」巨人的聲音穿透進未青的心房，「雖然那個神不是元通神，但力量是同源的。林茗琴帶著『神體』，而妳身上的力量就像電池，短暫補充了那個神所需的能量。雖然只有短短一瞬間，但也足以讓祂利用我回到過去——回到祂的全盛時期，廣受信徒崇拜，力量最強大的時刻。」

沈未青摀住口，強烈的反胃感湧了上來。

難道她沒去宇宙通元總部，一切就不會發生？原來這一切都是她的錯，是她把其他人捲了進來？

「是妳？」林茗琴忍不住站了起來，「要是沒有妳，這一切都不會發生！」

「不對，這不是未青姊的錯！」江儀高聲說道，她瞪著林茗琴，「照妳這麼說，妳不去宇宙通元的總部也不會有事啊！」

「更不用說之後都是妳自己的選擇。」施俐宸冷冷地說。

「我的選擇？我有什麼選擇？要是無法拯救宇宙通元，我的時間也無法前進啊！」林茗琴紅著臉怒斥。她過去一直不願承認這點，不願承認自己對宇宙通元已沒這麼盡心盡力，但為了自己的未來，她非拯救宇宙通元不可。

「好了，這不是現在最重要的議題。」程煌裕提高了聲音，喝止雙方。「我們不想追究任何人的責任。沈小姐當然沒有過失，至於林小姐，我們對妳的不滿，是針對妳在時間回溯期間的所作所為，請妳明白這點。事到如今，我們也沒興趣追究自己都不記得的事，所以到此為止。阿里嘎該，我可以理解成，祢的力量已再度為我們所用了吧？」

巨人沉默片刻。

「如果你指的是時間回溯，現在不行。你看，洪行舟造成的傷口被我帶了過來，現在的我虛弱至極，就算勉強回溯，也只能回到極短暫的時間之前。我需要完整的治療才能派上用場，但現在是做不到的。」

「療養、自然恢復……這些也不行嗎？」鐵木問道。

「不行。治療需要某種特殊技術。總之不是此時此刻能辦到的。」

「但根據未青姊的說法，之前祢想回溯就回溯，洪行舟造成的傷口有這麼嚴重，差這麼多嗎？」

「那時是宇宙通元的神將祂的能量借給我。在擁有大量信徒的情況下，祂的能源接近無限。」

「說到這個，」羅雪芬問道，「附在祢身上的神呢？現在宇宙通元還沒垮台，這表示有個力量強大的神正在外面活動，這很不得了吧？」

「或更糟，祂可能附身在別的妖怪身上。」程煌裕說。

「這點可以放心，」阿里嘎該說，「其實那個神跟妖怪的身體不相容。我被附身時，偶爾還能擺脫控制，就是這個原因。若非情勢所逼，祂應該不會再這麼做。至於祂現在在哪——很可能在洪行舟身上。」

那個道士。

江儀有些反胃。即使只見過一次面，她也覺得那男人噁心至極。

「所以洪行舟現在已經不是洪行舟了？那個神順手幫我們解決掉最棘手的敵人？但我還是不懂，這對那個神有何好處？」羅雪芬問，「老實說，因為我不在場，我到現在還是搞不清楚Meta世界發生了什麼事。陳浩平說那個道士很危險，真的嗎？」

「他有多強我不清楚，」江儀的聲音有些尖銳，「但他缺乏人性……還是說社會性？我同意他很危險，因為他不是無知才這麼不合群，而是明知待人處世的常識，卻刻意不配合。」

像在挑釁，或以貶低整個世界為樂。

「原來如此，但神為何找上他？我是說，神還需要附身，這不是很麻煩？難道祂不能自由顯現，像阿里嘎該跟毒眼巴里這樣？」

「我倒是覺得不奇怪。對神來說，有個『乩身』確實比較好。」鐵木說，「就像我們沒見過神明直接露臉，神明要傳達旨意，通常也是透過乩童，或巫師。這麼說來，身為道士的洪行舟說不定很適合。」

「就像鐵木說的。」巨人點頭，「就算要用妖怪的身體，那個神也需要『容器』。也是利用這種性質，之前我才能將祂控制在我身上，不讓祂離開。」

……？

眾人一時間沒聽懂，不明白祂是什麼意思。

「我確認一下。」羅雪芬猶豫著說，「祢的意思是，祢是刻意讓那個神被困在祢的身體裡……？」

「沒錯。」阿里嘎該點點頭，「因為祂在我身上已經沒有好處了。我被毒眼巴里監視，被『布倫』限制，精神也因長期侵占而衰弱。只要祂離開，我剩餘的力量所剩無幾，大概只能回溯一、兩次。祂之所以留下，除了時間回溯仍是個威脅外，也因為沒有合適的身體。但最糟糕的情況發生了——祂察覺到陳浩平在做什麼。」

「什麼？」

為何這時突然冒出陳浩平的名字？眾人面面相覷，只有程煌裕跟鐵木心裡有底。他們在美崙山聽阿里嘎該提到陳浩平，但也不清楚細節，因此沒開口。阿里嘎該繼續說：

「陳浩平這十年來幾乎沒跟你們聯絡，就是為了盡可能保密，避免被那個神察覺。但你們被宇宙通元的人發現，有被偷襲的危險，陳浩平不得不傳授你們進入Meta世界的方法，因此在我——在宇宙通元之神面前露了臉。知道陳浩平存在後，祂就迫不及待想離開我的身體，襲擊陳浩平，所以我才拚命留住祂，直到被洪行舟刺傷。」

「等等，我還是不明白。」江儀皺起眉頭，語氣充滿困惑，「為何發現陳浩平後就非襲擊他不可？陳浩平有什麼了不起的？他到底在保密什麼？」

「跟祢提到的殺神有關，對吧？」程煌裕說，「但神怎麼殺得死？」

阿里嘎該沉默片刻，像在評估該怎麼解釋，最後祂緩緩開口。

「當那個神控制我的身體時，就算殺了我，也無法殺死神。因為神的本體不在這，祂只是將意識與力量放進來。換句話說，不管殺了千萬個『容器』，神都只是暫時退避，之後必定會捲土重來——除非祂的本體被殺。而祂的本體，就在Meta世界，陳浩平的任務，就是在錯綜複雜的Meta世界裡找到宇宙通元之神的本體，將祂殺死。」

這番話如同重磅炸彈，在眾人心中炸開。有人倒吸一口涼氣，有人瞪大了眼睛。鐵木率先打破沉默，難以置信地說：「你是說……陳浩平可以殺死神？怎麼可能？」

「他做得到。而且那個神知道他做得到。過去祂一直不明白事情是怎麼發生的，但祂現在知道了。所以祂根本不在乎我們，陳浩平才是首要目標，只有他是必須除掉的威脅。」

這下他們懂了。阿里嘎該先前說的「我們的行動已經暴露在最凶殘的敵人面前」，指的並不是高有成，而是宇宙通元之神！

江儀忍不住「嘖」了一聲。

「就憑那個陳浩平也殺得了神，太荒謬了吧！但既然阿里嘎該這麼說，大概不會有錯，我們必須立刻聯絡陳浩平！我的手機還在連線，誰能打電話或傳訊息給他？」

「要是他不看呢？」沈末青緊張地說，「這十年來，他幾乎從不回覆我們的訊息，誰知道他現在會不會看？」

「那也要試著聯絡，至少要盡人事。他沒看到，也不能怪我們——」

就在眾人七嘴八舌、爭論不休時，群組突然跳出通知，有人申請視訊對話。是陳浩平。

鐵木猛然吸一口氣，連忙按下同意鍵，將手機螢幕對準所有人。只見螢幕上出現了林孟棋的臉，她神色凝重，語氣急促：

「各位，我剛剛看到群組的訊息了。聽說阿里嘎該恢復了？恭喜！但我有很重要的事要說。」

「孟棋姊！」江儀高聲說，「陳浩平在妳那裡嗎？」

「咦？呃……嗯，他在。」林孟棋略顯遲疑。

「快叫他來！」江儀急切地喊道。

「幹嘛啊？」陳浩平的臉出現在孟棋後方，翻了一下白眼，語氣中明顯帶著不耐煩，「恭喜你們沒被洪行舟殺死，以上。除此之外我們有什麼好說的嗎？」

「當然有！」

「你有危險了！」

江儀和鐵木同時大聲說，蓋過彼此的聲音。

「啊？你們到底想說什麼？」陳浩平皺起眉頭。

「各位，請冷靜！」程煌裕高聲打斷眾人的喧鬧。待大家安靜下來，他才沉穩地說：「看來林小姐也有事情要說，我們就輪流交換情報吧。林小姐，如果妳不介意，我們可以先說嗎？」

「咦？當……當然可以，怎麼了嗎？」眼見程煌裕態度如此嚴肅，林孟棋不安了起來。

「簡單說，你們正處於危險之中。」

接著，他將方才得知的真相娓娓道來。隨著程煌裕的敘述，林孟棋的表情逐漸凝重，陳浩平卻一副「早就知道了」的表情。他說完後，孟棋也說明Meta世界的種種變化——敵人不但創造了怪物，還將出動所有兵力，打算短期內決勝負；孟棋他們不只要閃躲怪物，現在還得設法逃離被附身的洪行舟。

鐵木聞言，臉上浮現難以置信的神色。

「這怎麼可能？Meta世界的怪物，是想創造就能創造的嗎？」

「整理之前聽到的說法，Meta世界裡的怪物似乎反映了現實的變化。」施俐宸倒是頗為冷靜，他若有所思地摸著下巴，「換句話說，現實肯定已經出現了某些變化。這幾天我們都忙著聯絡證人、蒐集證物，完全沒關心輿情，或許該了解一下外界的狀況。」

「有道理，不過了解可能也無濟於事。」羅雪芬透過手機螢幕說，「宇宙通元操縱輿論的經驗相當豐富，我研究過他們的策略。當然不能說完全沒有扭轉的空間，但憑我們幾個人的力量，成功的機率實在太低了。」

「也就是說，我們無法阻止怪物誕生，也無力縮減敵人的軍隊，唯一的方法，就是盡早瓦解宇宙通元。阿里嘎該，我們能回到高有成發現沈小姐之前嗎？」程煌裕轉頭問巨人。

「不，現在不行。如果我恢復的話，可以，但也只能回去一次。」

「這樣啊。我想也是。」程煌裕點點頭，隨即將視線轉向沈未青，「沈小姐，過去我們曾無數次瓦解宇宙通元，每次平均花費多少時間？」

沈未青聞言，臉色難看，緊咬下唇。

「……平均來說是一年。」她艱難地開口，「雖然過去要避免被林小姐看穿，我們很小心，現在不用遮掩，應該更快，但我很難想像能在半年內瓦解宇宙通元。通常最關鍵的是輿論戰，要是沒有足夠的證據讓那些政客、財團放棄宇宙通元，檢方是很難認真調查教主的。」

「教主本來就沒做什麼壞事，當然調查不出什麼。」

林茗琴忍不住插嘴。她本來只是想表達自己的立場，並沒有打算說服他們，然而程煌裕冷冷地看向她，沉聲問道：「那央行爆破案呢？那不是袁志杰所為嗎？」

林茗琴一時語塞，滿臉通紅：「那是創立宇宙通元前的事。成為教主之後，他什麼壞事也沒做！都是旁邊的人幹的！」

「林小姐，這不重要。」羅雪芬柔聲說道，「教主本人涉及多少壞事不是重點，關鍵是，要瓦解宇宙通元，教主必須走下神壇，也只有如此，其他壞人才會付出代價。」

或許她只是想安撫茗琴，但茗琴卻抓住了話柄，頓時得意起來：「妳說教主涉及多少壞事不重要？對啊，因為他根本沒做多少壞事。那為什麼不直接把壞人找出來就好了？為何要逼沒做壞事的人付出代價？」

「首先，他並非沒做什麼壞事。」程煌裕沒有提高音量，但語氣嚴肅至極，甚至帶著一絲接近暴力的壓迫感，「妳知道爆破案死了多少人嗎？妳知道他們是怎樣的人嗎？我認識他們，現在就可以告訴妳。還有，妳知道多少家庭因此破碎嗎？要我告訴妳他們後來的遭遇嗎？」

林茗琴不由自主地退縮了。她從未思考過這個問題。對她而言，央行爆破案只是一個歷史事件，她怎麼會去關心那些死者？因此她啞口無言。程煌裕繼續說：

「再者，袁志杰身為教主，卻默許壞事發生在自己身邊，難道不該負責嗎？當檢方開始調查宇宙通元的幹部、高級信眾時，其他人為了自身利益，肯定會幫忙遮掩吧。只有教主被捕，重創宇宙通元的信用，才能撕開那些彼此遮掩的面紗──在我看來，這才算是真正負起責任。」

「可、可是，怎麼能讓好人背負污名，只為了讓壞人付出代價？好人才是我們應該保護的吧？」

林茗琴不斷宣揚自己的主張，乍看之下似乎站穩了立場，其實只是在無視他人意見，這不禁消磨了眾人的耐心。

施俐宸冷冷地說：「林小姐，程先生只是人太好，才花時間解釋。告訴妳啦，光是妳在時間回溯裡對我們做過的事，就足以讓我們把教主從寶座上拽下來。我們有這樣的資格，而這全都是妳的錯。」

「我的錯？你懂什麼！我是為了做好事，為了保護善人！你們哪裡懂教主的偉大？為了我們，為了這世界，他寫下《三普經》，指引世界前進的方向，告訴我們世界的真理。要是沒有他，世界會亂成什麼樣子？」

這番話支離破碎，卻是林茗琴的肺腑之言；不如說，若不是靠著這麼岌岌可危的破碎信念，她根本無法維持自己的主張。她所作所為、所思所想沒有半點陰霾，全都是為了正義——這不過是冠冕堂皇的說詞。為了維護自己的面子與心靈，她連正義都能肆意扭曲。

「不，嚴格說來，《三普經》並非袁志杰所寫。」

一個聲音響起。這話傳進林茗琴耳中，徹底激怒了她。她望向鐵木的手機，發現這番言論出自孟棋之口。她忿忿不平，這人怎敢說出如此荒謬的話？

「胡說八道，妳懂什麼！妳連《三普經》都沒有好好看完！」

「我當然知道。這是元通神告訴我的。」

「哈啊？連《三普經》都背不出來的人，居然好意思假裝先知！」

對她的冷嘲熱諷，孟棋卻顯得異常平靜，這讓茗琴心中掀起些許不安。她更習慣看到妹妹被激怒時露出的不甘心表情。為何孟棋沒有動怒？簡直像她已經接觸到真相，不再被任何虛妄所傷害。

孟棋的目光越過茗琴，看向其他人。

「除了敵人主動進攻以外，我還有一件很重要的事要說，這是我從元通神那裡聽來的。」

「什麼？等等，元通神不是敵人嗎？」鐵木遲疑地問。

「不，元通神是……呃，我說的是原本由沈小姐家祭拜，後來被袁志杰帶走的神明。但有人扭曲了神的意志，創造出新神，也就是奪取阿里嘎該身體的那位——祂才是我們真正的敵人。其實，我不確定這件事對現況有沒有幫助，但或許很重要，所以我想告訴各位。」

孟棋將在幻境中看到的前因後果一五一十地道出，包括沈家神像的變異、新神的願望，還有沈家出身的高有成如何成為幕後黑手，打造整個「宇宙通元」的形象。聽了這些，沈未青感到無比震撼。她知道堂弟是敵人，卻不明白其中緣由；直到此刻，她才意識到他們面對的高牆遠比想像中更加高不可攀，而且危險。

「簡直就是隱藏的大魔王。」施俐宸喃喃自語，「光是針對袁志杰或許沒什麼用，沈未臻……不，高有成才是真正應該剷除的對象。」

「可是，為什麼？」沈未青真心不解，「為何未臻要這樣做？知道我們的神明在哪裡，只要交還給沈家，應該是大功一件，為何他要獨占神明？不，不對，他究竟為何要刻意扭曲神明的意思？」

「胡說八道！」林茗琴的表情猙獰如惡鬼，聲音尖銳刺耳，「區區高有成，怎麼可能左右教主的想法！」

「姊，妳心裡其實很清楚吧？」孟棋語氣中透著冷靜與一絲哀傷，「妳一直主張教主是清白的，但與此同時，妳也知道宇宙通元藏污納垢。為何會如此矛盾？高有成就是答案。他才是真正控制宇宙通元的人，是他維持了教主的清白形象。既然他能做到這一步，扭曲教主的意思又有何難？」

茗琴渾身顫抖，無言以對。

某種程度上，她知道孟棋說的沒錯。不如說，袁志杰的純潔無辜是她的底線，只有這點她不能放棄，因此，孟棋提供了一個絕佳的證明，能在這片淤泥中證明教主未受污染。

但她覺得自己受到了莫大的侮辱。

居然是那個一直看不起自己、想要妨礙自己的妹妹領受了元通神的睿智。開什麼玩笑？她居然見到元通神，彷彿比自己還接近教主——不能接受！

但若不接受，就無法解釋宇宙通元的矛盾，無法維護教主的清白。

還真是究極的二擇。自己的尊嚴與教主的尊嚴，她該如何抉擇？

就在這時，一直靜靜聆聽的程煌裕開口了。

「我再確認一下。目前的情況是，跟宇宙通元的戰爭拖得越久越不利，對嗎？」

他的眼中閃爍著光芒，彷彿察覺到了什麼，但那份光芒帶著些許陰鬱，甚至有些危險。孟棋看了陳浩平一眼，這才點頭回答：「是的。」

「謝謝妳，林小姐，剛才的情報很有幫助——或許有用，我們得試著奮力一搏才能知道。」

「程先生，你有想法了嗎？」羅雪芬問道。

「有風險。甚至可以說是很大的風險。但我們恐怕別無選擇。」程煌裕轉向林茗琴，「林小姐，我們可以相信妳嗎？」

「……什麼？」

林茗琴抬起頭。她沒聽清程煌裕的話。她正陷入矛盾糾結的情緒中，還有些暈眩。程煌裕又問了一遍：「妳說袁志杰是善良清白的，壞事都是其他人所為，我再問妳一次，這事千真萬確，可以相信妳嗎？」

茗琴深吸了一口氣。

回答自然是肯定的。明明如此，她卻無法立即脫口。

為什麼？難道她在懷疑自己、否定自己過去的主張嗎？當然不是。只是，她感到程煌裕這番質問背後蘊含著難以想像的重量，彷彿接下來的回答，將會改變一切；已經習慣時間回溯的她，現在無法承擔「決定」帶來的後果。

但有些事，即使難以承擔，也絕不能扭曲。

「是的。」林茗琴直視著他，誠懇地回答，「教主他……是個好人。他是無辜的。」

程煌裕臉上浮現不以為然的表情，顯然他不認同袁志杰是無辜的。但接下來說出的話，確實是別無選擇的選擇。他沉聲說：「好。下一個問題。妳能夠聯絡袁志杰嗎？我是指神不知鬼不覺地聯絡，絕不能讓高有成察覺。」

「……可以。我好歹是幹部，能直接與教主聯繫。」

茗琴有些茫然，不明白程煌裕為何會這樣問。鐵木也露出疑惑、甚至緊張的神色。

「程先生，你打算做什麼？」

「做當年的我絕不會考慮的事。」

程煌裕嘆了口氣，喃喃自語。

「不。若是順利的話，也不算違背正義……吧？各位，聽好了，我有個計畫。這是在時間有限的情況下，不得不採取的權宜之計。如果有人不認同這個計畫，請稍後提出異議。」

他神情嚴肅地環視眾人。

□

最終，無人反對程煌裕的計畫。

或許有人不安，但有「時間不足」此一殘酷前提在，他們也不得不接受。無論如何，方向已定，接下來只剩執行細節。林孟棋結束通話後，還看了程煌裕補充的訊息，但此刻的她幫不上忙，也提不出有用的意見。她轉頭對陳浩平說：「接下來就靜候佳音吧。」

然而，陳浩平正漫不經心地在不遠處踱步，神情頗為興致缺缺。

「怎麼了？」孟棋有些不安，「你覺得他們的計畫不會成功嗎？」

「不會啊，老實說，還有別的選擇嗎？就算我不看好也於事無補。否則按原來那種方式，等瓦解宇宙通元，我們的屍骨都要風化了。」浩平聳了聳肩，臉上卻依舊掛著不悅。

別無選擇——孟棋心有戚戚焉。其實在了解元通神的身世與悲劇後，她就認定非如此不可，這也能糾正宇宙通元過往的錯誤。當然，不可能完全扭轉乾坤，但至少能讓許多事重回正軌。

因此，她不解陳浩平為何滿臉不快。

燈猴彷彿洞悉孟棋的困惑，祂說：「林孟棋，妳是不是奇怪浩平為何看來興致缺缺？原因很簡單，原本保密的計畫不得不攤開一半，讓他覺得自己失去了神祕感。」

啊？

什麼意思？孟棋還來不及細想，浩平已高聲抗議。

「才不是！我只是不習慣將希望寄託於他人身上。」浩平環顧燈猴與塔達塔大，「難道祢們相信他們？我可不。沒錯，他們的策略還算正確，但要我滿懷期待，認為他們一定能成功？我可沒這麼樂觀！」

「可是每次時間回溯，他們不都成功瓦解宇宙通元了？」孟棋說。

「喔，那又如何？要我說好棒棒，為他們鼓掌喝采嗎？」

「呃……倒也不是，只是……算了，我跟他們也不熟。陳先生，接下來有何打算？你說你在找宇宙通元之神的本體，可有眉目了？」

她說的是肺腑之言。

儘管她尊敬沈未青長達十年的奮鬥，也欽佩程煌裕的決斷能力，對江儀亦頗有好感，但說到底，她與他們相識不過短短數日，即便心存好感，也還不到非得為他們辯護不可的地步。聽了她的話，陳浩平稍顯平靜。

「還沒什麼線索。哼，為了不輸給他們，我這就去找。之前每次時間回溯我都能找到，這次沒道理例外；倒是林小姐，妳要跟我同行嗎？要是高有成製造的怪物發現這地方，發動襲擊，我可幫不了妳。」

他態度有些高傲，孟棋也差不多習慣了。但聽聞要離開這元通神的洞窟，她還是頗感意外，不由得環顧四周。

「你說幫不了……你打算不管元通神，放任高有成攻下這裡？」

陳浩平揚眉，似乎沒料到她會這麼說。

「那又怎樣？我的任務是找出宇宙通元之神，哪有餘力照顧這裡？」

「是沒錯，但你們不是說，元通神是敵人的敵人嗎？」

「那又不代表是朋友。是不是朋友難道要看敵人來決定？只有對自己不誠實的人才會那樣說。總之，我沒興趣替元通神解決祂的困境。」

——這倒是，孟棋不得不承認。

雖然許多人都說敵人的敵人就是朋友，但細想之下，就算能夠合作，也未必就是朋友吧？所以浩平的觀點無可厚非。

某種意義上，這也表明浩平是個對自己極為誠實的人。

「可是，陳先生，你的目標是將元通神當作能源使用的新神，說不定元通神知道那個神的下落。」

言下之意，是坐視元通神滅亡，很可能會失去重要線索。但陳浩平不以為然地聳肩。

「我當然考慮過。最初發現此地時，我就已仔細搜尋過。但這裡是封閉的深淵，僅僅是匯集之處，根本沒有對外通道。我也很詫異這裡沒有文化祕徑，但不存在的東西，再怎麼找也沒用。」

原來如此。孟棋其實沒聽懂，但面對陳浩平，她只能信任專業。

「好吧。我留在這裡也無力自保，那我……」

還沒說完，孟棋突然聽到一絲異樣的聲響。

奇特的聲音。宛如低沉的嗡鳴，又帶著金屬般的共振。她猛然抬頭，卻發現浩平似乎毫無察覺。

「怎麼了？」陳浩平注意到她神色有異。

「你有聽到什麼聲音嗎？」

「聲音？」陳浩平蹙眉，側耳傾聽，「沒有，妳聽到了什麼？」

孟棋舉手示意浩平安靜。她猛然想起，在方才昏厥前，她不也聽到了這種聲音？不，不對，更早之前她就聽過了。她總算回想起來，在「死翹翹暴發戶大樓」時，她也曾聽聞這種聲響——

然後她就發現了原本不存在的門把。

孟棋頓時雞皮疙瘩，彷彿全身毛髮都豎了起來。

「林小姐？」

「對不起！」她急切地說，「能請你安靜片刻嗎？這可能很重要！」

陳浩平滿臉狐疑，雖有不滿，但還是默然不語。林孟棋深吸一口氣，闔上雙眼，開始在腦海中重現這個洞窟。當她這麼做時，那聲音愈發清晰，愈發尖銳，彷彿要劃傷她似的；但她竭力排除不適，試圖感受周遭的能量流動，想像自己融入這個空間。

那聲音跟元通神有關。

孟棋昏迷時，她透過幻境洞悉了過往，但為何元通神不直接用講的？此刻她終於明白，其實她早已聽見，只是聽不懂罷了。元通神乃眾多受傷之神的合體，那紛繁的聲音交織在一起，成了常人無法辨識的語言，也就是那金屬之聲；既然無法藉由言語，元通神就只能讓她陷入昏迷，藉由夢境來彰顯全貌。

袁志杰雖能聽見元通神，卻無法準確理解祂的旨意，或許也是因為祂的話語過於紛雜所致。

孟棋模仿自己在「死翹翹暴發戶大樓」裡的冥想，將自己視作媒介，讓元通神發出的聲響流淌進自己心底。有生以來，她第一次認真「聆聽」自己聽不懂的語言。

這時，陳浩平倒抽一口涼氣——

她睜開眼。

只見石窟正中央，竟出現一道深邃的藍色裂隙，宛如電視劇中的時光隧道！這無疑是某種超自然通道，或許還是藉由林孟棋的想像來呈現的。塔達塔大驚呼：「浩平！這難道是……」

浩平目瞪口呆，直勾勾地盯著通道。

「雖然還沒進去，無法確定，不過……八成沒錯。這裡沒有通往外界的文化祕徑，沒有門之類的東西可供開啟，所以我本以為沒有……誰知道在沒有門的地方，居然還能再度『向內』打開？太扯了，妳怎麼做到的？」

他轉向林孟棋。

孟棋搖搖頭，一時無法回應。不知不覺間，她已滿頭冷汗，氣力耗盡，過了片刻才道：

「我也不清楚。不過，這應該就是你一直在找的地方？」

陳浩平沒說話，上前兩步，將手伸進通道。他的手消失在虛空中，再度縮回時，手又重新出現。看來這通道是無害的。他怔怔地看著自己的手。

「……無法接受。」

「什麼？」

「我無法接受！」

浩平抱頭大喊。

「明明這應該是我找到的！這樣一來，豈不像是沒有妳我就無法辦到？明明之前每次時間回溯我都找到了。我是怎麼做到的？其他地方還有文化祕徑？還是我終於認輸，願意與元通神溝通？總之一定有辦法。我不管，這件事就算沒有妳，我也能做到！」

他像個耍賴的孩子，在通道旁來回踱步，邊說邊揮舞雙手。

見他這般模樣，孟棋忍俊不禁，試圖安撫他。

「好啦好啦，我明白的！之前沒有我，你憑一己之力就殺死了宇宙通元之神，但這次提前一點又有何妨？再說我又無法殺神，那終究還是只有你能做到的事啊。」

然而陳浩平仍難以釋懷，他看著孟棋，欲言又止，雙手在空中揮舞，時而握拳，時而鬆開。孟棋嘆了口氣：

「要不我把通道關閉，讓你自己找？」

其實她也不確定自己能否關閉通道，但陳浩平立即大喊。

「不必了！」

幸好他還沒幼稚到那種地步。

「林孟棋，妳別欺負他，」塔達塔大說，「這段時間他可是全力以赴，表演的舞台被搶走，自然會不高興啊。」

「不僅如此吧？這樣一來，他就失去了高高在上的立場了。不過直接把自己的想法說出來，也算是他誠實的表現吧！」燈猴說。

「才不是因為那種原因！」陳浩平抗議道，「祢們兩個在搞什麼，難道祢們不該站在我這邊嗎？」

「這個，以前我不是說過了？我們妖怪對你們人類一視同仁。既然我們會捉弄林孟棋，捉弄你也很合理吧？」塔達塔大露出微笑。

「最好是，現在可不是捉弄我的時候。」

陳浩平冷靜下來，深吸了一口氣。

「現在進度超前——太超前了。省去在Meta世界探索的時間固然很好，但我們的準備也嚴重不足。在那些人瓦解宇宙通元之前，我們必須趕上失去的進度。」

「咦？我還以為你已經準備好了。現在還需要什麼準備？」

「當然是軍隊。」陳浩平冷冷地說，「準備軍隊可不是高有成的專利。他能做到，我也可以。」

「軍隊？你是說，你能召喚妖怪大軍？」孟棋睜大雙眼。

「嗯？差不多吧。」

浩平聳聳肩。

「這種說法也可以，就當成這樣吧。總之，只要有足夠的戰力就萬事俱備。剩下的，就看那些人能不能完成他們誇下的海口，在短短幾天內幹掉宇宙通元了。」

第十六章

這天早上，高有成有種不祥的預感。

或許是長年在最危險的前線，他很清楚不能忽視這類預感。但同時，他也感到疑惑，第一次覺得這種預感毫無道理。

因為跟過去的風吹草動不同，這次沒有任何不對勁之處。

此時此刻，他在宇宙通元的辦公室工作，而辦公室一切如常，甚至比平常更忙，因為林茗琴「請假」了。在高有成能掌控的範圍內，沒有任何不尋常的端倪，就算真有不尋常，也不在這，而是在「地底之下」。

「地底世界」裡，高有成的陰謀是如火如荼地進行著。

高有成停下手邊工作，其實他也只是假裝忙碌罷了。此時此刻，沒有什麼事情比他自己的計畫更加重要。他不安地在電腦椅上轉了個圈，接著像是要轉移注意力，下意識撥打洪行舟的電話，然而沒有回應。

沒問題。這不代表什麼，因為這種事並不罕見。洪行舟是非常隨性的人，有時甚至不是沒接到，單純只是不想接。況且，洪行舟有什麼理由遇到危險？在所有可能性中，洪行舟出事的機率是最低、最沒道理的。

明明如此，那警告般的預感卻直作響，從身後逼近腦門。

爲什麼？高有成想，明明他的計畫正順利進行，甚至比他原本預期的還要順利。據手下回報，他已成功製造出「都市傳說怪物」的雛形。雖然他早就知道可行，但第一次嘗試就如此順利，還是讓他又驚又喜。

妖怪、故事、謠言、都市傳說，本質上都是相似的存在。

它們都反映了人類的某種情緒，滋養著某種慾望。但理論上，要讓一個故事廣為流傳，需要時間的沉澱。即便在這個網路時代，也需要長時間醞釀，等到回過神來，才發現大家都在討論。

這還算是運氣不錯的「故事」。運氣欠佳的，短短幾天就胎死腹中，無人知曉。因此，要將這種不確定的東西作為「計畫」的一部分，本該是極其愚蠢的行為。

但高有成深諳如何讓「故事」成為眾人關注的焦點。

簡單說，需要的是不可解的事實，以及充滿懸疑感的幻想佐料。

譬如俄羅斯的佳特洛夫事件，九名經驗豐富的登山客遭遇山難，卻以離奇的方式喪生。他們在冰天雪地中僅穿著極少的衣物，匆忙逃離帳篷，有些遺體甚至出現嚴重內傷，像被車輛撞擊，更有屍體被檢測出放射能……這些難以解釋的事實，引發了人們無盡的猜測。其中不乏天馬行空的說法：這些人是被「雪人」這種怪物襲擊的。

事發至今都快六十年了，人們還津津樂道。

要是謎團被解開，真相大白，人們就不會再討論了吧！反之，只要謎團存在，人們就會不斷發揮想像力，創造出各種匪夷所思的解釋。

而此刻，高有成就需要這種「異想天開」的怪物。

所以他殺了人。

三天前晚上，有九個人死於非命。

他精心布置了離奇難解的死亡現場。試想，在繁華都市中，竟有猛獸闖入民宅將人撕裂，門窗緊閉，猛獸卻憑空消失……是不是令人毛骨悚然？

為了將焦點集中在「怪物」這一概念，高有成刻意挑選相對無辜的受害者，以減少警方朝個人恩怨方向偵辦的可能性。為模擬猛獸攻擊的致命傷，他可是費盡心思，尤其在當今法醫技術如此先進的情況下，如何留下恰到好處的線索，成了一大難題。

不過，殺人通常都有其目的性，因此與殺人本身無關的「裝飾」越多，就越能讓調查者眼花繚亂；就這樣，高有成在一夜之間大量殺人，遍及全臺，只為了添加更多名為「詭譎怪異」的調味料。

這，只是第一步。接下來才是重點。

雖然警方不會在調查階段透露太多訊息，但高有成已輾轉向媒體洩露情報。宇宙通元的媒體、Podcast趁勢討論，並將輿論導向「神祕怪獸」的方向。網路打手在批踢踢等社群平台熱烈討論，強調各種疑點，鼓勵人們發揮想像力，炒作話題——

這些並非易事，但高有成成功了。事情比他想的還順利，他甚至生出一種優越感。再這樣下去，他可以培養更多怪物、製造更多恐慌，半點也不難；兩週內制服元通神，似乎不是什麼天方夜譚。

除。

隕落的錯覺。應該沒有任何需要擔心的才對。但不管再怎麼說服自己，那種不安感都無法抹

也許是事情太順利所致。有時太順利的高攀感就像踏在薄冰上，會給人一種失去平衡驟然

所以到底有什麼好不祥的？

——如果洪行舟真的出事了呢？

可能性極低終究不是零。如果失去洪行舟的助力，他該怎麼辦？

首先，這對進攻計畫的影響不大。

現在首要之務，是先將大量怪物投入「地底世界」深處，一方面搜尋元通神，一方面囤積威脅元通神的兵力，這部分不需要洪行舟也沒問題。問題是，他的目的是將元通神封印，讓祂再也無法逃離宇宙通元的控制，乖乖當個發電裝置，這部分非得懂法術的專業人士才能做到。

原本他預計交給洪行舟處理。如果洪行舟出事，無法回來的話——

嗯，也不是多大的問題。

當然，洪行舟是天才，沒人比得上他。但高有成沒有蠢到將所有籌碼都單押在他身上。為了理解「地底世界」的法則，高有成早就結交了眾多在神祕學圈、身心靈圈赫赫有名的人物，當然在道教也有人脈。

這些人就算加在一起都比不上洪行舟。但比不上也無妨，只要能囚禁元通神就好了，這不是多大的問題。

如此自然地考慮洪行舟可能出意外，並不是高有成無情。

而是他從小就習慣做最壞打算。

只要先設想最壞打算，就隨時能東山再起。

他當然不希望洪行舟真的遇到什麼意外。畢竟，那表示沈未青的勢力比他想像得還要危險。但就算真的發生那種程度的意外，也不足以破壞高有成的願景。

沒錯，只要消耗手邊的資源就行了。

畢竟他累積這麼久的資源，不可能被輕易消耗殆盡。

所以高有成沒理由失敗。不可能失敗。根本沒必要擔心，他只要靜待手下的回報即可。

這時，沉浸在自己思緒裡的高有成，還沒察覺「現實」已有了變化。

這不是比喻，而是可以直接觀察到的變化。不知何時，宇宙通元的辦公室已有了騷動，人們交頭接耳，就像發現什麼不祥之物，驚駭與恐懼如同波濤般擴散。

這陣浪很快襲向高有成。

「有成師兄！不好了！」

回過神，另一名幹部正緊張地跑向高有成。高有成愣住，裝出無害的樣子，低頭說：「養甯師兄，怎麼了嗎？不，怎麼大家這麼緊張……」

不對勁。

高有成注意到了。

這並非養甯大驚小怪，辦公室裡所有人都神色驚恐，簡直像天塌下來一樣；他們竊竊私語，像是「你有聽說嗎」、「我不知道啊」、「事情怎麼會這樣」等等，這讓有成的臉色陰沉下來。

「當然緊張啊！你看這個！」

養甯把手機遞過去，讓有成看螢幕上的畫面。

最初幾微秒，高有成不明白螢幕上文字與照片是什麼意思。因為那太唐突、太沒道理，高有成甚至說了聲：「啊？」

但明白的瞬間，有成的身體就像被天雷劈中，顫抖不已。他立刻從座位上彈起，甚至撞到膝蓋，他臉色蒼白，接過養甯的手機，想細看螢幕上的文字；但極度激動之下，他兩隻手抖個不停，螢幕上的字都在晃動，讓他無法好好閱讀。

即使如此，他也已知道文字的要旨。

——對這件事，他只能呆然。

搞什麼？這算什麼啊？有成甚至不知該作何感想。

比起氣憤，更像是荒謬。比起絕望，更像啞口無言。即使猛烈的情感正撕裂高有成，但那些彼此衝突的情感讓他震驚到大腦空白，反而不怎麼強烈了。原來如此，難怪辦公室裡的幹部如此徬徨，這是毫無預兆的末日。

可是，怎麼會這樣？有成完全不明白！他深信自己的防禦措施非常完美，為了保護宇宙通元，他設下了多重的機關，理論上不可能走到這一步才對！可是——

事情已經發生了。

而且結束了。

正因結束，消息才會公開來，讓他們看到這個結果。

原本還陶醉於自己計畫的高有成，怎樣也沒想到，計畫的根基居然這麼輕輕鬆鬆地瓦解，就像從夢中醒來。

□

十二小時前，發生了這樣的一件事。

由於接到幹部林茗琴的緊急聯絡，宇宙通元的教主袁志杰破例在晚上十點接見了茗琴介紹的陌生人。神祕的是，林茗琴還要求保密，尤其是不能讓高有成知道；聽到這，袁志杰答應了。

在袁志杰看來，林茗琴跟高有成起衝突是遲早的事。

其實這幾年間，尤其是最近，袁志杰總是覺得不太舒服，因為他不認為自己是個成功的「教主」。

當然，宇宙通元發展得很好。

說是臺灣最繁榮的新興宗教也不為過。但他不認為是自己的功勞，不如說，他反而有種奇怪的感覺——彷彿自己有什麼事沒做好。

然而究竟是什麼？他不明白。但這不是能跟別人商量的事，連高有成也不行。因此他忍不住想，如果不是自己，而是更適合的人，是不是能更好地帶領宇宙通元。

對一個如日中天的新興宗教來說，這念頭很不尋常。但培養繼承人本就是教主該做的事，總不能讓元通神的信仰隨自己的報應結束吧？因此，他物色了幾個人選，而首選正是林茗琴。畢竟顯而易見，林茗琴對元通神的信仰是最堅定的。

剩下的問題，只有高有成能否接受。

說到高有成，袁志杰知道他背著自己做了一些事。最初，袁志杰認為高有成是為了元通神，但時間久了，就算再怎麼遲鈍，袁志杰也察覺到一絲不對。高有成私下的行動不只違法，還帶著某種邪惡。

為何元通神不阻止高有成？袁志杰不解。難道高有成沒有錯，錯的是自己嗎？

雖說是教主，但袁志杰認為自己只是元通神的僕役。如果元通神不制止高有成，就表示高有成的行動符合元通神的心意吧？同理，部分教徒的非法行為，肯定也符合元通神心意。即使嚴重違背他的價值觀，袁志杰還是接受了這些。

因為他相信元通神。

而且何必著急？元通神很可能在等某個時機。不是不制裁，只是時候未到罷了。問題是，非得等到制裁後，才讓林茗琴繼任教主之位嗎？他怕自己等不到那時，因此不得不考慮高有成不接受林茗琴繼任的情況。

但說到底，也沒什麼好擔心的。

如果高有成拒絕林茗琴擔任教主，元通神自然會決定誰才是適任的繼承者。沒必要畏懼衝突，一切都是神的旨意。在袁志杰看來，林茗琴想繞過高有成跟他談話，正是林茗琴察覺自己處境的徵兆；或許她已有了成為下一任教主的自覺。

但情況跟他想像的完全不同。

走進大門的林茗琴惴惴不安，與她同行的是一名相貌平凡的中年男子，男子剛見到袁志杰就緊盯著他，眼神銳利如刀，讓袁志杰愣了一下。這是怎麼回事？男人認識自己嗎？雖然疑惑，他仍是和藹地請客人坐，並為他們泡茶。

而且，茗琴怎麼會變成這樣？

袁志杰邊泡茶邊想，才一段時間沒見，她就變得這麼憔悴不安、疑神疑鬼。可憐的孩子，他想，如果有自己能幫上忙的地方，他一定盡力而為。他端著花草茶到桌前。

「請用茶，這位怎麼稱呼？」

「教主，這位先生是程煌裕。」茗琴開口，但聲音乾澀至極，她緊張地輪流看向袁志杰與程煌裕，這才繼續說：「我是──我們是來幫您的。」

「幫我？」袁志杰輕聲問。

「教主，我知道接下來的話非常荒唐，但請您相信我！教團裡發生了很多邪惡的事，許多是非法，甚至牽扯到暴力與謀殺……我知道教主決定讓元通神來審判，但事情曝光會危害整個教團，甚至害到您！我很慚愧，沒辦法阻止這件事，但現在事情有了轉機！這位程先生說，如果跟您好好聊聊，瞭解您確實是純潔無辜的善人，他可以跟您合作，幫您脫罪，所以我才帶他過來──」

她在說什麼呢？袁志杰聽著聽著，卻有些茫然。

比起這位程先生聽來可疑至極，他更在意的是，自己怎麼可能純潔無辜？

沒人比他更清楚自己該遭報應。之所以還沒遭報應，只是因為元通神需要他；要是有天元通神覺得夠了，他會欣然接受降臨在他身上的懲罰。

「林小姐，妳誤會了。我沒有要幫他脫罪。」程煌裕打斷林茗琴的話，後者猛然回頭，聲音尖銳起來。

「什麼意思？你不是說你要親眼看看教主是不是好人嗎？你不是說，如果教主是好人，就願意幫助他！」

「我確實想驗證妳的說法，但脫罪是另一回事。事實上，如果袁先生真如妳所說，那妳的願望反而無法實現。」程煌裕這些話雖是對林茗琴說的，視線卻一直盯著袁志杰。真奇怪，袁志杰心有所感，不知為何，他覺得自己似乎一直在等這個男人。

「我重新自我介紹一下。」程煌裕面向袁志杰，面無表情地說，「袁先生，還記得央行爆破事件嗎？那時我是警方的現場指揮官。你搶走現金時，我在場。我親眼看到我的手下發生了什麼事。」

袁志杰瞪大眼。

就像轟雷擊下，將他的自我撕裂。他當然還記得央行爆破事件。直到此刻，他仍能回想起爆破的硝煙，還有煙霧深處傳來的痛苦哀嚎；那是袁志杰生平最大的罪惡，無論過著多優渥的生活，卻還是時不時在午夜夢迴被噩夢驚醒，即使他不斷向元通神祈禱，也無法消除。

明明如此，卻沒多少人知道是他所為。

即使知道，也沒打算追究他。

與其說潛逃，不如說他被禁止贖罪。因此，當他知道眼前的男子是央行爆破事件相關人士，釋然感油然而生。太好了，終於來了，出現在他眼前的，正好是有資格審判他的人！

袁志杰對元通神表示感謝。

另一邊，程煌裕盯著袁志杰，觀察他的反應。後者沉默不語，兩眼半閉，就像戴著一張平靜柔和的面具。十幾秒後，袁志杰總算開口。

「謝謝你。」他說，「我一直在等著被逮捕、判刑。茗琴，也謝謝妳，把我一直在等的事帶到我面前。對我來說，這是很幸福的事，感謝元通神。」

「什麼？教主……！我不是……」茗琴睜大眼，眼淚滿盈在眼底，結結巴巴地說，「說什麼逮捕？不可以，這個教團需要您啊！程先生，你還不懂嗎？教主就是這麼善良，你不是說要請教主協助你？逮捕他有什麼好處！」

「確實，我不能逮捕你。」程煌裕冷靜地說，「我已經不是警察了。」

「啊，是嗎？不過，您在警界一定有人脈，因此警方知道是遲早的事。請放心，我不會逃，也不會抵抗，就像剛剛說的，我一直在等。」袁志杰用些許熱切的語氣說。

「你說在等？」程煌裕眼角抽動了一下，「那你為何不自首？」

「因為元通神需要我。」袁志杰靜靜地說，「你會來到我面前，就表示元通神已經不需要我了。沒關係，這正是我的願望。元通神終於實現我的願望了。不過在逮捕我之前，能讓我處理一些教團的事嗎？我不希望我離開後教團陷入混亂。」

程煌裕打量著他，感到胃裡的酸氣湧上。他努力壓下心中的怒火。

至今為止，袁志杰的表現正如程煌裕所想，或是說，跟林茗琴口中的袁志杰一致。這個被神明強行選上的人，或許是有可憐之處吧。

但程煌裕的內心極不認同。

為什麼呢？

或許是因為他將這一切推給元通神。

主動成為傀儡，就沒有責任了。然而，那真的是神明的意志嗎？央行爆炸案發生的時間，是在高有成試圖扭曲元通神的意志前，換言之，那時袁志杰就已經瘋了。

如果程煌裕仍是警察，即使逮捕了袁志杰，恐怕也不會滿足。至少他不認為正義得到了伸張，因為這人沒有對罪真正的悔悟。

講明白點，為何他坦然接受逮捕？

不就是將錯推到元通神身上，將自己入罪美化成一種犧牲精神嗎？

事情不能這樣處理。

幸好，身為「說妖儀式」的成員，程煌裕也不打算這樣處理。

「程先生！」林茗琴激動地說，「你的目的也不是讓警察逮捕教主吧？在來這裡以前，你不是這樣說的！」她抓住程煌裕的手，幾乎是在哀求。但程煌裕不為所動，他冷冷地說：

「林小姐，請不要擅自決定我的意圖。妳帶我來，只是因為妳沒有選擇。要是不安排我們見面，袁先生就會死。我只是提供『死亡』以外的選項。」

「死……？」袁志杰抬頭，疑惑地皺起眉。

程煌裕心裡閃過一絲罪惡感，但他挺住了。

他說明計畫時，首先提出的方法，是利用毒眼巴里謀殺教主。聽來好像沒什麼用，但只要教主莫名其妙身亡，宇宙通元有很高的機率陷入爭權奪利的內鬥；為了瓜分資源，那些平常藏得好好的老狐狸會露出破綻，甚至彼此出賣，給檢方更大的空間介入。這能加速宇宙通元的消亡，也讓高有成綁手綁腳。

林茗琴當然激動反對，說這樣的話，殺高有成也可以。但程煌裕否決，因為高有成身邊有洪行舟那種人，就算洪行舟不在，很可能也有其他專家。在摸清高有成的底牌前，硬碰硬的風險太高，所以殺死袁志杰更有效。

——但，這不過是場面話。

毒眼巴里就像擁核者的威懾，重點不是殺人，而是將「能夠殺人」這件事實拿到談判桌上；程煌裕真正的目的，是脅迫林茗琴安排他跟袁志杰見面，因為要消解近在眼前的危機，有更快的做法。所以他巧妙地說：只要袁志杰願意跟他們合作，就沒必要殺他。

攏絡敵方的核心人物，會讓許多事都快速許多。

不過，這依舊不是程煌裕的真正目的。

這又是說服林茗琴的另一段場面話。在茗琴同意引薦後，程煌裕還在群組簡單解釋，但他沒說太多，因為眼前最大的問題，就是袁志杰到底是怎樣的人？能不能被說動？程煌裕只能見機行事。反正最壞的情況，就是靠毒眼巴里；未經審判的殺害有違程煌裕的準則，但他累積在心中的痛苦與憎恨，讓他可以更輕鬆地下決定。

現在，那位掌握關鍵的袁志杰就在眼前。而且他跟程煌裕想像得一模一樣。惱火反胃之餘，程煌裕不禁感到慶幸。

「是的，如果沒有這場會面，袁先生就會死。但請放心，既然我們見面了，事情就不會這麼發展。不過，我想先確定，袁先生知道有信眾利用宇宙通元的資源，進行各種違法行為嗎？」

「不能說全部知情，但我知道一部分。」

「為何不制止？」

「制止？」袁志杰側過頭，彷彿真的很疑惑。「我有什麼立場制止？」

「你是教主，是這個教團的領導者，你當然有立場。」

「我不過是教團的領導者，有什麼權力干涉信徒的人生與選擇？」

「即使有人因此受害？」程煌裕嚴肅地說，「要是你制止，明明可以拯救更多人！」

「或許如此。不過善惡終有報，如果那是惡行，元通神自然會懲罰。就像我遲早會遭到報應，那些信徒也是。元通神的意志不是我能置喙的。」

程煌裕深深吸了口氣，差點笑出來。

果然啊。什麼善人，這人的性質比表面上惡劣太多了。他拍了拍大腿。

「所以你認為一切都是元通神的旨意？」

「當然，因為元通神是真實存在的。」

「嗯，原來如此。」程煌裕擠出諷刺的笑容。林茗琴突然露出惶恐的神色，她拚命搖頭，因為她知道程煌裕要說什麼。然而程煌裕不為所動，他說：「真可惜，你明明身為教主，卻不清楚元通神的真意呢。」

「程先生不是信眾，也難怪這麼想。」袁志杰笑了笑，「對您來說，恐怕很難相信元通神真的存在吧？」

「不，我相信。元通神是存在的，而且我從祂那裡聽說了一些事。」

「什麼？」

「舉例來說，我知道袁先生受到元通神啟發，是外出寫生，在一戶人家借廁所的時候，受到神明感召，打開了一扇門，對吧？這件事沒人知曉，但我知道這件事，就是元通神告訴我的。」

程煌裕像是隨口說說，但從現在開始，就是對決的關鍵。只見袁志杰表情倏地往下拉，顯然相當動搖。程煌裕笑了笑。

「你很意外吧，畢竟這些事連高有成都不知道。」

「……不，有成知道。但你這麼信誓旦旦，表示你不是從有成那裡聽說的。你怎麼知道的？」

「我說過了，是元通神說的。」

「不可能。或許是高有成不小心告訴別人，你再從別人那裡聽到……」

「袁先生，你不必再自欺欺人了。」

「什麼？」

「你捫心自問，元通神真的有要你去搶銀行嗎？」程煌裕壓低聲音，語氣卻極其嚴厲，「沒有吧！元通神確實希望你成立宗教組織，但籌錢的方式很多，怎麼會是搶銀行？更別說用爆破殺人了！你想把這個賴在元通神身上嗎？」

袁志杰表情僵硬，下意識遠離程煌裕。

「我知道。那是我的罪，不是元通神的錯。所以我才等待懲罰——」

「那麼，不是搶銀行的話，元通神到底希望你怎麼做？」

「這……」

現在的話，袁志杰知道。

他畢竟是教主。在各種耳濡目染之下，他已經瞭解各種籌錢的方法。但那個時候，袁志杰確實沒辦法，在精神瀕臨崩潰之際，只能想出這種極端手段。

「回答不出來嗎？其實你也很清楚吧，你已經承認你的所作所為不是元通神所希望。因此，你有扭曲元通神意志的能力。」

「不，不對。既然你也知道元通神存在，那為何質疑祂的神力？既然祂真有神力，就沒道理選錯人！沒理由選擇無法正確理解祂的人……」

「那只是沒得選而已。」

「什麼？」

「那個究極封閉的大家族，平常根本不會有外人。就算有，也根本沒勇氣打那個神的主意。你不是當先知、教主的料，只是元通神等了許久，好不容易等到一個天真無知的外人而已——」

「夠了！」林茗琴尖叫出來，「為何非得說這樣的話？這明明不是教主的錯，是元通神的錯！是元通神把教主拖下水，硬是選上了他！」

是……元通神的錯？

袁志杰震驚到臉色發白。

林茗琴怎麼會說出這麼大逆不道的話？他忍不住說：「茗琴，妳已經不信奉元通神了嗎？妳怎麼能說是元通神的錯？」

茗琴滿臉淚水，倒在沙發上，抬頭看向袁志杰：「教主……我已經無法再信仰元通神了，這不是您的錯，是元通神……」

「我還以為妳對元通神的信仰，應該是信徒中最強的。」

袁志杰痛心地說。林茗琴吸了口氣。

「我……發生了很多事。整整十年，宇宙通元的神都不願放過我！教主，我希望你能得救，但這個教團，這個神，就算全都消失了也無妨。我會為了教團努力，只是希望您能活下來！」

袁志杰感到震驚，這比程煌裕的話更衝擊他。

怎麼回事？是自己看錯人了嗎？其實林茗琴根本沒有擔任下一任教主的資質？還是說，林茗琴真的有著常人難以想像的遭遇？話說，整整十年又是怎麼回事？林茗琴加入宇宙通元的時間，明明還未達十年。

太奇怪了。有什麼事不對勁。

這是怎麼回事。為何有種雞同鴨講的感覺？袁志杰感到天旋地轉，難道不對勁的，竟然是自己嗎？

「袁先生，你自己心中也有底吧？」程煌裕低聲說，「你問問自己，至今發生的一切，真的全都是元通神的意志嗎？你從來沒有疑問？請你面對自己的內心，老實想想。」

——當然，不可能沒有疑問。

但元通神不可能犯錯！要是元通神會犯錯，那自己在這段期間的所作所為，正當性究竟何在？

袁志杰渾身發冷。

在成為「先知」後，他第一次因罪惡感反胃想吐。

「程先生，你說元通神親口告訴你一些事，那我倒想要跟你請教，元通神的意志究竟為何？像你這樣不是信徒的人，為何能知道這些？」

「我會告訴你一切。我來這裡的目的，就是向你說出真相。」

因為只有這才能讓袁志杰悔恨。

身為背負罪惡感的人，這是程煌裕唯一的復仇手段。

於是，他說起「最初」的故事。從「說妖儀式」開始，解釋林茗琴與沈未青長達十年的鬥爭，宇宙通元之神的惡意在鬥爭中顯現，迫使林茗琴無法放棄。他說起林孟棋從元通神那裡得知的事，說起高有成的陰謀與計畫。打從袁志杰拿起神像開始，就不斷背叛元通神、傷害元通神，甚至宇宙通元這個組織的存在，都是對元通神最大的威脅。

聽完，袁志杰面如死灰。

「也就是說，」他喃喃自語，「我弄錯的不只一些，而是從頭到尾都錯了。我根本不是元通神的先知，只是被高有成操弄的傀儡，是他的工具……」

「對。你甚至不知道他是沈家的人吧？雖然不知道他的動機，但出身沈家的他，當然很清楚元通神的真面目，以及該如何利用祂。」

現在的袁志杰，看來已無教主的雍容氣度，甚至頹喪到彷彿老了十幾歲。他搖搖晃晃地站起身，搖著手，喃喃自語，然後毫無預警地跪在地上乾嘔。林茗琴連忙過去安撫他，但袁志杰嘔吐到一半就哭了出來，他渾身顫抖。

「元通神啊！原諒我……原諒我的無知、無能，我到底做了什麼……」

程煌裕看著他，心裡終於感到一絲同情。

多可悲啊。

他只是無端被元通神選上的受害者。但即使知道真相，他仍不得不信奉元通神；然而這樣才好，程煌裕冷酷地想，他拿起涼掉的茶，緩緩喝了一口。

袁志杰哭了十幾分鐘，總算平靜下來。

「程先生，謝謝你告訴我這些……」元通神的先知兩眼通紅，有氣無力地說，「要是我不知道，就會繼續背叛元通神，還會以此自滿。雖然對我來說，這非常殘忍……」

「有比央行爆破事件殘忍嗎？」程煌裕冷笑，「要我告訴你殺了哪些人，破壞哪些家庭嗎？同樣參加說妖儀式的羅小姐，一直在調查跟宇宙通元有關的犯罪，要我告訴你在你放任信徒的期間，哪些人被暴力打壓，甚至放棄一切嗎？」

「夠了吧！後面那些根本不是教主做的，幹嘛怪他？」林茗琴咬牙切齒，但袁志杰搖搖頭。

「你說得對，我是該知道那些。我有義務知道自己造成了怎樣的傷害，並去背負罪責。不過，你今天來，不是為了說這些吧？」

「沒錯。但說到這裡，你應該知道我的目的了吧？」

程煌裕看著他，袁志杰則點了點頭。

「我知道。要幫助元通神，就要立刻毀掉宇宙通元。我會自首，但我有個提案，可以請你將信徒所犯的罪告訴我嗎？由我告發，會讓事情進行得更快。」

「教主，非這樣做不可嗎？」林茗琴整張臉垮下來，忍不住說，「要摧毀宇宙通元，提出信徒的罪行就夠重創教團了，但您不用自首啊！您對世界有這麼多貢獻，這些應該可以抵消您犯下的罪——」

「謝謝妳，茗琴。可是不行。程先生也知道不行，對吧？」

「是的。袁先生跟我想的一樣，實在是太好了。」程煌裕不帶感情地說。

「教主……」

林茗琴知道什麼都說服不了他了。

袁志杰握住茗琴的手，這次不是以教主對信徒的態度，而是首次以平常人對待友人的態度回應。這讓茗琴又哭了出來。但某種意義上，這並非絕望的哭泣，而是越過了絕望，接受現實的淚水。

因為袁志杰終於被解放了。對袁志杰來說，這或許是最好的結局。

「關於教團的犯罪行為，」程煌裕切入重點，「羅小姐比我更清楚。稍後我會跟她連線，請她說明。既然已決定方針，我建議今天凌晨就自首，等明天消息在新聞媒體上發布，就算是高有成也來不及阻止。」

「沒問題。」袁志杰露出疲倦的笑，「程先生，你可以陪我自首嗎？」

「雖然可以，可是為什麼？」

「當作我最後的願望。其實，我一直在等你，在等你這樣的人——有立場審判我的人。告訴我真相的人是你，實在太好了……」

程煌裕說不出話。

其實他心裡有一部分，是拒絕實現袁志杰的所有願望的。

但事到如今，要說他對袁志杰沒有絲毫同情，恐怕也是自欺欺人。

當年還是警察的那個程煌裕，或許不會諒解吧？不是，是這個經歷過「說妖儀式」的程煌裕的話——

「好的，」他誠懇地說，「我答應你。」

第十七章

穿過通往元通神內部的祕徑，林孟棋覺得腳下一沉。

就像陷入泥沼，但並非無限下沉，而是很快就「感到」了地面，只是有些虛浮，讓人不安。因為那只是感覺，孟棋腳下的地面透明無形，能看到深淵，讓人毛骨悚然。

不，「深淵」這種說法並不正確。

因為此地並非無限向下延伸的空洞，而是無邊無際，往全方位延伸，宛如宇宙般的空間；更讓孟棋意外的是，這裡極其美麗，宛如星空，變換無方的深藍色不斷延伸，發光的星體則飄在空中旋轉，彷彿可以捕捉。

她本以為宇宙通元之神本體所在之處，就算不是地獄般的地方，至少也不會太舒服。但出現在眼前的卻是眾星之海，還帶著粉紅色、淡紫色的炫彩，有種迷幻之感。

「到此為止。妳看一眼就好，不要再前進了。」走在前方的陳浩平回過頭，燈猴與塔達塔大也跟他一起回頭，看向孟棋。

「咦？為什麼？」孟棋詫異，「門是我開的，我應該也有前往『那邊』的資格！」

「但我沒有餘裕保護妳。」陳浩平沒有情感的聲音在宇宙中迴盪。「接下來是最後決戰，妳該不會以為殺神沒有任何風險吧？我可不想增加無謂的變數。」

他跟兩名妖怪站在星河上，閃耀的光輝由下往上，在他們身上拉出形狀奇特的影子，也讓孟棋看不清表情。孟棋無語，因為浩平說的對，前面無法保證她能平安。

「可是，如果還有什麼地方需要我，像是開門之類的……」

「那我會再透過燈猴聯絡妳。不過我想應該沒有吧！」浩平笑著說，「那些回溯的時間裡，我光靠自己就殺掉宇宙通元的神了，那時可沒有妳幫助。」

「有必要一直強調嗎？太小心眼了吧！」孟棋忍不住說。

「小心眼？妳錯了，我只是想證明這裡確實不需要妳。我可以自己打敗元通神，你來反而增加我的風險；就算我順利殺掉神，要是妳出了什麼事，就會毀掉完美的勝利，請妳不要這樣做。」

孟棋一怔？這是什麼意思？他在關心自己嗎？

如果是的話，也太迂迴了吧！

「……我明白了。不過，你真的能贏吧？」

浩平沉默片刻。

「當然啦，」他說，「畢竟沒有贏以外的選項嘛！」

「我知道了。」孟棋沒繼續追問，因為她心中有底。於是她吸了口氣。「那我在這裡等你。如果你需要幫忙，我就在這。」

「好啦好啦，妳就祈禱自己完全派不上用場吧！」

浩平說完揮揮手，轉身走向宇宙深處。雖然地面透明，而且所有方向看來都差不多，但浩平知道怎麼走；長年探索Meta世界的經驗，讓他能掌握大致的方向，甚至能避開危險。沒多久，到了孟棋聽不到的地方，塔達塔大才問：「你為何不說實話？」

「什麼？」

「你明明沒有把握。因為這次跟以前不同。」

「這不叫沒說實話，我只是沒特別提。」浩平不快地說，「而且提了能怎樣？實際上，她在那裡就是派不上用場。」

「那倒是沒錯。」燈猴附議，「正因為跟以前不同，林孟棋才更不該去。我們能仰賴的只有浩平的『準備』，值得慶幸的是，這部分浩平也已經做到最好了。」

「不能說最好。」浩平用自言自語的語氣說，「如果還有時間的話，也想做更多準備。但越逼近完美，時間成本就越不划算，我可不能浪費那些人好不容易製造出來的機會。」

那些人，指的當然是參與說妖儀式，以擊敗宇宙通元為目標的人。

不久前，浩平跟孟棋接到了聯絡。他們傳來新聞，內容是宇宙通元的教主自首，宣稱元通神不存在，不過是自己騙財的藉口，並承認教團內的諸多犯罪事實，檢調因此介入。稍微看一下網路討論，也陷入熱議。

對宇宙通元來說，這是致命一擊。

當然，法律上，這個宗教法人並未解散，但也只是如此而已。現在社會對宇宙通元普遍抱持負面情感，這讓維繫宇宙通元沒有任何好處；曾經押寶在宇宙通元身上的人，大概會找機會把銀根抽走，或直接切割吧。

這樣的社會印象，會立刻削弱、重創宇宙通元之神的本體。雖然不願意，但陳浩平不得不承認那些人做得好。現在，高有成創造的怪物尚未找到元通神，社會大眾樂於對宇宙通元落井下石，他們無疑已創造出最佳時機，更重要的是，陳浩平的準備相當充分。

沒多久，陳浩平的旅程來到了盡頭。

所有星光都往同一個地方流動。在星光盡頭，那裡有扇華麗的光之門。由於光太過耀眼，看不清細節，但那其實是沉重的大理石門。光從所有隙縫間流出，不只門縫，每個雕花的稜角都流動著光，甚至有些光從大理石的紋理透出。

浩平推開門，轟然一聲，門發出沉重的聲響。

「嗨，你們終於來了。」

門內某個人輕快地說。

□

宇宙通元之神的本體所在，與元通神的石窟極其相似。

同樣的形狀，同樣有著焚香的氣息，只是更遼闊——不，這樣說，或許太輕描淡寫。實際上，宇宙通元之神的石窟遼闊到難以置信，差不多是臺北大巨蛋的大小，能容納數萬人，而穹頂更高，簡直像挑高的巴別塔。

原本元通神石窟放置神像的位置，如今浮現不同的星座。仔細看，那都是前所未聞的星座，甚至不知道該對應到天空的哪個位置；但，即使無法對照，星座依舊成立。所謂文化，就是運行在人類腦海裡的事物，本就不見得要憑依於現實。

遠遠看去，石窟的壁面是宇宙般深沉的藍——應該是——焚香的煙霧造成了散射，讓遠方的顏色改變，使人摸不清真正的色彩。在這遙遠無際的空間中，宇宙通元之神隱身於逐漸穩固的秩序間，存在，卻不露臉。而神祇底下有個橘紅色的身影，佇立於無所不在的香煙中，衣帶飄飄，宛如仙人。

他就是這空間的主人。

等誰？

當然是在等命中註定的挑戰者。

感應到宇宙通元瀕臨破滅的動盪後，他就難以壓抑興奮地在這裡等著。安靜至極的石窟裡，連一滴水滴落的聲音都能聽見，直到某個沉重的聲音響起，石窟的門緩緩被打開——

陳浩平帶著妖怪走進來。他跟空間主人對上視線，微微愣住，隨即表情立刻險惡起來，充滿戒備。

「嗨，你們終於來了。看你這表情，該不會沒想到在這裡遇到我吧？」

空間主人的聲音充滿喜悅，甚至帶著快感。

「怎麼會？難道你覺得我還在外面那個廣大的世界中到處找你？怎麼可能，明明你遲早會來，幹嘛浪費時間……嗯？難不成你覺得那對我不利？畢竟你只會在宇宙通元完蛋後才來，我當然應該在那之前找你，而不是在這邊等。哈哈哈，如果你這麼想，還真是凡俗之見！」

「你是……洪行舟？」

陳浩平皺起眉，滿臉狐疑。

「對！很高興見到你，陳浩平！傳說中殺害我之人。不，根據記憶，你確實成功殺死我的本體過。」

洪行舟帶著微醺般的笑容，手舞足蹈，但他渾身散發著不祥之氣，某種巨大的異質存在正透過這身體支配現場，彷彿讓空氣中所有細小的分子磨擦帶電，令人戰慄。

「你很意外我在這，但有什麼好意外的？你是個膽小鬼，懦夫，不削弱我的本體就不敢來，既然如此，我當然要給你個驚喜；看吧，與我的精神並存的，是穿越時間而來的宇宙通元之神。換言之，這跟你在時間回溯裡面對的所有情況都不同。你的敵人是兩個宇宙通元之神，以及天才道士洪行舟——你以為我被削弱才來到這裡，現在感覺如何？」

「……我比較好奇，你居然還自稱洪行舟。」陳浩平沒直接回答，「那個什麼什麼之神居然沒併吞掉你，而是跟你共存？你們兩個該不會都腦子有病吧？」

「呵呵，嘻嘻嘻，你真是不懂呢。留著我洪行舟的大腦，才是有利的啊！我可是比神明更擅長殺人。而且我何必抗拒？只要殺了你，就算暫時銷聲匿跡，宇宙通元也遲早會死灰復燃，高有成的野心將延續下去，我的目的跟宇宙通元之神是共通的！」

洪行舟說的都是真話。

在被宇宙通元之神入侵之後，神明龐大的記憶立刻湧入他腦內。一般情況下，那會破壞他的人格，讓他成為神明的傀儡。但，洪行舟不愧是天才道士，他立刻在大量記憶中捕捉到宇宙通元之神的目的，並切割出一小部分的人格來保存自己，等洪流過去後才透過那一小部分人格跟宇宙通元之神談判，取得部分的身體支配權。

他樂意這樣做。因為透過那十年間的記憶，他意識到宇宙通元必然毀滅，問題根深柢固，不是殺了吹哨者就能解決的。既然如此，重點自然是保存宇宙通元之神的本體。原本他跟在高有成身邊，就是想知道高有成能走多遠，即使如此，他知道高有成隨時能丟下他、殺了他。

但現在，他居然能成為高有成偉業的基石，無法忽略，還有比這更讓人振奮的嗎？

更別說還有機會虐殺曾經殺害神明的人。

看到陳浩平露出沒想到他在這的表情，他忍不住陶醉其中。這讓他想不斷延長這種陶醉感，感受陳浩平無法逃脫，又無法達成目標的悲嘆。他的聲音高昂起來。

「好了，在我們殺了你之前，能讓我見識見識『弒神』的手段嗎？你沒帶什麼法器，看來不會用什麼平凡無聊的手段。可是，你能做什麼？總不會是靠旁邊那兩個小妖怪吧？來吧，作為你企圖挑戰神明、挑戰我的敬意，我讓你先動手——」

「好了好了好了，夠了沒有？」陳浩平不耐地打斷他，「無聊透頂，都過了多久了，你還真是沒半點進步呢。」

「……什麼？」洪行舟愣住。

「之前也是這樣，正事不幹，光顧著在那邊講廢話。你啊，就是享受那種用言語控制他人的快感。可是抱歉喔，我不想奉陪。」

「喔？你見過我？」洪行舟瞇起雙眼，接著慢慢露出微笑，「喔，我想起來了。你確實反抗過我，阻止我的計畫。是在幽靈船上吧？哎呀，仔細看，你旁邊那隻妖怪不就是被我殺死的？想不到你居然能救活祂呢。」
陳浩平握緊雙手，但不想被對方察覺。
「就算你想起我，我也不會感到光榮啦！老實說，都這種時候了，你能自行退散嗎？像你這種小人物，根本沒人想看到你在這裡耀武揚威。」
洪行舟臉上的笑容消退了一些。
作為樂於控制他人、精神虐待的暴君，陳浩平的態度簡直無禮之至。因此當洪行舟再度笑出來，那份笑容是扭曲而嗜虐的。他抽出桃木劍。
「哎呀，真是不解風情啊！就是在這種時候，才需要我這樣的最終魔王，不是嗎？請了，陳先生，剛剛我說讓你，是認真的喔？但你能在我手下活過多久，我就不保證了。」
「謝啦，我就不客氣了。那我先跟你說一個你已經知道的故事吧。是某個神明被背叛、被扭曲的故事。因為你很熟，所以我直接講結尾就好——經歷千辛萬苦，神明真正的意志總算被傳達，錯誤被糾正，囚禁祂的牢籠也被毀滅。至於那位神明的偽名，你很清楚，就是『元通神』。」
……？
他在說什麼？
洪行舟大惑不解，為何陳浩平要講自己早就知道的事？而且還講得這麼沒誠意，如果是對事情不瞭解的人，根本不知道他在說什麼吧？然而，洪行舟還來不及開口嘲諷，氣場就改變了。

某個存在降臨宇宙通元之神的石窟。而那存在出現的前兆，相當劇烈。

空間震動，讓陳浩平、洪行舟站立不穩，只有妖怪不受影響。石窟中的空氣像被撕裂般，無風之處起風，然後毫無預警地，某個二十公尺高的龐大人形物體踏進石窟，腳踩之處激起風壓。那東西是怎麼進來的？為何像是憑空出現？

還沒緩過神，那人形物體已舉起拳頭，往洪行舟身上砸去。

洪行舟臉色大變，宇宙通元之神立刻從他體內冒出，舉起由黑氣匯聚而成的手，硬生生扛下這一擊。雖說是黑氣，其實是因扭曲而污濁的精神體，濃烈到這種程度，已跟物質無異，能防範物理性攻擊。

然而人形物體沒暫緩攻勢，另一隻手也捶下，宇宙通元之神用另一隻手接觸，轉眼間就像相撲比賽般，雙方用力朝對方推擠。直到此時，洪行舟才看清那人形物體是什麼——

是神像。

正確地說，是被扭曲的神像。

雖說是極為古樸的木頭雕塑，但身上寄宿了眾多精神體，以致從不同地方長出了面孔；那些面孔原本應該出現在神聖的地方，是古老而眾所皆知的神明，這讓洪行舟臉色大變。

那是元通神。

「你……你召喚了元通神？怎麼可能？不可能！」

是真的不可能。

宇宙通元之神，是以元通神為原型製作的牢籠，但這牢籠不是在外部，而是在內側；換言之，相當於以元通神的內臟為核心創造出來的複製品。元通神可以打開自己的腹胸，讓人進入，但祂能進入自己的體內嗎？

答案是辦不到。就算將內外翻轉，依舊有一面是內，有一面是外，這就是為何元通神沒有直接跟宇宙通元之神大打一架來解決紛爭的原因——兩者永遠不可能見面。

明明如此，為何祂會出現在這？

「別這麼驚慌嘛。」陳浩平狡猾地笑著，「元通神被你們迫害到這種程度，已經跟妖怪差不多了。既然如此，我用『說妖』來召喚祂，也沒什麼不可以吧？別說什麼元通神不可能進來，本體當然是那樣，投影就是另一回事了。宇宙通元之神的體內出現另一個宇宙通元之神，不也是投影嗎？」

「說、說妖？說妖到底是——」

洪行舟來不及說完，元通神已將宇宙通元之神踢飛出去，身為附身對象，洪行舟也被拽向遠方。陳浩平搖搖頭，真是，相撲是不能用踢的啊！但算了，反正又不是相撲。

宇宙通元之神的身軀落地，激起強烈氣流，甚至掀飛幾百公尺外陳浩平的頭髮。但黑氣沒被壓著打，那神明立刻彈起身，朝元通神揮出一拳。這拳如果打在水泥牆面，立刻就能砸出大洞，然而元通神用手掌接住，發出洪鐘般的聲響，並用另一隻手回擊。

眼見戰況激烈，洪行舟知道不是逼問陳浩平的時候，便手持桃木劍加入戰局。

「加油啊！元通神！」

陳浩平揮手大喊。

「要是輸了，祢就是戰犯了喔？出全力！」

雖然態度輕挑，但浩平心裡不敢大意。他知道這是天大的好運──都得感謝林孟棋。要是沒有孟棋，他不會試著傾聽元通神的話，瞭解元通神，當然也不會準備元通神的故事，讓元通神成為「說妖」的對象；要是沒有這份醒悟，如原本計畫般下來的陳浩平，說不定已經死了。

然後──

這個空間，或是這場戰役的真正主人總算，現身了。

就在宛如巴別塔的穹頂處，純黑的神明由天而下，祂的身體發出黑曜石般的光彩，只有一隻手是木質的，正擺出宇宙通元的象徵手印；巨人般的神明散發出懾人的氣息，比寒冰更刺人。

原本只有雙手的祂，在緩緩降臨之際，背後長出了更多隻手，每隻手都拿著武器；關刀、大刀、寶劍、神鞭、棍、戟、斧、矛……

這些武器都大有來歷，源於跟元通神結合的眾神，與此同時，祂也有著宇宙通元教義賦與的大能。在元通神拖住那個宇宙通元之神的期間，陳浩平的任務，就是擊敗眼前的神。

這絕非肉身凡胎能承受的。

眾多神兵被舉了起來，光這個動作，大氣壓力就像增強了好幾倍。

「塔達塔大！」陳浩平大喊。

「正在做啦──迷路吧！」

塔達塔大能迷惑人，使對方失去方向感。憑藉這個能力，宇宙通元之神便難以瞄準陳浩平。

不過，說到底只是緩兵之計。

無法瞄準，不是武器會避開陳浩平的意思，換言之，只要以量取勝即可。黑色神明意識到妖怪的咒術，仍是高舉神兵利器，蓄勢待發，祂臉上甚至浮現黑色的微笑——

但能緩個幾秒就夠了。

「等發現那人的時候，他已經被竹子夾住，死在竹林裡了。」

浩平像是喃喃自語。話聲剛落，無數竹子突然破土而出，力道之猛，將原來的石頭地面給震碎。那些竹子以驚人的速度生長，瞬間就包圍浩平跟妖怪，並朝外延伸出去。竹子群又高又堅硬，轉眼間就占據了半個大巨蛋的範圍。

與此同時，神兵利器疾射而出。

雖然毫無章法，全都瞄準不同方向，但神威瞬間籠罩石窟，金光乍現，狂風吹著竹林嘎嘎作響，此起彼落。只聽「咄」、「咄」、「咄」數十聲，竹子遭神兵斬裂，這時幾個神器朝著浩平方向飛去，驚人的是，整片竹林就像有生命般，眼見浩平陷入危機，居然全移動過去阻擋。

上百根竹子被斬斷的聲音響徹石窟，就像樂章般。這些竹子當然不是神器的對手，紛紛被切斷，竹葉亂飛，竹片破碎飛濺，即使如此，它們無疑減緩了神器的速度，讓浩平能輕鬆閃過那些武器。

是竹篙鬼。

根據傳說，竹篙鬼會在路上害人。有時人們經過夜晚的道路，看到有竹子橫倒在路上，要是一時不察，從上方跨過，竹子會立刻彈回竹林中，將那人夾進去，就像竹林會吃人似的。

為何這樣的妖怪，會突然出現在石窟裡？

搖曳竹林中，浩平帶著燈猴跟塔達塔大移動，邊走邊說。

「那個人醒過來的時候，才發現嘴巴裡塞滿泥土。可是他根本不記得吃了泥土。奇怪了，他吃的明明應該是雞腿啊？」

高聳竹子籠罩的陰影中，穿紅衣服的小女孩突然從浩平背後冒出，彷彿從一開始就被他揹在背上。她露出詭異的笑。

「浩平～終於等到你了，讓我等好久耶！」

「現在不是打招呼的時候。快幫忙，魔神仔。」

「沒問題沒問題，你想瞬間移動到哪——喔喔，我先動手囉！」

魔神仔施展妖力，轉眼間，浩平就從原地消失，出現在竹林的另一端。是魔神仔將人帶到遠方的能力。他原本站的地方已被眾多神兵利器搗毀。

這是怎麼回事？宇宙通元之神大惑不解，祂很確定浩平剛剛在那。區區凡人，為何能在祂手下活過十秒？

但逃過十秒又如何？只要傷不了宇宙通元之神，遲早會被殲滅。

這點浩平也很清楚。所以他得繼續執行這個儀式——

名為「說妖」的儀式。

說起來，「說妖」究竟是什麼？

透過述說妖怪的故事，「說妖」能增強妖怪的力量，甚至能治療其傷勢，就連已經被消滅的妖怪，也能從死裡復生；這也是理所當然的，因為妖怪的本體在Meta世界，就算投影被消滅，也能重新透過本體創造出來。只有妖怪被遺忘，本體才會逐漸消失，被遺留在無法通往現實的深淵。

換言之，「說妖」就是對遺忘的抵抗。

而且不只療傷，透過「說妖」，浩平也能召喚妖怪——

這並不奇怪。事實上，「說妖」的目的一直在此。在那個重複進行好幾次的「說妖儀式」中，人們已經見證了無數次。

浩平在元通神石窟裡，為「說妖」作了準備。他不斷述說妖怪故事，並在只差一點點講完時停下。如此一來，在他補完整個故事的瞬間，妖怪就會現身。雖然看來身無長物，但抵達這個宇宙通元的石窟前，浩平已經被無數的「妖怪故事」所纏繞。

對那些恣意扭曲故事的人來說，看不到也是理所當然的。

然而，搞不清狀況的宇宙通元之神，難以克制地震怒。

祂憤怒於陳浩平像老鼠般東躲西藏，也憎恨春風吹又生的竹林，即使斬斷也會重新生長；沒多久，祂不再尋找陳浩平，而是拿著各種神兵四處揮舞，只為將竹林斬盡，消滅竹篙鬼。

竹枝亂飛之間，浩平又總結了幾個故事。一隻巨大的怪鳥在空中盤旋，發出尖銳的鳴叫，吐出迷霧，遮住漆黑神明的視線。那是鶯歌妖鳥，據說鄭成功帶著軍隊經過鶯歌時，就被這陣迷霧困住，還損失了好幾名士兵。

霧裡火光閃爍。那些光迅速飛到漆黑的神明身旁，圍繞著祂；是鬼火。祂們基本上不可能傷到神明，但神是人類的複製品，同樣具趨光性，宇宙通元之神的目光不由得跟隨，讓祂們像蒼蠅般討厭。祂厭煩地發出怒吼。

陳浩平又說了幾個無關緊要的故事。神威的轟炸聲中，他召喚更多妖怪。

刀風凌厲。關刀劈進地表，又拔出來，在石窟底部留下無數難以抹滅的傷痕。鬼火陸續被消滅，大片竹林也被砍伐殆盡，藏身其中的竹篙鬼斷成兩截，所有竹子乾枯變黃。宇宙通元之神大喝一聲，手中的神槍朝鶯歌妖鳥飛去，妖鳥的頭顱被斬下，掉落地面，變成巨石，發出轟然巨響。

迷霧漸散。此時退開的霧裡竄出一個身影。

那是個女人。

祂穿著臺灣古代的服裝，看來平凡至極，跟宇宙通元之神的尺寸不成比例。即使如此，在祂飛起的瞬間，宇宙通元之神仍將所有注意力都放在女人身上。

因為戾氣太強，即使神明都難以無視。

「最後陳守娘報了仇，但她大鬧府城，連神明都看不下去。然而廣澤尊王出面，居然降伏不了陳守娘；據說當時府城的夜晚會看到空中有紅光、青光飛來飛去，就是鬼神的對決——」浩平補充完陳守娘的故事，笑了出來，「這可是臺灣唯一記錄在案，跟神明打到平手的女鬼，好好體會一下吧！」

陳守娘化為青光，朝宇宙通元之神飛去。後者關刀斬下，只聽「嘶」的一聲輕響，關刀居然噴濺出金屬液體，立刻融化！熔斷的刀首墜落地面，發出重擊聲——那青光竟是小型太陽般的核融合反應，或至少有那種程度的高溫！

不等宇宙通元之神反應，陳守娘再度飛近，宇宙通元之神連忙比了個手印，龐大的神力將祂震開。

轟、轟、轟……

雙方衝突的震波一重又一重，連在遠方戰鬥的元通神與洪行舟都站不穩。

還不夠。陳浩平撐住風壓，陸續召喚阿里嘎該、沙勞、哈魯斯等巨人。沙勞是流傳於阿美、卑南族傳說中的巨人，跟天一樣高。祂們圍攻上去，本就忙著應付陳守娘的宇宙通元之神更感棘手。沙勞伸出腳，朝宇宙通元之神踢過去，後者不得不閃開，因為那腳遠看沒什麼，其實速度接近高鐵。

哈魯斯把鶯歌石給舉起來，朝神明砸去。鶯歌石在現實中有對應的物質體，在現實的鶯歌石毀壞前，無法斬斷。宇宙通元之神手一揮，寶劍像打棒球般把鶯歌石擊飛，哈魯斯躍起接住，再度朝神明扔去。

宇宙通元之神大概感到棘手吧？

但說到底，也不過是棘手的程度。迄今為止，祂就算騰不出手攻擊陳浩平，卻也毫髮無傷。

那麼，祂要到什麼時候才會察覺呢？浩平暗忖。

「陳浩平！你做了什麼！」

反而是洪行舟先察覺了。真不愧是天才道士。

他淒厲的怒吼從遠處傳來，讓浩平聽了想笑。但他當然沒理會。

宇宙通元之神也發現了。

因為在祂閃躲鴛歌石時，阿里嘎該趁機衝進祂懷裡，將祂其中一隻手扯下，丟到一旁，手上兵器也因此墜地，發出清脆的聲響。

宇宙通元之神黑色的臉上出現難以置信的表情。怎麼可能？祂激動地怒吼，那吼叫帶著質問，而祂剩餘的神力也足以將敵人震飛出去。

不過區區一隻手罷了。祂還有千千萬萬隻手。

但原本有著金剛不壞之身的神明被撕下手臂，這是極其嚴重之事。

沒等祂理解是怎麼回事，眾妖再度飛身而上，這次還有更多參與。某匹白馬四處跳躍，在某處消失，哈魯斯挖開白馬消失之處，竟從底下拿出一把吻合祂身形的弓箭；根據傳說，白馬消失之處會有寶藏，對現在的哈魯斯來說，寶藏當然就是武器。

祂一箭射向宇宙通元之神，後者揮劍，卻晚了一步。這箭再度刺進金剛不壞之體，這不該發生。

祂總算察覺自己正以驚人的速度衰弱。

——說到底，宇宙通元之神存在的基礎，是因為宇宙通元這個宗教重新解釋了世界；由於對世界的解釋是零和競爭，相信宇宙通元說法的人越多，自然就越多人不相信妖怪。

但「說妖」，卻是宣告「妖怪」才是正典的儀式。

現身的妖怪越多，宇宙通元之神的存在基礎就會被侵蝕、剝奪；不知不覺間，石壁上的星座不再是星座，而是單純的星體——宇宙通元對星空的解釋，已不再具有絕對的獨占性。

宇宙通元之神慌了起來。但太遲了。祂已無法擺脫這些妖怪，更別說去殺陳浩平。

「不……這不可能！區區人類，區區妖怪……！」

宇宙通元之神用洪行舟的嘴發出了哀嚎。

「拜託，這麼大驚小怪。」躲在遠方的陳浩平露出微笑，喃喃自語。「遠遠不只這樣好嗎？」

或許是規模太大，妖怪與神明的戰爭，對浩平來說遙遠得像是另一個世界。他旁觀的同時，也不斷說著妖怪故事。遙遠黑暗的往事從唇齒間流出，化為有生命的龐大幽影，這裡已不像戰場，更像古老夢境的囤積之地，誰都想不到的古老存在陸續從話語中現身。

無數的影子映照在石窟壁上。日月潭的白鹿、山臊、椅子姑、豬母鬼、魂花、伊庫倫、風婆、矮黑人達隘、隱藏者艾里里安、貓鬼、金魅、毒眼巴里、番婆鬼、虎姑婆、禍伏鳥，此外還有許多許多……

祂們甚至不是殺氣騰騰，有些根本沒戰鬥力，但光是重新拾回自己的形狀，就已掠奪了宇宙通元之神的根基。那個神只能眼睜睜看著這些活生生的影子取走自己的邊界，就像皮被剝下、肉被割去，體力被一寸寸挖走。祂身上的裝飾落盡，再也飛不起來，神兵利器失去光彩，變為普通至極的武器——不，連武器都不是，只是木板、掃帚、擀麵棍，而且下一秒就化為灰燼。原本還威風凜凜的怒斥，現在已變成無病呻吟的哀嘆。

神明難以置信。祂抗議著、抵抗著、努力想主張自身的威光，卻徒勞無功。祂空洞的聲音在石窟內迴響，那哀鳴的意思是：看看我，別排擠我，就算是被創造出來的，我也跟你們一樣，有自己的意識啊！

然而連這樣卑微的懇求也支離破碎，甚至無法組成語言的形式。這已不算是戰鬥，不，是不必戰鬥。再度燦爛的星空底下，妖怪們恢復固有的身軀，無數的眼睛注視宇宙通元之神，像炙燒著祂，直到祂連邊界都不剩，黑曜石的肌膚破碎，來不及落地就在空氣中消散。

救……救……我。

連這樣的臨終遺言也轉瞬湮滅，宇宙通元之神那木質的手掉落地面，焦黑乾枯，變成看不出形狀的木炭，崩斷裂開。

結束——不，應該說，成功了。

「說妖」完成。瓜分神之殘骸，妖怪奪回了自己的名字。

第十八章

幾個月後，沈未青坐在計程車上。這時，她手機震動起來，打開一看，是陳浩平傳來的簡訊。

「感謝我吧！^w^要是沒有我，你們無法打敗宇宙通元的啦～」

未青會心一笑。

這訊息，她十年前曾看過，當時只覺得莫名其妙，現在卻懂了。不過，這番話出現的情境，已跟當年不同。

隨著宇宙通元的調查持續展開，幾個教團的核心人物被約談，法律程序陸續推進。一旦進入司法程序，社會的討論熱度就會下降，他們雖與此事密切相關，卻也只有偶爾閒聊時才會提到。

而剛剛陳浩平的回應，是眾人無意間提及此事時，為提醒大家自己的重要性而說的。該怎麼說呢，真不愧是他，未青想。

江儀的手機也響起通知，未青看向她，問：「妳也收到了？」

「陳浩平的訊息？嗯，是啊。」

江儀聳了聳肩，連看都沒看就收起來，彷彿已經知道裡面寫了什麼。未青笑了出來，輕輕靠在計程車的椅背上。窗外的風景徐徐經過，雖是繁忙的大都市，未青卻覺得好久沒這麼閒適了，這種時候就算有些塞車，對她來說也是剛剛好。

——終於，結束了。

「結束」說來簡單，天曉得她等這一刻等了多久。

雖然對其他人來說，那只是一個月的艱苦對決，但未青卻奮鬥了十年。此刻，她總算感到自由，體驗許久沒能享受的輕鬆自在；這種愉快超乎預期，甚至讓她心頭閃過些許暗雲：拜託，別再節外生枝，好不容易所有事都被安頓好，都在正確的位置，即使有些事破碎、無法修復，也已有個能接受的結局。

至少從未青的角度看，是如此。

未青正在爭取成為江儀的監護人。

之所以有此必要，是因為她想幫江儀轉學。雖然江儀很少提自己的事，但未青知道她在學校被霸凌，索性不去上學。未青也年少失學，不認為學歷能決定一個人的價值，但江儀的情況跟她不同，她希望江儀能擁有更多機會。因霸凌而失去學習的機會，太讓人忿忿不平了。

說來不可思議。

明明未青比江儀年長許多，但在她心中，江儀已是成人，不是什麼需要照顧的孩子。但研究如何轉學時，她猛然醒悟，這少女還未成年，是需要成年人協助的。

重新摸索與江儀的關係，是身為大人的責任。直到最近，她才真的具備自己是成人的意識。

至於施俐宸，他們成了「從朋友開始」的關係。

這或許是最好的關係吧。

雖然不是未青夢想中的發展。

雖然在無盡的重來中，她已傷痕累累，但她能理解。

話說回來，夢想中的發展未必是最好。因為未青很清楚現在的她還不想談戀愛；在戀愛之前，她必須先療傷。

讓自己跨越不斷輪迴的一年間，在現實落地，前往明年的療傷。

從這個角度看，從朋友做起是最妥當的。

而且——誰知道將來會如何呢？雖然當朋友是施俐宸提的，但這位拘謹的工程師開口時，那副彆扭，甚至害羞的神情，讓未青對不禁偷笑，對未來充滿期待。

至於其他人，也多少回到了生活的正軌。

程煌裕說他打算休息一段時間，但實際上，他沒有真的閒下來。袁志杰自首後，當年神祕的央行爆破案也宣告偵破，程煌裕因此拜訪了當年死去下屬的遺族……

明明已過去這麼多年，為什麼呢？

未青不清楚。因為她不知道他跟遺族們談了什麼。不過，程煌裕似乎仍在追尋內心的安寧。她只能希望這結局多多少少讓他釋懷。

相較之下，羅雪芬則是聲名大噪。

雖然她不想引人注目，但在協助證人出面作證的過程中，人們發現她早就在追查宇宙通元的事；於是網友開始討論起這名記者，找出她過去寫的專訪、報導，甚至有人繪聲繪影地將她被黑道盯上的事誇張化，報社還不得不發聲明，請網友自重。

雖然羅雪芬感到困擾，但某種意義上，這對釐清宇宙通元的罪惡有幫助。知道有這樣一號人物，某些原本不願露臉的證人，總算開始考慮出面指證。羅雪芬很少出席聚會，因為她實在太忙，在全臺灣到處跑。

對了，還有鐵木。

最初鐵木會參與說妖儀式，是為了尋找當年神祕失蹤的兄長。這事有下文嗎？由於鐵木幾乎沒再提及，未青也不得而知。

不過，江儀曾無意間問起此事，那時鐵木愣住，只是露出苦笑。

「已經沒事了。就當我遇上一場盛大的惡作劇吧。」

他沒頭沒尾地說了這麼一句。不知為何，未青覺得這表示鐵木已有能接受的答案。

至於未青最大的敵人，林茗琴——

其實已經沒有在意她的必要。

幡然醒悟這樣的說法，肯定不適合她。但讓她奮鬥的目的已全部消失。不只如此，調查宇宙通元的金流時，檢調發現林茗琴有違法的嫌疑；雖然她堅稱一無所知，是別人利用她的無知陷害她，但身為幹部，公文上蓋的是她的章，這就表示她需要負責。

聽說這件事，鐵木只是嘆了口氣，說要是她在面對法律的過程中好好冷靜就好了。林孟棋也同意鐵木的說法。

老實說，未青有些意外。

她本以為這會對孟棋造成打擊。但孟棋說：「之前我跟姊姊的距離太近了。但姊姊有姊姊的難題，我有我的難題，現在我已明白，有些事我幫不上忙，這是不能勉強的。」

未青不是很喜歡這種說法，總覺得有點無情。

雖然孟棋很自然地在群組中與大家相處，但未青對她還是有些芥蒂。畢竟，根據未青的記憶，她很可能在那些消失的時間中知道時間回溯，並默視了回溯中發生的種種悲劇。不過，江儀跟孟棋的關係很好，這讓未青至少在表面上是友善的。

當然，還有陳浩平。

跟過去十年一樣，陳浩平還是很少在群組說話，也不出席聚會；關於他的事，很多是從林孟棋那裡知道的。

譬如，跟宇宙通元之神的最後一戰發生了什麼事——

還有洪行舟的下場。

據說宇宙通元之神消亡後，洪行舟取回了自己的身體。那時他的身體已殘破不堪，似乎是被神明占據過的後遺症。不過，最後他並未回到現實。

因為在Meta世界深處，他被現場的妖怪吃乾抹淨。

對此，未青心中沒什麼波瀾，畢竟她沒跟洪行舟接觸過。

她更關心宇宙通元裡的另一個人：未臻。

在檢調深入搜查後，「高有成」的犯罪證據浮現了。然而，政府很快發現這個「高有成」是被冒名頂替的。

雖然「高有成」確實存在，卻不是那名在宇宙通元自稱「高有成」的幹部；據推測，原本的「高有成」要不是已不在世上，不然就是將身分賣給他人，到國外去了。考量到「高有成」原本只是個普通人，前者的機率更高。

未青心情複雜。

她本以為「高有成」只是未臻胡謅的名字，想不到居然是冒名頂替。

總之，雖然「高有成」犯了法，政府卻不知道自稱「高有成」的人是誰，讓逮捕他變得非常困難。

為何未臻會走上這條路呢？未青並不清楚。

但她不打算告發這件事，跟政府說「高有成」其實是「沈未臻」。

她還沒有討厭未臻到這種程度。

今天，未青決定前往宇宙通元總部。

前些日子，宇宙通元宣布破產，總部也隨之被查封；如果要回顧這段期間的經歷，這是最後的機會。未青之前這麼做時，將沈家的神帶到了宇宙通元之神身邊，造成極慘痛的結果，但對她來說，正式的告別是必要的。

為了前往未來。

如果因為過去的壞影響而猶豫，那她會一輩子猶豫下去。這次的告別之旅，就是為了對抗自己曾造成的惡果。

畢竟還能怎樣？沈家神明已不再跟著她，時間也不可能再逆轉了。

懷著已經結束了，不可能有任何變數的心情，她跟江儀來到了宇宙通元曾經的總部前。

在那裡，她遇到了沈未臻。

□

跟十年前一樣，宇宙通元總部裡亮著燈。

不會吧？就在未青這麼想時，一個身影已從內部接近大門，走了出來，是未臻。他也發現未青，露出意外的神情，但隨即收起，取而代之的是虛假的客氣微笑。

「嗨，真巧啊。」

未青毛骨悚然。

當年她在這裡遇見未臻時還沒特別感受，頂多是擔心沈家找上門。但現在不同，她很清楚未臻是敵人。

而且是有著恐怖手段的敵人。

「江儀，」未青聲音僵硬，「妳可以拿出手機，先到一旁嗎？我想請妳隨時注意，只要這個男人對我們圖謀不軌，妳就立刻報警。」

「好，可是為——」

原本就滿臉戒備的江儀，突然想通。她深深吸了口氣。

「這個男人就是？」

「嗯，他就是我的堂弟，沈未臻。」

江儀瞪著他，就像全身毛都豎起來的貓。她倒著退後幾步，跟未青保持距離，以免兩人同時遇襲，並將手機拿出，緊緊握在胸前。未臻見狀笑了出來。

「真傷人耶！堂姊。」

「對你小心翼翼是基本的吧？別忘了上次見面，你可是擅自把我們當敵人，然後擅自離開。就算宇宙通元變這樣，誰知道你會做什麼？」

「不，我是說，」未臻臉上的笑容淡了下來，露出底下尖銳惡毒的性格，「居然覺得我會在這襲擊妳們——這很看不起我喔？我才不會做這麼沒水準的事。我會讓妳們毫無所覺，回過神，事情已經結束了。」

未青臉色鐵青，不知該怎麼回答。未臻看著她兩秒，輕鬆的笑容回來了。

「那孩子是？該不會是堂姊的小孩吧？」

「不，是未艾的孩子。」未青吞了口口水，「你總該記得你姊姊吧？」

未臻愣住。

「姊姊有小孩？」

「嗯。」未青不自在地說。

「這樣啊。」青年露出寬慰的表情，「太好了，姊姊還活著。想不到妳有跟姊姊聯絡，她還好嗎？」

未青不知該如何回答。未臻看來像是真的關心，但誰知道呢？於是她搖搖頭：「我不想回答。你這麼多年沒跟她聯絡，我不認為她想告訴你。」

「……是嗎？」

未青以為自己會被刁難，誰知未臻只是露出接受的表情，聳聳肩。

「沒關係，只要姊姊過得好就夠了。她是我們同輩中最值得獲得幸福的人，我跟妳都沒那樣的資格。」

「——我倒是覺得，任何人都有幸福的資格，包括你在內。」

雖然有些違心，但未青還是說出了這樣的話。至少她不認為未臻有資格判斷自己有沒有資格幸福。聽了她的話，青年臉上浮現嘲諷的笑容。

「嗯，真不愧是堂姊，就是會說些噁心的漂亮話呢。」

「難道不是嗎？你……」

「把宇宙通元搞垮的人，還真好意思說呢！」未臻表情不變，「這麼大的教團，難道沒人因為元通神而被救贖？沒人因此得到幸福？還是說，人有分等次，只有堂姊妳看得上眼的人，才有資格幸福？」

未青臉色變得難看。

老實說，她還真沒考慮過那些人的幸福。不如說，光生存下去就夠吃力了，哪有餘力管別的？未青有些後悔說了好聽話，頗不願糾纏，便說：「宇宙通元是被自己搞垮的。要是沒有犯罪事實，現在情況就不是這樣。」

「嗯，又是有道理的好聽話呢。」未臻笑了笑，「別誤會，這事我沒怪你們。真的。某種意義上，我還是挺尊敬你們的，畢竟你們做了我做不到的事。」

「你做不到的事？」

未臻頓了頓，笑容變淡了些。他聳聳肩。

「是啊，像是把宇宙通元徹底毀掉之類的。」

「……你想毀滅宇宙通元？」未青瞪大眼，難以置信。這個人在說什麼？如果他想毀滅宇宙通元，早就能做了吧？難道他的目的跟參與說妖儀式的人一樣，只是想從內部破壞，卻一直沒成功？

不，不可能。「高有成」所參與的犯罪，全都是為了壯大宇宙通元。他不可能想毀滅它！

沈未臻回過頭，看著身後龐大的宇宙通元總部。

那是個堡壘，是曾經偉業的證明，是費盡心血才能打造的王國。如今它顯得灰撲撲的，彷彿轉眼間變得陳舊，在這末日的時節，帶著讓人心碎緬懷的哀傷感。

青年臉上浮現有感情的笑。

「妳不知道吧？其實我隨時能毀滅它，真的。明明如此，我卻偏不要。但曾幾何時，我就從不要變成做不到了。我以為自己是自由的，實際上卻是還不夠成熟。雖然不至於感謝你們——應該說不可能感謝，因為我討厭妳，但各位能做到這種程度，還挺痛快的。」

未青怔怔地看著堂弟。

這人到底在說什麼啊！她完全不懂。

不過，有件事她是明白的。就是此時此刻，未臻的話並未背叛他的內心；那不是用來迷惑敵人的話術，至少帶著真心誠意——這就是她最不懂的地方。

因此，她問出了自己一直想問的問題。

「未臻，為何你要這麼做？」

「妳指什麼？」

「全部。」未青搖搖頭，指著宇宙通元總部，以及整個園區，「你明知道元通神就是我們老家的神，卻沒通報，而是獨占這件事，甚至成為宇宙通元的幹部。是你讓宇宙通元茁壯，是你創造了這個宗教，甚至設計出教義——你到底想做什麼？」

——不，這不是她真正想問的。

她的心臟以比平時更強的力量鼓動著。在她心中，未臻就是個文靜乖巧的孩子，跟眼前憤世嫉俗的魔王截然不同。所以她想知道，究竟發生了什麼事？是什麼改變了沈未臻，讓他變成這樣？

會想知道這些，自然不是出自什麼家族之愛。她對沈家毫無眷戀。但出於毫無根據的直覺，她覺得未臻變成這樣，跟自己有關；至少，他明確地說討厭未青，而未青不覺得自己做了什麼惹他討厭的事。因此，其中必然有什麼是她必須知曉的。是自己讓他變成這樣的嗎？這才是她真正想知道的。

聽了她的話，未臻笑了笑。

「堂姊，妳想知道的也太多了吧？」

「不用全部告訴我也沒關係，至少告訴我你為何討厭我，被討厭的人，總有資格知道原因吧？」

「不，妳沒有。」

未臻笑著否定。那決絕的態度，讓未青一時語塞。

「妳這想法真奇怪，為何被討厭的人有資格知道別人討厭他的原因？難道被討厭的人不自己去想想嗎？大腦是個好東西，妳總該用用吧？」

「我想過。但我就是不明白。我們明明很少聊天，甚至很少見面……」

「住在同一個宅邸裡的平輩，卻很少說話，很少見面，難道妳不覺得這就是問題嗎？算了，我是討厭妳，但不表示我怪妳。我討厭妳，不是妳的錯，這是真的。滿意了嗎？」

「如果真的不是我的錯，至少告訴我原因，讓我能接受——」

「好了，堂姊。」未臻搖搖頭，「妳需要接受的只有一點，就是我不想跟妳再有任何牽扯。」

「你討厭我到這種程度？」

「我當然討厭，但這不是理由。而是我想了想，要是告訴妳，妳會做何反應？妳或許不能理解，也可能表達理解，但光想像妳的反應，我就想吐。」

不理解就算了，為何理解也不行？這下未青是徹底茫然了。知道堂弟討厭自己是一回事，但被討厭到這種程度，還是讓她有點難受。她心情低落，下意識地抓緊自己手臂，不知該說什麼。

未臻嘆了口氣。

「還真是習慣被人捧在手心的大小姐。要是我，被討厭根本沒什麼。放心吧，堂姊，我討厭歸討厭，但從今天開始，我不會把妳放心上了。」

「什麼？」未青抬起頭。

「我也檢討過。這次我有很多錯誤判斷，追根究柢，就是我太看得起妳，太把妳放心上。真不成熟啊！要是不在意妳，事情會怎麼發展還不知道。所以，我要試著再成熟一點……我要走了，希望我們不再見到彼此。」

未臻向前走，準備離開。

但未青叫住他。

「等等，」她關心地問，「你接下來打算怎麼辦？」

「什麼怎麼辦？」未臻側頭問。

「雖然政府不知道你是『沈未臻』，但你的照片已經被放在通緝單上了。而且，宇宙通元無法保護你，我們的老家也可能對你出手。我不瞭解你，不知道你有沒有什麼方法，但你有把握平安無事嗎？」

未臻沉默。

片刻後，他呼出一口氣。

「真是多事，堂姊。別擔心老家啦！妳很久沒回去了吧？現在的他們拿我沒辦法，拿妳也是，妳自由了。至於政府，我自有方法。其實我已經有下一個計畫了。」

「計畫？」

「是啊。探索我還不知道的事。」未臻看向天空，語氣非常平穩，「我對『地底世界』的瞭解……說到底只限於表層，不懂的還有很多。宇宙通元還在時，我沒力氣去探索未知，但現在我多的是時間。這些妳聽不懂吧？請妳忘了。不用擔心我，照顧妳自己就好。」

未臻說完對她輕輕點頭，也沒道別就離開了。這次，未青沒再攔住他。

經過江儀身邊時，未臻對她微笑：「很高興見到妳，幫我向妳媽問好。」

少女看著他，似乎想說什麼，最後忍住了。

未臻仔細觀察她的臉，看她的眉宇與鼻梁，還有纖細的下巴。這張臉確實有姊姊的影子。這瞬間，他確實想起很多，也很意外自己這段期間居然沒想過尋找姊姊的下落。

少女也看著她，似乎也從他臉上看到了什麼。她緩緩開口：

「可以告訴我一件事嗎？宇宙通元早就毀了，你今天來這裡做什麼？」

「這個嘛，」未臻友善地說，「因為宇宙通元破產，這個總部要被查封了。要跟自己做的這一切告別，這是最後的機會。不能說緬懷，但反省自己所做的一切有何意義，沒有比這更適合的地方了。」

「原來如此。」少女點了下頭，若有所思，「跟未青姊同樣的理由呢。」

「什麼？」

未臻回頭看向未青。這時突然一陣強風颳起，那是彷彿有東西拍打耳朵，讓人聽不清聲音的強度。未青連忙護住自己的長髮，樣子有些狼狽，沒對上未臻的視線。

滿天樹葉飛舞，帶著蕭瑟之感。青年臉上浮現苦笑，哼了一聲。

「是嗎？那還真是教人不愉快。」

沒等少女回應，青年便頂著這陣風，向前而行。

沒人知道他要去什麼地方，要做什麼。

或許連他自己都不清楚。

但有件事千真萬確——

那就是，青年終於得到了自由。

《說妖》卷三・完

《說妖》系列完

後記

《說妖》這場漫長的旅程，到此告一段落——不，只是暫時落幕吧！參與說妖儀式的人們達成了目的，但登場人物仍有各自的未來，他們或許有新的冒險，或被捲入新的危機，又或是準備新的陰謀——

這些，即便是我們也不知曉。

《說妖》的故事，起源於臺北地方異聞工作室製作的桌遊。最初只是想，用類似「百物語」的概念構思桌遊，介紹臺灣妖怪，似乎是不錯的主意。但究竟是怎樣的遊戲形式呢？既然是百物語，到底是合作遊戲還是競爭遊戲呢？玩家要扮演自己，還是有扮演的角色，就像《Arkham Horror》？

最後我們決定讓玩家扮演角色。但問題來了，為何是這些人？《Arkham Horror》的登場人物之所以在那天抵達Arkham，有各式各樣的理由，那《說妖》的角色呢？為說明這件事，我們從世界觀開始想，也就是為何有「說妖儀式」。我們建構了故事的基礎架構：假設這座島上的「靈異」有個不變的總值，由眾多妖怪瓜分，那妖怪為何消失？因為新的詮釋出現，讓人們不相信妖怪，這麼一來，那些「靈異」之力就會湧向新的詮釋，而妖怪為了自我保存，就要想辦法穩固古老的詮釋。

新的詮釋是什麼？肯定不是觀念的自然轉變，因為那不是能夠對抗的。為解決此一問題，新興宗教登場。當對抗的架構浮現後，我們慢慢尋找八個角色的動機，最後發現，這麼龐大的角色故事，絕對不是桌遊說明書能夠承載的——

這就是為何《說妖》會出現小說版：為了分擔說明書難以道盡的世界觀。

在這邊分享一些創作趣聞。雖然我們一開始就知道敵人與幕後黑手是誰，但也有不少內容，是摸著石頭過河，慢慢摸索出來的。譬如寫第一部時，我們根本沒想到沈未青與施俐宸會發展戀愛關係，那是第一部出版後才發現的可能性。但處理得應該算漂亮吧！既彌補施俐宸定位有些邊緣化的問題，也深化了沈未青的角色。想到施俐宸曾為救沈未青而試圖殺人時，我們可興奮了。

還有林孟棋。這角色很不好發揮，因為其他角色都有整整兩集的量去發展，她卻只有三分之二集，真的能寫好嗎？其實執筆時是非常焦慮的。討論大綱時，我們知道她要彌補陳浩平的不足，然而不管怎麼想，我們都不覺得這兩人能好好相處。當然，這不是林孟棋的問題，不管是誰，要跟陳浩平好好相處都是件難事，這也增加了寫作難度，我們很怕這兩人的相處讓觀眾反感——

誰知道實際動筆，兩人的情感發展徹底超越所有人的預期，就連執筆者都被嚇到；剛寫到孟棋跟浩平逃離宇宙通元的傭兵時，執筆者就嗅到某種大綱沒有的戀愛喜劇味道，那時還覺得「哈哈哈不可能啦」，誰知兩人越來越親近，完全不照大綱演出，實在是始料未及。

第二卷末，陳浩平主張自己才是主角，這番狂言在故事的終點得到了證明——他的任務就是「說妖」，是整個系列的最終目的。如果各位讀者能滿意，同意他確實成就了一番大事，原諒他一路走來的張狂就好了。說到底，這傢伙不過就是嘴巴壞，並沒有沈未臻那般十惡不赦。

說到沈未臻，為何他不像洪行舟那樣受到殘酷的懲戒？單就壞事而言，他做的可不比洪行舟少。不過某種程度上，這是「預定調和」的結果。

構思第三卷時，我們決定再現第二卷沈未臻登場的場面：他站在宇宙通元總部禮堂講台上的樣子。開頭一次，過去篇結尾又再現一次，只是場面截然不同，從空無一人的總部，變成聚集他的私兵的誓師大會。這利用了時間回溯的構造，既然如此，故事中的終點也該遵循這樣的構造，因此再現第二卷裡，沈未青與沈未臻的對峙，可說勢在必行，這確保了沈未臻不可能被抓到，也不可能被審判。

又或者，是執筆者對這位反英雄帶著些許同情。

如果「說妖」這個世界觀有後續，沈未臻或許還會登場，但這實在不是我們能保證的。無論如何，很榮幸與各位讀者共同抵達本書的最後，以及「說妖儀式」的終點——雖然某種意義上，這「復甦妖怪」的儀式，才正要開始呢。

瀟湘神

妖怪祕話

妖怪祕話　毒眼巴里

傳說中的毒眼巴里是何時過世的？沒有詳細記載。說到底，「巴里」是毒眼這種能力的稱呼，甚至不是本名；傳說中，擁有毒眼之力的人，也有男有女——甚至不是特定的人物。

無論被「說妖儀式」召喚出來的巴里是哪位，出現在這裡的，顯然不是被殺死時的祂，而是祂的青少年時期。

乍看來，巴里對一切毫無興趣，因為祂只是作為「說妖儀式」的獎賞登場，即使跟人說話，也擺出故弄玄虛、玩世不恭的態度。但，請千萬不要誤解祂。其實巴里不是漫不經心，而是作為還沒多少社會經驗的敏感青少年，面對這些根本不認識的人，祂既內向又尷尬，不知該保持怎樣的距離，然而不想讓任何人看出來，才如此沉默，又不想被人看扁，就裝出對什麼都沒興趣、高深莫測的模樣。實際上，對捲入這樣的事件，毒眼巴里是很興奮的，甚至這趟冒險有些短，雖然沒說出口，其實祂在腦中盤算了各種運用毒眼的妙計，最後竟沒派上用場！

妖怪祕話　塔達塔大

塔達塔大看似人畜無害，只會讓人迷路，但祂有很多祕密，其中有一些關於鐵木．哈勇，只是連祂都記不得。因為祂曾死過一次——為保護陳浩平，在幽靈船上被洪行舟殺死。

幾年前，陳浩平曾打算利用都市傳說，將當代強悍的都市傳說能量轉移到妖怪身上。雖然妖怪與都市傳說看似差不多，但浩平只是妖怪的友方，對都市傳說則沒好感，因為都市傳說沒有滅絕危機。這樣的偏心，讓他一度與都市傳說為敵，當然也包括幽靈船。

後來之所以化敵為友，就是因為洪行舟讓都市傳說意識到宇宙通元遲早會是祂們的敵人——這是以塔達塔大的死為代價換來的。之後，雖然塔達塔大透過說妖的力量復活，卻不怎麼記得過去的事。祂是妖怪，不把人類放在眼裡，但對將自己復活的浩平，祂抱持著某種尊重。老實說，這讓浩平有些失望，他們再也無法回到過去了。

妖怪祕話　燈猴

以下這點，乍聽之下有些惡劣：陳浩平之所以隨身帶著燈猴，是為了確保聯絡手段。當然，浩平有手機，但他很清楚人造的事物有多不可靠，超自然力量可靠多了，至少絕對保密。

然而，這不表示浩平把燈猴當工具。明明與燈猴同行，但在輪迴的十年間，浩平卻從未使用燈猴的力量，為什麼？因為那不是能拿來濫用的力量，而是只在絕對絕望中，僅為傳達真相所使用的力量──他擔心自己力有未逮，要是他不幸失敗，至少要向其他參與說妖儀式的人說明情況。

最好的情況就是燈猴不「告密」，只作為友人與浩平同行。不過，要是遇上與「絕望」差不多危急的情況，浩平恐怕也不得不使用燈猴的力量吧！雖然林孟棋不清楚，但燈猴聯繫上她之前，浩平可扭扭捏捏了一番，反而是燈猴鼓勵他聯繫，表達了「同意」，浩平才接受自己的「濫用」。

妖怪祕話　阿里嘎該

說妖儀式的「獎品」，就是允許使用妖術——凡人無法匹敵的超規格力量——的機會。最初的說妖儀式後，阿里嘎該被選為贈與機會的存在。然而，雖然祂的立場與創造說妖儀式的幕後人物一致，卻在陰錯陽差下，被迫成為敵方的工具，不得不與林茗琴度過長達十年的時光——

這段期間，阿里嘎該沒有忘掉自己的任務，而是在黑暗中靜伺反擊的機會；也正因不放過任何機會，祂很瞭解林茗琴的行事風格。但祂因此同情林茗琴嗎？倒也不會。

林茗琴是不值得同情的人物。因為她的悲劇，有一大部分是自己造成的，但要問祂是否憎恨林茗琴，答案也是否定的吧？不是林茗琴不可恨，而是比起怨恨茗琴，阿里嘎該對自己更加不滿；是因為被邪神附身嗎？並非如此，而是祂仗著自己強悍的妖術，居然悠哉悠哉地，以為自己有充分的時間說服茗琴悔改。祂真正的大意不是被邪神入侵，而是自信任何人都可以溝通的傲慢……

祂為此付出了代價。

妖怪祕話　虎姑婆

作為臺灣最知名的民間傳說之一，虎姑婆本該擁有強大的力量，但隨著時代改變，城市裡親戚串門子的機會變少，虎姑婆應有的威嚇形象也不這麼具體了，久而久之，虎姑婆自然也就沒這麼「暴力」。

因此陳浩平要借用虎姑婆的力量，便得透過「說妖儀式」來強化——再現民間故事裡的情節，讓虎姑婆登場帶來的暴力勢不可擋。

某種意義上，這是陳浩平第一次在故事中秀一手「說妖儀式」的力量。至於為何陳浩平要假裝成「沈未臻」？與其說是陳浩平的惡趣味，不如說是他的宣言——他很清楚對棘手的敵人是誰。或許也算是詛咒吧！陳浩平會在行動中埋下死亡與敗北的預兆，讓這些惡意對準敵人，身為深知「Meta世界」原理的現代咒術師，他不會放過詛咒敵人的機會。

妖怪祕話　山魈

山魈如字面所述，是山中的精怪。中國南方在春節放爆竹，最初就是要驅逐山魈惡鬼。不過，山魈也是眾多類型精怪的總類別，雖然最知名的形象是渾身長滿獸毛的人形獨腳怪物，但這個山中精怪同時具備魔神仔、疫鬼等性質，某種意義上，是潛伏於山中的種種威脅具體化的想像。

陳浩平尋找林孟棋的時候，之所以仰賴山魈，也因為「山」是祂的地盤，不只有利搜尋，更重要的是，若在山林間遇到隸屬於宇宙通元的傭兵，也能以最快速度消滅他們。反過來說，若離開「山」這個環境，山魈就不再具有優勢，甚至笨重，後來山魈沒有繼續與浩平等人一同行動，就是因為祂只在能發揮優勢的場地現身。

說妖

卷三 有為涅槃（完）

國家圖書館出版品預行編目資料

說妖. 卷三, 有為涅槃 / 臺北地方異聞工作室著.
-- 初版. -- 臺北市：蓋亞文化, 2025.02
面；公分. --（故事集）

ISBN 978-626-384-157-4（平裝）

863.57　　113018951

故事集 040

作　　者　臺北地方異聞工作室
　　　　　主筆：瀟湘神　共同作者：長安、清翔
插　　畫　Nofi
裝幀設計　莊謹銘
編　　輯　章芳群
總 編 輯　沈育如
發 行 人　陳常智
出 版 社　蓋亞文化有限公司
　　　　　地址：台北市103承德路二段75巷35號1樓
　　　　　電話：（02）25585438　傳真：（02）25585439
　　　　　電子信箱：gaea@gaeabooks.com.tw
　　　　　投稿信箱：editor@gaeabooks.com.tw
　　　　　郵撥帳號 19769541　戶名：蓋亞文化有限公司
法律顧問　宇達經貿法律事務所
總 經 銷　聯合發行股份有限公司
　　　　　地址：新北市新店區寶橋路二三五巷六弄六號二樓
　　　　　電話：（02）29178022　傳眞：（02）29156275
港澳地區　一代匯集
　　　　　電話：（852）27838102　傳眞：（852）23960050
　　　　　地址：九龍旺角塘尾道64號龍駒企業大廈10樓B&D室
初版一刷　2025年02月
定　　價　新台幣 460 元
Published and printed in Taiwan.

GAEA　ISBN　978-626-384-157-4